鼎肩文学

本书系湖北省恩施职业技术学院
2021—2022年度巴文化"讲好恩施故事"课题项目

# 荒城

邓斌 著

中国言实出版社

图书在版编目（CIP）数据

荒城 / 邓斌著 . -- 北京：中国言实出版社，
2021.12
ISBN 978-7-5171-3900-3

Ⅰ . ①荒… Ⅱ . ①邓… Ⅲ . ①长篇小说—中国—当代
Ⅳ . ① I247.5

中国版本图书馆 CIP 数据核字（2021）第 280152 号


荒　城

出　版　人：王昕朋
责任编辑：张　丽
责任校对：王战星

出版发行：中国言实出版社
　　　　　地　　址：北京市朝阳区北苑路 180 号加利大厦 5 号楼 105 室
　　　　　邮　　编：100101
　　　　　编辑部：北京市海淀区花园路 6 号院 B 座 6 层
　　　　　邮　　编：100088
　　　　　电　　话：64924853（总编室）　64924716（发行部）
　　　　　网　　址：www.zgyscbs.cn　E-mail：zgyscbs@263.net

经　　销：新华书店
印　　刷：北京温林源印刷有限公司
版　　次：2021 年 12 月第 1 版　　2021 年 12 月第 1 次印刷
规　　格：710 毫米 ×1000 毫米　1/16　23.25 印张
字　　数：360 千字

定　　价：68.00 元
书　　号：ISBN 978-7-5171-3900-3

# 育树成林，写文传义

## ——"鼎肩文学"总序

2021 年 12 月 14 日，习近平总书记在中国文联十一大、中国作协十大开幕式上的重要讲话中指出，新时代新征程是当代中国文艺的历史方位。广大文艺工作者要深刻把握民族复兴的时代主题，把人生追求、艺术生命同国家前途、民族命运、人民愿望紧密结合起来，以文弘业、以文培元，以文立心、以文铸魂，把文艺创造写到民族复兴的历史上、写在人民奋斗的征程中。

新时代的经典力作，需要作家有探险森林深处、挖找"野山参"的勇气和自觉意识、前瞻意识、开拓意识。作家只有把文学视为精神信仰，具备扛鼎的勇气、悲天悯人的风骨，将自己投身于时代的洪流之中，不怕呛水，不畏巨浪，倾注全部生命于文学，杜绝安逸享乐，拒绝金钱诱惑，才会写出无愧于时代、无愧于民族、无愧于文学的扛鼎之作、发聩之文。

"鼎肩文学"，秉承发现新作、打造精品、服务作家的宗旨，以文有义即大、唯好书是举的态度，向大众推介精品力作，将一株株精品文学之树融入华夏文学的茂密森林，以期呈现出"好木成林日，晨曦耀梢头"的壮观之景。

　　"作家是锻造出来的"，此言甚是。常言道，好铁炼好钢。凡具备好铁的素质，在经过高温、冶炼、打磨后，定会成器。作家这块"铁"，需经过热煅，经历肉体与思想蜕变的深度、胸怀眼界的广度、专业素养的精度，将生活阅历和人生经验在文学之炉里百炼，一只盖世的文学"大鼎"就此诞生。我期待着"鼎肩文学"经过锻造后，多出几只名扬天下的"大鼎"。

　　"鼎肩文学"面世之际，虽然还像刚刚步入社会的腼腆青年，但是只要肯于立长志，他日必能肩负民之"鼎"、文之"鼎"的重任，为后世了解当代人的生活留下如"大盂鼎"（西周现存最大的青铜器，现收藏于中国国家博物馆）铭文一样的真实记录，彰显我们这个时代的伟大风貌。

　　"育小树，成大林；写小文，传大义"，这是"鼎肩文学"的理念，也是这套文丛不懈的追求。

　　是为序。

赵晏彪

《民族文学》杂志原副主编，中国少数民族文学学会副会长

# 目 录
CONTENTS

## 上部　虎钮城

上部

# 虎钮城

# 第一章　渐入佳境，浑浑噩噩冷风景

## （1）

　　虎钮山，是中国武陵山脉最北端千百座奇崛大山中的一座，但其昂然身姿顶天立地，明显高出四围诸峰一大截。

　　若从高空角度往下看，虎钮山的顶部，东西两道向着云天拱立的石梁子酷似一对卧虎，也似大山的一对提钮。卧虎栖歇的整座山峰则形同一尊巨鼎，又如从天界遗落下来的一枚方方正正的翡翠印章。它在群峰拱卫下，有一种唯我独尊的超然之态，格外地招惹乐于登高望远、崇尚自然生态的游历者们青睐。这如鼎如印的虎钮山，卓然耸峙在清江大拐弯处的"U"形环抱里，不即不离、地久天长地仰视周而复始的日月星辰，扫描浮沉演变的似水流年；细细品悟那些沧桑岁月里的生生灭灭、是是非非、坎坎坷坷、风风雨雨；细细品悟无数人文信息的律动与演变，无数生命灵光的灿烂与升华。

21世纪初叶的某年10月,参与湖北省施州文学笔会的数十名文朋诗友相约叩访虎钮山,恰是一个丹桂飘香、枫叶如火的暮秋午后。

银光铮亮的考斯特旅游车开到山脚下一方名为磨刀溪的草坪,便嘎的一声停下了,剩下一脉通往山脊的古陌幽径曲如弹簧、细如鸡肠,需要靠文友们扶老携幼,驱动一双一双的脚板徒步攀登。众人二话没说,即顺着铺满荒草的螺旋式山路盘旋而上,时走时歇地进入隐天蔽日的莽莽丛林中。

咦,这野山丛林实在是一处宁静、恬淡、清新、爽畅的之所在:处处都有树的恭候,藤的牵缠;处处都铺设着苔藓的肥绿,馥郁着野花的芬芳;处处都奔涌着甜美空气的漩流,回荡着飒飒林涛的歌吟以及声声鸟鸣。对于长时期奔忙在钢筋水泥大厦之林与现代化办公场所的都市上班族,对于在车流人海中饱受粉尘熏蒸、饱尝噪音喧嚣的现代拓荒者,对于日复一日伏案在电脑荧屏前绞干脑汁、搜尽枯肠营构虚假故事以赚取读者眼泪与叹息的文人墨客,焉能不在这样的天然乐园里如醉如痴、自惭形秽?人们常说,绿,是生命的颜色。这里有的是绿色,因此,这里才真正充满了生命的活力!

（2）

邀请与引导众人登山的覃裕民先生,就是由这山前七里坪庄户人家的院落里成长起来的民营企业家。听他介绍,他的拓荒旅游开发有限公司,正欲在保护原生态的基础上投资数亿元资金开发这座大山。他一边微微喘息,一边兴致勃勃向来自山里山外的"缪斯的信徒"们颇为骄傲地宣称:"这虎钮山,就是我们土家族覃姓人家的祖山。山上的洪荒草莽中,藏匿着一座荒废了七百五十多年的虎钮城,人称'城雄钮鼎',那是我们土家族覃氏先祖最早安营扎寨、落脚生根的地方,也是我们祖人弘扬正气、彰显血性的地方。巫山武陵地区的巴人之谜、溪峒之秘、土司之奇,在一座早就废弃了的虎钮城交错混杂。"

文士们兴致勃勃地发问："那肯定有许多悲烈感人的故事哟？"

"什么年头，人们会把城池建造在如此险要的山头？"

"作为废城，现在还能寻找到一些什么样的遗迹与遗物？"

其余的登山游客们也是一个个挥汗如雨，气喘吁吁，但仍然挤进文人圈子，争先恐后向覃裕民提出一连串的疑问：

"整座山峰，究竟有什么样的自然人文景观特别吸引我们游人的眼球呢？"

……

覃裕民无法逐一回答，遂抬手朝近侧的高处一指，擎起他的半导体喇叭对众人高声广播："各位远客、各位文学大师们别慌，让咱们慢慢进入情境。你们看，七百多年前的古人，现在正式开始为我们导游。"

登山者随着覃裕民的指点，纷纷以手扶额，抬头仰视。

但见一尊高达十多米的苍黑色的人形巨石，巍巍然耸立在路旁的丛林环拥间。巨石上端似乎是人的头脸部位，略略向前延伸形成一个避雨的帽罩，帽罩下方较为平滑的石壁上，镂刻着几个因岁月侵蚀已风化得有些模糊不清的大字。

终于，视力较好的年轻人渐渐看清楚了，那石壁上从右到左排列着的，是四个阴刻隶书的繁体汉字。众人一个字一个字地读出声来："渐、入、佳、境。"

"哟，原来是'渐入佳境'四个字，看来，这山上的景致肯定非同凡响，若干年前的古人早已有了定论。请问覃先生，这四个字系何人所刻？刻写于何年何月？"覃裕民身后一位花白头发的"眼镜"率先发问。

覃裕民借助半导体喇叭告诉众人："其实，'渐入佳境'指路碑上方的崖壁，还有一面摩崖石刻伏潜在丛林深处，那些竖排版的小字现已很难辨认。据记载，那行小字应该是'宋咸淳丙寅季冬，施州郡守张朝宝平削险巇拓筑此路，以便行役'。诸位请注意，南宋度宗咸淳丙寅年即咸淳二年，又是元世祖忽必烈登基七年后的至元三年，也就是 1266 年，到如今早已过去将近七百五十年。那年头，恰是元蒙大军挥师南下，而汉人的南宋朝廷面临节节败退、土崩瓦解之际哟！"

"嗬，七百五十年前这一带就被古人称为'佳境'，想必山上定有不少绝妙之处吧？覃先生能先给我们将这山的妙处大致透露一下吗？"

覃裕民兴味盎然，如数家珍："虎钮山有东西两道山梁，山梁之间则是大约六百亩见方的狭长平地，如今的山梁与平地已是一片遮天蔽日的林海和草甸子。但是，待会儿，大家若细细观察，林莽草径中，宋元时期的城基、碑刻、阶梯、墓葬等俯拾皆是。还有北门沟、南门槽、将军岩、玄武峰、擂鼓崖、醒狮岭、晨剑台等残垣依旧，巨石林立；'狮抢宝''龙戏珠''崖勒马''凤朝阳''鹿含花'之类景点耸绿叠翠，仅名称而言，正如你们文人所说的，就极富艺术情趣；古人的饮马池、云台观、校场坝、点将台、兵器坑、跑马道，以及东门、西门的城墙、城垛等遗址依稀可辨，更有西城门外山腰处的西瓜碑摩崖石刻价值连城，睢豁墓义薄云天。女士们，先生们，从这个垭口出发，我们再往高处走上一百八十多米，就可以一步跨进宋末元初虎钮城的南城门了！"

听了覃裕民的鼓动，文友们兴趣陡增，急忙绕过"渐入佳境"指路碑夺路攀登，不一会儿，便登上了一处崖石壁立、双峰夹峙的垭口。垭口上数株古枫昂首云天，恰似一排喷吐着烈焰的大火炬。"火炬"之前除了上山的路口，其余全是森森悬崖，百丈深渊，望之令人眩晕。"火炬"之后则是密不透风的黑松林与松林中一脉细细的幽径。游人茫然四顾，这里除了野山，还是野山，哪里有一星半点儿城堡与城门的迹象？

覃裕民走到垭口边缘的崖根处，俯下身子用一截树杈刨开地下一尺多厚的松针，松针下湿漉漉的土层里，果然露出一段古老城墙的基石。他望了望疑惑的众人，站起身来朗声介绍："你们看，这就是古城墙的基石。虎钮城的城墙，就是从这南门槽两旁的山崖上分东西两侧向山的北端曲折延伸，在北门沟那头合为一处。城墙总长约十三公里，南北东西共建有四道城门，我们脚下的这个垭口就是南门。从这里向内跨进一步，我们就进城啦！此城非彼城，希望大家不要将当时宋代人的城池与今天钢筋水泥大厦林立、与柏油街道相勾连的现代化都市相提并论。其实，这虎钮城，不过是南宋时期若干军事寨堡中的一座，所谓城墙，也就是一道顺山势环绕着的抵御元蒙大军进攻的防护性工事。但从1259年到1276年的十七年间，它也兼作当时施州官府的战时衙门。"

游人们一边呼呼直喘地擦拭着汗水，一边抻长脖子，认真倾听覃裕民生动的讲解。

（3）

不一会儿，林深处一道青石板阶梯的古陌上，冷不防闪出十多名身着土家族民族服饰的花枝招展的妙龄少女。她们来到垭口处游人们的中间，待覃裕民的介绍刚一结束，就在两名青年男子吹洞箫与葫芦丝的伴奏音乐下，呈两列队形一边舒展着广袖翩翩起舞，一边相随和声，牵手踏啼，唱起了富有巴人风韵的《竹枝词》，其声调极其幽渺哀怨，宛转苍凉。词曰：

> 郎别施州（竹枝），经几秋（女儿），
> 西风北雁（竹枝），又南洲（女儿）。
> 含鞶日月（竹枝），江头望（女儿），
> 不见郎舟（竹枝），见客舟（女儿）。
>
> 虎钮山头（竹枝），鹧鸪叫（女儿），
> 雄飞雌从（竹枝），绕林梢（女儿）。
> 人间多少（竹枝），痴情女（女儿），
> 望穿秋水（竹枝），恨难消（女儿）。

在鄂渝边地，但凡文化人士大都知晓，巴渝"竹枝词"被《全唐诗》称为"含思宛转，有《淇濮》之艳音"，系古代巴人吟唱的一类曲牌，因其和声为"竹枝""女儿"，故称"竹枝词"，亦称"女儿子"。《竹枝词》的曲牌后来被杜甫、顾况、刘禹锡、白居易、黄庭坚、陆游等唐宋诗人引入诗歌创作，极大地丰富了诗歌的形式与内容。《竹枝词》可诵可唱，多以托物咏怀的方式寄寓男女爱情。此时此刻，在巴人后裔——土家族聚居之地的历史文化"佳境"倾听这类缠绵悱恻宛若天籁之音的古曲，特别容易撩起人们尤其是文化人的思古之幽情。

歌声，遥遥飘拂在虎钮城，遥遥飘拂在醒狮岭，遥遥飘拂在历史的苍穹，听歌者无不泫然欲泣，无不心摇神动。施州"比兹卡"（中国土家族的自称）人的心灵深处，恒久滚荡着对于时间、空间、自然与生命的无穷思索。

山即城，城即山。生命，总会随着时间的流逝、空间的转换一代一代地老去；而饱经磨难却又超然于尘凡的虎钮山、虎钮城，此后永远不再会有衰老的时候！

丛林、蒿草、绿苔、歌声，掩映着浸透了人文情怀的古陌荒阡，掩映着一座传奇式的荒城！

接下来穿林钻棘的行进中，覃裕民通过半导体喇叭所叙述的故事，宛若影视的"蒙太奇"镜头，一组一组交替叠现在众人的心壁上——

# 第二章　风紧云重，钮城重现蔓子魂

## （1）

不晓得这座由重重叠叠的崖石堆垒起来的虎钮山，在夷水大拐弯的环抱里卓立了多少个春夏秋冬。

也不晓得比兹卡人（土家人）所景仰的白虎祖神，在这曾经荒野异常的山巅巅上，曾经守护了多少个朝朝暮暮。

然而，老都爷覃普诸却清楚地记得：自从幼小的他躺在马背上的驮篓里，随同老一辈族人晃晃悠悠地来到这片施州山地，他的那个覃氏家族，就与这虎钮山以及山前弯弯绕绕的夷水河结下了不解之缘。

虎钮山，其主峰的形貌，确实酷似白虎庙里供奉的那一尊放射着古铜色光芒的虎钮錞于：它在夷水河的环拱中苍苍莽莽地拔地而起，四围都是万仞高崖，唯有西边的绝壁上，有一脉人工开凿的石磴子路从山脚斜斜地延伸到崖顶，约有六百余级。若拾级登山置身制高点，可见山的顶部竟然是中间凹下、四围凸起的一大片盆状地面，少说也有六七百亩。低洼处，草木特别繁茂，泉水四季清澈；而东西两侧的悬崖之上，均有蜿蜒连绵长达数十里的两道峰梁侍卫，既似盆沿，更像鼎钮。北边，是峰峦参差的缓坡，起起落落连接着山脚下的莲花池、丫沐峪；南边，则是陡立如削的重重石崖，崖脚的底下沟壑纵横，云雾苍茫。

覃普诸父子入驻的五进七出的施州五路都督军民行军总管府，人称虎钮大寨，就坐落在盆状地面东端的擂鼓崖脚下。寨前有刀枪林立的校场，寨后有重炮耸峙的炮台。其寨楼虽然不甚宏阔，但一脉一脉青灰色的瓦脊和一重一重的飞檐翘角，依山势自西向东次第升高，在密密匝匝的古树与翠竹的烘托下，也显得格外地肃穆庄严。最前面的那排瓦檐下，一律是描龙画凤并且古色古香的生漆廊柱。廊柱和门窗在斑驳阳光与婆娑树影的映射下，发射出一种乌黑锃亮、闪闪烁烁的幽光。

那是大宋理宗宝祐六年的七月十二，适逢老都爷覃普诸六十五华诞。清早起床后，他经不住夫人田氏苦苦劝说，勉强吞咽下一只蜕了皮的煮鸡蛋，喝了一小碗滚烫而香软的油茶汤，就拄着一支凤头拐杖，决定要到寨堡周围林木葱郁的山脊上溜达溜达。

穿过大寨正中的演武堂时，覃普诸不经意地瞥了一眼为他准备生日大典的歌舞班子正在抓紧排练，便在长子覃耳毛、总管府家政覃友仁和另外四个亲信家丁的陪同下，心绪茫然地走出寨门，沿幽径小道登上虎钮山那些大大小小的山头极目远眺。

风和气清，鸟鸣山幽，所到之处无不馥郁着桂花的幽香。老都爷任由一尺多长的花白胡须在胸前自由飘曳，默默品赏这山上双狮抢宝、二龙戏珠、丹凤朝阳、野鹿含花以及擂鼓崖、醒狮岭、晨剑台等山石构成的天然奇观，突然想到祖辈与父辈来此开辟洪荒草莽立此寨栅的艰辛历程，禁不住喟然长叹。不知道是悲泪还是喜泪，他那两只昏花的老眼竟有些潮乎乎地模糊起来。

覃耳毛时年三十一岁，生得高大雄健，膀粗腰圆，一双黝黑的大眼睛在"人"字形头巾下迸射出英武犀利的光芒。前不久，他刚刚接到朝廷理宗皇帝颁布的圣旨，子继父业，由他出任施州五路都督军民行军总管兼镇抚元帅一职，统领分散在施州地面各军事寨堡的万余蛮兵，在年老去职的父亲覃普诸支持下，继续配合施州郡守谢昌元镇抚施州暨郧州、珍州、富州、柘溪等处十八峒。此刻，他见老父亲泪水盈眶，长吁短叹，就小心翼翼地安慰他说："父亲不必多虑！儿虽不才，但深知国家残破，边事吃紧，北方蒙古人的铁蹄已经践踏到河淮一带，并且西越秦岭，进入巴蜀，直指蜀江沿线。国既不保，家何能全？儿当与友仁大哥以及散毛、慧心、化毛还有堰毛等协力同心，一方面固守我们这虎钮大寨，使它不至于沦入强寇之手，一方面随时听候国家调遣，到前线杀敌立功，以慰平生之愿。"

覃普诸拭去泪水，回转身来看了看体型剽悍的长子覃耳毛和文静儒雅的侄子覃友仁，说："耳毛啊，友仁啊，六十多年前，四川宣抚副使吴曦叛变朝廷，投降从北方入主中原的金人，本来就只剩下半壁河山的大宋王朝更是雪上加霜。耳毛的祖父伯坚公、友仁的祖父伯圭公兄弟俩义无反顾，统领三千士卒溯巫峡口从征入蜀，直取江州，在平定吴曦叛乱的战斗中立下了汗马功劳，方被朝廷委任为这施州地面的军民行军总管兼镇抚元帅之职。从那时起，我覃氏祖辈与父辈才开始扎根这虎钮山，建造这蛮王寨。我当时随父与叔来到这虎钮山时，还是放在驮篓里的一个小娃崽呢！"

覃普诸举起拐杖指了指远处重重叠叠的山脉和烟霭横陈的夷水河谷，继续深有感触地说："施州地面虽处在蛮荒的山陬水隅，但东连吴楚，西接巴蜀，又是中原和江汉平原通往西南夜郎、大理一带的要冲，历朝历代都是兵家必争之地。加上本土诸多峒蛮以血缘为纽带各立门户，今日联此攻彼，明日顺彼击此，普通百姓哪里有一个安生的年份？你们的祖辈、父辈，不得已来此易守难攻的险峻山峰设立寨堡，开垦荒地，种植荞麦，栽培果树，多年来苦心经营，才建造起这些供人衣食所需的家当，与虎钮山周围的百姓共享和平。然北地金人方灭，我大宋失土未归，蒙古人的虎狼之师却又先发制人大举南侵。眼见得东边的鄂州、潭州、荆州兵情紧急，西边的雅州、简州、隆州等军事要塞又纷纷落入蒙古人之手，万州、夔州、归州也是危在旦夕，南边的大理国在蒙军铁蹄下竟然一朝覆亡，我施州如今陷身于四面受敌之境，整个赵宋天下已是岌岌可危，我等食朝廷俸禄的臣民焉能够歌舞升平，高枕无忧？"

覃耳毛聆听老父亲忧心忡忡的诉说，不由双眉难展，神色凝重，深感自己肩头的责任非比寻常，唯能默然无语，重重嗟叹。

家政覃友仁比耳毛年长三岁，早年曾奉祖父覃伯圭、父亲覃仕魁之命到荆襄一带求学。中举后，他不愿在外地为官，回施州行军总管府担任了族叔覃普诸帐下负责管理内部事务的家政。如今，覃耳毛接替行军总管之职，他又一如既往地辅佐族弟操练士卒，构筑工事，调兵遣将，总揽军民府种种事务性的工作。此时，听了族叔语重心长的话，覃友仁宽慰他说："叔父何必如此多虑？古人有言，蜀道难，施道艰，施道更难攀青天。蒙古人兵锋虽锐，但北方大草地上的夷狄若想来此江南的高山深谷与我们盘旋，长驱直入谈何容易？耳毛和我已经委派散毛、堰毛二人，各带数十名兵丁，分别到连天关、石乳关一线侦探敌情。若有风吹草动，他们会通过各路哨口的人，随时向我们行军总管府通报情况。"

听完覃友仁的汇报，覃普诸忧郁的神色稍有缓解。

"你们看。"覃普诸指了指西边山崖下九曲十八弯的石磴子山道说，"这石梯子路，是你们的祖父花了三年多时间请能工巧匠开凿出来的。没有这条路以前，我们上山，全凭一架木绞车在崖壁吊着大竹篓子拉上放下，风一吹，人就像荡秋千一样摇摇摆摆。路修通了，虎钮山才慢慢地繁盛起来，有了五进七出的行军总管府，有了白虎庙，有了烽火台，有了跑马道。你们的祖父祖母在世的时候，嘱咐我在他们身后，将他们长埋在这山的制高点，就是为了让咱覃氏的子子孙孙永远不要忘记：虎钮山，就是我们比兹卡覃氏的发祥地；覃氏，将永远与国家共存，与正义同在！"

（2）

对于祖父覃伯坚与叔祖覃伯圭到虎钮山初建军事寨堡的往事，覃耳毛早已耳熟能详。

开禧二年（1206年），早已占领中原大片土地的金人西进汉中，并趁势挥师入蜀，四川宣抚使吴曦率十万兵士变节降金。覃伯坚、覃伯圭兄弟统领三千土著兵丁临危受命，由巫峡口、瞿塘关取道西征，在江州一带配合宋军大将毕再遇平定叛乱。经过大小二十余次惨烈的战斗，士卒们抛头颅洒热血，大多付出了沉痛的生命代价，吴曦叛乱所带来的血腥灾祸始得缓解。

此后，覃伯坚因军功受封为施州五路都督军民行军总管兼镇抚元帅，遂与胞弟覃伯圭一道，率家人来此虎钮山创设土城，建立寨堡。伯坚、伯圭死后，均葬于虎钮山上的醒狮岭高地。最近的五十年间，父亲覃普诸以朝仪代文职，曾出任石柱、遵义等处镇抚元帅，多次督兵讨伐武陵山各路反叛朝廷的蛮军。

覃耳毛成年后，亦曾协助父亲时而转战千里南征北讨，时而固守寨栅严阵以待。但不论如何辗转奔波，他始终把虎钮山大寨作为最重要的根据地，作为战争间隙的休憩之所。这是因为，虎钮山的厚土，安卧着有功于国的覃氏先人；虎钮山的天险，或许是蒙古人的马队不可逾越的障碍，无法攻克的堡垒。

想到父亲内心沉甸甸的忧患，想到妹妹覃慧心等人为父亲六十五寿辰准备的歌舞庆典，覃耳毛不由神情凝重地征询父亲的意见："那么，父亲今晚的生日大典，还要不要金鼓鸣奏？要不要歌舞弹唱？"

覃普诸紧锁浓眉思忖良久，说："歌要唱，舞要跳，但不能营造成一派升平的景象。耳毛啊，友仁啊，你们去与慧心商量商量，能不能把今晚的生日庆典举办得凝重一些、庄严一些？在这兵荒马乱的时月里，我们不应该乐不思蜀，而应该安不忘危！"

"安不忘危？"耳毛、友仁默默思索着这四个字的深刻内蕴。

（3）

虎钮寨演武大堂内，数十名青年男女正在紧锣密鼓地排练场面盛大、气势恢宏的"舍巴罗托"（摆手舞）。其舞蹈阵容的组织指导者，即是覃普诸唯一的女儿覃慧心。

厅堂中央的一根铜柱子上，高悬着一面竹筛一样大的铜锣。铜柱旁的木架子上，支着一面一人多高的牛皮大鼓。

一位约莫二十来岁的白衣白裤红腰带的小伙子面似满月，眉若远山，双目炯炯有神。他两手分别操持着锣槌和鼓槌，一边灵巧地踢着旋风脚，打着摆莲腿与旋子，翻着前后滚翻与侧空翻，一边随同身躯的滚动、四肢的盘旋，咚咚咚咚敲锣击鼓。锣声铿锵，鼓声激越，小伙子在明快的节奏中模仿虎奔、猿攀、鹰飞、鱼跃等各种动物的姿势上下扑腾，看得人眼花缭乱，听得人精神抖擞。其余青年男女一律头戴藏青色的头饰，身穿藏青色的对襟短衫和镶边筒裤，纷纷环绕着白衣小伙子列队踏歌，翩跹进退。单摆双摆回旋摆，闪转腾挪，力透山野。

覃慧心是覃普诸夫妇的掌上明珠，覃耳毛唯一的同胞妹妹，她年方十八，身段苗条，天生丽质。覃慧心自幼在族兄覃友仁的指点下，与耳毛、散毛两位哥哥一道苦钻勤学，不仅歌舞弹唱无所不精，而且能诗善文，武艺出众。此时，身着一套浅淡红色裙装的她站在演武堂的点将台上，苗条的身段恰似山崖上一束迎风怒放的山茶花。她一边嘴里吹奏一支叫作"咚咚喹"的竹管乐器，一边用那双会说话的眼睛，指挥众人随同乐曲声不断变幻着舞蹈的动作套路。比兹卡人的"舍巴罗托"舞蹈讲究腰的轻捷扭动，手的潇洒摆动，脚步的舒缓和谐，眼神的对流呼应，常常把大山里比兹卡人播种、锄草、推磨、舂碓、扬场、挖土、撬石头、拖木料以及登山狩猎、下河赶鱼等农事活动模仿得出神入化。

众人跳着跳着，天蓝色的大幕后面忽然闪出一位身着蓝色长袍的老者，他一边击打着手里的两块竹板，一边用沉雄浑厚的声音唱起来：

> 太阳出来了，
>
> 太阳又落了。
>
> 树叶又绿了，

树叶又落了。

草鞋穿烂了九十九双，

拐杖拄断了九十九根，

……

过了九十九道河，

爬了九十九道坡，

砍了九十九棵树，

搭起九十九个窝，

射翻了九十九头青麂子，

烧起了九十九堆劈柴火。

比兹卡，从此有了自己栖身落脚的草窠窠……

老者所唱的歌，词句重叠复沓，乐曲惊世骇俗，其内容细致绵密地描述了施州土著比兹卡的先祖——古代巴人的迁徙历程。多少年来，这个族群迁徙又定居，定居又迁徙，栉风沐雨寻找生存的"乐土"。在迁徙中，历尽了重重困难，饱受过战争与风霜的洗礼；在定居后，又不断从事着胼手胝足、披荆斩棘、开辟荒野、创造生活的艰辛劳动。

相传巴人的始祖巴务相，在武落钟离山率先联合樊、瞫、相、郑四个氏族的人丁组成部落，为寻找生存与发展的"乐土"，他凭着一支牛角号，凭着几口巴氏短剑，凭着十来只独木小船顺夷水而西迁。行进中，他们与急流险滩搏斗，与风霜雨雪鏖战，凿栈道，攀高崖，搏熊罴，斩毒蛇，与盘踞在盐阳一带的盐水女神部落先是和合联姻，后又纷争决裂，竟被盐神用巫蛊之法困在河谷中七天七夜不知东西所向，好不容易凭着一脉青缕迷惑盐神并最终射杀盐神……巴务相经过无数难以想象的艰难困苦和部落间的血腥战争，甚至付出了若干惨重的生命代价，终于在夷水上游筑起一座夷城，与部属们同心同德，渐渐建立起强大的军事联盟，从而开创了敢与天下豪强争雄的巴国。巴务相因其显赫的功绩，被他的臣民们尊为廪君。

廪君死后，相传他的魂魄化成白虎，从此形成了巴人及其后裔比兹卡无往而不胜的民族图腾。比兹卡的"舍巴歌"以及"梯玛神歌"，显然是对廪君巴务相率众西迁"君乎夷城"的壮举进行了原始的记录与热情的讴歌。

老者的头发与胡须黑白夹杂，绵密飘逸，须发间的瘦脸上只有高挺的鼻峰和深陷的眼窝，看不清任何表情，更让人猜不出他的实际年龄。刚刚赶到演武堂正门边的覃耳毛和覃友仁倾听老者恍若天外之音的演唱，不由得如痴如醉，热血沸腾。他们知道，这位被人们称为彭瞎子的老者，乃是虎钮山附近一位博古通今的"梯玛"（巫师）。据说他从出生的那一天起，一双眼睛就从来没有睁开过，两个眼眶深深地陷落在眉棱骨的深处，如同两口枯井，但他却不可思议地能为人解读《周易》，演绎八卦，能凭着两块竹板的敲击伴奏，吟唱数不清的山民歌和讲述数不清的史事，能捻着人的手腕、掌心和指端上的螺纹预卜主人公的吉凶祸福……彭瞎子孤身一人，多年来，被都爷覃普诸安置在白虎庙内栖身，让他朝朝暮暮与香火前的白虎神做伴。冬暖夏凉，覃普诸总记挂着以衣食之类侍候他。每逢寨内寨外的婚嫁丧葬，老者均被山民们或抬轿或牵马请到家中主持红白之事，他用虚幻离奇的歌词、诵唱结合的声腔、利索有劲的舞蹈、振聋发聩的预言，赢得了山民对他的顶礼膜拜。

好一会儿，演舞大堂里歌息舞止，彭瞎子从容地回到幕后去了。

覃耳毛走到点将台前，对一脸涔涔热汗的覃慧心说："妹子，你和向艮出来一下，我有话要对你们说。"

向艮，就是那个白衣白裤红腰带的小伙子。两人兴致勃勃地跟随覃耳毛和覃友仁走出厅堂，在校场旁边一株高大的桂花树下停下来。时至初秋，桂花开得正旺，浓郁的花香直钻鼻孔。覃耳毛说："你们把今天晚上父亲生日庆典的节目单拿出来，我们要看看。"

覃慧心说："两位哥哥，你们一个身为行军总管，一个身为行军总管府的家政，要操心的事够多了，庆贺父亲寿诞的事就交给我和向艮吧！你们尽管放心好啦，我们保证将晚会办得热热闹闹、红红火火。"

覃耳毛神色严峻地说："慧心妹子，最近一段时间，因为大宋王朝国势衰微，边事吃紧，蒙古人的大军已占领了中原、关中以及巴蜀等半壁河山，父亲的心事特别沉重，他不想将他自己的生日庆典弄得一派歌舞升平。我在想，能不能通过今天晚上的表演，向寨子上的军民进行一些保家卫国、同仇敌忾方面的激励。在这多事之秋，你们应该让表演负载起一种铁肩担道义的责任意识，来增强众人的忧患感和紧迫感。"

"这……"覃慧心一时间有点瞠目结舌。

"有道理！"英俊潇洒的向艮接过话头，快嘴快舌地说，"我与士兵们前不久刚刚排练了一出名叫《巴将军》的青阳戏，正好献给今天的大典。"

"巴将军？"

"就是巴国末年那个宁舍头颅不舍城的巴蔓子将军啊！虎钮山脚下二台坪的睚豁墓，正是巴将军的墓葬之一。尊贵的覃将军，你我身上都流淌着巴人的血液，面对国家风雨飘摇的现实，我们应该从古代先贤身上寻找我们的尊严与我们的血性！"

"好哇，那我与友仁大哥就先睹为快，看一看你们的精彩排练吧！"

"弟兄们，排练青阳戏《巴将军》啰！"

"好呐！"随着向艮一声呼唤，帷幕后立刻响起一阵热烈的应答。

（4）

重重崖石，莽莽丛林，萋萋沟壑。

晚风鼓荡的空气里，弥漫着一阵阵鲜浓的血的腥臭味儿。

即将沉落的夕阳，也酷似一张浸泡在滚滚血浆里的死伤将士的面庞，惨红惨红地分外怵目。它先是疲惫而沉重地耷拉在悬崖肩头，不一会儿，那张脸和那颗头，终于无可奈何地倾斜下去，滑落下去；西边天际上，只剩下一抹喷洒开来的燃烧着的血渍，为苍茫的树影山影装点出死的阴郁、夜的恐怖。

巫山南侧的连天关一带，大山环拱的沟谷中与林莽间，横七竖八躺满了宋军与蒙军战死者的尸体。他们或枕着刀枪盾牌，或倚着乱石荒草，或倒伏在血水淋漓的溪泉里，或坠落到幽深的悬崖下。其身姿，或两手抓挠着一同死于非命的敌人的脖颈与头发，或敌我双方各自将刀锋与剑尖深深捅进对方汩汩喷血的身体里，或被密密麻麻的箭矢扎得恰似一只只刺猬与一枚枚枯黄的板栗球，或身首异处、臂断腿折……血的腥膻，招惹得大山深处一阵阵鸱鸮悲鸣，一声声猿啼狼嗥。然而，夜，很快张开黑黢黢的大幕，将这所有的血腥都默无声息地包容起来，掩盖起来。

山风吹拂，利飕有劲，夜色迷离，一片混沌。仍然有惨淡星光，笼罩着影影绰绰的山崖与河谷，世界尚在真实和虚幻之间闪烁腾跃。

不知是什么时辰，覃散毛在无数尸体的枕压下渐渐苏醒过来。他定一定神，想起自己是在与蒙军部队血腥的搏斗中负伤昏死过去的。此时，两臂麻木得无法动弹，两腿沉重得如同石头，额角和双颊的血浆早已结痂，但头上与左臂弯的两处伤口却疼得特别清晰、特别明白。仰头望天，除却风紧云重，间或有疏星点点。覃散毛费尽九牛二虎之力，方推开身上一具一具血肉混沌的尸体，在星光熹微的晦暗里，他撑持着两个膝盖骨缓缓站起身来。

抹一抹血渍迷模糊的双眼，他环顾四周，除了自己，死寂的战场上再未发觉任何生命的迹象。他发现自己的头盔早已脱落，头发散乱地飘拂在脑后，身上的甲衣仍然冰冷地环拥着瑟瑟发抖的身体。覃散毛重重叹息一声，顺手抄起一条扭歪了的生铁棍当作拐杖，步履踉跄地离开山谷，向一处高崖边攀爬而去。高崖前面的草丛里，有一条曲曲弯弯的小路，在星的幽光下若有若无，向着不可知的远方徐徐延伸。

好不容易才踏上崖边的小路。覃散毛回头凝望着尸横谷壑的战场，内心里一阵阵酸疼难忍，有一种欲哭无泪的感觉。

他想到二十多天以前，自己奉父兄之命，离开施州虎钮大寨，仅率三十多名士卒来这连天关一带侦察巡行。通过多方面侦探了解，他已知此次边关危急，是因为北方塞外蒙人的大汗蒙哥，亲率数十万大军越秦岭直捣巴蜀。面临大兵压境，两川的宋军主将余玠虽也曾率部拼死抵抗，最终大败亏输，他手下的张实、杨立等守将先后为国捐躯，而大获山的宋军守将杨大渊则为了自保，公然变节投敌。仅有数月，蒙军在一个名叫蔡邦光的元帅统领下，已攻陷苦竹隘，连拔鹅顶、青居、大获等宋军堡垒，兵锋直指雅州、简州、隆州等地，眼见得宋朝西南地带危在旦夕。而宋室叛将杨大渊所部，竟然充当蒙军的先头部队，正将兵锋指向夔州、施州一线。弄清了这些情况后，覃散毛迅速率部马不停蹄地返回施州，恨不得立即将北边军情吃紧与杨大渊叛变的消息告与父兄，使他们有所防范。

不料就在前一天的傍晚，覃散毛等人在行进之中，突然遭遇蒙古人的军队与叛军杨大渊部纠集上千人的队伍从四面包抄。就在这道山谷里，他与他的部属们勇敢迎敌，拼死突围，凭着长枪短剑与弓弩，斩杀了上百名蒙寇与叛军将士。但因为寡不敌众，双方搏击了一个夜晚和一个白天，施州宋军人困马乏，饥疲交加，竟然导致了全军覆灭的惨祸，自己看来也是侥幸地逃得性命。覃散毛呀覃散毛，你年轻气盛，骄傲轻敌，一着不慎，以致酿此恶果，若回到虎钮大寨，该怎样在父兄面前诉说交代呢？

顺小路漫无目标地走了一程，覃散毛突然听到了一声马的嘶鸣。

不一会儿，那马从一棵大树的荫庇处探出头来，对覃散毛审视了一瞬，即踏响笃笃笃的蹄声迎他而来。覃散毛从马的鼻息声和颇有节奏的蹄声中已经辨认出，它正是与自己朝夕相伴的坐骑黄骠马。

黄骠马用鼻孔嗅了嗅覃散毛臂弯处的伤口，一边微微喘息，喷着响鼻，一边在他身前顺从地蹲下前蹄。覃散毛疼爱地抚摸着马的脖颈，然后两手攥住鬃毛，艰难地交替着迈开两条沉重的腿，跨上已经没有了鞍鞯的光溜溜的马背。他紧托着先前当作拐杖的生铁棍，伏在马背上用双腿夹一夹马肚。那黄骠马随即小心翼翼地踏蹄前行，将尸骨狼藉的血腥战场抛在身后，一道山岭又一道山岭地向南跋涉翻越。覃散毛知道，自己那匹识途的坐骑，正驮运着伤痕累累的他返归乡地，在夜色的掩护下，向着朝思暮想的施州虎钮寨方向进发。

星光历乱，夜风呼啸，山路弯弯，马蹄声声。负伤带彩的覃散毛终于从死人堆里爬了出来，再一次走向多灾多难的现实人生。

施州城，虎钮寨，有老态龙钟的父亲与慈祥温和的母亲正焦急地盼望着他，还有新任施州五路都督军民行军总管的长兄覃耳毛、族兄覃友仁以及弟弟妹妹们，都在热切地期待着他，希望他早日带回前方的军情。然而，他万万想不到，这次即将带回的，却是数十名施州将士悲壮战死的噩耗，却是自己孤零零的一人以及周身的多处创伤，却是晴天霹雳般的蒙古人与叛军一路斩关夺隘而宋军在前线节节败退的不幸消息……

马蹄声脆，偶尔可闻远处有流水呜咽。

（5）

虎钮山的秋夜，明月皎皎，山风飒飒，流泉在密密的丛林里和崖根下轻轻吟唱，桂花的异香缕缕飘逸在虎钮大寨前面宽阔的校场上。

校场旁的两排护栏，森林般竖立着的刀枪剑戟斧钺鞭锤镗棍叉耙和弓箭盾牌等兵器，在月光与灯光的映射下闪烁着幽幽寒光。校场靠近演武大堂的一侧，已搭建起一个巨大的舞台。台上台下，无数只大红灯笼和无数束松明火把均被点燃，红的、黄的、白的、紫的光芒在天空中相互交织，将虎钮山笼罩在一片神秘的氛围里。穿红着绿的男男女女与全副武装的士兵们一道，早已将方圆三十多亩地面的校场挤了个水泄不通。就连校场周围的石桩上和大树杈上，也爬满了嘻嘻哈哈大声喧哗着的孩子们。

将生日庆典的地址从演武大厅搬到露天校场，那是覃友仁的提议。他觉得，一场激励士气与民心的演出，应该让士卒们与周边的百姓们共同观看，而演武堂的空间毕竟小了一些。

老都爷覃普诸与田氏夫人及其家人落座的长条木凳，就支在舞台下方校场中央众人环拱的圈子里。多年的生日庆典，最使他由衷欣慰的，就是与虎钮城的军民一同观赏歌舞表演，一同领略宁静的月夜，或者一同倾听雨的泼洒、风的啸叫。此刻，他神态镇定，苍髯飘飘，青色头巾下的一双眼睛久久定格在舞台一侧的大红灯笼上，似乎又一次陷入对往事的绵长追忆之中。田氏夫人与朴素无华的老都爷似乎形成了鲜明对比，尽管她年近花甲，但仍然凤冠霞帔，穿金戴银，清瘦的脸上总是荡漾着浅浅的笑容。

他们身后，侍立着长子覃耳毛、三子覃化毛和刚刚从前哨赶回来的养子覃堰毛。长媳唐氏则拥着她五岁的儿子覃川龙一起，娴静地落座在田氏夫人的右侧。只有覃友仁穿梭忙碌在台前台后，为演出提供道具与安全方面的保障。

随着一阵牛角号的呜呜咽咽，舞台前赭红色的帷幕徐徐拉开，整个校场突然肃静下来。覃慧心报幕后，舞台上，往年为老都爷举行生日大典的喜庆色彩荡然无存，首先映入观众眼帘的，是两组袒胸露背的纤夫在风紧浪急的背景里手攀足蹬地拉着长纤，悲壮的号子声此起彼落，地动山摇。

拉纤，是人与大自然极其艰苦的拔河赛。人向高处走，水向低处流；为了生存，为了温饱，为了繁衍后代，施州地面的比兹卡自先祖廪君开始，就不得不沿着曲曲折折的夷水逆流而上！纤夫们赤着脚，裸着背，匍匐着腰身，大跨度地迈动着双腿，粗犷古朴的歌声飞越山尖，响遏星月，很快唤起人们对祖先最初开辟洪荒草莽、寻求生存之路的遥远记忆。

纤夫的队列刚刚走过，身负重载的背夫又上场了。树杈做成的"背架子"沉甸甸地扣在他们背上，一把"丁"字形的打杵，就是他们劳累过度时短暂的支撑与依托。众演员尽量模仿现实生活中的背夫跋山涉水、挥汗如雨的艰辛情景，其动作分明是在登险峰、下陡坎、过溪涧、沐风雨，唯有将重物歇在"打杵"上后那一声声"嗨哟哟嗬——"的悠长呼号，才尽情发泄出他们储积于内心深处的苍凉和沉郁。

看到纤夫与背夫们的沉重劳动，听着他们浑厚的歌腔与长声呼号，覃普诸想起先辈们创业之艰辛，不由得连声嗟叹，老泪纵流。田氏夫人脸上的微笑也冰冻一般地凝固了。

（6）

纤夫拉纤与背夫负重的开场舞蹈刚刚结束，在大筒琴、胡琴与鼓乐等急风暴雨似的伴奏下，青阳戏《巴将军》开演了——

巴国的胸朋地区，风紧云重，狼烟突起，弩箭纷飞，刀光闪烁，一伙凶神恶煞的贼寇一路烧杀抢掠而来，百姓们携老带幼争相逃难，悲惨的哭声振播着人们的耳膜，润湿了观众的眼眶。就在这令人抓心抓肠担忧着的时候，义愤填膺的巴蔓子出现了。他率领几名勇士与贼人奋勇鏖战，一次次从贼兵的铁蹄下解救出惊魂不定的老人与孩子……

舞台上尸横遍野，刀枪狼藉，浑身是血的巴将军在率领士卒们与敌人艰苦转战的间隙，经与众人商议，决定只身奔赴楚国去搬救兵。

卸下盔甲的巴蔓子穿着破衣，打着赤脚，唱着悲愤的曲子长途跋涉，尔后，他又手持竹篙仿佛在撑着一只竹筏子与波涛搏斗，好不容易才抵达千里迢迢的郢都，面见楚王。

态度傲慢的楚王端坐在厅堂中央，他听完了巴蔓子的诉说，却要巴蔓子同意事后割让三座城池才肯发兵救巴。巴蔓子心里油煎火熬，左右为难，但军情如火，他只好勉强应承下来……

巴国与楚国合兵一处，终于剿灭了在朐朋地区兴风作浪的贼寇，使这片巴国的疆土恢复了往日的安宁。

然而，很快，楚国的使臣就急匆匆地赶来索要三座城池。巴蔓子心如刀割，送使臣安歇后，他在舞台上对着苍天大地，无限痛苦地宣泄着他内心的矛盾与苦闷：

> 蔓子问月儿，
> 能否割三城？
> 月儿也知巴人心，
> 但愿巴山永不分。

> 蔓子问山林，
> 能否割三城？
> 山山昂首有回音，
> 巴国土地岂能分？

蔓子问夷水，

能否割三城？

夷水悠悠吐真情，

国土岂能送他人？


戎马征战中曾伴随巴蔓子立下赫赫战功的萧氏夫人为了安慰夫君，她慷慨建言，悲切吟唱，表示自己愿意以身替城到楚国去当人质，拼将一死以谢国人。

接下来，巴将军的唱词借劝勉夫人之语，几乎是声泪俱下地表现出这样一腔英雄情怀：


爱妻啊——

几十年，我与妻，相依为命，

戎马中，妻伴我，指挥三军。

沐风雨，添白发，不知秋近，

空送走，多少次，鹊桥欢欣。

盼只盼，太平年，弦歌有韵，

有谁知，到如今，世事难平！

茅草路，总要人，踏宽前行，

我已经，下决心，报效乡亲。

啊，不去楚，不割城，

就会要违约失信啦！

若失信，巴与楚，必动刀兵；

若失信，两国间，必起战云。

兵祸千里鲜血流，

白骨具具抛满城。

两败俱伤元气损，

强秦趁机来入侵。

我蔓子，一人做事一人当啦，

　　劝我妻，未来的日子你要多保重……


　　剧情达到高潮时，威严的蔓子将军持剑立在舞台中央，一双炯炯大眼直逼面前的楚国使臣，斩钉截铁地说："巴国城不可割，巴人信不可失。这样吧，我当刎头自尽，以表诚信。就请楚使先生用木盒子盛着我的头颅，回去答谢你们的楚王好了！"

　　言未毕，只见舞台上的巴蔓子从腰间掣出寒光闪闪的巴氏剑，一手揪发，一手挥剑，嗖的一声割下自己的头颅，他那半截身躯双手捧着淌血的头颅递到楚使的面前。一股热血从他的脖颈处喷泉一般冲向高高的顶篷，于舞台上空烛照成一片璀璨的红光。刹那间，台上台下，突然爆发出一阵雷鸣般的惊呼。

　　在众人的惊呼声里，在巴蔓子无头身躯高擎着血染的头颅的庄严"亮相"中，从大幕后边传出一组悲风飒飒的吟唱：


　　巴将军，抽出宝剑亮闪闪，

　　最后一眼看故城。

　　剑光一闪鲜血喷，

　　将军刎头已自尽！


　　楚使提头去复命，

　　楚王感动叹将军。

　　即以上卿之礼葬了头，

　　从此不提割三城。

　　啊，从此不提割三城！

　　……


　　老都爷覃普诸大为感动，他回过头来悄悄地问长子覃耳毛："慧心表演大义凛然的萧氏夫人，与扮演巴蔓子将军的小伙子配合得倒是蛮不错的！耳毛，那表演巴蔓子'宁舍头颅不舍城'的小伙子是谁呢？"

覃耳毛说："父亲还记不记得？今年正月十五元宵节的大比武，在演武堂内，凭着一支三节钢鞭的挥舞，竟把同时砸向他的十几条铜棍全部拨飞到六七丈开外的墙角里去的是谁？一连用十支飞镖，击灭百步以外的十支蜡烛火苗而蜡烛却没有倒下去的是谁？"

"你是说，他是老参将向鹏坤家的那个小子？"

"对呀，他的名字叫向艮，今年才二十一岁。"

"有其父，必有其子。唉！向鹏坤将军跟随我南征北战多年，想不到他一把铮铮作响的硬骨头，在与金人的血战中，竟然抛撒在乌江岸边的蒿草丛里。耳毛哇，你对这个英雄遗留下来的骨血向艮，可要多多关照一些啊！"

"父亲的叮咛，孩儿自当切记在心里。"

（7）

老都爷覃普诸生日大典晚会的最后时刻，换上一身黑衣黑裤的彭瞎子上场了。他披头散发，形销骨立，胡须狂舞，瘦削敏捷的身体恍若凌空翱翔的一只大鸟，两手挥动着一对法刀左劈右刺，在舞台上闪转腾挪，形如游龙戏水，猛虎下山，鹞鹰冲霄，并用一种惊雷滚滚般的嗓音吼唱道：

> 唷啊，父老哥兄啊，
> 日梦不祥啊！我要砍了它，
> 你夜梦惊惊我砍了它；
> 死人头上我砍了它；
> 死鬼头上我砍了它；
> 滚岩翻坎我砍了它，
> 投河跳水我砍了它；

麻索吊颈我砍了它，

刀劈斧剁我砍了它；

毒蛇吐信我砍了它，

饿狼当道我砍了它；

见钱起意、图财害命的我砍了它，

谋我家国、坑我百姓的我砍了它；

砍、砍、砍、砍、砍！

这世上不好不利的，统统砍了它……

覃普诸知道，这曲子的名字唤作《长刀砍邪歌》，是梯玛祭祀祖神的礼仪中最为精彩的一折。梯玛认为，人世间一切假恶丑的东西，都是因为"邪"在作祟。对于"邪"，不能祷告乞求，而应该用"长刀"与之斗争。在施州地面，比兹卡的巫性思维，始终贯穿着巴人先民强悍与尚武的精神，寄托着他们抗拒一切邪恶、由自己主宰命运的强烈愿望。"长刀砍邪"的表演，往往是高腔高昂，感情激越；平腔舒缓，感情深沉；韵律铿锵，优美动听。在虎钮山，只有这位半人半仙的彭瞎子，才有本事将这出戏演唱到如此大气磅礴、催人警醒的地步。

演出结束了，大幕徐徐落下。然而，好一阵子，坝子里的观众谁也不动，谁也不响，大家的心弦仿佛仍在微微荡漾的夜风里剧烈地震颤。直到老都爷覃普诸慢慢立起身来，激动地说："乡亲们，士兵们，国家安危，匹夫有责。纵观当今时势，我虎钮山周边的山地，虽然看上去暂时还是一派平和宁静，但是，稍远一点看，大宋仅有的半壁江山却危如累卵，风紧云重，蒙古人的虎狼之师从北边的草原与沙漠地带卷土南来，直捣巴蜀，已经逼近了夔州、归州一线，他们占我国土，掳我人丁，烧杀抢掠，无恶不作。我们只有齐心合力，严阵以待，才能免受种族灭绝的涂炭之苦！我相信：刚才戏中所演的那个巴蔓子将军虽死犹生，他的血性、他的情操、他的气节，定将在我等身上继续地发扬光大！"

夜色笼罩下的露天校场里，刹那间爆发出一阵雷鸣般的掌声。

生日大典的晚会尚未结束，虎钮寨的寨子外面，却传来一声一声马的嘶鸣。

覃普诸与田氏夫人刚刚站起身来，想叫覃耳毛等出去看看外面是何人夜半来访。冷不防，一个乱发披肩、衣衫不整且浑身是血的年轻人，趺趺撞撞一头撞进了寨门，跪伏在覃普诸夫妇面前失声哭号。

众人定睛审视，才渐渐看清楚，跪地而哭者，竟是奉命出山巡行的青年将军覃散毛，他是覃普诸夫妇的次子，覃耳毛的二弟。

覃散毛惨惨切切的哭号声，以及脖窝里与甲衣上若干结成痂块的血渍，将隆重中多少还有几分喜庆色彩的生日晚会，一下子带入到紧张而悲怆的沉甸甸的氛围之中。

# 第三章　郡守登山，议筑堡垒拒强寇

## （1）

八月初三早晨，虎钮山周边的低处雾霭横陈，一波一波地远接天边，而高高的虎钮山头却天朗气清，日光明媚。远远看去，灰黑色瓦脊与飞檐翘角相交错的虎钮大寨坐落在林木深处，恰似被乳白色海浪环拥着的一处仙山琼楼。

戴着铜盔、披着甲胄的覃耳毛与刚刚恢复一身伤痛的覃散毛兄弟两人，正在虎钮大寨前面的校场上一左一右立定，各自手执令旗指挥士卒们演练阵法。千余名白盔白甲的士卒一手操刀，一手持盾，排列成花束般的队形上刺下劈，左进右退，翻滚扑腾，纵跳起落。那队形时而收缩聚拢，时而急速散开，时而相互穿插，时而演变成若干门户，时而可见游龙般的阵容中无数大刀的刀片像雪浪般涌动，时而又成了一面面盾牌层层叠叠筑成的铁壁铜墙。身影撩拨着斑斓的倒影，刀光反射着闪烁的日光，重重崖石与森森绿树间杀声盈野，回音绕梁，刀片划起的呼啸声犹如雨骤风狂，好一派沙场秋点兵的壮举。

正演练间，忽有一名蓝衣小校骑着快马从西山石磴子方向飞速驰来。到了覃耳毛身边，小校滚鞍下马，单腿跪在校场前的一溜石梯之下向他奏报："报告总管将军，施州郡守谢大人的官轿已经到了山下，他说他有军国大事要与将军父子当面商谈。"

覃耳毛闻报，立刻将手中的令旗交给二弟散毛，叮嘱他继续指挥众人操练，并命两个随行士卒速速进寨通知他的父母以及友仁、慧心与化毛等作好迎客的准备。然后，他匆匆走到一棵大树边去盔甲，换上长袍，一阵风似地走下台阶，与蓝衣小校各乘一匹快马顺马道向西门方向驰去。

铜铃乱响，蹄声铿锵，两匹马在七弯八拐的马道上一阵猛奔，很快来到紧靠西门寨墙的一片花树丛中。覃耳毛拴好马匹，徒步登上西门寨墙，顺石磴子方向俯瞰椅背岩重重峭壁之下的坪坝子。他看见谢昌元的大轿已平稳停落在坝子中央，头戴乌纱、身着四品文官长袍的郡守大人，正在州府郡尉兼主簿樊颉的引领和轿夫们的搀扶下，小心翼翼登上悠长悠长的石磴子，气喘吁吁地向着崖顶攀登。

一行人尽管走得相当缓慢，但六百多级石磴子还是累出谢昌元一头淋淋漓漓的汗水。来到崖顶，他顾不得四品命官的矜持与尊严，一屁股坐在粗糙的石门槛上，张开大嘴呼哧呼哧地喘着粗气。

覃耳毛双手抱拳致揖："郡守大人，卑职已在此恭候多时。咱这草莽荒寨，道路崎岖，竟使大人如此劳顿，实在太难为您了。不知大人有何紧迫之事，何不通知卑职前往州府衙门去聆听教诲？"

谢昌元喘息方定，一边接过樊颉递过来的一方手帕擦拭汗水，一边说："耳毛哇，你们这覃氏寨堡四围峭壁百仞，易守难攻，真正是一夫当关、万夫莫开的好所在哟，作为固守一方的军事堡垒，简直是天造地设！想本官到这施州地面供职也有了一些年头，却不曾来此宝寨领略一番世外风光，岂不惭愧？"

覃耳毛急忙作答："敝陋之地，不胜寒酸，还望大人多多关照！"

谢昌元虽然颇觉劳累，但由于爽风拂面，花香扑鼻，郁郁葱葱的林莽诱人眼目，他很快就感觉到神清气爽，精神焕发。稍坐片刻，便立起身来，望了望远远近近的山景，捻动着山羊胡须哈哈大笑起来。

覃耳毛诚邀谢昌元和樊颉等人骑上小校牵来的马匹到山寨落座。

顺着悠悠马道，覃耳毛与谢昌元并辔而行，众人鱼贯随后。

一行人穿过几片荫郁的桦树丛，缓缓来到行军总管府前面的演武校场。

覃散毛看见谢昌元等人走出树林，急忙指挥正在操练着的士兵们排成两列长队，夹道迎候郡守大人的造访。

不一会儿，老都爷覃普诸夫妇也在家政覃友仁、女儿覃慧心和幼子覃化毛还有养子覃堰毛的簇拥下走出行军总管府大寨的门厅，微笑着向谢昌元一行人颔手致意。

谢昌元见覃氏蛮寨的兵丁们一个个白盔白甲，身姿雄健，威风凛凛，铁骨铮铮，不由得啧啧称赞。

覃散毛率先跪地叩迎："郡守大人一路辛苦，施州五路都督军民行军总管覃耳毛之弟、行军总管府旗牌官覃散毛叩见大人！"

覃友仁跪地："施州五路都督军民行军总管府家政覃友仁叩见郡守大人！"

覃慧心跪地："施州五路都督军民行军总管覃耳毛之妹、小女子覃慧心叩见郡守大人！"

覃化毛跪地："施州五路都督军民行军总管覃耳毛之弟、舍把覃化毛叩见郡守大人！"

覃堰毛跪地："施州五路都督军民行军总管覃耳毛之弟、干办舍人覃堰毛叩见郡守大人！"

"免礼了，免礼了！"

谢昌元轻轻一纵跳下马鞍，示意覃散毛等人站起身来，说："久闻老都爷普诸先生膝下有四名虎子、一位凤女，个个才貌出众，武艺超群。今日一见果然名不虚传。"

（2）

郡守大人谢昌元大步走到覃普诸身前，一把揽住正要屈膝跪迎的老都爷夫妇说："老都爷呀，你我同为朝廷命官，加上您年事已高，就不要行那些烦琐的礼节了吧。卑职今天特意登门造访，一是想欣赏欣赏贵寨的好风水，二是有非常重要的军国大事要与老都爷一家面商。"

覃普诸一边陪同谢昌元步入厅堂，一边说："人老了，不中用了！但我一家世代沐受皇恩，无时无刻不思报效国家。只要有用得着的地方，老朽仍可将一把老骨头抛撒疆场，在所不辞！"

谢昌元深有感慨地回答："老都爷的父亲伯坚公、叔父伯圭公，当年舍弃身家性命为国家征讨叛贼，挺进川西平息吴曦叛乱的祸患，立下过赫赫战功，不愧是我等忠心报国的楷模。我知道，老都爷亦是戎马一生，早在嘉定初年就出任遵义、石柱等处的镇抚元帅，在平息地方豪强的叛乱中身经百战，一片忠心日月可鉴。单说你们祖孙三代在虎钮山构建的这座军事营地吧，就为我们抗击仇寇、守土护民做出了很好的示范。最近，朝廷诏令我们在施州地面广泛创筑土城及关隘，以抵抗虎狼似的蒙古军队大举南犯，我想在耳毛、友仁等人的帮助下，细细考察一下老都爷构筑土城的创举，依法效仿并广为推行以为长远之计，如何？"

覃普诸说："国事艰危，边关吃紧，老朽我常常是'铁马冰河入梦来'，郡守大人若树立守土抗战之决心，我父子与其士卒们定当执鞭随镫，岂敢落后？至于这虎钮山的寨堡嘛，也是年久失修，薄弱环节不少，尚需大加修葺。施州地面峒蛮众多，愚以为各路蛮王所建峒寨，多有险不可破之妙，郡守大人当广为考察，凭坚固工事与来敌巧为周旋。有备，方能无患呀！"

谢昌元连连点头称是："老都爷言之有理，言之有理！卑职这次专程前往，就是诚恳地向老都爷求教来的。"

宾主在议事大厅落座后，侍女们端来水果，奉上香茶。谢昌元看到那些陶盘中鲜桃红艳欲滴，杏子灿如珠玉，不由向坐在他身边的覃耳毛发问："这虎钮山地势如此险峻，马不能上，轿不能行，从何处运来这许多新鲜丰硕的水果？"

覃耳毛哈哈大笑，说："古语即有兵马未动粮草先行的说法，我祖上既然在此设立营寨，单凭地势险要何能立足？虎钮山既有天险可守，更有沟渠如网，良田千顷，百果成林，茶香盈野。恕我狂言，只要这山不失守，纵使敌人以十万雄兵四面围困，也休想令我们陷入饥渴的境地。郡守大人既来之，则安之，这几天，卑职愿陪大人到山寨各处走走，瞧一瞧这虎钮山是何等的戒备森严，何等的物阜民丰。"

覃普诸说："据我多年征战之经验，军队要想立于不败之地，工事与粮草诚然重要，但更为重要的则是兵精将勇，众志成城。郡守大人若要想让施州大地固若金汤，择其要冲筑土城、设关隘、安排强弓硬弩滚木礌石等虽不失为明智之举，但依老夫愚见，兵心民心更是守土之本。蒙军势大，加上进攻四川的一路又是蒙军最高统帅蒙哥大汗率部亲征，结果导致宋室的多座城池土崩瓦解，军队望风披靡。我想，若有奇勇将帅善待士卒，抚恤百姓，广开言路，因地、因时制宜与敌灵活周旋，定能使人心凝聚，同仇敌忾，或可看到转败为胜之希望。我虎钮山寨兵不满三千，将不过十来人，粮草储备等物资虽能自产一些，但也并不充盈。数十年来，这座寨堡之所以能在兵戈扰攘中安然无恙，靠的是历代寨主布衣草履，躬耕垅亩，与全体将士以及周边百姓们甘苦与共、协力同心，靠的是每个人的身上深深融汇着一种酷爱和平的理想，一种疾恶如仇的血性。"

谢昌元说："老都爷之言令我茅塞顿开。纵观近百年的大势，大宋江山被弄得分崩离析。先是屡败于辽，后又断送大片国土于金，近年来更是遭受蒙古铁骑肆意践踏，皆因权奸当道，朝政腐败，导致军心民心不振所致。无奈我等久食宋室衣禄，只有面对危如累卵之局势挺身而出，奋力图报国家社稷才是。卑职在这多事之秋千里迢迢受任于施州地面，势单力薄，人地生疏，若想统兵抗蒙，救民于水火，还望老都爷父子高抬贵手鼎力相助才是。"

说话间，覃友仁从长长的甬道里匆匆走来，向覃耳毛做了个请客人洗罢手脸入席用膳的手势。

覃耳毛于是转换话头，说："郡守大人远途而来，穷乡僻壤没啥好招待的，就请大人一行到膳房品尝品尝我们这里的山肴野蔌吧！"

谢昌元客气地拱了拱手，道："多谢多谢！"

覃普诸、覃耳毛父子一同站起身来，说："请！"

（3）

午餐方罢，谢昌元一行稍事休息，便在覃耳毛、覃友仁等人的陪同下，沿着石板小径浏览山景与察看虎钮大寨周围的军事设施。他们从行军总管府大门前的校场坝出发，经御马槽的马道拐了几道弯，首先来到寨子后面高耸于峭壁之上的东门炮台驻足。

东门其实有城无门，长五十多丈的城墙，巍巍矗立在一面从山脚拔地而起的峭壁之上。峭壁名叫擂鼓崖，崖前有白虎庙，崖后仅有一径搭在悬崖的垭口处，垭口尖端即是炮台。顺着垭口墙基的便道，其北端通向乱石嵯峨的醒狮岭，那里有覃氏的祖坟；南端是逶迤连绵且延伸到云雾深处的晨剑台。俯瞰垭口之下的绝壁，枯树倒挂，瀑水飞溅，危岩森森。稍远处，隐隐约约的雾霭中，有砾石一般胡乱堆积的山岭和游丝一般时隐时现的道路。谢昌元随手扔下一颗石子，久久听不到它落入崖底的响声。他估计这崖壁少则也有百余丈高，比西门直上直下的椅背岩更为惊险万端，不由啧啧感叹："依凭如此险峻的关隘来守护，敌兵纵有强弓硬弩与火器之类又奈之若何？难得呀难得！"

覃耳毛挥动右手，指点四围起伏的峰峦，对着谢昌元如数家珍："虎钮山的四面皆是像这样的高崖绝壁。由东向北，有醒狮岭、狮口岩、老鹰岩、御马槽、悬崖勒马峰、北门沟和飓风口；再由北转向西边则有摘星台、金鹿山、玄武峰、椅背岩、祥麟峰；由西转南又是玉皇顶、腾龙岭，再跨过南门槽，绕过将军岩、鸡冠岩、门板岩等，然后一直衔接到我们眼前的那一尊晨剑台和我们脚下的擂鼓崖。在卑职的祖父和叔祖父凿通西门椅背岩的石磴子路之前，四面绝壁，唯有南门一径可上，却也奇险无比，不过是一条樵夫与猎人攀爬的小路。但这山顶上却有林莽万顷，绿水长流。近百年来，我覃氏一家三代叩石垦壤，开辟出良田千亩，广为种植水果、菜蔬、荞麦与大豆，并鼓励山民喂猪养鸡，猎兽打鱼，使百姓得以养生，使士卒衣食无忧。进可以攻，退可以守，虎钮寨小则小矣，但也是兵荒马乱中的一片乐土。"

谢昌元回过身来看了看城墙上安置的滚木礌石与暗堡中的几门土炮，面色略呈几分忧郁地说："虎钮山虽然易守难攻，兵器粮草等也略有些储备，但毕竟是独山孤城，幅员有限。我以为要做好长期抗敌的准备并谋求更为广阔的兴盛发展，施州地面应建立起如此规模的军事寨堡百十处，各处均要选派严阵以待的精兵勇将固守，而且能在统一指挥下彼此呼应，互为声援，方可长治久安。耳毛哇，你这位都督军民行军府的总管大人兼镇抚元帅意下如何？"

覃耳毛一边陪同谢昌元等人沿着城墙内的便道向北走，一边回答："卑职身为施州五路都督军民行军总管兼镇抚元帅，当然不能只想到咱这虎钮山区区一寨之安危，祖父与父亲曾受朝廷诏用南征北战，我自当枕戈待旦，随时听候朝廷调用，与郡守大人一道守护一方平安。"

谢昌元说："卿言甚合我意。我以为当务之急，一是要训练精兵，筹集钱粮，继续加固施州州署与虎钮山寨的防御工事，将之建成与施州土城互为掎角的军事指挥中心；二是要在北方的信陵、郧州，西边的马者、板桥、都亭、忠路，南边的歌罗、富州、顺州、唐崖、柘溪等要冲地带，多立土城，广设关隘，布下天罗地网，方能与强悍的蒙军形成犬牙交错的对垒局面。卿身为行军总管，又出身于军事世家，施州地面的防御大计自当以卿为全权拜托，至于钱粮之类急需物品、石木工匠之类建造人员，老夫自当多方筹措，尽可能满足供应。"

一行人辗转来到西城门，谢昌元指了指十几里开外夷水水浒旁的施州州署所在地，长声叹息说："这施州州署，地处夷水西岸之瑞狮岩、鳌脊山，虽有五峰、客星、天楼、石乳等青山四面拱卫，虽有夷水及其支流龙洞河、药水溪、麒麟水、巴公溪等深溪环护，但因开发较早，历史上曾为沙渠县、清江郡、清化郡的治所，如今四面的道路畅通无阻，地势并不险峻，加上历代构筑的土坯城墙多有颓损，若蒙古铁骑包抄突袭，州治要固守何其艰难？哪里比得上虎钮山自然形成的城阙堞垛似铜墙铁壁、幽壑巨隙若天门迷阵、怪石森然如雄师百万呢？施州治所若不迁移出平川之域，老夫我是日不安食、夜不能寐呀！"

覃耳毛闻言，思忖良久，说："郡守大人的意思，是不是欲将州治衙府暂时迁移到卑职的虎钮山营寨以避风险？"

谢昌元说："虎钮山寨堡乃卿覃氏祖祖辈辈创造下来的基业，昌元焉能夺人所爱？不过，我想趁蒙古人虎狼之师尚未逼近，投入铜钱百万缗，米麦数千石，请能工巧匠将瑞狮岩的州府和虎钮山的寨堡一道进行大规模的维护修整，在两处同时高筑城墙，加固工事，操练士卒，囤积粮米，开拓便道，安排精锐兵器与其他防护设施。若遇蒙兵压境，州府亦能紧急撤迁，将士也可往返策应，居高临下，势如劈竹，岂不美哉！昌元身为文职，统兵御敌大计全赖卿作主张，望卿能与老都爷以及诸弟妹共商州府移址之事。到了升平岁月，施州治所自当重返平畴之地瑞狮岩一带，虎钮寨仍只充当都督军民行军府驻地的军事堡垒为宜。"

覃耳毛若有所思："没有国，何以家为？请郡守大人放心，耳毛将速与父王和众兄妹一起权衡利弊，对大人提出的御敌方略，必当早日予以完满的答复。"

谢昌元多少有点感激涕零地说："耳毛哇，施州的防御大计就全凭卿作主张啦！还望你父子兄妹等早作打算，昌元回府衙后，自当静候佳音！"

说话间，覃耳毛已陪同谢昌元环绕虎钮山的凹形地带走了一周。谢昌元见覃氏所构筑的防护工事时断时续，并不连贯，心中渐渐生成要将虎钮寨拓展为一座虎钮城并充当战时施州治所的宏图大计。

（4）

中秋之夜，虎钮山行军总管府大寨的将士们与周围家家户户的百姓一样，都做好了吃月饼赏明月的准备，然而，天公不作美，从早到晚又直到黄昏，浓云迷雾竟把整个天空遮了个严严实实，还有稀稀拉拉的雨点溅落在树叶上、草丛里，发出时断时续的轻微声响。

无月可赏，也无心赏月。是晚，在行军总管府的议事厅里，柱子上悬挂的一盏盏豆油灯闪闪烁烁，发出橙黄色的光芒。覃普诸夫妇以及他们的子侄们聚集一堂，就施州郡守谢昌元提出将州治衙门迁入到虎钮山大寨和在周边地区广创土城与关隘之事，进行着热烈的讨论。

覃普诸以征询的眼光环视众人，说："我覃氏先祖自夔州一带辗转来此施州地面，在山重水复间好不容易相中了这虎钮山头饮马歇脚，屈指算计起来，已有了六十多年。你们的祖父辈戎马一生，你们的父亲这一辈人也是年年征战，但我们无论怎样奔波劳顿，都以这虎钮山头作为战争间隙休养生息的根据地。山寨里虽然没有广厦豪屋，地盘虽然并不宏阔，但它却是我们覃氏家族的归宿呀！你们的祖父祖母，还有友仁的祖父祖母，都安埋在这片山岭上。他们的灵魂依托着这里的高崖深溪，和白虎神一样，永远护佑着他们的子子孙孙。几十年、几百年以后，覃氏后人若要朝拜祖宗，寻找根基，定然不会忘记这座耸入云霄的虎钮大山。现今，战祸紧迫，兵荒马乱，北方蒙古人的铁骑卷土而来，情急之下，施州郡守谢昌元的州治衙门也相中了这块易守难攻的宝地，欲将他的衙门迁上山来以避顽敌。你们说，我们是满口应承好呢？还有闭门谢客好呢？"

田氏夫人清了清嗓子，不无忧虑地说："这虎钮山从前不过是一片乱石岗子，猛恶林子，我们经过好几代人的打整，才有了一些可以养活人丁的家业。堂堂知州府衙如若搬上山来，哪里还有我们安身的所在呢？我怀疑这个谢昌元老儿嘴里甜言蜜语，内心里会不会盘算着夺人衣食的鬼花样？"

年仅十七岁的覃化毛快人快语："我们不是看过姐姐他们组织排演的《巴将军》吗？我覃家的基业怎么能拱手送给他人？依我说，咱们干脆牢牢把守着四方山门，绝对不能让谢老头子鸠占鹊巢的阴谋得逞！"

这时，刚刚从侦探前哨归来的行军总管府干办舍人覃堰毛接过话头，说："据我到连天关、石柱关一带侦察所知，蒙古人的军队离施州地面还远着呢。加上四川宣抚使杨大人兵精将勇，夔州刺史李大人处处设防，哪里轮得到我们这些深山土著与蒙军交战的份儿？我看谢昌元不过是危言耸听，约我们联手抗蒙是假，夺取虎钮山大寨是真。我认为，咱们完全可以不予理睬！"

听覃堰毛提起四川宣抚使杨大人、夔州刺史李大人，猛一下激怒了年轻气盛的覃散毛。他齰地站起身来，指点着覃堰毛的鼻子，气愤地说："亏你还提什么侦察敌情！杨大渊、李德辉之流为了自保，早已开门纳贼，叛变投敌，率部充当蒙军的先头部队正逼近施州一线，他们设的是什么防？是对何人设防？上回在连天关围歼我部并将我的随行士兵斩尽杀绝的，就是杨大渊叛军的一支勾引蒙军所为。你……躲躲闪闪，侦察不力，还拿假情报回来搪塞。你……"

覃堰毛也毫不示弱，他一跳老高，用挖苦嘲讽的腔调回击覃散毛："我们两个一样出门侦察敌情，为什么我带领的人完好无损，你却弄了个卵吊精光？自己无能，还好意思教训别人，哼！"

覃堰毛系覃普诸夫妇收容的养子。二十多年前，覃普诸在石柱平定马氏峒主的叛乱，于敌兵败退的阵地上，拾得一个被贼寇用麻袋捆绑在马背上的男婴。当时，那匹马早已中箭死去，斜斜地躺在一口堰塘边，然麻袋里的婴儿仍在哇哇哭叫，覃普诸遂命部下将婴儿解救出来并带回营中。后来，他四处打探，也不知道那男婴姓甚名谁，父母何在，只好将婴儿送与田氏夫人哺育，收为养子。因为发现婴儿的地方有一口堰塘，就给他取名为堰毛。堰毛比覃普诸的长子耳毛小了许多，却比次子散毛稍大，是年大约二十三四岁的年纪。他四肢发达，头脑简单，不善攻读诗文，却膂力过人，行走如飞，马上功夫非同寻常。成人后，覃普诸根据他的特点，任用他为行军总管府的干办舍人，专门负责往返各地刺探军情、传递文书等职责。

覃普诸见散毛与堰毛争论不休，威严地喝叫道："大敌当前，你两个扯什么闲皮？别偏离了我们议事的主题！耳毛，继续讨论我们这虎钮山到底接纳不接纳施州衙门搬迁上山的问题。"

覃耳毛听得母亲与化毛、堰毛等人对接纳谢昌元将州治迁往虎钮山明显地表示反对，认为不妥，遂接过父亲的话茬说："我认为，如今天下纷争，在各种政治军事力量中分清敌我友至关重要。宋王朝面对北方蒙夷大举南侵，我作为朝廷任命的施州五路都督军民行军总管，怎么能拒绝与同样是朝廷委任的地方官府通力合作呢？请大家掂量掂量：是整个宋室江山重要？还是我覃氏一家的根基重要？施州州治迁往虎钮山寨不过是权宜之计，况且，施州路所有的军事力量差不多都在我覃氏家族的掌握之中，我们怎么能疑神疑鬼，与朝廷的四品命官分庭抗礼呢？"

（5）

覃慧心一边为已经膏油熬尽的油灯添油，一边慢声细语地说："大哥与知州谢大人同为宋室官员，如果断然拒绝施州郡守的指令，必定会背上反叛朝廷的罪名。我觉得，咱们应该非常慎重地分析谢大人的内心活动，分析艰危的时局与险象环生的时势，尽量做到有理有节、不卑不亢、灵活机动，从容面对各种可能发生的情况。"

覃堰毛插言："咱这行军总管府虽为朝廷所封，却并没有享受到朝廷的俸禄。在这多事的年头能够自保就不错了，又何必为那个远在天边的皇帝老儿卖命呢？"

覃散毛愤愤不平地回击："哼，自保自保，杨大渊的叛军不也是为了'自保'吗？"

覃耳毛鄙异地扫了那个一身横肉的养弟一眼，威严地说："堰毛，你是不是太自私、太狭隘了一些？若蒙古人的军队长驱直入，覆巢之下焉有完卵？施州州府不保，虎钮寨又能维持得了多久呢？正如同没有虎钮山这座营寨，你我兄弟就只有喝西北风的份儿了。"

"你……"

覃堰毛还欲争执，覃普诸打断了他的话头，说："算了算了！不过，孩儿们争辩一下总是有好处的嘛！"

覃普诸又转向自己身边默然仰望着顶篷的覃友仁说："友仁，你是我们大寨里的军师。叔父我想听一下你的高见呢。"

覃友仁与覃耳毛交换一下眼色，他见覃耳毛微微颔首，于是立起身来，用右手食指在桌面上勾画着施州一带蒙军进攻与宋军防御的草图，说："今天下午，我与耳毛弟商量了一会儿，决定对整个施州地面的防御方略进行重新部署。你们看，这是夷水河，这是现在的施州州府，这是虎钮山。而蒙哥大汗的军队早已逼近北方的万州、夔州、归州，南边的富州、顺州一带也被他们的军锋所指。咱虎钮山军事寨堡是施州路的行军总管府，若想配合谢昌元固守无险可依的瑞狮岩、鳌脊山州治所在地，实在是力不从心啦！假如敌军攻破施州州城，另立他们掌控的州府，就标志着整个施州地面均被他们所占领了。我认为，虎钮山的确不失为一处重要的军事寨堡，而且处于施州地面的核心区域，完全可以建成守护施州以及南方蛮峒地区的中心军事指挥部。"

覃友仁以指为笔，在桌面两侧大幅度迂回指点："同时，还得在连天关、石柱关、玉峰关、梅子关、铜锣关、东门山关、石乳山关与七曜山等南北险要地带修筑工事，设立关隘，各派小股精兵分头把守，以虎钮山为号令让各隘守军互相策应，方能挫敌锐气，暂保施州无事。谢昌元若迁州治衙门于山上，我认为我们可以暂时接纳。军政配合，这叫文武之道，一张一弛嘛，对集中力量抵抗蒙军入侵大有裨益。为避后患，我认为不妨在迁治之际与谢昌元立下君子协定，若敌兵溃退，当还州治于原址，虎钮山仍作为我覃氏纯粹的军事寨堡就是了。"

覃普诸见覃耳毛、覃友仁对州治迁址与施州防御方略安排得头头是道，重重地舒了一口气，不由捻动胡须发出会心的微笑。

覃耳毛接着说："我虎钮山的将士亦应分散到各处督促防御大计。我决定：由散毛率部前往珍州、顺州、富州一带构筑寨堡，坐镇革勒车；由堰毛率部继续到连天关、石柱关、野三关前哨往返侦察，随时向总管府报告峡江沿线的敌情；由化毛率部前往夷水下游的梅子八关设立寨堡，坐镇渔峡口；我自己将向西线的隆奉、龙潭、金峒、龙渠等地进发，联合与我们友好的各路峒蛮一道设立坚固防线，以备蒙军从万州一线突破七曜山的天然屏障；至于虎钮山大寨，则由友仁大哥和知州州府委派的郡丞兼主簿樊颉等人在父亲的参谋下重新加固防御工事，所需一应钱粮，郡守大人谢昌元早已满口承诺；至于虎钮山驻守士兵的训练与战备，就拜托慧心和参将向艮等人全权负责了。"

覃普诸对覃耳毛说："很好！你这个行军总管兼镇抚元帅除了联合西线外，还得随时监控各路人马的相互策应。耳毛，你的中心指挥部，还是应该落脚在行军总管府所在地的虎钮大寨啊！"

"那是当然，请父亲尽管放心！"

## （6）

约莫子夜时分，从渐呈稀疏的云层里刚刚显现出朦胧身影的中秋之月，早已斜斜地挂在了西山的脊梁上，众人方从议事厅走出并陆续散开，分头回到各自的居室里去。

覃耳毛和覃友仁在阶前一番耳语后，随即踏着被林木切割得七零八落的点点月光，穿越林木挤瘦的甬道，绕到寨子后边擂鼓崖一线的东门炮台。登上炮台，二人顺手拾起若干枯竹枝子扎成一束，从衣襟里掏出火石燃成火把，很仔细地检阅着炮台上矗立着的几门重炮。那些冰凉的炮身被树枝与草茎浓浓地覆盖着，每一门重炮，均有一名岗哨昂首挺胸地守护在一旁。他们发现寨主与家政擎着火把向他们走过来，遂响亮地打着招呼："覃将军辛苦！家政大人辛苦！"

覃耳毛逐一安抚轮岗的小校们，说："你们辛苦，别打瞌睡。天气渐凉，出来值岗可要穿得厚实一点哟！"

"谢谢将军，我们一个更次换一回岗，这么一点时间不会打瞌睡，也不会着凉的。"

"那就好，既要提高警惕，又要养精蓄锐。虎钮大寨的安全就拜托尔等全体将士了！"覃耳毛一边与小校拉话，一边爱抚地用手掌在其肩头轻轻叩击。

离开炮台，两个人又顺着山脊向北走了很长的路。走着走着，覃友仁不由重重地吁出一口长气，对走在他前面的覃耳毛说："总管将军，我想起今天早晨谢昌元大人的一席话，心头平添了一种忧郁之感。是的，我们这虎钮寨的确易守难攻，但毕竟是独山孤城，毕竟是幅员有限，若要切实保障大寨安全，我们要做的事情还很多，譬如加固城墙，譬如操练士卒，譬如在四围高山深谷多创土城，一有战事以便彼此呼应……看来，行军总管府与施州州治衙门暂时合为一体，应该是一种力量的凝聚。然而，伯母的担忧，化毛、堰毛的提醒，也不是完全没有道理。你说，事已至此，我们到底应该如何取舍？我们能一口应承谢大人的要求吗？"

"怎么？友仁兄也顾虑到虎钮大寨被鸠占鹊巢的命运啦？"

"战时倒没啥，就怕战争结束后请客容易送客难呀！"

"我还是那句话，天下纷争，分清敌我友至关重要。咱覃氏能否保住虎钮山的根基，我以为一要靠忠诚，二要靠实力。总之，当前的主要危险不是宋室的官府，而是北方的夷狄。"

"那也是。你讲到分清敌我友，我这过敏的脑子里不由得又在翻腾着另外一桩事情。"覃友仁小声嘀咕。

"什么事情？"

"前不久，我们派出散毛、堰毛各率一支队伍到邻近夔州一线的北边大山里侦察敌情，他们回来后，却对前方的战况各自得出迥然不同的两种结论，这很奇怪呀！晚上在议事厅，散毛和堰毛又发生了争论。你是否想过，杨大渊、李德辉的部队，究竟是在继续抵御蒙军呢，还是成了为虎作伥的叛军？散毛堰毛兄弟俩，到底哪一个人的话值得信赖？"

覃耳毛想了想，如是作答："这情况很重要，只有知己知彼，才能使我们立于不败之地。看来，等虎钮山的城建工程开工之后，我得委托心腹参将向艮前往北边的石乳关、连天关一带侦探侦探。不弄个水落石出，咱还真的放心不下，无所适从。我去七曜山以后，守护大寨与巩固城防的事，就全权拜托友仁兄与慧心等人了。"

远处，更夫的击柝声笃笃笃地传响，并伴随着一位老人苍凉的吆喝声："时值三更，轮岗换勤——，三更啦，轮岗换勤啦——！"

月轮西沉，夜凉如水。

返回寨门的途中，覃耳毛与覃友仁路经白虎庙前的山门，忽听得半开着的庙门里依旧琴声悠扬。梯玛彭瞎子正操持着胡琴，在琴声的伴奏下引吭高歌。

二人细细听来，瞎子的唱词是：

> 钮鼎掷于弃壤兮，
> 唯孤峰而兀立；
> 覃氏耕于蛮荒兮，
> 镇诸峒而抚夷；
> 起兵端于胡马兮，
> 更见堡垒崔嵬；
> 举灭国于世乱兮，
> 神何殛尔威仪？
> 噫吁乎——
> 男儿血，女儿泪，
> 春风醉，秋雨泣。
> 终落得，功过是非分声寂寂，
> 好一片，寒烟衰草连碧……

老梯玛的歌嗓特别的浑厚凝重，悲凄惨烈，苍苍凉凉，在浓浓的夜色里和飒飒的林涛里盘旋翻飞，余音袅袅，仿佛世外禅语，仙界梵音，充溢着一种不可名状的玄味。

覃耳毛、覃友仁不约而同，禁不住浑身打了几个激灵，方感觉到这中秋的后半夜已经是冷风砭骨，两人的脚步也变得格外地沉重起来。

琴声如诉如泣，歌声如梦如烟……

# 第四章  大兴土木，军寨州署一肩承

## （1）

大概是凡事以兵贵神速为宜吧，施州知府谢昌元得到覃普诸父子同意将州治迁往虎钮寨的通报后，立刻上山与覃耳毛一道对周边地理环境进行实地考察。各项准备工作仅用了一个多月时间，就点拨人马开始采石伐树，掘泥垒窑，烧砖锻瓦，大兴土木。他们俩分别任命州府郡丞樊颉和行军总管府家政覃友仁负责总监工，又安排了各具体工程项目的技术监工，共组织一百多名能工巧匠和两千多名夫役，同时启动了三大工程的改造与扩建。

谢昌元确立的三大工程，含修建州府衙门的大院、构筑山头四围的高墙雄关作为防护工事，和顺墙根开拓一条环形跑马便道。

他决定模仿瑞狮岩知州州府的建筑式样，紧傍虎钮山大寨即行军总管府的南端建造一组砖木混合结构的四合大院，供州治迁徙后州府官员们处理政务之需。这座大院的选址背枕擂鼓崖，面临普陀岩和祥麟峰，坐落在一马平川的丛林与果园间，即虎钮山凹型顶部盆状地面的核心区域。大院中央设计为两口并列的天井，天井之间是三丈来宽的廊道，环绕天井和廊道将建成"口"字形的楼房群。其上首为主楼，上下三层，以砖封为主；左右两边的侧楼为木质结构，共两层；下首正中为门楼，楼高三层，底层为砖砌的门道，门道向内与天井之间的廊道相通，门道外面则用麻条石铺成宽敞的阶沿与台阶，顶层为飞檐翘角的柱廊式亭楼；门道两边，各有高悬于石礁磴上的木质结构的厢房，共两层，恍若比兹卡农家的吊脚楼。待砖木结构的框架完工后，楼顶一律钉木椽子，盖青泥瓦，所有柱梁与板壁一律涂上板栗色的生漆。

谢昌元又计划对周围山脊覃氏家族历年来断续建造的原有城墙与关隘等防护工事进行加固，并将那几段零零散散的城墙连缀起来，使之成为环护整个山寨、依托于高崖顶端的封闭式防线。这计划中的城墙均宽四尺，均高八尺，城阙堞垛参差排列，顺波浪式的山脊逶迤连绵，起起落落，总长度可达二十一里，共串联着八座关隘。每道关隘皆有门洞与哨楼，而以东南西北四座城门上的哨楼最为宏阔气派。四座城门的定名为：东为羲和门、南为朱雀门、西为白虎门、北为真武门。

二十一里长的城墙内侧，将开拓出约为一丈二尺来宽的跑马便道，合约一千七百五十丈长的路面一律用青石铺砌，依地势时而为平道，时而为阶梯，险要地段在路侧还配以青石雕花护栏。若遇紧急情况，这上上下下的马道，将便于守护将士们策马驰骋，往返接应，以及官员们巡行。

为了供施工人员食宿以及供粮米、建筑材料的运输与储存，谢昌元还提议在西门外椅背岩下二台坪的坝子里建起了若干临时性棚房，从高处俯瞰，那些棚房恰似一大堆扔得乱七八糟的积木。自宝祐六年深秋一直到次年白雪皑皑的冬季，在长达一年有半的时间里，虎钮山里里外外全是忙忙碌碌的施工人流。凿石头、抬木头、夯路基、赶骡马的号子声响彻云霄，卧在高崖上的几台大绞车日日夜夜紧张地吊运着巨木顽石、砖瓦灰浆、饭篓菜挑，使原本宁静的山石丛林闹腾得红红火火，生机勃勃。

## （2）

覃耳毛、覃堰毛、覃散毛、覃化毛分头离开虎钮寨，或侦探敌情，巡视边防；或联络南方各溪峒，商讨御敌方略；或于雄关险隘征集人马，指挥他们构筑军事寨堡。真正在虎钮山主持扩建工程的除了总监工樊颉、覃友仁，其核心人物还是那位已快进入古稀之年的老都爷覃普诸。朝朝暮暮，他拄着一根漆得乌黑发亮的凤头拐杖，细心地察看工程质量，了解工程进度，与工匠们、夫役们谈古论今，有说有笑。

转眼就是雪锁冰封的腊月天，各项目的施工仍然如火如荼地进行着。

腊月初，一个滴水成冰的日子，覃普诸照例早早起床，在田氏夫人侍候下，喝一碗滚热的油茶汤暖暖身子。然后由两名家丁陪同，拄着拐杖走下行军总管府前面的十二级台阶，又转向左边山坡上的冰雪小道迂回登山，漫步到擂鼓崖前的便道察看工程进度。登上擂鼓崖，他看到覃友仁与樊颉一行自南向北匆匆走来，用手指点着掩映于丛林深处的行军总管府正在议论着什么。覃普诸不由心生疑窦：怎么啦？难道谢昌元意欲拆迁他苦心经营的覃氏大寨吗？那一片白的积雪与灰黑色的瓦脊，护卫着的可是覃氏三代人的心血与根基呀！

樊颉和覃友仁显然也看见了迎风伫立在雪地里的覃普诸，他们一边微笑着向老都爷招手，一边加快了脚步。文静而清瘦的州府郡丞樊颉抢先一步握着覃普诸的右腕，说："老都爷，您好早哇！"

覃友仁也笑容可掬地说："伯父，大冷的天，何不在被窝里多休息一会儿？"

"起惯了早床，哪里睡得安生？出来走走，才能感觉到这冰雪天里的清新味儿呀！"

覃普诸清了清嗓子，接着说："樊大人，郡守谢大人开销那么多的粮米铜钱与人力兴建虎钮寨堡，眼见得这荒山僻岭颇有了一些繁庶的景象，老夫打心眼里感到高兴。想我覃氏三代，苦挣苦拼六十余年，方建起眼目下的这一片瓦屋。虽说是五进七出，却低矮狭小，简陋寒酸，勉强够老老小小的百十口人丁遮蔽风寒。大量的士卒与下人，只好在周围的树林子里搭棚栖身。但话说回来，如果没有这片瓦屋，虎钮山也就没有人气，没有活力，寨堡则不成其为寨堡，都督军民行军总管府也形同虚设。因此我想，不管虎钮山发生什么变化，这虎钮大寨可不能废除啊！"

樊颉说："老都爷尽管放心。郡守大人曾反复叮嘱我，将州府移建虎钮山，决不能对原有行军总管府建筑予以丝毫破坏。您看，顺擂鼓崖向南，这一面徐徐延伸而下的斜坡恰似高耸的马脊，虎钮大寨行军总管府的五进七出建筑位于右侧，知州州府的'口'字形院落建筑位于左侧，不正好形成马脊两边的一对驮篓吗？若待府衙竣工，尔后将行军总管府门前的校场向南扩建延伸，两幢建筑就浑然一体了。我与友仁兄商议，从后年起，再利用一到两年时间，顺西山坡的脚下铺筑一道四里多长的石板街，两旁逐步建起店铺、酒肆、作坊、仓廪等，招募虎钮山下的百姓来此定居经营，使之形成各种物资交流的市井。有农田，有果林，有街衢，有市井，虎钮山军民才会享有充裕的衣食保障。若在周边再选址建成戏楼、学馆、考棚等教化设施，这一块地面定能真正地繁庶起来。"

覃友仁补充说："郡守大人以为，既然虎钮山将成为施州行政与军事的双重指挥中心，商贾百业不兴盛必然多有不便。虎钮寨只有变为虎钮城，士农工商无所不备，粮食菜肴源源不断，才能进可以攻，退可以守，才不至于在兵荒马乱中坐等山空。"

听完樊颉和覃友仁的娓娓叙谈，覃普诸重重地舒出一口长气，压抑的心绪轻松了许多。他想，咱覃氏虽为百年望族，但独木不成林，只手难擎天，几代人六十多年苦心经营，除了在山头建一片院落、修一座寺庙、筑几处工事外，还有多少值得后世子孙引为骄傲的业绩呢？众人拾柴火焰高哇，看来，能与谢昌元协心同心打拼虎钮山，虽然是沉重的选择，但也许更是一种明智之举。

覃普诸用凤头拐杖指了指行军总管府北边林莽幽深的醒狮岭，对樊颉说："那片林子里，有我覃氏的祖坟，而这擂鼓崖前则是祖庙，还望主簿大人在郡守面前多多美言几句，一定得妥为保护。我年近古稀，身体羸弱多病，他日若一缕魂魄悠悠飘散，还望在祖坟旁边占用七尺土地呀……"言未毕，老都爷不禁泪水如丝。

樊颉与覃友仁交换一下眼色，回过头对覃普诸说："老都爷一家世代忠良，德高望重，祖坟与祖庙焉有破坏之理？我知道，这前山的白虎庙，不仅是覃氏祖庙，也是施州比兹卡祖神的供奉之所。他日这里若成了繁华市区，白虎庙的香火只会更加旺盛。至于覃氏祖坟之地，我一定禀告郡守大人，特意制定出相应的保护措施。"

"谢谢了！"覃普诸用捧着拐杖的双手对樊颉拱了拱，说，"樊大人您忙吧！老夫我在工地上随便转转，就不打扰了。"

樊颉拱手还礼，说："老都爷慢行！"

覃友仁施礼："伯父慢行！我与樊大人还要到北门工区进行工程验收，恕不奉陪！"

（3）

告别樊颉与覃友仁，覃普诸在家丁扶持下，不由自主向着擂鼓崖前残雪尚存的林子深处慢慢走去。三下两上，七弯八拐，他来到了高树环拱中的白虎祖庙。

这白虎庙始建于大宋庆元年间，是虎钮山最早的人工建筑。六十多年的风风雨雨，已使庙门前的廊柱、门框与窗棂都变成了古色古香的模样。枝杈屈曲盘旋的古树与藤萝，将整座庙宇掩蔽在不见天日的浓荫里，只有在树叶较为疏朗一些的冬天，才有花花点点的日光或天光投影在它的泥墙上与台阶上，点缀成一种扑朔迷离的斑斓。此时，在覃普诸眼里，这里除了朦胧的天光，更有古树与檐口上倒挂着的冰凌们参差错落、寒光闪烁，偶尔可见栖在枝丫上或凝在地面上的小团小团积雪，像树们草们皎皎开放的无数素花。光与影，冰与雪，将孤独的白虎庙笼罩在一片仙风道骨的氛围里。

庙很小，除去中间大约三丈见方的白虎殿堂外，两侧各有一间小小的耳房。一间供常住在这里的梯玛彭瞎子安寝与存放杂物，一间供他生火取暖，烹茶煮饭。白虎殿堂正面，供奉着比兹卡始祖廪君巴务相的木质坐姿雕像，与真人一般大小。虎须倒竖、圆眼环睁的他右手高擎牛角号，左手握着腰间巴氏短剑的剑柄，背负一张弓，一壶箭，露着背，袒着胸，裸着臂膀，赤着腿脚，唯在腰间系有一条豹皮短裙，虽则一声不响，二目无光，却也威风凛凛，杀气腾腾。雕像后面的墙壁上，悬挂一幅苍灰色的布幔，布幔上用丝线绣着一只白虎的头像，龇牙咧嘴，似乎正眺望着门外的莽莽丛林引颈长啸。

廪君雕像左右各塑有两个持刀侍卫，面目不甚清晰，表情颇为僵硬，也许就是廪君当年收编的四姓部落的首领们。真正令人瞩目的，倒是廪君塑像前供桌上镶嵌的那尊虎钮錞于。在闪闪烛光与袅绕香烟的护佑下，显得格外精工富丽，铜锈灿然。梯玛将虎钮錞于常年供奉于此，并称它为虎钮山的镇山之宝。

覃普诸清楚地记得：那一尊虎钮錞于，是若干年前自己的父亲覃伯坚在夷水畔一处古战场构筑工事，不经意地从路基下的土层里发掘出来的。据老辈人传言，虎钮錞于是古代巴人的军乐器，以虎为钮，象征着巴人对始祖廪君的由衷崇拜。诸侯列国争雄的大周王朝时期，凶悍锐勇的巴国军队常常敲击着虎钮錞于呐喊冲锋，一次次把敌军打得丢盔弃甲，狼狈逃窜。

覃普诸刚刚迈进白虎庙的门槛，瘦骨嶙峋的彭瞎子早已手持香烛侍立在殿堂一侧。他以异样的腔调向老都爷打招呼："听说老都爷要出远门，我想您必定会来祖庙辞行的！瞎子我在这里恭候多时了。"

覃普诸知道，彭瞎子从来就不会用眼睛观察世界，因为他从来就不具备眼睛这种器官。但他总是对世上的事情有一种不可捉摸的默契，无论你怎样不露声响，不与搭讪，只要你来到他的身旁，他一准知道你是谁人，你有何事。然而此刻，老都爷仍然大为惊讶，他惊讶的不是彭瞎子早早知道他的到来，而是彭瞎子说自己要出远门，前来祖庙辞行。因为他最近根本没有任何关于"出远门"之类的行程安排呀？

"我的彭老弟哟，老夫特别佩服你那一双灵性的耳朵，什么事情都瞒不过你，但今天你显然出错了。我腿脚已不灵便，人也变得懒散了，哪里还会出啥子远门？只因枯坐在屋子里怪闷得慌，所以专程来看看你的。"

"谢谢，谢谢！老都爷说我出错，也许在所难免。不过这世间错即对，对即错，有即无，无即有，一即一切，一切即一，阴阳轮回皆有定数，老都爷亦应坦然面对就是了。"彭瞎子将手中的一束檀香递给覃普诸，一边用打火石为他焚香，一边回答。

覃普诸将那束青烟缭绕的檀香插在雕像前的香炉里，然后伏在蒲团上向廪君这位白虎祖神虔诚礼拜。拜毕，他举目凝望神情庄重的雕像，禁不住在内心里默默祷告："祖神啊！您的一生辗转奔波，居无定所，却在盐阳错杀了毕生最爱之人，却在称君夷城后不久即魂化白虎，这是不是一种难以弥合的缺憾呢？一代一代的人生匆匆掠过，一重一重的灾难无止无休，什么时候，咱比兹卡才能真正地安居乐业、共享升平？那些深院高墙，险隘雄关，真的能固守我们所景仰的宁静与太平吗？"

彭瞎子在一旁轻敲竹板，慢声细语："人，也是一炷香。就是在一点一点烧完自己的同时，才能散发出一种清香的味道。譬如这祖神，他的骨肉早已化为灰烬，但他的灵魂如同这还在盘旋着、飘荡着的烟香味儿，感化着你我这些后人呢。香贵有烟，烟贵在香，历来如此！"

覃普诸立起身来，默默观察着彭瞎子的举止，倾听着他玄而又玄的道理，不由发问："瞎子老弟，你心有灵犀，悟透天机，请你掐算掐算：当前，咱这虎钮山寨应施州郡守谢大人之约大兴土木，依山立城，以备外寇骚扰。若战事一开，强敌压境，此山终能守否？会不会动摇咱覃氏的百年根基？"

彭瞎子双手合十，口中念念有词："古人云，'明者因时而变，知者随事而制'，可守之地，亦是可攻之地。古往今来的兴废更替虽赖人力，但终将顺乎天理，归于自然。我想，一段一段的城垛总会倾颓，一串一串的故事总在流逝，时间必定会把前人的业绩与建树推向遥远。然而，片片冷风景里的这山之魄、路之魂、城池之灵、庭堂之脉，还有你我之欲求等等，终将无可朽腐。覃氏根基又何必拘泥于一山一寨？子子孙孙自会传之久远也！"

倾听瞎子梯玛那些难以琢磨却也似有所悟的偈语，覃普诸唯能一脸苦笑。他挪开脚步，分头察看彭瞎子卧房与餐房内的陈设。看到这瞎子的一把大筒琴静静地挂在床头，床铺上的被窝绣枕之类叠得有棱有角，几口瓦坛分别盛放着大米、红薯、豆粒、干菜等；火塘里柴草堆放整齐，方桌上餐具排列有序，颇觉欣慰。他嘱咐随行家丁要为老梯玛及时备柴备米，然后握住彭瞎子皮包骨头的两只手腕，说："老弟呀，我每天都会派人来问候你的，缺啥子吃的用的，尽管说，我定当满足供应。一定要好好地活下去，你是咱虎钮山的一块宝呀！"

"老都爷，瞎子这条命一直是你供养着的，今生今世我是难以报答了。但愿你也要多多保重，一路走好，走好哇！"彭瞎子虽然面无表情，但覃普诸明显地感觉到，他的两手颤抖得特别厉害，那是他这个瞎眼人由衷激动的表现啊！

彭瞎子一直将覃普诸送出白虎庙，送上醒狮岭，仍站在岭上空旷的雪地里"目"送着他渐行渐远。

就要转弯了，覃普诸回过头来，最后瞥了一眼如同一段枯树桩的彭瞎子，竟感觉到心腔里迸发出一阵莫名其妙的隐恻与伤痛！

（4）

大约在连续十多天的时间里，覃普诸日复一日拄着拐杖，在家丁陪同下穿插在林荫小道，攀行在险崖石峰，往返于城建工地，几乎转遍了虎钮山头所有的角角落落。

他看见祥麟峰对面的山场上，州府衙门"口"字形大院的墙基已经砌成，阶沿与台阶的麻条石凿得方方正正，鼓式柱础、狮身门礅、龙凤与祥云图案的过梁等雕工精湛、纹路清晰，铺天井的青石板一块块明晃晃地如同镜面。木工师傅正指挥夫役们将粗大的树筒子搁到架木上，供他们削树皮、打墨线、挖榫眼、上川枋，排成高大结实的木扇子，只待总监工择定吉日立屋起扇。

他看见原来断断续续的走马便道已被相互勾连延伸，并且拓宽了许多，顺新修的城基蜿蜒起伏。路基上下新翻的冻土散发出一股淳厚绵长的乡土味儿，夫役们正在抬运铺筑路面与砌造保坎护栏的石头，将它们一长摞一长摞地堆放成垛。为了让开地面，大量古老的柏树、杉树、楠木、高槠等已被木工们砍伐运走，正好充当建造府衙的柱梁之类，便道边的雪原上和林莽间，只剩下一堆堆七零八落的枝柯。

他看见虎钮山周边的山脊与悬崖上，蚂蚁似的施工人流来来往往。众人一边喊着号子，一边将大石头用铁链捆扎，用木杠抬运，从山根一点一点地向着山巅进发。也许是由于汗水蒸腾的缘故吧，其余地方都是冰封雪盖，唯有建筑工地则一律冰消雪融，雨雾苍茫。不少地段，厚实的城堞已经壁立于峰峦之上，垛口形似锯齿，门洞威严森然，关隘摩天接地。那长龙似的城墙前不见首，后不见尾，连绵起伏在林木深处和高崖顶端，望上去令人产生一种嵯峨雄壮、有所依附的安全感。

覃普诸走上正在紧张施工的祥麟峰，走到山脊上一堆正在打制的大石头旁，看到十多名工匠左手执錾，右手挥锤，将千古顽石击打得石沫溅飞，经纬纵横，不由停下脚步，想探究一下工匠们对在这虎钮山构筑磐石重城的看法。

他身边那位石匠看上去五十开外，浓密的头发与胡须结着冰珠子，然发际与脖颈窝里则是热汗涔涔，蓝色棉袄的一排蜈蚣扣已被尽数敞开，胸前只露出一层薄薄的对襟短衫与一条胡乱系在腰间的白色手巾。石匠见老都爷注视着他，便停下劳作，仰起头来答话："哦，原来是老都爷呀！天寒地冻的，您老人家何不就在屋子里围着火炕享清福？"

"这位师傅，歇下来拉拉话吧。"覃普诸扶住拐杖坐在一块巨石上，望着辛苦操劳的石匠师傅，脸上荡漾着一片温和的笑容。

石匠搁下手里的錾锤，将高挽的裤管放到脚踝处，向周围的伙计们挥挥手，说："老都爷看我们来了，大家都歇歇手吧！"

随着石匠师傅的招呼，众人都以他和覃普诸为核心围成了一个圆圈，纷纷向覃普诸这位年近古稀的老都爷表示问候，并抛出他们心中一串一串的疑问。

"老都爷，我们听说搬迁施州城到虎钮山是皇帝老儿的圣旨，果真如此？他住在大老远的啥子临安城，怎么会知道咱施州还有这样的一座虎钮山呢？"

"到那时，好几千人马共住在一座山上，粮米菜蔬接济得了吗？饮水问题如何解决？"

"听说蒙古人胃口很大，马上功夫天下无敌，除开我们这一片山地外，世上的好多地方全被他们占有了，可否当真？"

"蒙古人的高头大马真的能日行千里夜行八百吗？蒙古人的身子骨真的是刀枪不入水火难攻吗？"

……

覃普诸听了众人七嘴八舌的发问，心潮难平。他知道，天下兴亡，特别是地方的建设、治理与防卫，总是与众百姓息息相关。囤积粮草，构筑工事，洒汗出力最频繁的是老百姓；大兵压境，烽火连天，蒙受灾难最深重的是老百姓。老百姓所求的不过是最基本的安居乐业，家室温饱，而在天下豪强争权夺利的战事中，老百姓付出了何等惨重的代价呀！

覃普诸捋动苍髯，吟思良久，说："我覃氏在此创业，全赖乡亲们鼎力支持；如今，施州的防卫重任又落到各位身上，年近岁毕也不能围炉取暖，不能与家人团聚。老夫我心中特别地有愧啊！大宋朝廷诏令创设土城关隘为抵抗蒙军攻打，虎钮寨不过是其中的一座。施州郡守谢大人决定将州治迁到虎钮山，是因为这里地势险要，易守难攻。当然，真正的铜墙铁壁不是雄关险隘，而是尔等众人。想我大宋王朝百年来屡遭北方夷狄侵扰，山河残破，社稷倾危，国人流离失所，生死茫茫，想来就令人揪心痛楚，扼腕叹息！蒙军势大，在川西、在淮南、在湖湘等地均是长驱直入，南边的大理国也被他们来了个一锅端。老百姓在强寇蹂躏下流血流泪，性命尚且难保，又怎么能从事渔猎耕织一类的生产劳动呢？为此，我们面对紧急军情，不得不有所准备。现今操劳众人，是为了换取一方水土的和平与安定，还望尔等多多体谅！"

那位五十多岁的石匠，显然是这伙人中领头的师傅。他接过覃普诸的话茬，说："山高皇帝远，郡守谢大人倒是来工地察看过几回，咱认得他，他不认得咱。说实话，如果不是因为老都爷一家待咱周边的百姓们不薄，我们还真是不愿意来此受冻受累。开工以来，府衙除每天供给我们两顿干饭萝卜汤，并没有多少养家养口的工钱。再说，虎钮山无论怎样牢不可破，庄户人家的草屋田舍多在山下，多在旷野，倘若敌人的马队来了，烧杀掳掠，我们又如何防备得了？百姓均是蝼蚁之命，唯能活一天，算一天，哪能考虑得到多少维护国家社稷的大道理？"

覃普诸说："敢问师傅姓甚名谁？家住何方？"

石匠说："草民姓田，名宏保，家住山南的长堰坪，曾以打猎和錾磨为生。十几年前，老都爷带人下山送树种，劝我们大量种植果树，我家里种了一百多棵桃树，三十多棵杏树，还有几株胡桃和柚子，如今收获还算不错，一家十多口人吃穿略有盈余。长堰坪的乡亲们对老都爷心存感激，所以，这次修筑城墙，出劳力很是齐整。我们这里的十二位，都是长堰坪的人。"

覃普诸高兴地说："田宏保？你是不是慧心身边那个小丫头田芙蓉的父亲？"

"是的！我有两子三女，芙蓉排在第四，十五岁了。两个男娃排在第一和第三，都在小都爷耳毛的队伍里，家里还有长女碧蓉和最小的秀蓉两姊妹。"老石匠从容作答。

一个约莫二十四五岁的小伙子抢着告诉覃普诸："我的妹妹叫李雅惹，也在慧心小姐身边练文习武呢！"

"噢，我知道了。雅惹、芙蓉这两个孩子都很不错，人长得机灵秀顾，也特别勤奋刻苦，如今可是慧心的左膀右臂呀！"

覃普诸坐久了，感觉到颇有一些寒意，于是在家丁扶持下站立起来，说："乡亲们啦，看来我们都是血肉相连的故交。你们支持了我，我与我的儿孙们是不会忘记的。至于对夫役们工薪待遇偏低的问题，对战争打响后，如何维护长堰坪和虎钮山周边其他乡村的安全与和平的问题，我将向施州州府和行军总管府多多进言。"

临离开工地，覃普诸特别感激地握了握田宏保和那个李姓青年的手，对他们说："你们放心，我回去后一定告诉慧心姑娘，要她对雅惹和芙蓉另眼相看，多多关照。"

"老都爷走好！"田宏保与众人一边挥手，一边异口同声地说。

（5）

从祥麟峰绕过南门槽，老都爷又转悠到东边的悬崖顶上。那里，有一方从悬崖上延伸到空冥之中的大石台，名叫晨剑台，又名美女梳妆台。策杖而至的覃普诸用力睁开昏花的老眼向台面上眺望，他看到几个穿红着绿的青年女子仍顶着凛凛朔风在那里舞刀弄枪，像若干束雪天里灿然开放的迎风飘摆的花儿。他知道，那是慧心和她的女子教练队正在进行武术操练，不由心中平添了几分暖意。

慧心是老都爷唯一的女儿，不仅仅是他和夫人的掌上明珠，更是施州比兹卡地区一只被军民们引为骄傲的金色凤凰。她从小与父兄一道辗转奔波，三四岁开始习字断文、唱歌跳舞，五六岁开始抢枪使棒、骑马射猎，无论是习文还是练武，与耳毛、散毛、化毛和堰毛等男孩子相比，都显得更为天性灵敏，兴趣浓郁。她不仅能背诵若干《诗三百》与唐代诗歌中的佳辞妙章，而且面对教馆先生刁钻古怪的提问，总能从容应对，妙语如珠。尤其是每年正月元宵、五月端午、八月中秋等山寨里的喜庆活动，慧心总能凭着甜美明亮的歌喉、轻盈热烈的舞蹈，赢得广大亲人与乡邻们的由衷喝彩。

覃普诸将陪同他的两名家丁打发回寨，独自一人以拐杖探路，沿城墙根下新翻修的跑马便道向着晨剑台慢慢走去。跨越便道与墙基，再穿过一片密密的杉树林，登上约莫半里路程的缓坡，他终于置身在距离石台不过百十来步的一株古松之下。

覃慧心正在众女拱卫的石台中央狂舞着她的日月双刀。刃口雪亮，红绸飘曳，挂撩劈刺点轻捷迅猛，手眼身法步游刃有余。不一会儿，在老父亲的眼里，女儿和她的双刀已变成满天飘飞的鹅毛大雪，翻江倒海的银色蛟龙，风声飒飒，电光闪闪，招惹得周围的姑娘们掌声雷动，欢呼雀跃。

瞩目女儿的飒爽英姿，覃普诸突然回想起两年前的一桩往事。

宝祐四年的孟秋时节，四川宣抚使杨大渊领着一干人马来施州巡游，曾登上虎钮寨视察覃氏军事寨堡。覃普诸率领诸子一直迎候到山下的七里坪，敲锣打鼓将这位朝廷的封疆大吏请上山寨。杨大渊一行二十余人在虎钮山大寨客居三日，覃普诸不但朝朝暮暮以美酒佳肴款待，而且专场为他们奉上了一台富有比兹卡风俗特色的盛大歌舞。

杨大渊的随行人员中，有一位体型剽悍的年轻军官，时任四川宣抚使帐下千总，系杨大渊的长子，名叫杨兆隆。此人惯使一支方天画戟，膂力过人，说话声若洪钟。在与覃氏兄妹的交往中，特别是观看了那场演出后，他禁不住被当时年方十六岁的绝色美女覃慧心弄得神魂颠倒，遂向其父提出此生非覃慧心不娶的请求。杨大渊也觉得覃慧心伶俐聪明，加之文武兼备，歌舞精湛，又是施州五路都督军民行军总管之女，与杨家可谓门当户对，就命随行主簿向覃普诸委婉提出婚约。覃普诸夫妇思来想去，认为女儿的终身大事必须由她自己做主，遂将女儿唤至内室，问她是否愿意嫁与杨兆隆。

覃慧心沉静片刻，说："父母辛辛苦苦将我哺育成人，女儿最大的愿望就是在父母身边练文习武，歌舞弹唱，做一个有作为的人。至于谈婚论嫁，父母不征求女儿的意见则罢，若问及女儿自身，请允许我提出三个条件。"

田氏夫人说："慧心啊，我们就你一个女儿家，你父亲心疼你的程度，远远超过了对耳毛他们几兄弟。你有什么条件就说出来吧，只要我们做得到，陪金陪银我们也舍得。"

慧心说："母亲千万不要曲解了女儿的意思，我绝不是向父母争要什么陪嫁之物。我的三个条件是：其一，女儿不愿意远嫁他乡，只希望与哥哥弟弟们一样侍奉父母颐养天年；其二，女儿不愿意离开比兹卡的土地，如果没有比兹卡载歌载舞的民风民俗，女儿只会变成一个十足的傻瓜；其三，谁若在演武场上赢得了我的日月双刀，我才会考虑今生是否嫁给他。否则，宁可终身不嫁！"

田氏夫人听完女儿一席话，不由回过头来与丈夫相视苦笑。

覃普诸说："女儿性格刚烈，我已心知肚明。好吧，女儿的意思我们将如实转告杨氏父子。"

第二天，杨氏父子就要离开虎钮山之前，覃普诸将女儿慧心谈婚论嫁的三个条件较为含蓄地转告了他们。杨大渊倒也相安无事，然而，却大大激怒了骄横跋扈的杨兆隆。他环眼圆睁，对着覃普诸父子厉声咆哮："也罢！前面两个条件姑且从长计议，只是第三个条件眼下就得兑现。我杨兆隆四岁习武，今已纵横武场和沙场近二十年，哪里遇到过一个敌手？叫你家慧心小姐将她的日月双刀拿出来便是了！"

武艺比试是在行军总管府门前的演武校场上举行的。

比赛前，高大孔武的杨兆隆瞥了瞥亭亭玉立、娇小玲珑的覃慧心，觉得与之刀枪对峙甚为不忍，就说："慧心小姐，我父子承蒙你一家盛情款待，鄙人感激不尽。今日比武就不必过于较真了吧，请允许我独自演练一套方天画戟的路数向你求教。"

杨兆隆言毕，猛地从随行军士手里夺过一丈余长的方天画戟，先用右手将画戟背在身后，随着一个腾空摆莲，即在演武场的中心舞作一团。不一会儿，围观者但见戟影翻飞，人影绰绰，但闻吼声如雷，狂风猎猎，一条画戟在杨兆隆手里变成了无数条滚动在空中的长蛇。长蛇们左盘右旋，呜呜怪叫，猛然间聚为一束，惊雷闪电般向校场旁边一段水桶样粗壮的大树杈搠去。随着一声被撕裂的巨响，画戟已深深地穿过树身，从树杈另一边露出一尺多长的尖端。杨兆隆再顺势一抖右腕，画戟被收回来，树杈则从裂开处"咔嚓"一声折断，粗大的树杈和浓密的枝叶耷拉下来，竟把校场旁边的木栏杆齐刷刷砸断两根。

杨兆隆得意地向覃慧心一抱拳，说："见笑见笑，慧心小姐，现在就要看看你的日月双刀了。"

覃慧心左腕托着日月双刀跨前一步，说："千总大人，你的画戟能刺折一段呆立着的树杈算什么本事？若能拨飞我手中的双刀，小女子才会服你！"

说时迟，那时快，覃慧心一连好几个旋子和空翻，就以高虚步的姿势立在了杨兆隆面前。她两手分开双刀，不由分说向着杨兆隆左右两边的颈窝"剪"去。杨兆隆立刻抡起画戟拨开双刀，不得不走马灯儿一般与覃慧心厮杀起来。画戟如群蛇翻滚，霓虹吐艳，双刀则像日光月影，云霞乱飞。铁器碰撞的响声叮叮当当恍若骤雨降落，刀与戟掠起的气浪呼啸澎湃恰似惊涛骇浪。杨兆隆眼见得无数刀片在他的四面八方飘飞，左挡右至，上拨下来，就连覃慧心的人影也变成了百十个，有的在前，有的在后，有的还飞旋在他头顶上的天空里。渐渐地，他感到眼花缭乱，臂腕酸麻，手中画戟变得格外沉重起来，脚步也有些错乱了，汗水涔涔浸透了他的背脊。他刚想大叫一声"且慢"，喊声还未迸出喉咙，突然间，随着两手虎口一阵钻心般的疼痛，那方天画戟却莫名其妙地脱手飞出，牢牢扎进那株断了树杈的树身上。杨兆隆两手空空，却见无数刀片冰山垮塌一般压头而来，他惊得猛然蹲下身去，但两口刀的刀背还是从后边环绕着封住了他的脖子。

杨兆隆气急败坏，他真想扳过覃慧心的刀刃按向自己的脖窝一死方休，但两条冰冷的刀背向前猛一弹压，膝弯还被覃慧心从后面踹了一脚。他立足不住，一下子扑倒在地，弄得自己灰头土脑并磕松了一颗门牙。这时，校场内外，欢呼声与鼓掌声哗哗啦啦地响成一片。

鼻青脸肿的杨兆隆是被覃堰毛扶起来的。他趔趄着要去拔下树身上的画戟，一咬牙，竟然未能拨动。覃堰毛从后面双手握着画戟的长柄帮他一把，两人才将画戟取下来。羞愧难当的杨兆隆连向众人招呼也未打一声，就爬上马背一溜烟离开校场。走了好远，他才回过头来，大叫一声说："覃慧心，你等着，我杨兆隆不会放过你的！"

此后，杨氏父子的确带来不少口信与书信，要求与覃慧心再次较量，一决雌雄。只是鉴于战云密布，路途遥远，这件事就这么搁置下来了。

覃普诸从追忆中将思绪拉回，他看见慧心等女孩子已拾掇好刀剑，兴冲冲地向着他跑来。慧心高叫："爹爹，您怎么也在这里？"

众女争相呼唤："老都爷，我们为您老人家请安！"

覃普诸笑着说："孩子们，我专门来看看你们如何操练。要想武艺高强，就得冬练三九，夏练三伏。在这弱肉强食的乱世，没有一套防身的本领是万万不行的。你们知道这里为什么叫作晨剑台吗？那可是几千年前，有施国公主末喜姑娘舞剑健身的地方哟！我与友仁的父亲很小的时候，就常常于每天日出之前在这里习武练刀。"

覃慧心搀扶着父亲坐下，很兴奋地告诉他，她统领的女子教练队现已有二十六人，最大的不过二十二岁，最小的仅有十三岁。她们将继续征集周围农家未婚的青年女子入队，以便在战争爆发后，与男子们一道，分担起保卫行军总管府大寨的艰巨使命。

覃普诸连连点头，他望着一位圆脸圆眼睛的红衣姑娘和一位体态轻盈的纤瘦少女说："中午，我在工地上遇见李雅惹的哥哥和田芙蓉的父亲了。孩子们，你们参加女子教练队学本领，不仅仅是为了保卫虎钮山寨，还得保卫所有的父老乡亲，保卫我们的朝廷与国家，要让乡亲们安心耕田种地过日子，让战争远远地离开我们的土地与百姓。"

言未毕，他接过李雅惹手里的一口长柄大刀，说："我久不习武，大概荒疏得差不多了，且让我也舒活舒活筋骨吧！"

丢掉拐杖，操起大刀，覃普诸走到石台中央表演了一套祖传的覃氏刀法。老都爷步履稳健，动静结合，臂上与腿上动作的节奏感极强，起刀迅疾，收刀从容，辗转腾挪利飚有劲，随着刀锋的左撩右拨，一把花白胡须在风中猎猎飘动，似乎与游走的刀锋一样，发散出扑簌簌的响声。

过了好一阵，覃普诸才退步收刀，老树一般森然矗立着，雄赳赳目视远山。

覃慧心击掌欢呼："爹爹，您的宝刀未老！"

覃普诸将大刀递给李雅惹，哈哈大笑："刀没老，人却老了。慧心呀，覃氏刀法特别讲究静如松，动如风，转如轮，折如弓，起如白猿摘果，下落如蜻蜓戏水，腰如轴心，臂如鸿飞，心如止水，眼如火炬，轻若随风絮，矫若冲天翼。你大哥耳毛、二哥散毛等对此早已练得精熟，望尔等多多求教，多多领会。"

覃慧心说："父亲的教诲，女儿记住了。"

"好的，你们继续操练吧！"覃普诸说完，向众女子挥了挥手，转身顺原路独自下山。

"父亲慢走！"覃慧心亲切地说。

"老都爷慢走！"众女子异口同音。

走上一段路程，待头上与身上的热汗散尽，老都爷忽然感到周身寒战，头昏眼花，颇有点难以承受。他想，我覃普诸看来的确老了，不中用了……

正当老都爷覃普诸有感于春光不再、年老体弱而自怨自艾之际，忽从树林子对面的坡根下传来一阵气宇轩昂的歌谣声：

　　……
　　弟子手握一把锤，
　　此锤决非平常锤。
　　上不打天，下不打地，
　　专打这屋场的五方蛮师、癞头鬼怪、邪魔妖气。
　　法锤落地，大吉大利。
　　良公至此，鲁班即位。
　　前后左右人排好，
　　男女老少齐用力，
　　弟子一声喊——
　　起耶——

"起——起——……"歌谣引发无数人山呼海啸般的共鸣。

老都爷听出这声音来自正在建造施州府衙"口"字形大院的方向,原来是掌墨师傅正在引导众人立屋起扇。果然,透过林梢之间的缝隙,他看见了木柱与挑枋排成的崭新屋扇正在高高树起,又一组人工建筑就要在这野山环抱里落脚生根了。

逝水一般的光阴,不断地改变着这个世界,也不断地改变着人类自身。

"口"字形大院落成不久,郡守谢昌元就亲率众人将原本在清江岸边施州府衙的部分家当迁往虎钮山。西垭口高崖上那几台原本施工用的大绞车,吱嘎吱嘎地从半山腰吊上来一口一口的大木箱与立柜桌椅之类。悠长的石磴子山路就像一根麻索子,扯上来一串又一串头戴簪缨身着官服的府衙公务人员。于是,山顶上木壁青瓦的四合天井院,就成了整个施州地面战时的官府衙门。那些文职官员与行军总管府的将领士卒们各司其职,各忙其事,闹腾了一片市井纵横瓦接椽连的高山寨堡。

当然,战端毕竟尚未逼近施州,州府衙的原址仍是处置重要公务的处所之一,知州与属官们仍得两头奔忙。紧傍江浒的老州府与新设在山头的战时州衙互为掎角,以应缓急之需。

# 第五章　都爷寿终，奠酒悲歌振层峦

## （1）

　　腊月十八，朔风劲吹，施州地面普降鹅毛般的大雪，孤峰卓立的虎钮山和虎钮大寨更是裹在一片白茫茫的冰雪之中。由于通往山下的那条石磴子路已被积雪盖满并结下厚厚的坚冰，人不能行，虎钮山军事寨堡防护设备的扩建工程只好暂停下来。

　　傍晚时分，一骑快马从七里坪方向朝着椅背岩下的工棚区飞驰而来，四蹄腾空扬起滚滚雪尘。正在棚区与众工匠拉话的行军总管府家政覃友仁闻报，立刻走出指挥中心的工棚静候来者，同时安排家丁们做好盘查或接待的准备。

　　快马来到棚区中间的廊道里，骑马者一眼瞥见覃友仁，急忙滚鞍下马，两膝跪地，禁不住失声痛哭。他颤动着嘶哑的嗓音报告："家政大人，不好啦！干办舍人覃堰毛将军在夔州以南的小寨巡逻，不幸遭遇一伙贼兵伏击，十多个弟兄死于乱箭之下，覃将军不幸被贼将掳去，只有我⋯⋯我一个人⋯⋯趁着夜色死命地逃脱呀！"

"什么贼兵？是蒙古人的马队吗？"

"据敌军喊话所知，那是一伙叛军，是原四川宣抚使杨大渊的部队，他们已经换上蒙古军的旗号并穿戴上蒙古人的装束了。"

杨大渊的部队果然成了叛军，覃友仁觉得此事非同小可，急忙叫随行家丁向山崖上的守卒喊话，让他们用绞车放下一个很大的竹篓。覃友仁与来人一道，匆匆置身在竹篓里让绞车吊到山崖上，又急如星火地赶往虎钮大寨。只因行军总管覃耳毛与其弟覃散毛均外出巡行未归，覃友仁遂将来人带往老都爷覃普诸的屋子里汇报情况。

来人名叫王尚勤，是覃堰毛手下的一名亲将。他声泪俱下地向老都爷覃普诸详细介绍蒙军进攻四川大获山并招降杨大渊部的战况，重点陈述了覃堰毛巡行途中被俘虏的具体过程——

原来，当年夏季，蒙古部落的大汗蒙哥亲率三十万大军进攻四川，先是受到南宋将领余玠率部拼死抵抗。但由于兵力悬殊，余玠的几万守军终于兵败如山倒，余玠本人也在乱军中毙命。九月下旬，蒙哥大汗挥师跨过嘉陵江，一举攻陷军事寨堡苦竹隘，守将张实、杨立先后捐躯。随后一个月之内，蒙哥的军队连拔鹅顶、青居、大获山等堡垒。守卫在大获山的宋军统帅杨大渊见蒙军势大，恐难自保，遂打开寨门归降蒙军。杨大渊投降后，奉蒙哥大汗之命，与另一宋廷叛将汪德臣一道，分兵攻打川西与川东一系列堡垒，其东路军的前锋从南北两面包抄夔州，眼见得夔州城已陷于叛军的重重包围之中。

腊月初，奉命巡行石乳关一带的覃堰毛，率领亲兵二十余骑向西绕道接近夔州府城，企图了解杨大渊降蒙的真实情况以及夔州府的动静。腊月十三的中午时分，一行人来到小寨附近的一道深溪畔。刚想进寨找几个老百姓打探打探，不料从两边的丛林里飞出蝗虫一般密集的乱箭。十多名士兵猝不及防，身上中箭无数，非死即伤。王尚勤等人护卫着覃堰毛且战且退，与冲出丛林的贼兵进行激烈交锋。枪挑刀劈，人喊马嘶，覃堰毛凭着一支长矛，王尚勤挥舞着一柄鬼头大刀，斩杀了数十名身着蒙古部落服饰的贼军将士。但贼军少说也有一百多人，他们在一个瘦得如一段干柴棒的三角脸将领的指挥下，顺着紧伴深溪的小路穷追不舍。覃塱毛、王尚勤以及仅剩的六七名负伤士卒寡不敌众，只好丢弃马匹，攀爬到溪谷旁石崖上的一眼洞穴里藏身。洞口很小，却深邃幽长，易守难攻，贼众不敢贸然进洞搜索，就在洞口外朝着里边喊话。从喊话的内容里，覃塱毛与王尚勤才知道这伙贼众是已经降蒙的杨大渊的一路人马，他们奉杨大渊之命向夔州进发途中，错把覃塱毛等人当成企图从夔州府突围出去的宋军，于是设伏围剿，以夺战功。

蹲在狭窄的洞室里，虽能暂时避开叛军的追赶，但无食无水，加上有两名兵士身上还插着箭矢，血流不止，痛苦不堪。王尚勤让众人休息，他自己继续向洞府深处探索前行，看是否还有另外的出口。但走了一段路，才发觉这洞愈向里走，愈是低矮狭小，最尽头唯有茶杯口大小的一眼天窗，仅从极高处透射下来一缕细弱的天光。王尚勤叹息一声，只好转过身子回到原址，向覃塱毛如实汇报。

覃塱毛懊恼地说："我们又累又饿，总不能困死在这黑黢黢的洞子里吧？前年，杨大渊父子到虎钮寨巡游，我们覃家曾在大寨里非常热情地款待他们。而且，杨兆隆那小子，还差点与我家妹子慧心订婚约。我想，只要到洞口向对方亮出我们的真实身份，与他们好言谈判，兴许会有获释的可能。"

王尚勤思忖着说："过去，杨大渊是宋室的将领，而现在却成了投降蒙古人的叛军统帅，我们与他的人马谈判，恐怕不大合适吧？"

覃塱毛说："怕什么？眼下最要紧的是脱身。只要能平安回到施州，以后的事情以后再说。"

覃塱毛挺着长矛走到洞口，侧耳聆听了好一阵，只听到山风摇撼着树木的响声与崖谷下溪水的潺潺奔流，料想叛军早已撤走，遂回过头来对王尚勤说："狗日的们走了，用不着与他们谈判了。"

王尚勤说："敌兵狡猾，我们还是多待上一阵子再说吧。"

覃塱毛不屑地回答："怕什么？我手中这杆长矛又不是吃素的！我在前，你断后，让伤兵们跟紧点走在中间吧。"

覃堰毛不由分说，纵身一跃就离开洞口。众伤兵也咬牙负疼一个一个地沿洞壁滑了下去。众人都出去了，断后的王尚勤静默一会儿，正欲持刀出洞，忽听得崖下发出一片声的呐喊："弟兄们，他们出来了。捉活的呀，捉回去好领赏呀！"接着发出一阵刀枪器械咣咣啷啷的碰击声。

王尚勤俯下身子爬在洞沿望去，透过结满冰雪的树枝的缝隙，他看见覃堰毛等人上了叛军设置的绊马索的圈套，正被一伙蜂拥上来的叛军架住胳膊，绳捆索绑后生拉硬拽地往马背上托举。

覃堰毛嘴里恶狠狠地臭骂："狗日的们松绑！老子是施州五路都督军民行军总管府的舍人覃堰毛，老子要找你们的千总爷杨兆隆说话！狗日的若伤害老子的一根汗毛，我的好朋友杨千总对你们定斩不饶！"

王尚勤知道自己独立难当，况且得寻找机会回虎钮大寨汇报情况，他只好眼睁睁地看着覃堰毛等被叛军俘虏押走，嘴里发不出半点声音。

贼兵走后，王尚勤忍耐着辘辘饥肠在洞子里熬到天黑，方悄悄溜出洞口，趁着夜深人静离开小寨，在另外一道小河汊里觅得失散的马匹，连夜踏着风雪弥漫的路程返回施州报信。

（2）

覃普诸自前几天出门察看寨堡防护城墙的扩建工程归来，一直四肢乏力，高烧不止，卧倒在病榻上接受郎中的治疗。此刻，他在田氏夫人扶持下披着棉袄坐在枕前，耐心听完王尚勤的汇报，禁不住潸然泪下，长声叹息。

覃普诸对田氏夫人说："杨大渊重兵在握，竟然不战而降，枉食大宋朝廷的多年俸禄，真是个背信弃义、猪狗不如的东西！可叹我家这个堰毛呀，性子莽撞，有勇无谋，误中叛军圈套，竟然被这伙强盗生擒活捉！这怎么得了，怎么得了哇？他虽然不是你我亲生，是一个没有根底的弃儿，但纵然是一块石头，二十多年时间也被焐热了，我们总得想办法让他回到虎钮大寨才是啊？"

田氏夫人说："眼下最当紧的，是要捎个信让耳毛回来拿主意。耳毛不在，你这病歪歪的身子，只会越急越病的呀！"

覃普诸似有所悟，说："对对对，要让耳毛回来！友仁呀，你要派非常得力的人赶快到龙潭、龙渠一带去找耳毛，要他回来定夺营救堰毛的办法。还有，你得亲自走一趟，到施州城内面见郡守谢昌元大人，将杨大渊投降并受蒙军派遣兵伐夔州之事原原本本地告诉他，看他有何良策驰援夔州和固守施州。"

覃友仁回答："老都爷放心，我已与慧心妹妹商量，决定委派参将向艮率四五名精灵的小校，乘快马星夜前往龙潭一带向耳毛通报情况，让耳毛速回虎钮寨定夺营救办法。明天一大早，我与王尚勤一起，将赴施州州府觐见谢大人，向他陈述夔州战线的紧张局势，征询年关前后的备战方略。"

"好好好，你作速去办，作速……"覃普诸也有点沉不住气了，话未说完，一连串的咳嗽呛得他涕泪交加，面红耳赤。田氏夫人连忙将他按倒在被窝里，并盖上厚厚的被子。

覃友仁与王尚勤一起上前，手忙脚乱地安顿老都爷躺下，并唤来郎中侍弄汤药。然后，两个人走出房门，随着开门声与渐行渐远的脚步声消失在茫茫的夜色里。

（3）

覃普诸病得不轻，连汤药也喝不下喉了，喝下去多少就会呕吐多少，弄得整个房间里都散发出一股浓浓的中草药味儿。郎中发觉他的脉相一天一天地衰微下去，几天时间就瘦得皮包骨头，遂悄悄告诉田氏夫人和覃慧心，说："老都爷前几天中了风，患的是伤寒症，加上早就有支气管哮喘与肺病的底子，颇难治愈，看来离大限之日已经不远了，你们得有所准备。"

田氏夫人闻言，泪满胸襟。又先后派出家丁，分头到革勒车和梅子八关去通知覃散毛与覃化毛，要他们想办法回来与父亲见上最后一面。

腊月十九晚上，西北风吹得整个虎钮山头干冷干冷，约莫一尺多厚的积雪把地面冻成了坚硬光滑的石板。大树小树均被沉甸甸的冰雪压得佝偻着身子，于山山岭岭形成无数白色的拱门。一束束秃枝与一绺绺藤条则冻成晶莹剔透的冰花，使大寨周边的环境如同粉妆玉砌，白茫茫，空悠悠，除却怒号的风声外，仿佛这世上的一切都凝固了。

弥留之际的覃普诸在夫人和女儿慧心的守护下，睁开老眼凝望着闪闪烁烁的麻油灯的光苗久久出神。浑浑噩噩中，他突然悟到，几天以前在白虎庙内，梯玛彭瞎子迎候他，预测他最近"要出远门"，原来，他要出的"远门"，竟然是一条闯过生死界碑的不归之路啊！

他已六十有五，离七十也不远了，人生七十古来稀，死，并不足憾。但他还有放心不下的三个人，还刻骨铭心地挂念着他虎钮大寨的覃氏基业，他必须趁自己头脑还比较清醒的时候，将这一切嘱告他身边的亲人们。

他看见夫人泪眼婆娑，女儿双目红肿，于是用力欠了欠身子，边咳嗽喘息，边牵扯着田氏夫人的两只手轻轻嘱告："玉妹子，你我夫妻四十多年，茹苦含辛，走南闯北都没有分开过。如今，我不行了……得先你而去了！耳毛、散毛、化毛，都已成人，都还知事，他们……我都放心得下。但我还有三个人着实放心不下，你得继续帮着我多多地关照他们呀！"

田氏夫人噙在眼角的泪水一下子倾浑而出，她声音哽咽地说："普诸，我听着呢，你慢慢地说吧，别急！"

覃普诸艰难的伸出左手，竖起一根指头，说："白虎庙里的彭瞎子，是个大善人，也是个遭罪人，他无依无靠，孤苦伶仃，你要……你要告诉我所有的覃氏后人，对他饮食起居的关照，一定要善始善终，生养死葬，不可大意！"

"我知道的，你放心好了。"

覃普诸竖起第二根指头，喘息着说："再就是生死不明的堰毛。这个总喜欢头脑发热……办事丢三落四的堰毛哇，他……他才是我的一块心病呢。杨大渊生擒了他，也许，会要他的性命，也许，会要他依附叛军……这都是令我难以合眼的事儿啊！你给耳毛说，要搭救他，要让他早点回来，千万不能让他辱没咱覃家世代忠良的名声！"

覃普诸望了望身边的女儿覃慧心，然后伸出第三根指头，对夫人说：

"慧心，是你和我唯一的女儿。她聪明机灵，也很倔强、刚烈。你还记得她与那个杨兆隆比武的事儿吗……杨大渊父子成了朝廷的叛臣，必留下千古骂名。咱们的女儿，是万万不可嫁与他家了，你得……另、另……"

覃普诸回头凝视着女儿清秀悲伤的面容，继续说："慧心呀，父亲在时，没能看到你选中如意郎君，但你一定要胆大，要心细，要走稳你人生的每一步路，不可以认错人，也不可以太固执。终身大事，常常是错过这个村，就没有那个店了……"

覃慧心伏在老父亲的怀抱里，浑身剧烈地抽搐起来，她哭着说："爹爹呀，爹爹呀，您一定要好起来，好好地活着！慧心还小，小女子离不开您呀！"

田氏夫人一边规劝着女儿，但自己也禁不住泪如泉涌。

"我、我真想，真想……再走出这个门，到坡坡岭岭上，去好好看看我们的虎钮寨，去祭奠……白虎庙的祖神廪君，祭奠睚豁墓掩埋的蔓子将军，去醒狮岭……祭奠咱、咱覃氏的列祖列宗，可是我……我……再也走不动了……"

覃普诸断断续续地诉说着，嗫嚅着，声音渐渐地微弱下去，两只眼睛恰似膏油就要熬尽的灯芯，转瞬间黯然失色。田氏夫人感觉到，老伴的一双手，渐渐变得像冰凌一般地透凉。

"普诸，你要坚持住，坚持住啊！耳毛他们几弟兄都还没有回来呢！"田氏夫人伏在丈夫的耳朵边急促地呼唤。

"爹爹，爹爹啊！……"覃慧心撕心裂肺地哭叫起来！

## （4）

覃友仁与王尚勤各乘一匹快马，穿过七里坪的莽莽雪原，涉过铁钩水的乱石冰滩，翻过五峰山的冰冻垭口，一阵风似的来到施州城外的东门河坝。他们舍马登舟，渡过夷水，很快来到鳌脊山施州老府衙的大铜门前。听门卫说，施州郡守谢昌元一行前几天到马者、木贡方向巡行未归。于是，两人迅速折转身，前往郡丞樊颉居住在梓潼巷的一栋小院落前咚咚咚地把门扇擂得山响。

樊颉披衣开门，尚且睡眼惺忪，看见站在门外的竟是覃友仁等，连忙将他们让进屋内坐下。他一边洗脸刷牙，一边吩咐家人给来客泡茶。

二人落座后，覃友仁说明来意，然后请王尚勤将四川一带的战况和杨大渊反叛朝廷投降蒙军的事实向樊颉陈述了一遍。

樊颉双眉紧锁，忧心忡忡地说："看来，虎钮山寨堡的工事扩建和知州衙门完全搬迁的事宜更是刻不容缓了。这样吧，按预选约定，谢大人要回来的时间还在明天，现在，我们先弄点早餐吃吃，然后，我与二位一道，快马加鞭，前往马者和木贡等地去迎接谢大人回府商议。"

樊颉、覃友仁与王尚勤等人的几匹快马，是腊月十九傍晚在通往木贡的大路上截住谢昌元的四乘小轿的。谢昌元停下轿子，驻足在冰天雪地里听完了覃友仁与王尚勤的汇报，不由双眉紧锁，半晌说不出话来。

对杨大渊不战而降助纣为虐的行径，谢昌元恨得牙痒痒的。他想，若夔州、归州相继失守，信陵、郢州一线的门户被蒙军打开，下一步，蒙古人觊觎的对象显然就是他统辖下的施州州城了。鉴于军情紧急，他决定与樊颉、覃友仁等连夜返回施州衙门，以迎候将从龙潭、龙渠、金峒等地归来的行军总管兼镇抚元帅覃耳毛，共同商议施州各军事寨堡年关前后的防范措施，并尽早确定将州府搬迁到虎钮山的具体时日。

天色渐晚，一行轿马人丁等顺着夷水河道从西向东缓缓前行，连夜向着施州州城的方向赶路。

一路上，坐在轿子里的谢昌元撩开轿帘，他看见高山低谷除了一片迷茫的冰雪与沉沉迷雾外，几乎谈不上什么人间烟火。农家低矮寒伧的泥墙屋、茅草棚大都关门闭户，住在洞穴里的人家竟无半点炊烟，就连马者集镇上两排白墙青瓦的房子也没有一丝儿活气，破破烂烂的门洞和窗洞里，看不到几点灯光或火光。偶尔，可见雪地里走着或爬着几个裹麻布、缠棕片的叫花子，干瘦干瘦的胳膊托举着破碗破瓢，枯黄枯黄的面孔上，唯有两只眼睛骨碌碌地转动着。

临近大年仅剩下最后十个昼夜了，眼前的凄凉情景，诱使谢昌元的耳膜突然回旋起一阵悲天悯人的歌声：

> ……
> 穿的巾挂绺，
> 住的合掌棚，
> 睡的壳叶窝，
> 吃的萝卜缨。
> 风扫屋，月点灯，
> 雪当铺盖病缠身；
> 蛮匪抢，官家抄，
> 年年抱的冷火坑。
> 活着就剩一口气，
> 死了无处掩尸身。
> ……

那是谢昌元前一年冬天巡视施州东乡崇宁里的时候，听到当地老百姓传唱的一首民歌。

听着哀哀的歌，谢昌元想，冷酷的现实，迷茫的幻觉，衰微的国势，战争的祸患，勾引得他这位知州大人心里一阵一阵地发紧：强寇入侵，兵荒马乱，民不聊生，十室九空，自己这样享受朝廷俸禄的地方官员，对于地方的升平治理，对于百姓的安居乐业，究竟又起到了多大的作用呢？惭愧呀，惭愧呀……

（5）

覃耳毛、覃散毛、覃化毛兄弟三人，分别从不同方向匆匆赶到虎钮寨时已是腊月二十一二了，他们的老父亲覃普诸早已穿戴一新，静静地躺在一口用生漆刷得锃亮的柏木棺椁内。一个人数十年的思绪、筹措、梦想、企盼、力量、语言等等，刹那间雪锁冰封，烟消云散。兄弟姊妹们聚在棺椁旁，抚摸着老父亲僵硬的面颊与不再飘动的胡须，禁不住大放悲声。

家政覃友仁挑起了主持丧事的重任。

他指挥家丁们将行军总管府演武大堂布置成肃穆的灵堂，黑色的纱幔，白色的挽联，美香缭绕，明烛闪烁，将灵堂笼罩在一片庄严肃穆的气氛里。挽联的内容有：万里云天归落日，一门泪雨洒麻衣；雪落千山含素意，冰凝万树系哀思；萱草摧残悲夜月，梅花冷落泣春风；八卦占六爻已属古来稀有，千秋悲一别何堪逝者如斯……

腊月二十四，覃氏族人和亲邻们纷纷赶到灵堂里"坐夜"。施州郡守谢昌元、郡丞兼主簿樊颉等地方官员也专程前往送葬。

谢昌元命人将一幅特大的白纸黑字的挽联升挂在灵堂两侧的柱子上，尔后面对死者的棺椁久久地叩首致哀。

其联云：

　　将星垂碧落，黄鹤杳杳，旗影不堪风月冷
　　壮士伤隔世，白云悠悠，剑光犹映斗牛寒


柏木棺椁内的覃普诸双目微合，额纹舒展，神色安详，一把花白的胡须整整齐齐地卧在前胸。谢昌元等州城官员及其逝者的儿女们、亲属们，逐一噙着泪水与他告别后，棺盖才被轻轻地阖上，但仍留有一道拇指宽的缝隙。按照比兹卡的风俗，人们要让"撒忧儿嗬"的歌声、哭声、鼓乐声飘逸到死者耳畔，让他不甘寂寞的灵魂得以安息。

梯玛彭瞎子被人从白虎庙里接过来为死者演唱"撒忧儿嗬"。覃耳毛、覃散毛、覃化毛、覃慧心、长媳唐氏、长孙川龙等孝子孝孙，一律头顶白色孝巾跪在棺椁前面的蒲团上，哭诉声声，眼泪汪汪，念叨着死者的恩德和数落着他一生的风雨世途。彭瞎子及其弟子一边敲打锣鼓铜钹与勾锣，一边破着嗓门哼哼唧唧地唱起来：

可叹亡者走得忙，后辈儿孙泪汪汪。
亡者在生多操劳，死后空手见阎王。
酒一盅，肉一盘，但求亡者亲口尝。
千哭万哭灯一盏，千拜万拜纸一张。

亡者匆匆别人寰，不下地狱上天堂。
荣华富贵若浮云，朝露待日空喜欢。
耻作恶，勤修善，华幡引入长生殿。
千声万声人不应。千里万里家难还。
……

丧歌起潮，丧鼓雷鸣。在“撒忧儿嗬”苍凉曲调的激越回旋中，灵堂前上千名亲朋好友一齐肃立默哀，为老都爷举行隆重的葬礼。

“撒忧儿嗬”舞蹈中最精彩的要数“四人窜花”。彭瞎子一边坐唱，四个小青年一边头戴纶巾，身披鹤氅，手执灵幡或桃木短剑，在急急风的鼓乐旋律中愈跳愈和谐，愈跳愈亢奋，愈跳愈疯狂。其凤凰展翅、燕儿衔泥、犀牛望月、天狗吃月、幺妹子筛锣、白虎临穴、牛擦痒、滚身子等动作套路，其长声号子、打哑谜子、幺女嗬、哑呀呔等曲牌所串联起来的粗犷放肆的舞，雄浑深沉的歌，表现出来的风卷残云的气势，雷劈老树的壮烈，看得人眼花缭乱，听得人魂悸魄动。

到了深夜，灵堂里一片灯烛辉煌，轮番守灵的孝子孝孙们在彭瞎子主持下开始“奠酒”。

所谓“奠酒”，就是主持人端一大碗高粱酒站在灵旁，守灵者依次跪伏在灵前向死者叩头。每一次叩头，主持人就歌唱着向灵棺前的地面浇洒几滴酒水。前者刚刚起身，后者又毫不犹豫地跪下去……“奠酒歌”特别贴近亡者的生平坎坷，其唱腔庄严神圣，如泣如诉，缠缠绵绵，凄凄惨惨戚戚：

奠酒奠酒泪双流，

少年转眼白了头。

逝水东去大限到，

哪里管得天凉好个秋？


奠酒奠酒肝肠裂，

亡者一生手未歇。

沥胆披肝起高楼，

哪里管得何人承世业？


奠酒奠酒歌徘徊，

鼓打三声叫哀哀。

草死草生山不朽，

哪里管得礼仪传万代？


就这样，几百守灵人依次叩完头已是凌晨五更，梯玛彭瞎子也就在整个后半夜端着酒碗以足点地唱个不休。一碗酒刚现底，别人又给他续上一碗。徒弟们则陪着他敲锣击鼓悠悠扬扬地伴唱，其理念完全进入到另外一重世界，忘记了眼底红尘，忘记了筋骨倦怠、唇干舌燥。灵堂里除了鼓乐声、鞭炮声、歌唱声、脚板声、哭泣声、叩拜声，没有任何人掺夹其他声音。刚刚告别尘世行踪尚未太远的老都爷覃普诸，是否能在冥冥之中感受到孝子贤孙们对他的由衷礼赞呢？比兹卡绵延了多少代人的"撒忧儿嗬"和"奠酒歌"的余韵声震层峦，响遏行云，永远在茫茫天宇回响，它帮助死者走出苦难，走向超脱，让净化的灵魂舒舒坦坦安息在天上……

次日清晨，头戴孝巾、身着孝服的儿孙们在前面开路，覃普诸的柏木棺椁被二十多个身强力壮的小伙子用木杠子抬着，在鞭炮与锣鼓声中向林木森森的醒狮岭墓地进发。送葬的人流最前面的到了醒狮岭的覃氏祖坟旁，后面的竟然还未能出屋。千余人纵向排列成三里多长的队伍，在覃普诸阴阳两隔的路上抛撒下无数纷纷扬扬的素花。

子孙们虔诚地跪拜在墓坑前面的雪地里，一边烧化着纸钱，一边呜呜咽咽地哭泣。火光熊熊，青烟浓浓，哭声撼天动地，覃普诸的柏木棺椁沉甸甸地落入黄土。梯玛们"在生时节一幢屋，死后带走一棺木；吆喝一堂'撒忧儿嗬'，祖先那里享清福"的词儿尚未唱完，冰凉的石块与冻土早就垒成了一座山丘。

从此，虎钮大寨的老都爷覃普诸永远地从人世上走失了，一缕魂魄乘着"撒忧儿嗬"的声浪远离儿孙、悠悠飘散，与冥冥之中的列祖列宗们正式团聚。

（6）

覃普诸下葬后的第五天，一年一度的除夕依旧不紧不慢地来到悲风飒飒的虎钮山寨。这几天里，鉴于峡江一带战事吃紧，身着重孝的覃耳毛、覃散毛、覃化毛与覃友仁等，仍不得不与谢昌元、樊颉等州府官员频繁议事，共商御敌救人之策。众人深思熟虑，决定从正月元宵开始，由覃耳毛带领一拨人马到七曜山等处盯住川东一线蒙军的动向，让向艮、王尚勤等翻越石乳山与杨大渊的部队谨慎接触，伺机解救身陷敌营的覃堰毛；覃散毛、覃化毛分别回到革勒车与梅子八关驻地巡哨和守护关隘，以防贼兵从东西两个方向偷袭；覃友仁与覃慧心负责守护虎钮大寨营地并处理行军总管府的日常事务；谢昌元亲自出马，与樊颉共同监造虎钮山的知州府衙与城防工事，并计划在两个月之内果断组织州府的完全搬迁，将虎钮山寨建成施州名副其实的军政合一的中心指挥部。

大年夜的虎钮山，最热闹处不是行军总管府和刚落成的州府"口"字形院落，也不是防护城墙的建设工地，而是覃普诸与他的祖辈、父辈们长眠着的醒狮岭。千百束火把明晃晃地映红了整座山岭，千万响鞭炮从黄昏一直轰鸣到第二天的薄明时分。死者长已矣，生者尚繁忙，覃耳毛等人从巨大的哀痛中回过神来，定睛看了一眼父亲素花环拥的坟茔，然后迈开沉重的步子离开醒狮岭。作为父亲事业的第一继承人，他必须踏着新年的晨曦，去从事作为人子、作为臣民的更加紧张的奔波劳作。

正月初六凌晨，两位哥哥耳毛、散毛和弟弟化毛匆匆离开虎钮寨，泪眼红肿的小女子覃慧心忽然感到格外孤独与感伤。

天尚早，母亲送别诸子后又被家人劝回房中休息去了，覃慧心瞒着她的小姐妹李雅惹、田芙蓉等人，独自一人悄悄来到醒狮岭上父亲的坟前，跪伏在雪地里手抠着坟茔的冻土淋淋漓漓地痛哭一场。然后，她站起身，晃晃悠悠穿过一片丛莽，跨过擂鼓崖后侧新建成一道东门，登上她平时梳妆与习武的晨剑台，将身子倚在悬崖尖端的亭柱上。此刻，覃慧心无心梳妆，更不用说习武，只是痴望着远方朦朦胧胧的天光山影，让一腔心事像悬崖脚下的雾霭一样波翻浪涌起来。

晨剑台，长约二十来丈，宽约八九丈，恰似一只从虎钮山醒狮岭的制高点伸向空冥之中的仙人巨掌。台下幽谷横陈，深不可测。据山民们传说，上古时期，虎钮山就是原始方国有施国的都城所在地。生于斯、长于斯的妹喜公主每当天刚蒙蒙亮，就邀约一大群侍女来到大石台上苦练剑技，风雨无阻。可以想见，那些光着臂膀仅以草茎树叶蔽体的少女们在花香馥郁中，体态轻盈地仗剑起舞，挂撩劈刺，闪转腾挪，任阳光与剑光一同斑斓，任笑声与风声一并荡漾，该是何等光鲜诱人的一幕情景啊！

公主妹喜长到十六七岁的时候，北方强盛起来的夏王朝率军进攻有施国，有施战败，国君只好将公主妹喜当作礼物进献给夏的末代君主桀，以便消弭这场战争的灾难。貌若天仙且擅长抚琴弄剑的妹喜先是被夏桀所宠，"造琼楼瑶台，以临云雨，殚财尽币，意尚不餍"（刘向：《烈女传》），但在讨伐蒙山的战争中，贪婪好色的夏桀又获得蒙山部落进献的美女婉和琰，于是，其原配妹喜，竟成了被他贬于洛水之滨的弃妇。失宠后，对夏桀恨得咬牙切齿的妹喜为了施加报复，遂与商汤派来的间谍伊尹合谋"比而亡夏"，即串通商的军队内外夹击一举颠覆了夏王朝。

但后来，有功于商的妹喜不但未获片功，反被商汤视为"亡国妖姬"，将她与夏桀一道流放于海，竟然终死于南巢之山。楚大夫屈原在《天问》

中写道："桀伐蒙山，何所得焉？妹喜何肆，汤何殛焉？"记述了这个绝色美女的悲惨遭遇。妹喜究竟是"红颜祸水"，还是朝代鼎革的牺牲品？人们争论了好几千年仍然众说纷纭，唯有她青春年少时期击剑曼舞的那一方晨剑台，总是在她的故乡的大山里凌空兀立，遥指苍穹，似乎要在岁月流逝的林海松涛中呐喊着什么，倾诉着什么！

事隔若干年后，晨剑台上立起了一座小巧玲珑的草亭，名叫晨剑亭。其亭联云：醒狮咆哮鸟兽散，晨剑翻飞风雨惊。

到了南宋淳祐年间，覃氏家族在虎钮山构筑起军事寨堡。再后来，覃氏大寨诞生了一位活泼可爱的小千金，其父盼望她伶俐智慧，既崇文，又尚武，遂赐名慧心。

覃慧心自六七岁起，晨剑台便成了她无比钟爱的梳妆台和演武场所。每天早晨，这个亭亭玉立的少女总会赶在太阳出山之前登上晨剑台，坐在晨剑亭内的石凳上草草梳妆，然后蹦跳到石台中央或舞刀，或投镖，或弹琴，或唱歌，尽情展示着她青春的风采与浪漫的才华。

然此时此刻，父亲新亡，兄弟远离，战云笼罩，时事难料，少女覃慧心变得郁郁寡欢起来。父亲临终前，对女儿的终身大事忧郁重重，他断然表示，不能让女儿嫁给朝廷的叛臣之子。慧心知道，这一点，自己完全可以让父亲放心。那个杨兆隆粗野傲慢，狂妄自负，根本不是她理想中的白马王子，纵然没有杨大渊父子反叛朝廷助纣为虐的事，她也决不会草率应婚！

雾茫茫，意茫茫，利飕的山风撩起树上的冰粒子四处溅飞，也撩起她的乌发与裙裾发出颇有节奏的响声。冰雪在她的头上、脸上与脖窝里化作点点滴滴的冷水，拌和着泪水，溅湿了她的玉肤冰肌。覃慧心重重地叹息一声，禁不住痴痴地想：她，已经十八岁了，男大当婚，女大当嫁，正如亡父临终所嘱，错过这个村，就没有那个店了。那么，自己未来的夫君，究竟应该是一个什么样的人呢？

迷幻中，一位风流倜傥的年轻小伙子踩着袅袅云烟向她走来，白色的对襟短衫，白色的府绸长裤，白色的"人"字形头巾，红色的腰带，右手托举一支寒光闪亮的三节钢鞭，左手叉开五指向着她轻轻挥动，一双大眼睛炯炯有神，脸上荡漾着腼腆而轻松的笑容……

"原来是你？好你个向艮，向艮！"

覃慧心喉咙里发出轻轻的呼喊。在她迷离恍惚的视野里，小伙子时隐时现，时近时远，他脸上的笑容，刹那间变成满天缤纷四射的阳光，将天地间的重重阴霾撕裂成无数碎片……

覃慧心会心一笑，但觉有千缕万缕滚烫的红霞，顷刻间飞上了她的双颊、她的眉梢、她的耳根……

# 第六章　色诱逆孽，欲擒故纵隐患生

## （1）

宋理宗开庆元年四月天，时令已是春夏之交，巫山余脉石乳关一带的高处，竟然是阴霾四布，冷雨连绵。

虎钮寨都统向艮在王尚勤的引领下，仅率亲信将领十来人，各乘一匹高头大马由东边的陡峭坡地缓缓登山。开始，丛林草莽中尚有一脉悠长的石板小径弯弯扭扭地向山巅延伸，但走着走着，丫杈般的支道渐渐分解到路边的茅棚里与洞穴里。到了山腰，终于只剩下丛林如网，野草疯长，将士们不得不牵着马拨草而行。山，越来越陡；路，越走越窄。雨水浇湿的蒿草浸透衣裤与鞋袜，令人浑身难受。向艮不由得惶惑起来，他问走在最前面探路的王尚勤："我们是不是走错了？施州到夔州的官道，怎么会如此荒野窄逼，少有行人？"

王尚勤勒住马缰，向远峰近林探望了一会儿，说："都统爷尽管放心，年前，我就是从这一带下山返回施州的。石乳山是施州与夔州之间的天然屏障，山高林猛，加上雾大雨大，走路的人自然少了。据我估计，由此翻过山梁还得两三里路程。山顶上有一道名叫石乳关的关隘，过了关隘，再往下走十余里路就是三角坝村。三角坝村前去小寨与夔州一带的路虽也难行，但毕竟没有这样的大山了。"

向艮别无选择，只好牵着马在看不见路的草丛中左一弯右一拐地探索前行。王尚勤安排两名士兵手持大刀在前面披荆斩棘，一小段一小段地拓开道路，再让众人牵着马跟上来。如此走走停停，停停走走，好不容易才登上石乳关高高的脊梁。前人于山梁上筑成的关隘早已残破不堪，但高大的门洞尚可避雨。从山脚到山顶，耗费了大半天时间，人与马全都乏了，向艮让将士在门洞下休息一会儿。众人感觉身体与衣襟就像从堰塘内刚刚捞起来的，显然已完全没有避雨的必要。

向艮等人此行的目的，是奉施州行军总管覃耳毛之托，到夔州地带与杨大渊的队伍谨慎接触，试图通过喊话谈判的方式，解救去年冬天被杨部俘虏过去的虎钮寨干办舍人覃堰毛。

在关隘处的垭口上，王尚勤对向艮说："过了这石乳关，山外就属于夔州地面。深山巨壑，道路迂回盘旋，随时可能与杨大渊的叛军遭遇。为谨慎起见，我提议由我带两名士卒上前打探叛军的消息，都统爷与众人在后面慢行。若遇杨大渊部，我试图先与他们联络并说明来意，摸清情况后，再回头接应都统爷一行为妥。此山麓下面往北约三里处有个石洞，可以避雨，也可以过夜，过几天我们在那里会合。"

向艮说："覃将军已修书一封交给我，要我想办法转交杨大渊，希杨大渊看在覃氏父子曾盛情接待过他的面子上，对堰毛舍人予以关照并早日放他回营。你可带上这封信前去摸清杨部行踪，并想办法将书信捎给杨氏父子本人，我等随后就来。"

王尚勤拱手应答："请都统放心，我一定会见机而行。"

王尚勤接过向艮用油纸小心包好的书信揣在怀中，与两名士卒一道匆匆上马，向众人挥手告别。三人顾不上全身透湿，鞭梢齐举，随着一阵笃笃笃的蹄声，就钻进遮天蔽地的雨林中去了。

向艮回身对剩下的十几名将士说："我们多休息一会儿再走，天黑之前赶到山下的那个洞子，一边等候王尚勤的消息，一边向当地百姓了解一下夔州一线的战况。"

众人齐声回答："我等愿听都统爷的调遣！"

向艮让将士们拣来一堆柴枝，从马鞍上的袋子里掏出火石嚓嚓击打，在关隘的门洞内燃起一堆篝火。红红的火舌水气弥漫，烟雾袅绕，也向周边喷射出缕缕温情，渐渐烤干了身上的衣服鞋袜。

## （2）

向艮与王尚勤万万不会想到，就在他们和众将士艰苦攀爬石乳山的雨林之际，叛军营地里的覃堰毛则躺在俗称"三滴水"的雕花大木床上，正搂着雪肤冰肌的丰都妹子贾杏儿酣然入梦。

去年腊月天，一伙叛军士卒在小寨地面将覃堰毛用绊马索绊倒后生擒活捉，然后五花大绑在马背上，押送到一个名叫长凼的村子里。只因一路上覃堰毛骂声不止，口口声声要见叛军营里的千总大人杨兆隆，俘获他的那个瘦得像干柴棒的"三角脸"叛将为慎重起见，将俘虏打入土牢后，遂飞马赶到中军大寨面见杨兆隆陈述原委。杨兆隆听说士卒们俘获的宋将言称与自己是故交，心生狐疑，急忙来到羁押覃堰毛的土牢前了解情况。

所谓土牢，其实就是当地老百姓在冬天储藏薯类的地窖。杨大渊的部队奉蒙军统帅之命围困宋城夔州，临时驻守在周围乡村，遂占用老百姓的房屋作为营地，并将其地窖用作羁押战俘的土牢。

杨兆隆来到地窖边，在守卫兵士指引下揭开地窖的盖板，只见潮湿幽深的地窖里，一名身披甲胄的彪形大汉被反剪着双手坐在稻草堆上，脸上青筋迸鼓，嘴里仍在不干不净地骂骂咧咧。杨兆隆见他确实有些面熟，但一时又记不起这人姓甚名谁，曾在哪儿见过。纳闷片刻，遂命兵士将其用长钩挠在腰带上把俘虏拽出地窖，决定带他到军寨里亲自审问。

覃堰毛被拽出地窖，抬头看见站在面前的杨兆隆，忽然厉声呵斥起来："杨兆隆，瞎了你的狗眼！两年前，你们父子游历到咱施州虎钮寨，我覃氏一家是如何盛情款待尔等一干狗男女的？蒙军势大，你们背信弃义倒戈投降不说，对咱施州覃氏也是恩将仇报，设圈套杀我兵丁，俘我将士。你你你，你们父子真真不是人东西！"

　　杨兆隆挨骂后，很快认出眼前这个一脸横肉的大汉，是他前年在虎钮山结识的覃氏诸子弟中的覃堰毛，时任施州五路都督军民行军总管府的干办舍人。俗话说，爱屋及乌，由于几年来覃慧心的影子总在他的头脑里挥之不去，于是，听了覃堰毛对自己的一通臭骂后非但不恼，杨兆隆反生出一种莫名其妙的亲切感。他立刻换上一副笑脸，伏下身子说："哎呀呀，原来是施州路的覃堰毛，稀客呀！"

　　杨兆隆回头怒喝身边的"三角脸"："快快松绑，覃舍人是咱们请都请不来的贵客，怎么能如此无礼呢？"

　　领队俘获覃堰毛的"三角脸"叛将见他掳来的汉子果然是千总大人的故交，慌忙解开绳索，赔礼道歉，说："覃舍人，小人有眼不识泰山，得罪了！"

　　覃堰毛活动一下被捆缚得印痕深深的手腕，突然回过身来，重重一拳砸向给自己道歉的那个"三角脸"的胸脯，将他砸出一丈多远摔了个四脚朝天。狂怒地喝骂："狗日的奸诈小人。如果不设绊马索，谅你这干柴一块，哪里会是老子的对手？"

　　杨兆隆望一眼满地乱滚叫苦连天的"三角脸"，竟然哈哈大笑："打得好，不打不相识嘛！覃兄真是个痛快人！"

　　随即，他客气地向覃堰毛一挥手，说："好吧，覃兄请，请随鄙人到营房里用茶！"

　　覃堰毛随同杨兆隆走到中军大寨门前，仍然余怒未息，他伫立阶下，不肯进门，转身对杨兆隆说："如今，你们父子已经背叛朝廷，成了蒙军的爪牙，我不便在这儿久留。你要么把我杀了，要么放我回施州虎钮寨。"

　　杨兆隆说："我的堰毛兄哟，人各有志，我杨兆隆焉能强勉？俗话说得好，除了栗柴无好火，除了郎舅无好亲，我杨兆隆始终深恋着令妹慧心小姐呢，怎么会拿覃家的人开刀问斩？只是地冻天寒，你就忍耐着住上几日，我定当择日还你军器马匹，任你远走高飞就是了。"

覃堰毛见杨兆隆甚为通融，方才定下心来，走进寨内落座在暖烘烘的木炭火边。一大碗热茶进口，他感觉早已凝固的血液又开始奔放起来，麻木的躯体渐渐恢复了活力。

晚宴，是在离杨兆隆中军大寨不足十丈远的一幢农家木屋里进行的。香喷喷的牛羊肉，黄澄澄的小米酥，热腾腾的豆腐花，火辣辣的高粱酒。

覃堰毛开始还神态矜持，浅酌慢饮，但连日来疲于奔命的马上劳顿以及大半天粒米未进的辘辘饥肠折磨着他的意志，杨兆隆等人的极力规劝和美食佳肴的异香勾引着他的食欲，更加上端菜送水的三五个美貌少女全是国色天姿，一声声劝酒劝菜的软语温存令人心旌荡漾，覃堰毛终于放开酒量开怀畅饮起来。一口、两口、三口，一碗、两碗、三碗……渐渐地，他热血沸腾，飘飘欲仙，一种幸福的晕眩感充溢着他的周身，一张张男男女女的笑脸像盛开的鲜花一样铺满了他的视野。在"喝喝喝"的大呼小叫声中和猜拳行令声中，覃堰毛突然连人带身后的大木椅翻倒在地，就什么也不知道了。

覃堰毛从沉醉中醒来，猛一睁眼，看到了令他触目惊心的一幕：自己正一丝不挂地躺在一只储满了热水的大木盆里，炭火熊熊，水雾弥漫。一个十七八岁的少女坐在自己身后的盆沿上，除一头黝黑的长发拂在嫩嫩的肩头外，从头到脚也是一丝不挂！她一边用一块毛巾为他洗涤着身子，一边用酥软的胸脯在他的脊梁上、臂膀上和肩胛上来回摩擦。

"你、你你你……你是谁？"覃堰毛大为惊恐，语气也显得战栗起来，他的眼光不敢在那尊白亮亮的肉体上停留，然偏偏那种无与伦比的白显得光芒四射，令他的两眼无可逃避。

女子一开腔，分明是莺声燕语，香软诱人："奴婢名叫贾杏儿，丰都人氏。千总大人说将军是他最尊贵的客人，嘱咐奴婢我一定要好好地侍候将军歇息。"

说着说着，随着一阵咯咯咯的淫笑，那白白的肉体一下子转到覃堰毛的怀里，骑马式跨在他完全袒露的胸前，竟在他的脸颊上、嘴唇上和脖窝里狂吻起来。覃堰毛哪里经受得住女性这种挑逗？他只觉得自己的身体突然无限膨胀，完全忘记了天与地的存在和自己所处的环境，禁不住死死搂住那一团温热的肉体，迅速进入到一处神秘所在。房屋在旋转，木盆在震荡，血流在汹涌，很快，覃堰毛在一种爆裂式的快感中大叫一声，似乎整个身体与灵魂在奇异的香味里和朦胧的水雾里彻底地融化了、迸散了……

　　水温渐凉，贾杏儿起身添加热水，覃堰毛目不转睛望着那凹凸分明的赤裸胴体晃来晃去，他猛然弹起身来，又一次紧紧地拥住了她。两人不由自主地向着旁边的雕花大木床上倒去，在软软的被窝里开始了新一轮的颠鸾倒凤。

　　从此，这个四肢发达、头脑简单的干办舍人，朝朝暮暮与贾杏儿一起在"三滴水"的雕花大木床上狂欢，一头跌进杨兆隆设置的温柔乡里进入到乐不思蜀的境界。他哪里会想到自己离开虎钮寨后的日子，他恩爱有加的养父竟会永远地离开这个世界？哪里想到春季到来后，他的家族中人会为了他历尽跋涉之苦，希望他早日回到亲人的身旁？他更不会想到，也懒得去想，同他一起被俘的另外几个士卒，早已在一道隐秘的山沟里成了杨兆隆部属的刀下之鬼！

　　日复一日间，覃堰毛也曾与一同宴饮的杨兆隆提及回到虎钮寨的话题。杨兆隆轻轻一笑，说："乡思么，可以理解。只是眼下两军交战时，行走多有不便。我已派人到贵寨下书，说堰毛兄正在我的军营里做客，既不缺胳膊，也不少腿，还得到一个如花似玉的美人儿。等过一段时间战事稍缓后，我当亲送将军与杏儿姑娘一同回施州。你是知道的，你们的虎钮寨，也牵连着我的一份心事哩！"

　　覃堰毛明白，杨兆隆指的是他心里总是挂念着的覃慧心，不由默然无语。在这个名叫长凼的村子里，自己莫名其妙地接受了贾杏儿，现在看来，这女子显然是杨兆隆特意安排下的一块钓饵。覃堰毛暗自思忖，杨兆隆的钓饵虽然轻轻松松钓住了他覃堰毛，但是，杨兆隆若想通过自己进一步钓住虎钮寨的覃慧心，那肯定有着无法想象的难度。覃堰毛非常清楚，智勇双全、刚烈异常的覃慧心绝不是水中一尾咬钩的鱼，而是天上的星星和月亮啊！

（3）

王尚勤一行三人扬鞭催马驰下石乳关，掠过三角坝，当天晚上，一直赶到覃堰毛被俘的小寨附近。天已黑得伸手不见五指，雨水湿透的衣服加上汗水，早被他们自己的体温烙了个半干。

他们小心翼翼地敲开一扇庄户人家的院门，开门的白发老翁见三个小伙子身着甲衣，背上背着弓弩宝剑，身后跟着马匹，惊得半晌说不出话来。老者颤抖着喉结嗫嚅："你……你们……要、要……"

王尚勤见状，尽量用亲切的语调说："老人家，我们是从施州地面过来的。刚下石乳关，要到夔州府寻找一个亲戚。眼见得天黑下来，加上腹中饥饿。这里有银两，只求您卖给我们一点吃食和马草，不会惊扰您老人家吧？"

老翁听他们的口音不像是蒙军兵将，说话又是那样和气，只好长叹一声，让他们走进院子里。两人在阶沿上拴好马匹，老翁抱来一些谷草，从地窖里刨出两撮箕红薯让马充饥，然后将三人请到火塘屋里取暖。

屋子里只有老两口。不断咳嗽着的老大娘说："小伙子呀，春荒时节，天气又不好，咱这穷苦人家没啥拿得出手的吃食，只好给你俩煮上一锅红薯解解饿，不晓得行不行？"

王尚勤忙说："谢谢大娘，我们自己动手煮吧。"

劈柴在火塘里熊熊燃烧，一只大砂锅用铜钩吊在火塘上，里面煮着若干洗净的红薯。身上渐渐有了一些暖意的王尚勤一边拨弄着劈柴，一边与老两口亲切拉话。从两位老人吞吞吐吐的回答里，他们了解到，打着蒙军旗号的队伍主要在大江以北活动，但不时有小股人马渡江过来抢夺老百姓的牲畜与粮食。开春以来，听说距此三十多里路的长凼村驻下一支军队，约有好几百人，人们传言，是从大获山那边过来的。长函的老百姓被军队赶出村寨，不少人流落到小寨以及南边的三角坝一带去了，连抛粮下种也顾不上。

红薯熟了，王尚勤等三人一边饮用开水，一边香喷喷地吃起来。吃饱喝足，他们给两位老人留下不少碎银子，准备告辞出门。白发老翁打开门，见外面黑漆漆的什么也看不见，就执意留他们三人住下，说："我看你们是正儿八经的好人。都三更半夜了，如不嫌弃，就在我屋子里住下吧，天亮后再赶路也不迟。"

第二天清早，雨停了，雾也散了，高山低谷显得格外地空旷寂寥。三人计议，决定向长函方向进发，待弄明白那拨人马究竟是不是杨大渊的队伍后，再回三角坝一带迎候向艮等人。他们问清去往长函的路线，匆匆告辞两位老人，一抖缰绳，就扑进了雨后初晴的岭壑之间。

来到那个叫长函的村庄附近，已是当天午后。王尚勤登上高岗，透过树木的缝隙举目望去，但见两山夹峙的一溜坪坝子里，小河沟曲曲弯弯，无数鸽笼似的民居顺河道延伸成两排长长的村衢。周围的道路与田畴均无人影，更无鸡鸣犬吠声。村头村尾，果然有几处持刀侍立的岗哨，还有往来巡逻的兵丁。

怎样才能摸清对方的底细呢？三人不由苦苦地思索。

他们在林深处的一个石罩里坐下来，随手解开身上的布袋，里面装着昨夜两位老人为他们准备的煮红薯和几块高粱粑粑，一起嘎吱嘎吱地嚼一阵子，方觉得身上力气倍增。王尚勤决定将马匹拴在丛林深处留下一人照料，他与另一名士兵悄悄绕道下山，去跟踪那些巡逻的兵丁。

村衢北端是小河沟的下游方向，一大片楠竹林显得特别蓊郁葳蕤。小河一头扎进竹林深处，再流出来不到数丈，就钻进一个小小的山洞里去了。

王尚勤等二人从树林子里七弯八转，一会儿就接近了那个山洞。他们猴子一般灵活地跳跃腾挪，偷偷纵身到山洞里，定睛打量这洞中的形势。但见洞室不过数尺见方，仅容一人踩着水、猫着腰前行，小河穿洞而过仅仅十多丈远，就从另一边山坡倾泻而出，形成一道五六丈高的瀑布。瀑布下面，除水流湍急的河道外，还有一方柔柔的草坪。

王尚勤打定主意，决定逮住"舌头"后从这个洞里溜出去，然后钻进丛林里撬开"舌头"的嘴，弄清这支驻军的来龙去脉。

他俩匍匐着身子贴着河道走进那片竹林，静静等候巡逻的单身兵丁从竹林前的小路上走过。

许久，过来不少人马，王尚勤默默数了数，约有十余骑，后面还跟随着三十来个步行的兵丁。由于人多，显然不宜动手，只好让他们走过去后继续守候。但他们也从领队的彪形大汉身上掌握了一些情况。原来那个膀粗腰圆、一对豹子眼睛的家伙，就是两年前在虎钮寨执意要比武，结果却败在了覃慧心手里的杨兆隆！他虽已投降蒙古人的军队，却并未改变服饰，仍穿着宋军将士的装束，只是在其头上多了一顶蒙古人将领常戴的那种绵羊皮升斗型大绒帽，帽子顶端摇摆着一支翎毛。

杨兆隆骑着高大的乌鬃马，右手揽马缰，左手倒提一柄方天画戟，边走边向他的随行者神聊海吹。王尚勤从他的话语中了解到，这支队伍只有四百多人，统领者就是杨兆隆。杨大渊的三万多人马仍以江北的大获山为主寨，听候蒙军主帅蒙哥大汗的调遣，随时准备向夔州以及施州一带进发。杨兆隆所部的任务，是要在这个雨热季节探明包抄夔州与进攻施州的路径。

（4）

杨兆隆等数十骑走过去好一阵子，就在王尚勤等候得心急火燎四肢僵麻的时候，忽有一名蒙兵担着两只空水桶从小路上摇摇晃晃地走来，嘴里哼唱着一支当地的民间小调：

灯下的姐儿白飘飘，
好比树上的白花桃。

有心摘桃尝一口，

不害相思也害痨，

哎呀呀……


一见此景，两人迅速折身走出楠竹林，猫着腰等候在小路与河道交叉的一棵麻柳树下。

担水的蒙兵走过来，正好背对着王尚勤藏身的麻柳树俯下身子打水。他刚刚打满两桶水，身子尚未站直，突然一个趔趄，连人带桶栽倒在河水里，两只水桶和扁担霎时顺水漂走了。他刚想呈跪姿站立起来，不料一条满是煮红薯味的布口袋劈头盖脸罩住了他的上半个身子，双手被反剪在背后。由于脖子被紧紧勒住，嘴里喊不出任何声音，只感觉到身子被人拖拽着顺河道进入到黑黢黢的洞子里。一会儿，他又被人托举着从高处飘然而下，如坠深渊。

担水蒙兵惊得魂不附体，不由自主落在地面上连翻几个滚儿。好一阵，布口袋才从他的头顶被揭下来，他睁开被河水渗得迷茫的双眼，看见自己被两个陌生小伙摁倒在丛林深处，嘴里禁不住一个劲儿嘟囔："我我、我……"

王尚勤小声呵斥："别嚷！要想活命，就老老实实答话。你是杨兆隆军中的什么人？"

担水蒙兵惶恐地说："两位小爷饶命！小的是……是杨大人手下的火头军，除担水烧火煮饭外，我什么也没干过。"

"几个月前，杨兆隆是不是在小寨抓到过几个人？都把他们送到什么地方去了？"

"我……我不知道呀。"

"老实点，不然我一刀宰了你！"

王尚勤霍地一声抽出腰际的短剑，用寒光闪闪的刀锋比画蒙兵的脖子。

"……喔，想起来了！有六七个人是吧？我听说在过年后不几天，被小曹爷把他们拖到一条山沟里砍了。"

"什么？哪个小曹爷？"王尚勤追问。

"小曹爷，就是领头活捉那些人的将领呀。他杀人，下手挺狠的。"

王尚勤的心一下子变得很沉重，他想，难道覃堰毛就这么不明不白地被人"砍"了？咱费尽九牛二虎之力前来寻找他，竟是如此糟糕的一个结果？

王尚勤不甘心，继续问担水蒙兵："你别怕，只要你如实告诉我们那几个人的详细情况，我们决不会伤害你的性命。"

"哟，那几人中间，是不是有一个叫什么'干办舍人'的大块头？他可没死，我听别人说，他是千总大人最要好的朋友。杨大人天天同他一处吃酒，还安排一个白漂漂的小女人天天陪着他。"

"他是怎样的长相？现在在哪里？"

"大致二十四五岁，眼睛挺大，眉毛挺恶，一身横肉疙瘩，短短的络腮胡子，嗓子特别亮，一说话，两个嘴角拉得老长，力气也大得很。刚被抓来的那天，他一拳头，就把抓他的小曹爷砸了个四脚朝天。现在，他，就住在千总大人中军大寨对面的木屋里。他的女人，我们叫她贾杏儿，很标致的一个丰都妹子哩！"

王尚勤沉默良久，决定让担水蒙兵捎去覃耳毛写给杨氏父子的信，然后回石乳关一带去给向艮通报情况。

他放开战战兢兢的担水蒙兵，还从腰间掏出三两多雪花银送给他，说："不瞒你说，我是施州五路都督军民行军总管府的人，大年前，被杨兆隆俘获的都是我们的人。这里有一封信，麻烦你一定想法子交给杨兆隆本人。另外，也请你转告那个'干办舍人'，就说他的亲人随时接应他回施州，请他早寻脱身之计。"

王尚勤又说："你给我们帮忙，我们会感念你的；你若从中捣鬼，这棵树杈就是你的下场。"

王尚勤说完，短剑一挥，他面前一段碗口粗的树杈刹那间折为两段。

担水蒙兵急忙伏在地上磕头如捣蒜，说："小的明白，小的明白！"

蒙兵接过银两与书信，连滚带爬地走出丛林。

王尚勤与随行军士相视一笑，也很快消失在丛林深处。

（5）

　　掌灯时分，行军千总杨兆隆在他经常就餐的饭桌上发现一封信，是写给他的父亲杨大渊的。写信人是谁，并未在信封上标明。他颇觉奇怪，一下撕开封口，只见信纸上面写着这样几行字：

四川宣抚使杨大人钧鉴：

　　前年秋天，尔等来我施州虎钮寨游历，吾覃氏父子聊备薄酒接风，不成敬意，转眼已过去一年有半。去年腊月廿三，吾弟覃堰毛等十余骑巡行于夔州小寨，不料被尔部属打死打伤多人，并将吾弟擒获，至今生死不明。今特遣使传书，望念及昔日交情，宽容吾弟之鲁莽，释其早日返乡，与亲人团聚，吾专派人在石乳关一带守候接应。

　　拳拳之忱，还望明察！

大宋施州五路都督军民行军总管<br>覃耳毛顿首

　　杨兆隆这一惊非同小可，他自以为长函到小寨地面防守森严，却不知此信怎么会莫名其妙地出现在自己饭桌上？一连盘问了好几个进出之人，大家均言不知。但转念一想，也就释然了，此信并无恶意，感念旧情，有理有节。当下最要紧的是，该如何笼住覃堰毛的心为己所用，达到与覃氏交好并促成与覃慧心再见面的机会。他决定暂不通报覃堰毛，一定要把获取如意佳人的举措想得滴水不漏才行。

　　深夜，杨兆隆躺在床上，翻来覆去总是难以入睡，任凭他绞干脑汁，搜尽枯肠，也拿不出一个十全十美的主意。覃慧心啦，覃慧心啦，若不是这世上偏偏生出了一个你，若不是一次偶然的机会叫我认识你，想我杨兆隆响当当的一条硬汉子，身边美女如云怎么会不聘不娶？怎么会为他人成全桩桩美事，自己却还没去做金屋藏娇的好梦呢？

迷迷糊糊，杨兆隆走出屋子，他踏着朦胧的月色向一座高高的山梁走去，天空，地面，雾海，云山，全是一片灰白。他突然看见一身素装的覃慧心冷冷地立在云头，发髻里插着鲜花，眼睛里燃着愤怒的火花，两口日月双刀在她的手里发射出幽幽寒光。

杨兆隆真想放声呼喊起来："慧心小姐，你好哇！"可是，他张了张嘴，竟喊不出丁点儿声音。

他分明听见覃慧心咬牙切齿地骂道："你这条狗，你与你的父亲都是狗、狗、狗！一条癞皮狗也想吞下天上的月亮？你才是不自量力呢，羞、羞、羞……"

覃慧心恶狠狠地骂着、骂着，日月双刀很快变成千百口刀的巨浪向杨兆隆呼啸着卷过来。杨兆隆本能地向后退却，不料头重脚轻，一头栽下了万丈深渊。奇怪的是，他一边向深渊跌落，一边还可回首去望云头上光彩夺目的覃慧心。他看见覃慧心正被一个面如满月英姿飒爽的男子双手托起，飘飘悠悠向着湛蓝的天幕上飞去。那男子他隐约记得，名叫向艮，是施州大寨的一位都统官。他们飞过月亮，飞过星星，在天的极高处燃烧成一团熊熊大火……许久，杨兆隆轰的一下砸进漆黑的深渊底部！随同一声号叫，冷汗淋漓的他从梦中惊醒，竟发觉自己连人带被从床上翻滚下来，正在床前冰凉的地面上抽筋不已。

杨兆隆揉了揉眼睛，爬上床枕，翻肠绞肚地想着鬼点子。他想，我杨兆隆若要伺机获取覃慧心那颗芳心，还得从蠢笨而贪婪的覃堰毛处下手才是。

天色微明后，杨兆隆咚咚咚地敲响了覃堰毛与贾杏儿的房门。好久好久，衣冠不整的覃堰毛才慌慌张张拉开门，见到杨兆隆站在门外，不由得一脸惶惑。

杨兆隆闪身进屋，看见"三滴水"的雕花大木床上，贾杏儿仍在蒙头大睡，她的裙裾小衣等乱糟糟扔了一地。

杨兆隆嘿嘿一阵干笑，回过头对跟进来的覃堰毛说："你两口子好快活！怎么样？想不想带着你的杏儿回到你的虎钮山？"

覃堰毛急忙弓腰曲背向杨兆隆双手抱拳，说："如此最好，如此最好，多谢恩公成全！"

贾杏儿听得杨兆隆在床前嘿嘿冷笑，也慌忙用被单裹住身子腾地跪在床上，一头乌黑乱发覆盖着脸腔，两个肩膀筛糠般地乱抖。

杨兆隆让覃堰毛凑近自己，扯起他的一只耳朵对他唧唧咕咕来了一番耳语，覃堰毛细细倾听。

杨兆隆的耳语颠三倒四，措辞混乱，欲言又止，但覃堰毛还是大体上明白了杨兆隆的意思。他说他决定放覃堰毛回虎钮山，并可以带走贾杏儿，但要让他假装逃走，让杨兆隆率兵丁在后面穷追猛赶，直到被石乳关的施州军人发现把他抢过去，这样，覃堰毛回寨后，才会赢得覃家人的信任。他说蒙军势大，已在三巴地区连拔数城，现正逼近万州、夔州，顶多半个月时间必将夺取施州，而杨兆隆自己肯定是兵伐施州的先锋主将，他要覃堰毛回寨后随时准备接应蒙军，献出城寨，待蒙军占领施州后，定会有享不尽的荣华富贵来回报他俩。最后，杨兆隆吞吞吐吐地说，施州营寨里，他最想杀死的，是那个名叫向艮的年轻都统；他朝思暮想的，是覃家的千金小姐覃慧心。到那时，覃堰毛应该像自己成全覃堰毛与贾杏儿一样，千方百计成全他杨兆隆获取到覃慧心的芳心……

覃堰毛听完后，立刻将整个身子匍匐在地，双手捧着杨兆隆的鞋帮子磕头如捣蒜，嘴里喃喃地说："谢谢千总大人！回去后，我一定尽力，我一定尽力！"

（6）

王尚勤让俘虏递交信件到敌营后的第二天，即回到石乳关北麓先前预约见面的一眼崖洞里，向守候在洞中的向艮等人汇报情况，说长凼敌营仅有千余人驻守，统兵者正是杨大渊之子杨兆隆，而覃堰毛竟在敌营受到很不错的优待。

向艮听说覃堰毛被优待，不由眉心紧锁，表情颇为凝重。说："一晃，他被俘获已有四个多月，我们来晚了，天知道会发生一些什么样的变故。这样吧，我们继续前行，看杨兆隆那家伙见信后，能否念及旧情放他返回施州再说。否则，我们就只有劫夺。"

两人率十余骑抵达小寨，日头正当午，遂在一面缓坡的林子里稍事休息。

傍晚时分，树林下铺满雾霭的一道溪沟内忽传来一阵笃笃笃的马蹄声。王尚勤挨近向艮，说："都统在此稍待，我前去看个究竟。"

说完，他轻轻一个纵跳，就着林木的掩护扑向那道溪沟。临近沟边的一堵崖石，王尚勤见有一骑快马由北向南奔行在溪水畔的卵石间，马背上的匍匐者正是慌慌张张的覃堰毛。他的胸前，还布袋似的横卧着一个乱发飘飘衣冠不整的女子。

王尚勤正欲发声，就听见后面有人骑马追来。不一会儿，从雾霭深处闪出大约十来个骑马的蒙兵将士。领头者，正是担水蒙兵所描绘的一个"三角脸"的什么"小曹爷"，他一边领兵追赶，一边呼叫："好小子，千总待你不薄，你竟敢趁咱们不备偷偷逃跑。快快留下贾杏儿，快快留下你的那条狗命！"

覃堰毛用一根藤条拼命抽打着马尻夺路奔逃，累得气喘吁吁。但溪沟里就是一条独路，总也甩不开后面的追兵。王尚勤眼见追兵临近，遂在鞘内抽出腰刀，发一声喊，从崖石后面跳下溪沟放过覃堰毛的坐骑，拦住了他后边追来的马队。追兵见有人挡道，略一迟疑，覃堰毛转过一道弯就不见了。众士卒见挡道者只有一人，遂大呼小叫地将王尚勤围在核心，数支梭镖一起向他身上搠来。王尚勤猛地跃向空中，将腰刀来一个缠头裹脑，士卒们的梭镖纷纷脱手飞出。空着手的士卒发一声喊，急忙勒马后退一窝蜂似的逃走了。王尚勤也不追赶，随之回过身来，徒步向覃堰毛退避的方向跑去。

转过几道弯，王尚勤发觉在一处坡根脚下，向艮等人早就截住了覃堰毛的马匹，拎小鸡似的将覃堰毛拎下马来，他前面的女子也随着滚鞍下马。

向艮问："好你个干办舍人，四个多月不见了。说说，你是怎么来到这里的？"

覃堰毛见是向艮，先是喜上眉梢，紧接着一脸悲戚地干号几声："向艮兄弟，年前，我就中了蒙军绊马索的圈套，受尽了折磨啊！今天，我是趁他们站岗的人打呼噜时跑出来的。快，快，你带我回施州吧！"

"你身边的这个女人是谁？"

"她是贾杏儿，我新娶的老婆！"

"是杨兆隆赏给你的？"

"不，我自己结识的，我们是真心地好。嘻嘻！"

"杨兆隆对你提出些什么要求？"

"他，他他他……"

（7）

众人在路边的一堆石码子上稍事休息后，在向艮统领下，一行人正欲向石乳关方向进发，王尚勤不经意回身一望，忽发觉黄昏渐浓的天色里，不远处的山坳下飘散出滚滚黑烟。随之，一股呛人的焦烟味在清冷的晚风里变得越来越强烈。

王尚勤勒住马缰绳，借助天光环视周围山景，回过头来对向艮说："不好！起火地点是一对老年夫妇的茅草院落。几天前，我曾经在那里饮马充饥并借宿一个晚上的。两位老年人甚为和善，就是他们为我们指点了通往叛军营地的路程。"

向艮安排其他士卒与覃堰毛一道骑马缓行，对王尚勤说："那我俩快去看看吧！看是不是出了什么意外。"

向艮与王尚勤轻轻一抖缰绳，飞快地向着山坳里的起火地点驰去。

被烧毁的果然是那对老年夫妇的茅草院落。除后檐根一段被熏黑的矮矮的泥墙外，整个房屋已经垮塌，支撑屋架的木料横七竖八枕压在变成了火炭的茅草灰堆里，仍在熊熊燃烧。向艮与王尚勤立即翻身下马，一边嘴里呼唤着大伯大娘，一边冒着浓烟去拆卸垮塌了的屋架，看两位老人是否被灰堆掩埋。他们好不容易搬开木料，扑灭烟火，却没有觅见老年夫妇的踪迹，只发现凡稍微像样一点的用具均已荡然无存，就连地窖里的红薯也被掏了个干干净净。很显然，老年夫妇遭遇到人为的打劫和野蛮绑架，作恶者很可能就是杨兆隆的叛军。

从被焚毁的茅草院落向北，细沙路面上，杂沓的脚印与马蹄印清晰可见。向艮重新上马挥一挥鞭，与王尚勤急忙沿着足迹密聚的山路向前搜寻。

走了大约百十丈远，他俩发现那位老大娘身中数箭，血淋淋地仆倒在一条水沟旁，两手向着脚印远去的方向尽力伸展，大张开的嘴里似乎还在呼喊着什么。

向艮、王尚勤跳下马，发现老大娘已经停止呼吸，但尸体余温尚存，认为杀人纵火者走得还不算远，应该尽力追赶上去营救被劫持的那位老大伯。

向艮说："贼情尚且不明，我们一是要动作迅速，二是要视贼众多寡灵活应对。这样吧，我向左，你向右，从两边顺脚印前去的方向包抄追寻。出发吧！"

向艮急风急火前行十余里，果然发现对面山坡隐隐约约有一行人正在向上攀爬。他屏住声息，决定从山坡另一边悄悄绕到那些人前头截住他们。夜也很暗，他将马匹弃在一片松林深处，徒步踏着密林深草去抢占制高点。不一会儿，就登上丛林密集的山头拦住了那一伙蒙兵。借着暗淡的下弦月光，向艮透过树林点数贼众，弄清楚他们大约不到十人，中间一人五花大绑，前面被一条绳子牢牢地拖拽着，后面则被另外人用刀背与藤条鞭打。

向艮再细细打量，发现这伙人就是先前追赶覃堰毛的贼兵，领头者正是那个尖嘴猴腮的什么"小曹爷"。

他想，中间那个被捆缚者看来就是王尚勤所说的老大伯了，我该如何保护他免受伤害并将他抢夺过来呢？

主意未定，却见正走着路的贼众突然阵脚大乱，狼奔豕突，被捆缚者一下就消失了，坡地上很快倒下去几具黑影。原来是王尚勤从另一方向从老林子里闪出，截住贼众用徒手擒拿的方式将他们一举击杀，只有那个尖嘴猴腮的"小曹爷"被王尚勤用绳索捆缚住。

向艮立即与王尚勤合在一处，一边为惊魂未定的老者松绑并说明情由，一边清点昏死过去的贼众人数。一瞬间的战斗，向艮发现贼众已有七人死于王尚勤的掌击下，且头领被俘。老者认出解救自己的王尚勤，心里又悲又喜，禁不住呜呜咽咽地啜泣起来，他断断续续倾诉了天黑时分他与老伴遭遇飞来横祸的大致经过——

天尚未完全黑下来前，十多名贼众来到老年夫妇的茅草院落，开始是要吃要喝。他们翻箱倒柜，只发现地窖里有百十来斤红薯。接着又盘问老夫妇，近来，是否常有来自施州方向的宋军将士路过？老夫妇一问摇头三不知，贼众火了，遂在吃光一大火坑烤红薯之后，纵火焚烧老夫妇的茅草屋，并将苍苍白发的老者捆绑着要带到叛军营地去接受盘查。老者被带走时，声泪俱下的老伴跟跄着一双小脚从后面追赶过来，竟被贼众残忍地用弓箭射死。

老者的啜泣声渐渐变成悲声大放，他猛地站起身，一把揪住他身后被反绑着的俘虏，哭骂着："你们这些天杀的强盗，我老汉几时得罪过你们啦！又放火，又杀人，世上的坏事都被你们做尽做绝了！天啦，我苦命的婆娘啊……"

月色迷茫的黑夜，老者的哭声显得格外地揪人肝肠，向艮与王尚勤也不由泪水盈眶，仇恨的火焰从他们心中腾腾地燃烧起来！

两人敲开另外的农家安顿好老人，将俘虏扎扎实实捆缚着追赶自己的队伍。

待他们接近覃堰毛等人，覃堰毛望一眼向艮与王尚勤押解的那个"小曹爷"，不由大惊失色。

不待那家伙认出自己，覃堰毛出其不意，从一个士兵腰间揢过腰刀，一刀削向双手还被反剪着的俘虏的头脸。俘虏应声倒卧下去，那颗头颅宛若被捣碎了的一坛子辣酱。

　　向艮质问覃堰毛："谁让你斩杀俘虏的？我还有话要问。"

　　覃堰毛说："这家伙用马鞭子抽打过我，还把我关在苕窖里，我恨死了他。"

# 第七章　卉果团圆，筑路勒石功绩显

## （1）

宋理宗开庆元年八月，合川钓鱼城一战，宋军守将王坚利用箭矢与飞石等远程进攻，导致亲临前线督战的西路蒙军统帅蒙哥大汗伤重不治，溘然长逝。群龙无首，蒙古铁骑不得不全部撤回北方。蒙军北撤，倒戈附敌的叛军遂成为无所依傍的流寇，川陕战区以及整个三巴地区包括东边的信陵、郢州、施州等地，就赢来了一个相对和平宁静的时期。

正所谓"文武之道，一张一弛"，施州虎钮山的治理，在郡守与行军总管府的配合下，也赶上宽严结合、安排适度的良好际遇。周围百姓又开始井井有条地秋收冬贮，为来年耕种牧放等打下坚实基础。覃耳毛一方面委托家政覃友仁调拨劳力继续经营前辈人创建的百卉园、百果园等，与外地客商进行盐、茶、麻、漆以及坚果水果等物资交流；另一方面由他自己不间断地组织将士操练演习，并与散毛、堰毛、化毛以及向艮、王尚勤等人，各率精干士卒，定时定块分头巡行所辖州地。覃慧心所统领的女子教练队同样日复一日地练文习武，也不时主动投身到覃友仁花果园里的田间劳作中。

开庆二年的清明节前一天，虎钮山已是绿树成荫，鸟语花香，一树一树的映山红开得分外浓艳，宛若绿色背景上的一团一团熊熊篝火。受率部巡行在外地的覃耳毛、覃散毛兄弟所托，覃耳毛的夫人唐静芬会同覃友仁夫妇等，领着妹子覃慧心及其未婚妹夫向艮，带着香烛冥纸和鞭炮挽幛等物，登上醒狮岭祭奠覃氏的先祖与先父。

醒狮岭西侧的一大片莹莹绿草间，靠向最里边的一道石壁前并列着两座扁竹花与伸筋草覆盖着的老坟，墓主分别是覃耳毛兄妹的祖父覃伯坚、叔祖覃伯圭。覃伯圭也是覃友仁的祖父。

老坟右侧覃伯圭墓葬斜前方同样是两座坟茔，其墓主是覃友仁的父亲与母亲。左侧覃伯坚墓葬斜前方，新鲜泥土与盈盈嫩草掩盖着的那一座，就是九个月多前刚刚去世的覃普诸老都爷之墓。两座老坟与其侧前方的三座坟，依次构成"父抱子"的格局。

一行人走到草坪，先在正中间两位老祖宗的陵墓前燃起香烛，烧化冥纸，放响鞭炮，然后，大家排列成一长溜跪伏在地上磕头献礼。

礼毕，覃友仁等人将用白布做成的挽幛虔诚地扦插在两位老祖宗的坟头上方。

众人再到覃友仁父母亲的墓葬前默默祭祷，一样地焚香点烛，燃放鞭炮，烧纸叩头，奉上挽幛。

最后，大家才走到覃普诸老都爷的陵前。也许是墓葬中人属于新近亡者，在覃友仁的安排下，要求大家一个接一个地跪地磕头，各自向亡者表述祝愿。

覃慧心将向艮拽在身边，说："让哥嫂们先去施礼，我们俩靠后。"

待到众人行礼完毕，覃慧心才挽着向艮的臂膀上前，双双跪伏在父亲的墓前失声痛哭，久久地不愿起身。

覃慧心边哭边数着词儿说："爹爹呀，自我出生后的十九个年头里，您最心疼的就是我慧心姑娘，您最放心不下的就是我慧心姑娘呀……您说过，您生前，没有看到姑娘我……选中如意郎君，您要我……走稳人生的每一步路，要我……不可以认错人，不可以太固执……错过这个村……就没有那个店了……爹爹，今天……我身边的那个人，您认识的，就是我认准的……郎、君！如果您觉得他还行，就在我的梦中，笑一笑，点一点头；如果您认为他不行，就……摆摆手，摇摇头，好吗？爹爹，慧心姑娘想念您，太想念您啦……"

覃慧心伏在墓前差点儿哭得昏晕过去，跪伏着的向艮急忙伸手紧紧地搀扶着她。

在众人的反复劝说下，一对恋人才扶持着站立起来，将迎风飘拂的白色挽幛深深插在坟头，还将一个香柏树枝编织而成的大花圈，倚靠在老父亲的墓门前方。

离开坟地，踏上归程，大嫂唐静芬对向艮与慧心说："去年，覃堰毛从夔州府那边领了一个婆娘回来，我捎过好几次信，让他两口子一同来祭奠祖坟，也算认祖归宗。哪里知道，他连甩甩信都没回上一个。"

向艮说："这家伙一门心思只算计着自己的吃喝玩乐，大哥二哥特别看不惯他，就同意他的要求，让他带着婆娘住在山下的周家屯。大概是嫌路远吧，懒得起身。"

慧心愤愤地说："只想争强好胜，却自私狭隘，贪婪蠢笨，覃家的祖人也不想看到那个家伙！别作指望啦！"

（2）

祭奠祖父与父亲后，众人走下醒狮岭，覃慧心让覃友仁等人先回寨中，她央求嫂嫂唐氏再陪她与向艮顺东门外的石磴子路下山，到山麓二台坪下边的睢豁墓走上一趟。

三人一边走，一边小声交谈。唐静芬对覃慧心说："妹子，你的终身大事，我与川龙他奶奶算是吃了定心丸。向艮兄弟心地善良，勤快懂事，你们小时候就在一起读书习武，从青梅竹马到两情相悦，很快就会花果团圆入洞房了，这姻缘是前世修就的。但你的二哥散毛，那个从死尸堆里爬出来的男人，现今还没有一个相好，你可得帮他留个心眼哟。"

覃慧心想了想，说："我心目中，倒是有一个与他般配的姑娘，叫李雅惹，家就住在这山下的长堰坪，是我教练队的骨干。人长得机灵漂亮，能诗善文，演武场上，她的刀功箭功都在姐妹中遥遥领先。只是……我数年来带在身边的一个小姐妹，突然就将她擢升为我的嫂子，我还一时转不过这个弯来。"

唐静芬嘻嘻一笑，说："成人之美，功德无量嘛！这样吧，抽时间我来两边说合，只要他们互相看得起，你们兄妹可以两套锣鼓一起打，两对夫妇同一天交拜天地。"

覃慧心羞红了脸，怯怯地回答："长哥长嫂替爷娘，我们兄妹的事，任由大嫂做主。"

睢豁墓位于二台坪下方的丛林草莽深处，一尊高大的崖壁巍峨耸峙，苍苔密布。崖壁前边并无墓冢，约两丈开外，只有一座与巨石同样布满苔丝的令牌式大石碑。向艮用草叶小心翼翼拂拭去碑面上的苔丝，碑面正中，竖式阴刻着十三个大字——

巴国上将军忠烈蔓子之睢豁墓

左右两边的小字碑联是：

伐罪借兵维一统
扬眉拔剑赎三城

向艮明白，睢豁墓的所谓"睢豁"，是指巴蔓子将军挥剑献头之前那一刻怒眼圆睁的英雄形象。

向艮与覃慧心同样在石碑前燃起香烛，焚完一大沓冥纸，燃放了一束鞭炮，尔后攀摘一束一束绿叶的枝条编成花圈，又采来若干映山红的花束点缀在花圈上。覃慧心拉了大嫂一把，三人一起跪在石碑前将花圈靠向石碑，虔诚地伏地叩头。叩完头起身，覃慧心问向艮："我亲亲的郎君，你是否相信，蔓子将军真的是被人安葬在这块碑石下头吗？"

向艮说："英灵无处不在。但我知道，将军的头颅，被楚人葬在紧靠大江的荆山之阳；将军的身子，被巴人葬在夷水的源头都亭山坟陵。他的衣冠冢，又在当时属于巴国都城的江州城里。很显然，这里只有他的一缕魂。我小时候听父亲说过，他曾在江州亲眼看见过蔓子将军的衣冠冢，冢前的碑石镂刻着一首诗。那诗云：'头断头不断，万古须眉宛然见；城许城还存，年年青草青墓门！'"

覃慧心再次泪流潸潸地哭了，说："天道不公，好人没有好报！"

向艮安慰她说："人，总是要死的。但只有我们心目中的好人，死后，其灵魂仍会与天地同在，万古不朽！若国家有难，民众遭受涂炭，我向艮，必当效巴蔓子将军披肝沥胆，舍生取义！"

覃慧心急忙用手捂住未婚夫的嘴，哭着说："不，不，你我不会舍生！我们要天长地久，福寿无疆！"

向艮说："好，管它生生死死，我与我心爱的人，自当永结同心！"

覃慧心张开双臂，燕子展翅般纵跳而起扑向夫君的前胸。当着嫂嫂唐氏的面，在古老的睢龉墓前，一对恋人紧紧地搂抱在一起。

向艮回头望了望他身后那尊屋宇似的赭色崖壁，又望了望那座石碑以及石碑下方青烟袅袅的香烛冥纸，然后将他心爱的人用双手横向托起，跟随在大嫂唐氏的身后缓缓走出丛林，走向高崖。覃慧心则将一双臂膀吊在夫君的脖子上，十指绕着他的后颈窝紧紧相扣，让自己仰着面孔的视野里，铺满一汪蓝湛湛的碧天。

（3）

五月端午，是比兹卡人包粽子划龙舟的节日。

天刚拂晓，昨晚刚从星斗山一带巡行回归虎钮寨的覃耳毛，就与姻妻唐静芬双双走出厅堂。他们令使唤丫头分头喊来覃散毛与覃慧心，并让覃慧心去邀约向艮还有李雅惹，准备骑马前往大沙坝去乘坐龙舟漂流夷水。

唐静芬显然早有准备，她让夫君的两名随行军士用笆篓装着两担粽子，一部分是为了大家午后充饥，一部分是打算抛进河水中去祭奠古时投江自尽的屈夫子。

日高三竿，覃耳毛夫妇方将两对恋人领到大沙坝的河道边。数以千计的游人见总管大人一行亲来划龙舟，争先恐后地施礼问候。

覃耳毛笑容可掬，向众人逐一作答。然后，他从管理舟楫的一对老年夫妇处租来三只老鸦船，向艮与覃慧心率两名使女登上第一只，覃散毛携李雅惹在一名随行军士伴随下登上第二只，覃耳毛夫妇领着另一名军士登上随后的那只小船。每只船上都分搁着几篮香喷喷的粽子。

山风徐来，水波不兴，缤纷的倒影使天地世界更富有立体感。待到在"哦嗬"声中数只小船一起向前划动，晃晃悠悠的山影树影才散碎成无数跳跃着的蓝蓝紫紫的花絮。其他游人的船只一下水，就大呼小叫地开始比赛着驰向对岸，呼号声与欢笑声在河谷激荡起袅袅回音。但覃耳毛一行人的三只船却没有投入过河式的竞技，而是绕着大拐弯的水道顺流而下缓缓漂行。

水在峡中，船行水中，人在船上，不由得心花怒放。无论是已婚夫妇，还是未婚恋人，他们各自或撑篙，或摇橹，眼望崖石错落犹如高墙壁立，一线天宛若回廊悠悠，更有红花绿树五彩斑斓，雀鸟翩飞声声吟唱，三对年轻人一下子深深陶醉在风声水声的和谐韵律中。他们想，远离战争，和平安定，男女相携，游山玩水，纵情享受大自然的清新甜畅与明丽辉煌，那该是怎样爽彻骨髓的生命至境呀！为什么总有一些人要在世上播撒仇恨？为什么人与人的格斗与绞杀总是源源不尽呢？

漂流了小半天，覃耳毛见太阳已经当顶，才用手势示意大家掉转船头顺原路返回。返程途中，由于是逆水行舟，速度减慢了，划桨的人也觉得吃力多了。这时，唐静芬才向邻船的李雅惹与覃慧心等人示意，可以唱着歌谣抛粽子下河，凭此追念仙逝了一千多年的楚臣屈老夫子。

几位女士散开粽叶抛粽子下水之际，覃耳毛等男子汉们的心骤然凝重起来。一千多年前，楚大夫屈原抱石投江，是因为楚怀王时朝政浑浊，闭塞贤路，导致国势衰危，兵连祸结。屈夫子忠心劝谏君王外拒强寇、内惩权奸，不料反遭妒忌与流放，瘦骨嶙峋的诗人眼见"举世皆浊""世人皆醉"，他呼天不应，叫地不灵，只好长歌当哭，最终一死了之！

走在最前头的那只船，在两名使女划动下似行似停。向艮挽着覃慧心的腰肢立起身来，转身面对下游方向的一抹远山，一泓逝水，嘴里轻轻地吟哦有声：


……

扈江离与辟芷兮，

纫秋兰以为佩。

汩余若将不及兮，

恐年岁之不吾与。

朝搴阰之木兰兮，

夕揽洲之宿莽。

日月忽其不淹兮，

春与秋其代序。

唯草木之零落兮，

恐美人之迟暮。

……


吟声未止，他早已泪流满面，吻着覃慧心额前的一缕乌发说："慧心，趁此战争间隙，你我可得加倍珍惜时日。我恨不得今晚，今晚就……"

覃慧心脸上桃花灿烂，她轻轻地点头，说："是的，春宵苦短，大家都很忙，你，我，还有二哥、二嫂，我们今晚举行婚礼，一切从简。"

当天晚上，在覃耳毛夫妇安排下，虎钮山寨灯烛辉煌，覃氏家族又是喜娶新娘，又是喜嫁淑女，覃散毛与李雅惹，向艮与覃慧心，两对男女同时新婚大喜。身着彩色裙装的伴娘田芙蓉与田秀蓉姐妹俩忙进忙出，与众多姐妹一道，将宽敞的虎钮堂布置得花束招展，灯烛辉煌。

在梯玛瞎子老爹的主持下，两对新人先是面对神台上的一尊虎钮錞于交拜天地，尔后参拜母亲田老夫人。

婚庆大吉日，老梯玛自己并未作歌唱和，而是让从磨刀溪给李雅惹送亲来的"十姊妹"，在鼓乐伴奏下围着三张八仙桌拼合而成的台面，再度与两位新婚女子咿咿呀呀地对唱了几曲《五句子歌》。其歌词中有：

姐儿住在花草坪，
身穿花衣花罗裙。
脚蹬花鞋花上走，
手拿花扇扇花人，
花上加花爱煞人。


隔山望见黑松林，
黑松林中雾沉沉。
正待开花风又扰，
正待结果雨又淋，
十磨九难成好人。


夜渐深，鞭炮轰鸣，彩花四散，当老梯玛宣布"男归中堂，女入绣房"后，顶着红盖头的李雅惹与覃慧心被几位年轻女子簇拥着，分别走进早已为她们各自安排好的洞房。

（4）

开庆二年（1260 年）夏季，因战事暂停，施州知府谢昌元率府衙众官吏重返夷水边的老府衙料理政务，但考虑到战争终难避免，仍嘱行军总管府的覃耳毛安排士卒代管战时府署，守护犊祠，洒扫庭堂，以便官府吏员们根据局势的变故随机应变，往返策应。

时间过得很快，转眼到了宋度宗咸淳二年（1266年）孟春，惊蛰雨把施州一带的千峰万壑洗涤一新，虎钮山周边的农人们披蓑戴笠，开始翻耕冰融雪化后的一丘一丘田垅。

某日，从七里坪通往虎钮山的坡路，一干人抬着几乘官轿，举着回避牌，曲曲弯弯经过二台坪向崖顶的城墙口攀爬而上。老郡守谢昌元召集府衙与行军总管大寨的官员们，分列在垭口两旁伏地迎候。很快，被五彩绸带与花束等装饰得富丽堂皇的口字型府衙，迎来了捧着帝王圣旨的钦差及其十余名随行官员。

在燃起无数支明晃晃蜡烛的府衙绳武大堂，众官跪拜听旨。身着朝服的钦差展开圣旨，宣布前任知州郡守谢昌元卸任转赴江浙一带的异地任职，新命由一位名叫张朝宝的官员续任施州知府。

府衙与行军总管府的大小吏员与将领们注目那位接旨官员，但见他高而清瘦，面色稍显黝黑，服饰朴素简洁，举止斯文，约莫四十来岁。他领旨后，微笑着与年届六旬的老郡守谢大人相互鞠躬拥抱，尔后抱拳向周边文官武将们致意，说："朝宝我初来施州，人地生疏，治理才能远远不及谢大人，加上近一些年来战事吃紧，强寇频犯，履行职守期间，还望诸位多多指教，多多协助！"

谢昌元说："老朽已老，心力与体力均难以续担重任。新任知府张大人本为中式进士，年富力强，兼具文韬武略，我相信尔等众官在张大人统领下，定能将清江水浒边的老府衙与这虎钮山的战时府衙，一并建设成能守能攻的边地要塞。施州府署在行军总管府的协助下，凭借天然险阻，将确保施州地面的升平与百姓的安居乐业！"

次日，宣旨钦差乘坐一乘小轿，在卸任与接任的知府以及覃耳毛、覃友仁、樊颉等人员骑马陪同下，登上环护在军寨与府衙周围的城基，察看了虎钮山各处要塞及其防守工事，对此倚仗天险易守难攻的军寨十分满意。但同时指出，悬崖拱立，林莽幽深，城墙坚固，炮台雄峙，战时虽然强敌难患，但因道路险要，像在眼下这等和平时日，自己的僚属与军马出境入境也不太方便。

最后，一行人驻足在虎钮大寨最南边的垭口处，覃耳毛向钦差与新任知府张大人建言："虎钮山的城寨若要攻防自如并且出入畅达，我以为可以顺此山壁拓筑便道一条，下端连接磨刀溪的广袤田畴与庄户人家，上端通往此垭口并构建城门一座。平时，山下的人马可由此进门入城，山上的兵丁出城亦可沿便道下山四向巡防。战时则宜紧闭城门，顺外城墙根多备滚木礌石与弩箭、重炮等，居高临下应对一切敢于来犯之敌。"

谢昌元听了覃耳毛的建言，连叫三声："妙妙妙！若战事兴起，山寨中的守护兵丁借此进可以攻，退可以守，不失为万全之策也！"

钦差说："张大人，事不宜迟，若府衙钱粮等物充足，此南门便道可即刻组织人工拓建。"

张朝宝向钦差拱手称道："本府一定尽早踏勘线路，调拨工匠与夫役，将此便道的拓展排上议事日程。"

钦差仰天长息："尔施州地面有此险阻实乃幸事，可惜我大宋临安都城周围却是水陆通达，一马平川，拒敌何其艰难！"

覃耳毛说："天时地势固然重要，但真正要做到攻无不克、战无不胜，还是得全靠战争的统领部应对有方、指挥若定，全赖将帅的智慧勇武、耿耿忠心以及各路兵民的鼎力配合。我以为，从全局来说，只要大宋王朝皇恩浩荡，善待臣民，使社稷固若金汤，似我等州县一类城寨及其疆土定可自保，钦差大人不必多虑。"

钦差望了覃耳毛一眼，欲言欲止。尔后弃开小轿，踱着方步径直向府衙大堂走去，众人陆续跟进。

（5）

谢昌元离任后，新赴任的施州郡守张朝宝果然有一股雷厉风行的冲劲，朝廷钦差返回皇都临安不到半个月，他就邀约覃耳毛在樊颉、覃友仁的陪同下满山转悠。待确定南门便道的大致走向后，即命樊颉出榜招募能工巧匠，组织劳役约三百人投入到筑路工程中。

南大门的正前方是一道七十余丈的陡坎，为使便道略显平缓，测路工匠顺城门右边的斜坡奠定路基，让路面从一堵峭壁的腰身穿过。路基下端，依山势的形态转过三道大弯，一直延伸到磨刀溪下方紧傍山脚饮马池的一片田畴间。

修路的人是从各家各户抽调的壮实劳动力，石匠的领头者，仍然是田芙蓉姐妹的父亲田宏保。他技艺特别精湛，不仅能将不规则的顽石凿得方方正正，有棱有角，还能用正草隶篆等各种字体铭刻碑文。

一天午后，田宏保不经意地看到一伙挖掘路基的人在工地上议论纷纷，遂走过去听了一下。原来，路基处的一方泥土被众人掘开后，泥土内壁呈现出一尊巨大的立石。那石头高约数丈，靠里的一面与山崖紧贴，其余三面则向前方独立延伸，峻绝峭拔，气宇轩昂，酷似一尊矗立在崖前的巨人雕像。众人认为这立石置身在路基正中，有碍通行，正商议凿个炮眼用火药将它炸碎用来铺路。田宏保却提出与众不同的意见。他说："如此奇石，当是老天对虎钮山人的恩赐，怎么能轻易将它炸掉呢？路基可以向前略微绕开一点点，这石头，正好把它雕琢成一方气派的指路碑嘛！"

有人听老石匠说得有理，遂将他的提议传达给主持筑路的郡丞大人樊颉。樊颉约上覃友仁还有向艮等亲临立石处察看，立即赞成老石匠的提议，当即宣布由田宏保领头雕琢指路碑。

三个多月后的一个初冬日，长达二百余丈的南门便道顺利筑成。郡守张朝宝会同覃耳毛、覃友仁与樊颉等人，在鞭炮鼓乐声中以及百官的簇拥下，由山根脚的磨刀溪缓缓上行踏勘新路。走到半山腰，扬头看见有一尊人形巨石峭立在路侧。在樊颉指点下，张朝宝定睛细看，人形巨石上端酷似头脸的部位，是一面稍向前延伸的雨罩，雨罩较为平滑的石壁上，从右到左镂刻着四个隶体大字——

渐入佳境

张朝宝啧啧称赞:"好一方气宇不凡的指路碑!难得难得!"

樊颉命人将老石匠田宏保引领到郡守大人面前,说:"留碑勒石的主意以及指路碑的具体施工者,都得力于这位能工巧匠。"

张朝宝紧紧抓握着田宏保粗粝的双手,说:"感谢感谢!山中出鹞子,这虎钮山周边果然多有能人。老先生姓甚名谁?高龄几许?家住何方?日后,朝宝会向老先生多多讨教。"

田宏保致礼回答:"谢谢郡守大人的夸奖,但老朽愧领'讨教'二字。我姓田,叫田宏保,就住在山脚下的长堰坪。为了让后世人明了史事,我与徒弟们还对这次的筑路工程用錾子作了一点记录。"

田宏保将张朝宝等人引领到指路碑上方的一处崖壁前。众人凑近崖壁细看,但见路侧一方被磨平的崖壁上,镌刻着如下几行魏碑体的文字:

"宋咸淳丙寅季冬,施州郡守张朝宝平削险巇拓筑此路,以便行役。"

张朝宝捻须哈哈大笑,说:"拓筑此路,是尔等众人的功绩,却被老先生记在了我的名下。惭愧呀惭愧!我以为,应该将'施州郡守张朝宝'几个字,换成'能工巧匠田宏保'才对。"

他转过头对樊颉说:"对田老先生这样的能工巧匠,尔当以卫所的名义重重奖励。对所有筑路民工,我以为至少应免除一年以上的捐税。此路畅通,功在施州的黎民百姓,此功此德,朝宝我不敢一人私贪也!"

樊颉拱手应答:"卑职明白,我一定妥善安排,请郡守大人放心!"

(6)

便道通了,军民出山入山方便多了。次年春天,在覃友仁精心料理下,山上的百卉园与山下的百果园持续扩展。其中,二台坪一带,新开垦的数百亩红壤沙田,通过在外地引种,还栽种了大量绿藤蔓延的西瓜。

又是一年的炎炎夏日,生育儿子后满月不几天的覃慧心,邀约众姐妹在山上山下游玩。

姐妹们先是在虎钮山军寨与口字型州衙的四围欣赏百卉园。她们看见，所谓百卉园，是花农将林木稍显稀疏的坪坝子开垦培育而成。那里的切花坛、盆花坛竖看成垅，横看成行，牡丹芍药争奇斗艳，杜鹃绣球尽显风流，更有从外地引种的多种无名花卉姹紫嫣红，晃人眼目。并且随着季节的转换，不同花期的花种在园中和谐共处，常开不败，蝴蝶、蜜蜂、蜻蜓等飞来飞去，为花的世界增添了无数流动的色彩与悠扬的韵致。

顺新修的南门便道逶迤下山，磨刀溪、二台坪等处，则是条分缕析的百果园。桃园、李园、杏园、梨园、樱桃园、胡桃园、葡萄园、枇杷园、甜柿园、白柚园、柑橘园、猕猴桃园等生机蓬勃，预示着入秋后必将果实累累。覃慧心神采飞扬，她高兴地对众姐妹说："这大片大片的果子林，把我们的虎钮山装点成了天上的蟠桃园，不，比蟠桃园更加丰饶。到了收获季节，一阵一阵异香会随同纯净的空气钻入人的鼻孔、喉咙、肠胃与心灵深处，足令老者青春再现，孩童飘飘欲仙，病者精神大振，愁者喜气洋洋。一对一对的情侣更是会心血潮涌，流连忘返，其甜蜜的依偎与情话定然是酒一般地陶醉，梦一般地酣畅……芙蓉啊，你等妹子，就是仙苑里的仙女呀！"

田芙蓉说："慧心姐姐，就是我们的嫦娥娘娘。不，应该是王母娘娘！"

众女悠游到磨刀溪一带百果园的尽头，见那里还有一口百亩见方的饮马池塘。塘水静静地融入岸边的垂柳、远处的山峦与空中的云朵，涟漪悠悠颤动，鱼群往来倏忽，穿红着绿的垂钓者与他们的倒影相映成趣，一个个好似出神入化的高人。偶尔，一群光屁股孩子扑通扑通跃入水中，山影树影和天光云影立刻变成万千闪闪烁烁的碎片，清清亮亮的笑声在池塘里激荡起四处迸散的水花。塘边，一些白发苍苍的垂钓者们身前的鱼篓，鳞光闪烁的鱼儿们活蹦乱跳，似乎全然忽视了等待着它们的厄运。

看到眼前的一切，覃慧心突然想起自己从书本中摘录下的几组佳句："芳草鲜美，落英缤纷""黄发垂髫，并怡然自乐"……她想，我等世人练文习武、春种秋收，究竟图的什么？不就是向往陶公所写的《桃花源》中那种日出而作、日落而息与吃饱穿暖、宁静安详的人生境况吗？

覃慧心像是自言自语，又像是在对姐妹们说："人生在世，最可宝贵的，莫过于安居乐业，莫过于和平稳定。如果没有战争，神仙的日子也不过如此。"

田芙蓉搭腔："我想，除了青山绿水，除了花鲜果美，还得有美满幸福的爱情才是。慧心姐姐自从当了新娘子，如今又当了孩子的妈妈，更显得红光满面精神焕发就是明证。"

慧心笑着扔了几丝草茎在田芙蓉的发丝上，说："对了，李雅惹擢升成了我的二嫂，还有你这一朵芙蓉花尚在独自开放呢！你放心，我会记挂在心上，早日为你物色一个如意郎君。"

"慧心姐，我……我不是那个意思。"田芙蓉羞红了脸，更显得像一朵光灿灿的芙蓉。

众姐妹围着田芙蓉打趣，清清亮亮的笑声，犹如石子投向池水激起层层涟漪。

（7）

日落时分，覃慧心等众女子来到二台坪，但见一畦一畦碧绿的西瓜圆圆滚滚，从她们脚下的小径旁一直延伸到远远的坡根脚下。瓜农们顺着走道搭建起一座一座瓜棚，正在将成熟的西瓜筐筐篓篓地采摘成堆，运送到棚子里暂时贮放。恰有城里的人来到瓜田过秤收购，然后车拉担运出山贩卖。也有行军总管府与州衙的官员们将西瓜收集成堆，准备运往虎钮山供将士与吏员们食用。

田芙蓉紧走几步追上覃慧心，说："慧心姐，这一垅一垅的瓜田绿油油，亮爽爽，望上那么一眼，心里都是甜滋滋的，恰好天干口渴，我们何不买上一个品尝品尝？"

覃慧心遗憾地说："可是，我们出门游山，衣袋里并无散碎的银两呀？"

说话间，不远处一座瓜棚里刚好钻出覃友仁，乐呵呵地说："妹子，哥哥早就给你们预备好了，这里面不仅有甜蜜蜜的瓜，还有陪你们嚼瓜的人呢。请进吧！"

覃慧心等人欣喜若狂，欢欢喜喜地走进棚内，发现木凳上坐着切瓜的人竟是王尚勤，他身旁还有呼噜噜摇着一柄芭蕉扇的向艮！

覃慧心脸红了，打趣地对夫君说："这天下也太窄，走了哪里都遇上一个你。"

王尚勤哈哈一笑，抢着搭腔："慧心嫂子，都统大人不在身边，你吃西瓜也不甜。"

向艮说："为了陪你吃瓜，我跟着王尚勤一路下山跑出一身汗臭味，你还不领情？"

覃慧心一边接过王尚勤递过来的一瓣瓜，一边说："活该！"

众人说着笑着，在王尚勤的分发下，十来个人一阵子吃完三个大西瓜。特别是田芙蓉等几个女孩子，一个个吃得满嘴流汁，爽得活蹦乱跳。

饱餐一顿甜美的西瓜后，众人走出瓜棚继续溜达。忽发现一尊巨大的屋宇形赭红色砂石周围，若干人簇拥在环绕石头的密匝匝的架木下面，正在指指点点。

覃慧心觉得奇怪，对田芙蓉说："芙蓉妹子，一尊形同'飞来石'的千古巨石，也是一道风景，他们搭架木干什么？如果被他们凿成大大小小的碎块就太可惜了，我们过去看看。"

紧走几步，田芙蓉一眼认出，站在架木高处用锤子錾子在石头上击打的人，正是自己的老父亲。

田芙蓉急忙呼喊："爹爹，你们在干啥呢？慧心姐姐说，不能敲碎了这块'飞来石'。"

田宏保回头望了望，说："慧心姑娘，我们不是解剖这石头，是在把它雕琢成一座丰碑。"

"丰碑？什么丰碑？像南门外的那尊石头一样，又是一方指路碑吗？"

田宏保一字一顿地回答："不是，是西、瓜、碑！"

"西瓜碑？"覃慧心等人大惑不解。

众女一阵小跑，一直走到那尊色若丹砂的"飞来石"近侧。

覃慧心等人望上去，但见巨石正前面被打磨成平展展的一方矩形，老石匠在平面上早已一笔一画地刻镂成了一篇文章。其文曰：

> 郡守秦将军，到此栽养万桑，诣莱园间修莲花池，创立接官亭及种西瓜。西瓜有四种，内一种蒙头蝉儿瓜，一种团西瓜，一种细子儿，名曰御西瓜；此三种在淮西种食八十余年矣。又一种回回瓜，其身长大，自庚子嘉熙北游带过种来。外甜瓜、梢瓜有数种。咸淳五年，在此试种，种多出产，满郡皆兴，支逸其味甚佳，种亦遍及乡村处。刻石于此，不可不知也。其瓜于二月盟刑，此种须是三五次埯种，恐雨不调。
>
> 咸淳庚午孟春朐山秦□伯玉谨记。

原来，自从安排人凿通南门外便道的知州张朝宝离任后，从江淮一带被朝廷委任到施州就任知州的秦伯玉一上任，也看中了这方风水宝地。为了在施州发展农耕，增加山人的饮食品类，他率人专程到淮西引进大量西瓜种子，鼓励山民们开辟荒野，广为种植。

覃慧心笑了，她对身边的女子们也同时对众工匠说："那当然好。在不损毁石头本身的条件下，将一方天生的'飞来石'雕琢成记录农耕的丰碑，必将是我们施州人可载入史册的重大创举。"

田芙蓉疑惑地问："载入史册？不过就是几类西瓜的来源与种植的法子嘛！"

田宏保俯下身子笑了笑，说："还是人家慧心想得深，想得透！芙蓉啊，西瓜甜美，石头坚固，甜美加上坚固，自然能经风耐雨，串起无数甜美的日子，让我们的后世子孙永远联想到劳动创造的幸福。"

覃慧心补充说："大伯，除了劳动与创造，还有天下太平，还有人与人之间永远的亲密相处、幸福共享，永恒的爱！"

"爱？咯咯咯……"田芙蓉等众姐妹禁不住窃窃哂笑。

# 第八章　兵燹再起，南挡北杀敌若云

（1）

　　咸淳七年夏天，覃慧心与她的姐妹们在磨刀溪与二台坪西瓜碑前所向往的那种"桃花源"式生活图景，没过多久，终究还是被接踵而来的兵燹事变所击破，最终幻化为袅袅飘散的烟霭。

　　第二年的秋季，寒露一过，满山满岭的枫叶火苗般地燃烧起来。无论是旱田里的荞麦粟谷还是水田里的稻穗都渐渐枯萎，虎钮城周边的农人起早贪黑，赤着脚丫，高挟裤管在小路田塍间奔来走去，他们将农作物分门别类聚束成捆，扛到院门外的场坝反复翻晒，然后用连枷击打脱粒，用风车与簸箕去粗取精，尽可能做到颗粒归囤。

　　秋收尚未结束，施州衙门的官吏就开始派员到山下的农家串门催收征粮。除了按田亩数量规定份额的征粮外，如果部分庄户人家的粮食颇有盈余，州府还用钱币购买，通过新修成的南门便道，将征收或购买的粮食用骡马驮运到州府的粮仓储存，说是为了防备北方强寇再度来犯。不时，也有或佩刀或扛枪的士卒身着甲衣，在扬鞭催马的将领统率下，一队一队从虎钮城下山奔赴远方，去与其他军事寨堡的戍守兵丁换防。

一日，覃耳毛骑着一匹青鬃马，正率十来名心腹小校巡游在莲花池的官道上，忽有哨探飞马来报：郮州镇外，有夔州路驻军信使二人求见，现已被留在郮州行营听候发落。

覃耳毛闻报，暗自思忖，早在十四年前，蒙军大汗蒙哥兵伐巴蜀，两川宋军主将余玠战败，夔州路大获山的宋军守将杨大渊部竟然不战而降，成为叛军。后蒙哥大汗在合川钓鱼城战死，其部队不得不撤退到大巴山以北，杨大渊部随之偃旗息鼓，再无消息。如今所谓信使求见，却难以预测是何方驻军所派，要传达什么样的信息。但为了弄清情况，做到知己知彼，他还是决定前去召见信使问清缘由。

覃耳毛安排三名小校回虎钮寨，向施州州署新任统制薛忠与驻守行军总管府的覃友仁、覃慧心等人通报情况，自己领着其余兵丁随同哨探前往郮州行营去会见信使。

在郮州一处掩映于茂林深处的寨堡里，覃耳毛细细盘问夔州路两名猎人装束的信使。信使得知他是施州五路都督军民行军总管，遂从贴身衣袋里掏出一封书信呈送过来。

覃耳毛拆开信，先看落款，致信人果然是从前的降将杨大渊。全信内容如下：

> 施州五路都督军民行军总管兼镇抚元帅覃耳毛将军阁下：自宝祐八年蒙军北撤后，我等巴蜀诸部各自立寨据城，何去何从，难定根基。本欲仍奉临安府赵宋王朝为正朔，但去岁蒙古人所建大元再度挥师南下逼近临安，宋宫谢太皇太后为保身家性命，会同全皇后已率恭帝陛下主动请降，向元蒙人的忽必烈大汗纳土称臣。宋室国即不存，

我等实该与时推移，另投归宿，免得元蒙虎狼之师兵锋所及，我等祸
及萧墙。为今之计，你我不妨携手同投大元，或可日后入朝为官，或
率旧部仍统辖一方，亦可功成名就，福禄保障，岂不美哉！

　　见函务请慎思，亟盼回音！

　　看完信后，覃耳毛追问再三，方了解到，自合川钓鱼城一战蒙军撤走
后，杨大渊部与大巴山一带其他军队均成流寇状，彼此间互相攻城掠寨，
争夺势力范围。那些宋室将领们有的兵败身死，有的占山为王，有的统领
散兵游勇独守孤城靠劫获民众的粮帛布匹苟延残喘，与蒙军以及治理松散
的宋王朝均无隶属关系。

　　据信使转述，当年蒙哥死后，蒙古部落首领忽必烈与阿里不哥兄弟争
夺汗位长达六年，不得不暂缓南侵，曾与宋王朝的宰相贾似道议和罢兵。
但近来，忽必烈争位得胜后迅速建立起大元王朝，他操练兵马，再度从大
都兵分东西两路南侵。数十万之众的元军东路迫近临安府，南宋小朝廷执
掌朝政的太皇太后谢氏与皇后全氏竟率年幼的恭帝赵显开门揖盗，向元蒙
首相伯颜呈奉降表，并献出传国玉玺。元军兵锋所到处，江淮一带的宋室
各州郡官员们死的死，散的散，降的降。而西线的洛阳、安康以及忠州、
夔州与峡江一带也战祸重起，原降将杨大渊为捞取爵禄，收拾残部，配合
元军首领蔡邦光、降将李德辉等，意欲向施州地面卷土重来。他派出信使
的目的，是要联络覃耳毛部胁迫施州府衙弃宋投元献出辖地，谋求自保并
从长驱直入的元蒙人手中利益均沾。

　　南宋王朝的结局，令覃耳毛喟然长叹。

　　为了从长计议，他告诉信使："请你们回去转告杨将军，我会将当前局
势如实转呈施州府尹，施州何去何从，当在一个月之内给出答复。"

　　送走信使，覃耳毛嘱告郧州寨堡守卒注意巡行边地，有情况及时送达
主帅大寨，遂率随从小校急速赶回虎钮城，决定连夜与府衙统制共商对应
措施。

## （2）

回到虎钮寨，覃耳毛会同施州统制薛忠，连夜召集府衙和行军总管府要员议事。众人一致认为，宋廷呈献降表或许是不得已而为之，他日若年少的恭帝稍长亲历政事，自当重整旗鼓延续数百年宋室社稷，我等代复一代享用国家俸禄，切不可归附外敌。眼下，理当组织军队固守各处关隘，应战寇盗入侵。经周密策划，薛忠决定与覃耳毛各统领一支人马在北边石乳关、连天关、老鹰关与西边的七曜山一线往来巡行严阵以待，虎钮大寨则由覃友仁为主将，覃慧心为副将，同心协力加固工事驻守。只要切保州城府衙与行军总管府不落入寇仇之手，就标志着整个施州地域仍属于宋室江山。

分拨将领与士卒时，覃耳毛提议将州府联防队与行军总管府将士穿插安排。他让州府联防队队长冯升率联防队部分人员随同他的部队前往七曜山设防，让行军总管府都统向艮统领千余名忠勇之士随薛忠驻守北线的杉木坝地带。若遇敌军进犯，可派哨探往来传递信息，以便两军以及与大寨驻军等相互接应。薛忠对覃耳毛的安排表示赞同。

再说元蒙大军西线主帅蔡邦光自占领忠州、万州与夔州等地后，很快突破嘉陵江与川江防线挥师南进，通过击溃或招降纳叛两手策略，令驻守诸城的宋军望风披靡，将川江上游与乌江流域的大片山地据为己有。他同时命令刚收编的杨大渊部迅速翻越石乳关与连天关，配合他从西边与北边两路夹攻施州，为使元军驰骋湖湘、直逼云贵的大西南地区拓开捷径。

杨大渊见委派信使向施州送出招降信后没有任何信息，只好命儿子杨兆隆为先锋，自己为后应，尽数清点本部近万人的队伍向南进击。

元至元十三年即南宋景炎元年初冬，杨兆隆的先头部队千余众从三角坝登上石乳关，然后挥师踏冰履雪突破三里荒与炭窑河，在小溪湖地带遭遇到施州统制薛忠部的顽强抵抗。

薛忠在向艮的建议下，将队伍布成口袋阵，待杨兆隆部驰入河坝地带，一声令下，宋军在林木掩护下从四面山岭向低处俯冲，砍瓜切菜般斩杀了大量敌寇，不一会儿，小溪湖畔就横儿竖八地堆垒起无数元军士兵的尸体。杨兆隆挥舞方天画戟左冲右突，好不容易才率领残兵近千人逃向梭步垭，薛忠率部乘胜追击，特别是向艮率领的三百余名勇士冲锋在前，借助嵯峨石峰与石谷与杨部玩起"藏猫猫"的战术，用弩箭射击，用飞石砸打，令穿行在巨石丛中的敌军士卒晕头转向，那些伤痛者一边躲闪奔走，一边哭爹叫娘。

两军混战大半天，在一座青峰寺前的坝子里，骑着马匹、手执方天画戟的杨兆隆与背负一把大刀徒步冲杀的向艮相遇。杨兆隆一眼认出面前的这个步兵将领，就是夺己所爱的覃慧心的夫君，不由咬牙切齿，怒火中烧，发一声喊，遂驱马驰到向艮身前，用画戟扎向他的胸脯。向艮从肩后嗖地抽出三节钢鞭应战。

两人一个骑马，一个徒步，在噼噼啪啪戟挑鞭劈的金属撞击声中旋转搏击，令周围士卒看得眼花缭乱。杨兆隆骑在马上，本可居高临下挑战向艮，但向艮身轻如燕，时而在地面腾跃，时而在空中滑翔，他手中的三节鞭被挥舞得恍若雪片翻飞，彼此鏖战七八十个回合后，杨兆隆渐渐不支。稍一疏忽，他的坐骑竟被对方的鞭梢击塌了半个臀部，那马在惨烈的嘶叫声中滚下一道土坎，将背上的杨兆隆摔到老远的田畴上。

杨兆隆身上溅满淤泥，他爬起身，但觉方天画戟仍还擎在手中。他刚欲支撑着身子站立起来，向艮手下的勇士早已将他团团围住，用十余杆梭镖拨开他的画戟，按住四肢将其生生擒获，并用棕绳扎粽子一般把他捆绑成一团。

薛忠骑马赶来，见向艮活捉了叛军的先锋官，甚为高兴，急命士卒敲锣收拢队伍准备返回小溪湖。

薛忠决定将俘虏交给从后山赶过来的行军舍把覃堰毛，让他率人用一台桦木囚车将之押送回虎钮大寨发落。向艮本想制止，但尚未发声，覃堰毛早已满口承诺。

覃堰毛点拨十来名兵丁将杨兆隆缚进囚车，押送着回寨去了。向艮只好配合薛忠集合人马，率部顺原路返回杉木坝方向。

向艮与薛忠策马并行，对薛忠说："叛军先头部队虽已溃散，但杨大渊后续部队兵马众多，据哨探报告，有近万众。我部总人数不过三千，需认真拟定迎敌方略才是。我看这梭步垭巨石累累，沟壑遍布，形同迷宫，若安排兵丁在此设伏并想办法将杨大渊的大队人马引入伏击圈，方可望速战速决，以少胜多。"

薛忠回言："梭步垭离主寨路途太远，况且与耳毛将军的西部防线难以呼应，驻军于此，恐被元军四面包抄。我看还是退守到离虎钮山较近的杉木坝一带较为妥当。只要不让元军的大队人马逼近原州城的夷水两岸，即可确保主寨无忧也。"

就在二人争论不休之际，有哨探从后面骑马飞速赶上他们，气喘吁吁地报告："统制大人，不好了，元蒙大军的后续部队已在他们先前逃散士兵的带领下，从石乳关漫山遍野地逼近炭窑河，兵分三路向我们包抄过来。"

薛忠四下里望了望，发觉自己的部队早已远远走出梭步垭，而离最先设伏的小溪湖又还有较长一段路程，眼下这一片过于开阔的水草地并不适宜与敌争锋。怎么办呢？他犹疑地望着向艮，颇有点张口结舌。

向艮当机立断地说："事不宜迟，马上回师梭步垭埋锅造饭，让将士们吃饱喝足后与敌鏖战，同时委派探马分头驰报虎钮山中军主寨与七曜山行军总管府，让各路人马做好彼此接应的准备！"

薛忠犹豫再三，一边同意向艮率领他行军总管府的千名士卒返回梭步垭，一边执意要统领自己不过二千来人的府衙兵丁从杉木坝回师虎钮寨。他想，敌众我寡，唯有依靠虎钮山的险要地势方可自保，其余的山山岭岭沟沟岔岔，实在是无法顾及了。

向艮长嘘一声，只好依照薛忠所言，两个人率部分头行动。

（3）

再说覃耳毛与州府联防队长冯升所率三千余众，经过两天两夜的急行军，早已据守在七曜山的主峰鱼木寨、支罗寨等处。七曜山朔风怒号，滴水成冰，漫天雪片翻飞，山上的树木弯曲成银萼缤纷的拱门形态，峰岭涧壑全是参差的狗牙凌。那一重一重高崖峭壁，倒悬着无数千奇百怪的冰挂。覃耳毛与冯升指挥将士踏冰卧雪搭起帐篷住宿，伐木架火烧饭，不断安排哨兵居高临下察看山下万州方向龙驹沟一带的莽莽雪原，以防元军夺路攻山。到夜晚，冻醒了的军士只好燃起一束一束火把，凭捉对相扑与舞刀弄枪的办法来驱除严寒。

驻守了约莫十来天，山下的雪原并无人丁往来，更不用说长驱直入的敌军马队了。覃耳毛仍然不敢放松警惕，他与冯升骑着马在西边的崖顶往返巡行，并派出探子沿南北两个方向反复地侦探情况。

冬月初的一个傍晚，大雾弥漫，几乎面对面也看不见人，将士们一边啃着在篝火灰堆里泡熟的番薯块块，一边疲惫地打着呵欠。

有人趁统兵将领不在身边的时候，免不了怨声嘀咕："真扫兴！防守防守，除了冰天雪地，连元军的影子都没看到一个，我看我们完全是自己把自己吓趴了！"

"这样冷的天气，敌人肯定也只能龟缩在营房里取暖，哪里敢出来随便逛荡？更不用说攻山作战了！"

"嘘……"

天气越来越暗，就在士卒们不得不凭着火把的照耀在各帐篷间奔来走去时，高处的冰雪丛林内忽然响起一派牛角号声。刹那间，飞蝗似的乱箭从四面八方射向宋营，不少将士身中箭矢，非死即伤。

紧接着，林莽深处的积雪堆里，突然跃出若干披着白色斗篷的元军士兵，他们如狼似虎，嘴里发出莫名其妙的哇哇怪叫，穿过树林操刀执盾砍杀过来。

正在军帐里与将领们议事的覃耳毛闻报大惊，立刻与冯升冲出军帐，跨上战马匆促指挥战斗。双方混战多时，但见火把的光照下冰雪狂舞，血雨溅迸，刀枪撞击声与双方伤残者的惨烈哭号声震耳欲聋。覃耳毛不得不凭着长柄大刀东掩西杀，左冲右突，竟与冯升及其联防队士卒在不知不觉中离散。冲杀了好一阵，他发现自己周边没有一个自己阵营的将士跟上来，一重一重的人影全是披着白色斗篷的元蒙官兵。覃耳毛悔恨交加，他没想到元蒙军队竟然未从山下的主道攻山，而是利用冰雪为掩体攀爬悬崖，悄悄潜入崖顶的密林间，趁夜色降临对宋军来一个攻其不备出其不意！眼下，他来不及多想，只能驱动坐骑，旋风般狂舞着手里的大刀，向沉沉暗夜里与冰雪一般颜色却纷纷蠕动的活物们乱砍乱剁，那些残损零落的血肉之躯摞满了他的马前马后。

不晓得过了多长的时间，覃耳毛才从混战中勒住马缰闪退到一道冰雪崖石下的一眼洞穴前，不知是热汗还是血浆，早就迷糊了他的双眼，浸渍着他的脖颈与脊梁。

覃耳毛拎刀下马，在微弱的雪光中辨认路径，走近冰凌悬挂的黑黢黢的洞口，洞口有湿热的雾气缕缕冒出。他倚靠在洞壁稍稍喘定，不由抓耳挠腮地想，天未晓，林莽深幽，东西莫辨，该怎样弄明白夜晚敌我双方混战的最后结局？该怎样去寻找与重新聚结旧部与敌军再度鏖战？覃耳毛啊覃耳毛，你如此疏忽大意让敌寇巧占便宜，何以对得起列祖列宗的厚望与施州黎民百姓对自己的信赖？你怎么没想到北方元蒙人特别习惯冰雪环境且特别诡计多端勇武强悍呢？

（4）

不知道过了多久，天色渐晓，单刀匹马的覃耳毛开始在冰雪林莽间寻路归寨。他记得自己与敌搏斗后走的是一段下坡路，于是勒马上行，七弯八拐，终于踏上一处树林稍疏的岭脊，正欲进一步辨认方位，忽听岭脊侧后有脚步杂踏冰雪的行进声。覃耳毛闪身在一株大树后，从树杈的豁口处向崖底窥望，竟见数十名元军士卒捆绑着几个人贴着崖壁向岭上走来。他抹一把眉眼处的雪粒子，定睛细看，发现被捆缚者是冯升与他联防队的几个亲兵。他数了一下，元军有二十来人，被俘者只有四人。

覃耳毛想，这不是敌军的大队人马，他必须当机立断出马救人。

于是，他跃下马背，将马拴在树杈上，手持大刀迎候在那列敌军前头的一道冰帘后。敌人最前面的兵丁刚攀上陡坎接近冰帘，嘴里来不及呼叫，一颗头颅就喷着几缕血丝飞出老远。后面的人尚未察觉，扑簌簌接二连三倒下去六七个。

等被捆缚的冯升靠近，覃耳毛轻呼一声"快走"，就用刀锋削断他身后押送者的一条臂膀，将冯升连人带绳索扯向自己的右侧。其余元蒙军士见情况有变，发一声喊，扔开俘虏连滚带爬地向后撤退溜下山去。

覃耳毛用刀口挑断冯升肩背的绳索后，两人又合力解救后面的三名亲兵。覃耳毛让冯升等人连拉带拽登上岭脊，他自己一手揪住被削断臂膀的敌军士卒在雪地上拖行，在那伤残士兵的求饶声中细细盘问，方了解到一些元蒙军偷袭宋营的大致情况。

原来，率部攻山者正是元军统帅蔡邦光帐下的一支突击队，约有两千余人。在蔡邦光授意下，他们探知施州宋军已经驻守在支罗寨主峰，遂趁着雾大雪大月黑风高，让士卒披上与冰雪一样颜色的斗篷战袍，悄悄避开龙驹沟主道，从人迹罕至的鱼木寨手趴岩、亮梯子等处攀上支罗寨，向宋营发起偷袭。这一仗，双方各有大量死伤，但宋军营帐全被捣毁，侥幸留下性命者均作鸟兽散。目前，趁小股部队偷袭成功，蔡邦光正亲率万余大军自万州方向顺长滩、龙驹沟的冰雪大道奔来，意欲一举翻越七曜山，进驻都亭镇，与夔州方向杨大渊部的元军对施州形成两面包抄之势。

覃耳毛放过失去一条臂膀的元兵，命他快滚，然后回身向冯升询问情况。得知冯升是在层林搏击中被元军绊马索绊倒被俘，且腰腿等多处肌肉受伤，与联防队士兵以及覃耳毛的队伍多已失联。万般无奈，他们一行五人只好牵着马匹离开这处山岭，小心翼翼探路避开敌军，企望重登支罗寨等地去召集残部，然后再想办法与施州虎钮山大寨取得联系。

走了一段路，冯升感到伤痛剧烈，体力难支，一屁股瘫坐在雪地上大口大口地喘着粗气。覃耳毛只好让随行士卒将冯升扶上马鞍，让士卒牵着马跟在他身后徐行。

覃耳毛小心翼翼探路行走，当天下午时分，方驻足在先前宋军扎营之所对面的一道崖顶上。他让随行人扶持着冯升在一道崖壁前休息，自己登上崖顶透过冰雪丛莽向下面望去，但见那些临时搭构的营房已经一片狼藉，残壁断梁间摞满了双方将士们的尸体。

正当覃耳毛望着被毁的营地痛心疾首时，他身后的密林里突然扑簌簌乱箭齐发。覃耳毛大惊，一边向一棵大树后退身躲闪，一边抽刀撩拨飞来的箭矢，但他的左肩窝处还是中了一箭。覃耳毛忍住疼痛，在一道崖坎的遮蔽下翻身上马，发一声喊，右手挥刀旋风般地飞下崖坎，向射箭的方向扑去。转过一片密林，发现数十名元兵扔开弓弩在雪地里徒步夺路奔逃，覃耳毛的马快，扑过去一路追杀，一路劈砍，多名元军士卒在他的马前头断肢裂，血肉横飞。追了一阵子，覃耳毛因感觉左肩部位伤痛难禁，再加上担心留在崖脚的冯升等人，他见余下的敌兵跑远了，方勒马转身准备重新登上崖顶。

离先前的崖壁还有十来步远，覃耳毛迎面遇见那三名随行士卒牵着冯升乘坐的马匹走来。他决定与冯升并辔而行，意欲征询冯升的意见前往何方，到何处聚结旧部，却发现冯升向前俯卧在马背上一动不动，两手牵拉在马腹，他的臂腕以及身上的甲胄凝结着一道道紫黑色的血渍。

覃耳毛急忙让跟随着的三名士卒搀扶冯升下马。他们将冯升从马背上托举下来，方知这位受伤的将领在马背上早已气绝身亡。覃耳毛只好将他重新缚在马背上，让士卒牵着马随他穿林海，踏雪原，去冰雪较少的低洼地带为他寻觅一方归宿。

天重新黑下来之前，覃耳毛等人发现一眼窄窄的洞穴，洞穴内砾石累累，枯草丛生。于是，覃耳毛让士卒将冯升的遗体托下马鞍，抬进洞穴，用掌指刨开一个深坑安放他的遗体，再用砾石与草茎为这位战死者垒起一抔小小的坟茔。

冯升死了，覃耳毛也身负箭伤。埋葬冯升后，覃耳毛才让随行士卒为他拔出肩窝上的那支箭，撕一块战袍将伤口紧紧地包扎起来。

三个人彼此搀扶着走出洞穴。发现洞外的冰雪林莽也变得与幽洞深处一样地阴森恐怖。除了透骨的冷，眼前完全是一抹死沉沉的黑暗。

覃耳毛想，白天与黑夜照样轮转不休，但此刻的他，却无法预料下一个明天与死亡，哪一个赶在前头向着自己逼近！

（5）

北线，雾大雪猛。覃堰毛押送杨兆隆从梭步垭回虎钮寨的路上，以到农家寻找食物充饥为借口支开随行军士，在一处四顾无人的山坳坳里望着囚笼里的杨兆隆吃吃窃笑，说："那年将军逮住我，不但没加责罚，反而成全我让我抱得美人归寨。如今倒过来了，我该如何酬谢将军才是呢？"

杨兆隆说："我知道向艮那小子将我交给你，我这条命就算没有危险啦！堰毛老兄，当年，想不到蒙军的头儿一翘辫子，他们的大军都撤走了，进攻你们施州也就成了空话。唉！过了这么些年，你、你那妹子……还好吗？"

"过去了七八年，我妹她……早就名花有主了，你，你就死了那份心吧！一年一年过去，你自己没来施州，我也帮不上忙。"

"她嫁给谁？是那个向艮吗？"

"算你猜得准！"

"我要杀了他，我要杀了他！"杨兆隆咬牙切齿地咆哮起来。

"这么些年了，千总大人莫不还是独身一人？"

杨兆隆鬼眼一眯，压低声音极端下流地说："哧，这女人嘛，就算睡上一千个一万个，也不如睡你那妹子一会儿会儿……假如能夺取施州，我仍想杀死向艮，把你们覃家的那个妹子弄到手！"

"那你看着办吧！"

杨兆隆说："堰毛老兄，事隔多年，你在施州行营还是一个啥权利也没有的干办舍人，何不立点功劳随我早日附元？看如今天下大势，连执掌朝政的太后都奉上降表了，宋室早已树倒猢狲散，你何必像覃耳毛那个憨货一样，为着一个没落的王朝效命疆场呢？"

覃堰毛说："我知道的。有吃喝，能玩乐，比什么都自在。我对那覃家大寨真的没啥子留恋，只可惜我家杏儿母子两个还在虎钮寨山庄下面的家里，不然的话，而今现在，我就可以捣毁囚笼和你一起远走高飞的。"

杨兆隆示意覃堰毛隔着囚车的栅栏靠近他，与他附耳低语好一阵子，覃堰毛连连点头。随后，他一本正经地吆喝来随行军士，与囚车里的杨兆隆一起大嚼特嚼军士从农家劫持来的熟饭熟菜，然后推着囚车碾着石子路，继续向虎钮山施州军寨的方向走去。

两天后，覃堰毛回到虎钮山，向覃友仁极力吹嘘是他自己擒获的杨兆隆，并建议将杨兆隆囚禁在山下周家屯旁边的一眼石洞里，由他日夜看护。覃友仁因自己要与樊颉以及覃慧心的女子教练队严防死守山寨四门，遂同意了覃堰毛的提议。

（6）

再说，向艮与薛忠各率所部分头行动后，他的部队还没来得及返回梭步垭设伏，杨大渊的大队人马就蜂拥而至，突破梭步垭，率先抢占一脉名叫金峰山的高地，截断了薛忠军与虎钮山主寨以及西线七曜山覃耳毛部的联络通道。

向艮知道自己因与统制薛忠争论延缓了时间，战机早已丢失，只好领着他的那一部分将士，绕道梭步垭与金峰山，借道白杨坪、丫沐峪，向州府东边的五龙镇一带转移，想从五龙镇南边涉过湍潭相连的夷水河谷，与驻守在东门关地带的覃散毛部合兵一处。他心里这样默认，薛忠执意退守虎钮山，在守寨的樊颉、覃友仁、覃慧心的协助下，或许能凭借天险坚守一段时日。待自己与覃散毛合兵一处后，再图联络西线的覃耳毛部一并回师援救虎钮山，或许能扭转敌强我弱的战局。

向艮率部所走的路林木幽深，若干低谷深涧并无积雪，未给元军留下蛛丝马迹。左盘右旋不过一天一夜，他就成功甩脱元军的追剿。在五龙镇稍事休整后，遂趁冬季水枯涉过夷水河谷，顺着忠建河谷上溯东门雄关。但到了东门关，却未能寻找到覃散毛的队伍。听当地老百姓说，早在一个多月前，覃散毛就奉命领兵离开东门关，向南援助被元蒙军队掩杀的富州与柘溪一线等地宋军去了。

无论是北边的虎钮山、西边的七曜山，还是南边的酉江、富州与柘溪，好几天没有一丁点消息。向艮将自己的千余士卒在覃散毛设在东门关的土堡安顿数日后，留下大部分将士在东门关营寨等候覃散毛率部归来。一个雪后初晴的夜晚，他仅仅带领三十余骑的勇士，顺一条骡马驮运盐与茶的古道偷偷潜回施州。

天还没亮，在临近施州原州城的连峰山前，向艮与覃友仁安排的哨探接上了头。

从哨探口中，向艮得知，元军尚未逼近虎钮山大寨，但施州统制薛忠也并未率部返回虎钮山。据说，薛忠的队伍从杉木坝向大屯堡方向行进途中，被杨大渊的一支部队团团围住，千余名将士或死或降，未有一个人侥幸突围，薛忠本人则被杨大渊擒获。

哨探告诉向艮，在大屯堡，杨大渊弄清眼前被活捉的官员就是施州的统制官后，当场将他用绳索吊在一株大树的横权上。先是命人在他脚下架起一堆火熏烤，后又喝令十来名士兵乱箭齐发，把这位宋室州官射成了刺猬状。据从屯堡逃难出来的百姓说，那位州官大人被捆被吊的过程中，对元军统帅杨大渊一直呼喊着"逆贼、叛徒"之类字眼骂不绝口。他箭矢满身，血流满地，直到咽下最后一口气骂声方休！后来，野蛮的元蒙军士，竟将他血淋淋的尸首抛下了波翻浪涌的夷水河。

向艮听闻薛忠惨死，不由泪水婆娑。他问哨探："这统制大人不回虎钮山，却绕道奔赴大屯堡的方向意欲何为？"

哨探说："据府衙总管樊大人分析，他极有可能是被元军截断归路后想溯夷水而上，去与西线的行军总管覃耳毛将军会合。但因人困马乏，未能逃过追兵的围堵。"

向艮点点头，又问："州府与总管府大寨是否得知西线的消息？覃将军与他的部队可否安好？"

哨探说："路途遥远，天寒地冻，一直没有覃将军那边的确实消息。但我们隐约听说，在七曜山，覃将军的人马已经和另外一支元军遭遇上了，不知道战况如何。"

向艮听罢，迅速召集诸勇士列队发令："弟兄们，刻不容缓，我们必须赶在元军抵达之前回归虎钮山大寨，与樊颉总管、友仁家政还有慧心的队伍聚在一起，共商御敌之策。我想，第一步，是要将老幼妇婴等家属以及百姓中的老弱者转移出来，经东门关送往富州一带安身。这副担子，我们这一批人非挑起不可。"

众人响亮回答："遵命！"

说完，向艮让众人纷纷上马，在哨探的带领下飞快地绕过老州城，穿越七里坪，顺新拓展的便道抵达新州城的南门外，在巡哨的覃慧心等人开门迎接下，向艮一行人顺利回到了虎钮山的行军总管府。

# 第九章　雪夜鏖战，义士捐躯广厦倾

## （1）

　　是年腊月天，元军统帅蔡邦光与元骠骑卫上将军杨大渊的两支队伍，在团堡与大屯堡间的石板岭处合兵一处。总共将近两万人的队伍，趁着大风雪，又分兵向施州方向包抄而来。其中，杨大渊的人马抵达紧傍夷水的老州府衙门，他们发现老城已是人去巷空，只有无数草顶木楼关门闭户连缀而成的长街短巷，在冰山雪岭的江岸如同一座鬼城。杨大渊命令将士先是咚咚咚地东砸西打，搜寻可供兵丁们充饥御寒的物资，然后四处纵火焚烧。一溜一溜长街很快冰雪融化，火势蔓延，哔哔剥剥燃烧了三天两夜，直到大量建筑化作一片烟雾狼藉的焦炭。最后，仅剩高坡处的几段泥墙与砖墙兀自黑黢黢地耸立着，火炭灰随风飘拂，连夷水冰雪河道也成了一溪黑不溜秋的浊水。

　　焚掉老城，元军又调拨队伍，分别由蔡邦光与杨大渊带领，从莲花池、七里坪、丫竹坝、马尾坝、长堰坪等东西南北四向围住了虎钮山的军事寨堡。但山高崖陡，冰封雪锁，城门紧闭，崖上炮台与滚木礌石密匝匝地预备着，这得天独厚的寨堡的确易守难攻，元军只好在将官们的呵斥声中，紧傍四围山麓搭建起无数穹庐形的毡房，这类毡房也称蒙古包。宋官守将从山上俯瞰，那些元蒙军人黑压压的蒙古包毡房，活像乱坟岗子里千百座隆起的坟头。

覃友仁会同樊颉清点人马，包括覃慧心女子教练队的二十多人，真刀真枪能与敌军拼搏的武士不过四百来人，而寨子里除了前几天由向艮安排经东门关前往富州投覃散毛部的田老夫人等一大批老少妇婴外，掩护着的官吏与百姓仍不下千人。好在仓廪间尚有充足的储粮与布帛，足供全寨人支撑较长的一段时日。

敌军森严，寨子里的人出不去，先前派出去的哨探也回不来，虎钮山完全成了一尊独山，成了一座孤城。覃耳毛、覃散毛，还有驻守夷水下游渔阳关一带的覃化毛部，都不在行军总管府的大寨并且无法与他们沟通联络，而州署的郡丞樊颉、总管府家政覃友仁本属事务性的官员，并不擅长布兵列阵与冲锋陷阵，干办舍人覃堰毛虽有一身蛮力，却是匹夫之勇且心地猥琐狭隘，难当重任。覃友仁思前想后，他只好唤来驻守虎钮寨的都统向艮与他的夫人覃慧心，说："大敌当前，寨堡里能征惯战可以与敌军较量者只有你们夫妇俩，我权且代表耳毛将军并代表整个覃氏家族，将虎钮寨和施州府衙庄重地托付给你们二人。至于米粮工事等勤杂事务，我当与樊大人协商一致，尽心尽力为之。如何？"

覃慧心说："城在我在，城亡我亡，我们拼将性命，也当尽量保证虎钮大寨的父老乡亲平安迎来大年除夕，也要等候大哥二哥与化毛弟弟合兵来解州署与军寨的倒悬之围。夫君你不妨接下守城重任，小女子发誓为你牵马坠蹬，生死与共！"

向艮面对爱妻深深一揖，又转向覃友仁说："兵来将挡，水来土掩，覃氏家族世代蒙受朝恩，我向艮又蒙受覃氏家族垂爱之恩，血肉之躯早已与这里的山石丛林层楼殿宇融为一体。家政兄尽管放心，危难之时，向艮会像当年的蔓子将军一样力护社稷，不辱使命！"

向艮突然想到，几天前，他曾俘获叛军杨大渊部的先锋将领杨兆隆，遂问覃友仁："杨兆隆在哪里？快快将他押解到前沿阵地，我想借用这颗棋子与山下敌军周旋一阵子。"

覃友仁遂命两名随行亲兵去唤驻守北门的覃堰毛，让他作速押解战俘杨兆隆到中军主寨接受提审。

向艮与覃慧心商量，将四百多号武士分成四个小分队：

第一分队由王尚勤率领，守护南门槽及其祥麟峰、鸡冠岩、门板岩一线及东门炮台，借寨南湿地的那一汪雪水顺南门外的便道泼洒而下，把便道封冻成冰道以防备敌军强行攀爬。

第二分队就是覃慧心的女子教练队外加州署的十来名亲兵，守护东门一线的老鹰岩、醒狮岭与晨剑台的崖壁一段，严防元军从莲花池地带攀崖攻城。

第三分队由覃堰毛统领，负责守护北门外的御马槽、北门沟和飑风口，特别是严防元军趁夜从北门沟丛林地带偷袭进寨。

第四分队以州署总管樊颉为首领，紧紧盯着西门一线的玉皇顶、椅背岩与云台崖的奇险之地，看山下二台坪等地的敌营帅旗如何调拨军士来回集结。

向艮自己，则以总管府寨堡为指挥中心，亲率剩余的近三十名勇武士卒，在东西南北四门呼应联络，一有特殊情况随时给予援助。覃友仁负责诸路将士的衣食物资等供给，并组织其余官吏与百姓维护府衙与军寨内人员的正常生计。

说话间，覃友仁派去提审战俘的亲兵与覃堰毛从北门方向一起飞速赶来，向覃友仁转达战俘杨兆隆的关押情况。

覃堰毛说在元蒙大军围山之前，他已将杨兆隆囚禁于山下周家屯他家边的一眼通天洞内，由老婆贾杏儿和几个亲兵负责看管料理。目前，通往他家的路已被元军隔断。元军未退，他不可能回家，更谈不上将杨兆隆押解来虎钮山的大寨了。覃友仁听后不由忧心忡忡："哎呀，是我太疏忽了！

若元军抄没覃堰毛的家及那眼石洞，杨兆隆那厮不又轻松地回归他的本部军营了吗？"

覃友仁想，现今提审杨兆隆已不可能，只能静观其变，再作处置了！

向艮两眼死死地盯着覃堰毛，牙齿咬得咯咯响。说："你是故意的吧？是想报答那家伙当年对你的不杀之恩吧？谁让你擅作主张另行羁押战俘的？手无缚鸡之力的一个贾杏儿，焉能看管十恶不赦的战俘杨兆隆？"

覃堰毛摊了摊手，说："事已至此，叫我说什么好呢？"

向艮无奈，只好说："罢罢罢！你给我死死地守着北大门，若稍有疏忽，我与家政大人对你决不轻饶！"

覃堰毛点头称是，但刚一转身，他竟恶狠狠地嘟哝："哼，一个外姓人，竟在覃家大寨对老子们指手画脚！老子暂时懒得理睬，总有一天，我会叫你吃不了兜着走！"

他的嘟哝，不慎被覃友仁的一名亲兵听见，那亲兵发出不经意的一声唏嘘。

（2）

蔡邦光的元军会同杨大渊部的叛军兵伐施州，将虎钮山军事寨堡铁桶般地围困了四个昼夜，但见这座孤山四面全是悬崖峭壁，冰凌倒悬，实在无法寻找到突破口攻上山顶。山的南麓那条便道虽然略显平缓，但宋军不知从哪里掘开一股溪泉自坡路顺流而下，那路面立刻被严寒的气候结成一长溜曲曲弯弯的冰河。元军也曾组成敢死队足蹬钉鞋，手执抓钩，手拉着手结队冒险履着冰凌攀爬而上，但尚未抵达半山坡，山巅垭口处就会有如瀑的冷水倾泻而下，使斜斜的坡路镜面一般地溜光别透。加上无数滚木礌石间或凌空猛砸下来，不时还被重炮轰击，将登山将士风扫尘埃似的尽数扫落坡根，死难者与伤残者交错枕压，惨不忍睹。

眼看除夕临近，围山的士兵们归心强烈，无意恋战。蔡邦光一边威严地督促将士们在阵地严防死守，一边与杨大渊等人绞干脑汁搜尽枯肠地想法子。

在蒙古包中军大帐的议事处，杨大渊对盘腿坐在一方羊毛毡子上的蔡邦光说："元帅大人，犬子兆隆，本系我先头部队的先锋将领。十多天前，在石乳关东边的一处乱石岗不幸被宋军俘虏，听说现被押在虎钮山军寨，可惜下落不明。我想，若有办法与他取得联络，定可里应外合，一举拿下这虎钮城头。"

蔡邦光哈哈一笑，说："一个被囚之人，纵能通风报信于他，又如何能挣脱锁链与敌争锋？"

杨大渊一脸媚态地嘿嘿干笑："元帅有所不知。兆隆那小子虽然愚蛮蠢笨，但在宋军中也结交有内应。古语说得好，堡垒，容易从内部攻破。假如让他联系内应为我部引路开门，我军势大人多，宋军孤立无援，那么，天险天寒、山高崖陡均不足虑。"

蔡邦光回言："我对你所说的内应倒是颇有兴趣。你知晓这内应是一个什么样的人吗？有没有传话渠道？或者，你偷偷托人将之劫下山来，待密商一个办法后，再偷偷地让他返回宋营？"

杨大渊无言。对于内应，他只听杨兆隆隐约提及，而自己并不认识，并无交往。况且，自己纵然知他是谁，但元帅所说的"传话渠道"又在哪里呢？

正当蔡邦光苦苦凝思时，帐外忽有兵丁求见。

四个身着蒙古兵羊毛大毡戴着羊绒帽的士兵进帐参见蔡邦光，伏地报告，说他们在营房外的田塍上拦截到一名约三十岁的女子，神秘兮兮地说有一个重要情报，必须由她直接面见元帅相告。

蔡邦光问："人在哪里？"

跪伏在地的四人异口同音："已在帐外等候。"

杨大渊立刻走出营帐，一眼瞅见帐篷外的拴马石边果然站着一个满面彤红的年轻女人，遂命她进帐面见元帅。

来者正是覃堰毛之妻贾杏儿，她向蔡邦光侧身道了个万福，说："大帅好！小女子名叫贾杏儿，原本是夔州路守军杨兆隆将军帐前听候使唤的佣人，后被将军许配给施州行军总管府的干办舍人覃堰毛为妻。面见大帅，我奉的就是将军大人之命！”

杨大渊兴奋得几乎要跳起来，不待蔡邦光回答，他抢先向贾杏儿发问：“杨兆隆先锋官吗？他如今在哪里？你快说。”

贾杏儿说：“杨将军就住在我的家里。”

“你的家？你是不是住在山上的大寨里？”蔡邦光问。

贾杏儿摇摇头，说：“不，在山下的周家屯，离这里还不到三里路远。”

（3）

腊月二十六，滴水成冰。

时近午后，施州府衙总管樊颉统领的西门小分队置身椅背岩的高处向下望去，但见山脚二台坪一带元军营寨的士兵似在匆匆集结，一溜一溜的队列先是往返穿插，尔后，有不少人向虎钮山北翼勒马峰下的飑风口一带运行，樊颉急命亲兵报与中军都统向艮。向艮等人策马赶来，会同樊颉沿东门城墙向北一路盯梢，发现元军一小股一小股的将士愈行愈远，转过几个山嘴就看不见了。他想，难道是年近岁毕，元军攻山不下，准备从飑风口部分撤离？这飑风口一端通向山外的茅坝、寨沟、莲花池等地，另一端衔接北门沟且通向寨北的勒马峰。他思忖再三，料定只要冰雪未化，东门登山路与南门便道两处因防备森严，元军很难攻克。还是要决定加强北门与西门两边的防守，严防敌人趁晚上月黑风高，从幽深的飑风口与北门沟悄悄接近勒马峰与醒狮岭进山偷袭。

向艮让樊颉继续回守椅背岩的东大门，自己率六名亲兵顺十多年前铺筑的跑马道向北驰行。

到了北门城墙处，他见城楼之上并无兵丁巡逻，只有墙基脚下临时构筑的木栅栏兵营内炊烟袅袅，酒菜溢香。向艮下马走进兵营，见覃堰毛正与十多名小校围着一堆木柴火一边饮酒，一边猜拳行令。木柴火上吊着一只鼎罐，罐子内热气腾腾。罐子周围的铁架子上，搁放着好几大碗猪肉、豆腐、烤红薯等一些菜肴。

"嘿，伙食不错呀，伙计们！"向艮笑着招呼。

覃堰毛从一只小方凳上站起，说："这样酷冷的天，只有吃饱喝足，将官与兵士才会身上有的是热气，有的是劲头。这应该没得啥子问题吧？"

向艮回言："我没说喝酒吃肉有啥问题，但防护万万不可松懈。我发现城楼上一无固定岗哨，二无巡逻队，不知道你是怎么安排的？"

覃堰毛立刻指令他身边的两个人："你俩上去看着。待会儿，再让另外的人来替换。"

两个士兵各自抓起门边搁防的腰刀出去了，覃堰毛端起一碗白酒，对向艮说："妹夫，过来喝它一碗暖暖身子。"

向艮未接酒碗，说："我劝你不要喝得太多，要保持清醒。一道关口，一座城门，就是成百上千人的生命保障。要防备元军连夜从北门沟上山偷袭。"

覃堰毛扔开酒碗，摇晃着站立起来，支撑起他倚在栅栏边的大刀后，说："门关死，刀在手，老子叫他来一个，死一个，来两个，死一双。我守护我覃家的基业，妹夫你尽管放宽心！"

向艮点头称是，退出寨门，见北门城楼上已有岗哨，遂跨上马背与亲兵顺马道朝东门方向一路小跑。不一会儿，他登上醒狮岭的制高点，听到一壑之隔的晨剑台，传来一阵阵舞刀弄枪与女子呼应呐喊的口令声。

透过深壑漫上来的薄雾与晨剑台的树影，向艮看到头扬乌发、身着素裙的爱妻正在指挥她的女子教练队员捉对操练，备感温馨。转眼间，他与她已结婚五年有余，儿子向亦覃刚满四岁。几天前，儿子随同外婆与大舅母等家眷一道，从东门关前往富州投奔二舅的营寨去了。他们夫妇俩却不得不担当起率兵守护虎钮寨的重任。无论是婚前还是婚后，除了怀孕满四个月后与坐月子的半年期间稍事休息，覃慧心始终与她的女子教练队员结伴练文习武，从不懈怠。多年来，教练队的女子从十四岁到二十二岁不等，随着年龄更替，队员换了一茬又一茬，但其统领者，始终是十八般武艺无所不精的覃慧心。

醒狮岭，晨剑台，是虎钮大山东部脊岭凌空延伸出去的两尊巨大崖石，巨石高端林木相拥的崖顶平台，除各有一径与虎钮山连接外，崖石周围，全是一望令人头晕目眩的深壑。天气晴好时，可隐约窥见壑底树木参差，溪沟纵横，而绝大多数时日，崖石下只有雾霭涌动，宛若滚滚浪潮。平时，醒狮岭是向艮独自读书与习武之所，晨剑台则是覃慧心等女子的演练场所。两崖幽径会合处，即军寨后面擂鼓崖的背脊处，则被覃氏先祖构筑成一道东大门。称其为门，实际上门洞只通向脊岭的左右两端，门的正前方是深不见底的崖壁与深渊。眼下，元蒙大军将虎钮山四面合围，这东门与东门两端的醒狮岭、晨剑台，则是难以逾越的高崖寨堡。向艮依然分兵把守，完全是顾及其北端隔一道北门与山下的北门沟、飓风口相连，若北门失守，东门以及倚靠在东门岭脊内的行军总管府大寨和府署"口"字形大院均将难以确保。

向艮等人离开醒狮岭崖顶，沿小径穿过东大门，屏声静气脚步轻轻地登上晨剑台，但覃慧心耳灵，还是发觉有人驻足身后。她回过头，见是夫君与几名亲兵，遂命操练着的女子稍息，对向艮嫣然一笑，说："鬼鬼祟祟为哪桩？你的气息，隔上十里八里我也能够察觉。怎么样？有没有大哥二哥他们的消息？"

向艮转喜为悲，喟然长嘘："贼兵铁桶一般将我们合围，哪里来的什么好消息？看来，即将到来的这个大年，我们只能马不解鞍人不解甲了！慧心，你害怕吗？"

覃慧心走到向艮身边，用手轻轻拂去夫君盔甲上的雪粉，说："但愿我们的宝贝儿子与他的外婆、舅母们安全，但愿大哥二哥还有化毛弟弟等人终能合兵一处，速速打回大寨！小女子慧心从来不知道什么叫害怕。况且有你在一起，我这颗心，永远都是宁静与安详的！"

向艮很想将爱妻抱在胸前暖一暖她的身子，但见几名亲兵紧紧跟随，众女子环护左右，他的脸上腾起一抹红云。终于只用手扶持住爱妻的两个肩头，尔后为她理了理飘飞在寒风中的几缕秀发，揉了揉她冻得冰凉的两个耳轮。

覃慧心却不管不顾，猛上前双手勾住向艮的脖颈，踮起脚尖，将自己腮帮上湿热的泪水水，尽量蹭在夫君寒若霜雪的脸颊上、鼻梁上与湿漉漉的唇齿间。

（4）

向艮正准备离开晨剑台，覃慧心说："夫君稍留步，请你到我们简易的营棚里察看一样东西。"

向艮随她来到松树林内的晨剑亭，离亭几步远处，是众女子用竹竿作柱栋、竹片作篱壁的一栋棚屋。覃慧心打开棚屋的门，从一只大竹筐里捧出一束由乳白色纱布缠裹着的物件。覃慧心小心翼翼地撑持，向艮看清那是一柄用竹片竹篾为支架、白色纱布为帽顶的伞形物件。帽架下正中位置，双手把握的长柄是一段五尺来长的竹竿。

向艮不明白此物何用，覃慧心收起伞具，走出棚屋，在晨剑台开阔的坝子里托起中间的竹竿向上撑持，让竹篾支架与纱布帽顶尽量绷开。向艮见那柄蘑菇状的伞顶大若簸箕，覃慧心抢起大伞，在风中呼啦啦地翻滚旋转，尔后轻轻一个纵跳，那乳白色的大伞遂拽起覃慧心的身子在空中滑翔了好几丈远，看上去，名副其实地飘飘若仙。

覃慧心轻轻落地，将大伞收束起来，对向艮说："这是我与众姐妹千针万线缝制的伞具。原本是想委派一人拽着伞具从崖顶下临溪谷，尽量绕开敌寨，抄近道去迎候大哥二哥他们的援兵。现感到军情愈发危急，我在想，若万一军寨失守，贼兵来逼，我等无法取胜，尚可命人凭此伞具离开山寨，另寻生机。于是，我们姐妹一齐动手，总共制作了二十来把这样的大伞。"

对爱妻的聪慧机敏，向艮佩服得五体投地。但还是忧心忡忡地说："大伞虽好，但恐怕只有胆大心细身轻若燕者方能使用。况且，寨中兵民成百上千，伞具有限，焉能躲过元蒙贼兵穷凶极恶的剿杀？"

覃慧心悲戚地说："纵然九死一生，也总比全军覆没要好。只要有一人两人脱离险境，昭告天下，我们的血就不会白白地流逝，我们的牺牲就可以感奋世人。这样，你与我，也不枉来这人世走上一遭了……"

话未尽，她已痛哭失声，搁下伞具，紧紧伏靠在夫君前胸并搂着他的脖颈不愿松开。

许久，向艮让爱妻与她的姐妹们收存好伞具，在六名亲兵跟随下继续巡察各路关卡。

南门外，东门外，元军发起过多次冲锋，均被守寨将士们奋勇击退。有限的几门火炮弹药已尽，预备好的滚木礌石也所剩无几了。敌营的弩箭虽然射杀了二十多名守寨士卒，但借助居高临下的地势，元军阵地上的尸体更是数不胜数，鲜血溅进在冰雪坡地，恰似打翻了无数油盐酱醋的瓶瓶罐罐，五色驳杂，花里胡哨。

向艮来到擂鼓崖前面的白虎祖庙时，天已昏黑，远处的防护寨墙渐渐燃起一团团火把的光束。向艮想到现仍居住庙里的梯玛彭瞎子，遂滚鞍下马，登上台阶，走近庙宇前的两扇双合木门。

前几天，向艮与覃友仁动员覃氏家眷离开虎钮大寨，由兵丁护送经东门关投奔到富州一带的覃散毛处暂且安身，也曾力劝瞎子梯玛随行，但被他婉言拒绝。梯玛说："虎钮山，白虎庙，是巴人的祖庙，是覃氏的根基。这世上兵戈扰攘，社稷残破，改朝换代习以为常，但山不可摧，根不可移。咱梯玛系守根之人，焉能离开山神与祖庙另寻生机？"

推开门，借助门外冰雪的微光，向艮一眼瞅见梯玛大伯并未燃火取暖，而是双手合掌盘腿坐在白虎祖神木偶像前的一方蒲团上寂然无语。

向艮走到梯玛左前方，跪伏在地上，说："梯玛老伯，我是向艮。您老吃饭没有？冷不冷？虎钮山战事纷扰，我与慧心好几天没来得及照料您老人家，得罪了！"

梯玛仍一动未动，只在口中喃喃地说："孩儿，我知道是你。自老都爷走后，耳毛兄弟各执其事，各据一地，但天残地缺，此正其时，虎钮山多多劳顿友仁与你们夫妇啦！我老瞎子无所谓饥，无所谓饱，无所谓冷，无所谓热，正在默默地为你祝祷呢！"

向艮扫了一眼神台方向，发觉平时放在供桌上的那尊虎钮錞于已不知去向，遂问："老伯，您说的那件镇山之宝呢？"

　　梯玛回答："世间不宁，战火蔓延，正因为那虎钮錞于是镇山之宝，我已将它深深掩埋，等到平安盛世，让后人们再行发掘。"

　　向艮点头称好，他将跪伏的身子尽量前移靠近蒲团，两手捧护着老梯玛的双膝，对他说："老伯，北方蒙古人大举南侵，听说大宋王朝已奉上降表，献出玉玺。但我虎钮山人尽管兵临城下，仍不屈固守，忠肝义胆，凭谁诉说？眼下贼军势大，四面合围，我等深恐独山难支，孤城难保，但愿老伯指点迷津。若覃氏血亲不断，社稷重振有望，百姓再享安居乐业之盛世，小可向艮纵然肝脑涂地，血洒长天，又有何惧？"

　　老梯玛用掌指反复摩挲向艮的发髻与脖窝，嘴里歌唱般地吟哦：

　　　厥严不奉兮，哀哀国殇，
　　　强寇方拒兮，家贼难防。
　　　天时怼，可恨那迷雾冰滑三更火，
　　　众寡悬殊兮，独力何当？
　　　前者仆，后者继，
　　　存亡生死兮，云天茫茫。
　　　忠勇二字，古往今来血凝成，
　　　君且去，吾随往！
　　　尘世唯有山不朽，
　　　路断人荒兮，怎禁得——
　　　年复年，终会有花树繁生，草木绵长！


　　老梯玛的声声吟哦，向艮听来虽然一知半解，但也从"家贼难防""迷雾冰滑三更火"等字眼中若有所悟。他抬起头来，泪流满面，两手抱拳说："梯玛老伯，您权且歇息，夜已深，我心难安，必须迅速赶到北大门一线察看。"

向艮辞别老梯玛，迎着凛冽的朔风走出庙门。老梯玛听见一阵沓沓沓的马蹄声渐行渐远，不由撕心裂肺地悲号："哟嗬嗬，好一个巴氏子孙的血性儿郎，父忠子忠，父勇子勇，但尘世给他的时月过于短促！老天哟，你是不是和老朽我一样没长眼睛？为什么是非不明、忠奸不分呢？……"

（5）

在周家屯的一眼通天洞口，贾杏儿将她安顿于洞室中的杨兆隆引领出来，当面交还给前来接洽的杨大渊等一干元军将士。杨大渊见他的儿子不但未被绳捆索绑，而且受到贾杏儿铺笼帐被与好酒好肉地款待，不由大喜过望。他命随行军士给贾杏儿送了若干银两与牛羊肉作为酬答，遂领着杨兆隆骑马归营，在二台坪元军营寨面见统兵元帅蔡邦光。蔡邦光见杨兆隆身躯高大壮实，虎虎有生气，遂命他仍为前部先锋，想办法联络内应覃堰毛赚开山门，一举夺取建在山顶的施州州署及行军总管大寨。

杨兆隆骑马领兵在虎钮山四面转悠，从守军招展的旗帜与巡哨士卒的行踪等方面辨认出，覃堰毛应该驻守在北边的寨楼。遂向蔡邦光请战，愿领两千人的队伍，趁夜晚风大雪大悄悄登山接近北门，再伺机联络覃堰毛打开寨门。蔡邦光不仅爽快应诺，并调拨刚刚前来增援的川西行辕枢密使李德辉部另率三千将士在后紧随。他命令，只要山上寨门一开，元军尽可登山掩杀。蔡邦光自己则与杨大渊部在西门与南门山下用擂鼓佯攻之法策应。至于虎钮山东边，本系悬崖峭壁，崖壁下方又是一道道地缝天坑，无径可行，只需派极少数兵马隔山监守即可。

杨兆隆领命，为了迷惑宋军，在二台坪通往莲花池一带的沟沟岔岔里反复兜圈子，看上去如同撤离远行。然后，利用腊月廿六晚上沉沉夜幕的掩护，命两千士兵舍马步行摸索着纵穿飏风口与北门沟。约莫二更时分，杨兆隆的前锋部队早已匍匐在虎钮山北门的高大寨墙外侧。

杨兆隆望见寨楼高处，火把的光晕中有几个哨兵来回踱步，他想了想，悄悄取出弓箭，将自己脖颈上悬挂着的一枚羊角饰品系在箭翎上，嗖地一声发射上去。那箭刚好射在城墙垛口处的旗杆上。

寨楼上，巡行的哨兵听到响声，很快发现了那支箭，看到箭杆处系着一只白色的羊角饰品，急忙取下来送到覃堰毛的营房。

覃堰毛定睛细看那只羊角，很快明白这正是杨兆隆常常挂在脖子上的装饰品，他立刻走出营房，登上寨楼，向寨墙脚下的暗影处张望。杨兆隆立即认出上面的人正是覃堰毛，遂小声呼唤："堰毛老兄，是我，我是杨、兆、隆……请你开门！"

覃堰毛很快明白是贾杏儿将杨兆隆送还给了元军。他想，此人待我有恩，我对他亦有承诺。眼下元军势大，宋军孤城难守，胜负立见，此时我不献城自保，更待何时？于是，他伏在寨墙上，向下面的暗黑处扬了扬手臂，就顺城墙内侧的阶梯走下寨楼。

覃堰毛和他的两个随从合力取下门杠，拉开城门。杨兆隆拎着方天画戟从暗影处飞速闪进城门。他正欲举戟搠向覃堰毛身边的随从，覃堰毛急忙拦住，说："且住，都是我们的人，守在这里的，全是我的亲随。你，你们……"

覃堰毛言未尽，门外暗黑地带的元兵早已鱼贯而入，很快，森严的关卡与两端的寨墙上，奔来走去者全是手执短刀与盾牌、身着北方游牧部落服饰的元军将士。

（6）

向艮与几名亲兵刚翻过擂鼓崖，来到醒狮岭山根下的便道上，借助火把的微光，就远远看见北门寨墙上有无数人影晃荡，再细细打量，竟是趾高气扬的元军将士。向艮这一惊非同小可，急命亲兵四人分赴东、南、西各处关卡与中军大寨，向覃慧心、王尚勤、樊颉以及覃友仁等通报覃堰毛开门揖盗等情况，让他们率兵紧急策应，他自己与另外两名持刀的亲兵，流星大步赶往北寨楼。

向艮从腰间解下三节钢鞭，一个箭步，执鞭从墙基处跃上八尺多高的寨楼，发一声喊，抢鞭猛抽偷袭的贼兵。但见他身影腾挪，三节鞭在火把的微光中犹似上百条白蛇盘旋。他的随行军士也挥刀紧跟，砍瓜切菜般地杀向敌寇。铁器咣咣呛呛的撞击声与人的惨叫声交错混响，杨兆隆尚未回过神来，他的部属就有数十名士兵血浆迸飞，头断肢裂，横七竖八的尸首与伤残者摞满了忽明忽暗的寨楼。杨兆隆一眼瞧见执鞭狂击者正是向艮，瞬间火冒三丈，两手挥舞着方天画戟前来迎战。向艮瞧见敌酋竟是杨兆隆，知道覃堰毛那厮已完全附敌变节，恨得牙痒痒的，他手握三节鞭与敌酋交锋不到十合，就撇开杨兆隆飞下寨墙，闪身寻找梯玛老伯所说的家贼，欲先将那恶徒置于死地，然后再驱赶强敌。

在覃堰毛的营房前，他看见覃堰毛正手握长柄大刀与向艮带来的两名亲兵对峙，嘴里一派胡言乱语。他劝亲兵转告向艮，宋灭元兴已是天下大势，我覃氏没有理由为一个行将覆灭的王朝卖命，还是交出寨堡免除性命之忧罢。

向艮大怒，喝道："叛贼，孽畜，先交出你的狗命！"

说时迟，那时快，向艮跃到空中向覃堰毛的头颅一鞭抽来。覃堰毛举起大刀隔开，一溜小跑顺寨墙前曲曲弯弯的跑马道向醒狮岭方向逃生。

向艮正欲追赶，又有大量元兵从城门洞外掩杀过来，他只好会同两名亲兵转身搏击，鞭飞刀削，又是一阵猛抽猛剁。元军抛下大量尸体向树林子深处退避。向艮发现敌军虽然死伤惨重，但自己的两名亲兵也侧卧在地气息奄奄，身上的血水喷泉般汩汩流出！

向艮钢鞭滚烫，臂已酸麻，正当杨兆隆又从寨楼方向端起画戟向他扑来之际，他听到寨墙西端传来一片混战声，应该是樊颉率部从西门卡方向赶到。向艮扔开自己的三节鞭，顺手拾起元军死尸旁边的一杆长矛，挺矛大战杨兆隆。两人时而在地面，时而在空中，时而跃上寨墙，时而闪身丛林，约莫拉锯角逐一百多个回合后，向艮猛一腾空，栖落在一株高树的权枝上。因树权处于昏暗，杨兆隆迷失了对方的踪影，只好追随自己的士卒向西边杀去。

樊颉虽不惧死，但不擅武功，在指挥将士与敌混战中，他的属员死伤惨重，被人数众多的元军一路追杀，不得不退到西门的玉皇顶、椅背岩一带。杨兆隆从后边率兵紧紧追赶，根据其官服与乌纱的样式，他认准樊颉是一位颇有些品级的朝政官员，遂穷追不放。在椅背岩一尊黑色的山石前，杨兆隆左手揪住樊颉的衣领，右手正要一刀劈下，却被突然闪身过来的向艮用长矛从其臂弯下一挑，杨兆隆的刀脱手飞出。紧接着，他持刀的臂膀也被矛头洞穿。杨兆隆负疼松开左手，樊颉侥幸地逃得性命。

失去兵器的杨兆隆刚欲退身，向艮对着他蠢笨的身躯嗖嗖嗖地连搠数矛。一声惨叫，这位先锋官血淋淋的躯体，从椅背岩的陡崖一角，重重摔下东门寨墙外紧傍二台坪的黑幽幽的空谷里去了。

元军见主将亡故，发一声喊，你推我搡向先前上山的北门方向退却。杀红了眼的向艮挺起长矛，与樊颉手下部分勇敢的将士一道狂追不已。刀削矛搠，枪挑锤击，元军又有百十人死伤。但临近北寨门，却发现更多的元军将士蜂拥而上，并且向东向西以及林中的小径多方扑杀。向艮看见那统军将领髭须倒竖，环眼圆睁，他的坐骑是一匹全身火炭般赤红的汗血马，手提一柄寒光森森的宣花大斧。向艮等人尚且不知，这家伙正是元军新增援而来的川西行辕枢密使李德辉。

向艮执矛上前与统军将领往返格斗了十来个回合，他感觉那大斧特别沉重，自己的长矛很难抵挡，遂卖了个破绽，闪身退出格斗圈子。

由于与众多元蒙兵将鏖战多时，寡不敌众且饥疲交加，向艮等众将士只好暂时退避到一片深林间，恰好迎来覃友仁率领几名百姓送来的一背篓荞麦粑粑和两木桶温热豆浆。向艮等人迅速狼吞虎咽，并喝下大量豆浆，方觉得身上又增添了不少气力。

覃友仁说："我等刚出寨，即有贼兵从林子深处包抄大寨与州署，眼下已被他们强占，我们也是出得来进不去了。城中百姓与士兵一样参与混战，大多数非死即伤，其余人丁幸被王尚勤将军接应到南门槽营寨处。但目前，他们也遭到山上山下敌军两路夹攻，似此如何是好？"

向艮紧紧抓握住覃友仁冰凉的手，说："覃堰毛那厮开门揖盗，虎钮大寨已是覆水难收。友仁大哥，天亮前再无援兵，你我唯能一死以谢天下！

你且暂退南门与王尚勤部聚会一处再作计较，我等众义士吃饱喝足，还可斩杀若干寇贼为咱们垫背！事不宜迟，你们快走！"

在向艮催促下，覃友仁与送茶饭的百姓只好含泪转身扑进林莽，向南门方向摸索而去。向艮清点人数，除了自己，他身边手执刀剑尚未受伤的将士仅剩下二十六人。

向艮说："弟兄们，有生必有死，咱为国家社稷而死，虽死犹荣！从现在起，我等是屠贼一人够本，屠贼二人赚一个，我的念想是宁死不当战俘，尔等以为如何？"

众人参差应答："愿随都统大人血战到底！"

向艮率众闪出丛林，挺进长矛，再次旋风般卷入火把光照处漫山遍野的元军阵容中。

（7）

再说二更时分，晨剑台覃慧心在营房中接到向艮亲兵报送的凶讯，立刻唤来教练队的田芙蓉等众姐妹整束衣装，操持刀剑。她留下四名女子守护晨剑台营房里的伞具等物，其余二十来人燃起两束竹篾火把，由她擎着日月双刀领头，顺山径小道飞也似的赶往北门参战。

不一会儿，教练队女兵恰与从向艮刀下逃生的覃堰毛等几名叛将叛卒正面相遇。覃堰毛见覃慧心等人全副武装，遂边跑边喊："妹子妹子，快快救我，有人要我的命！我……"

覃慧心举刀拦截住他，威严地说："谁要你的命啦？说，你都干了一些什么样的缺德事？"

覃堰毛张口结舌，仅用手向身后指指点点。他也许认为自己叛敌之事覃慧心还并不知情，就说："蒙……蒙蒙蒙古人的兵……要我的命！"

覃慧心怒喝："你别以为我不知道，心中有鬼，脸上变色，你这吃里爬外开门揖盗的逆孽，狗命一条，留着啥用？"

覃慧心猛地摘下腰间的双刀，一个纵跳向覃堰毛剪来。覃堰毛不得不持刀迎战，嘴里瞎咧咧："妹子，我是你哥！情况紧急，你，你，听我一句劝告，放下刀，求个情。我与你，还有这些姐妹，都可以保全性命的……"

覃慧心本想用刀背按压住这个逆孽先让田芙蓉等人将他捆缚住再说，但听到覃堰毛竟还在一个劲儿地劝降，气得咬牙切齿，狠狠地骂道："混蛋东西，我娘老子与我哥收养你这个孽种，我的夫君还把你从敌营中营救出来，你不思图报，反受叛军头目唆使，与他们里应外合，害得我覃氏家族家破人亡！拿命来，拿命来——"

怒不可遏的覃慧心双刀狂舞间，覃堰毛先是大刀脱手飞出，后是黑血溅迸，身首异处。田芙蓉等众女兵一拥而上，刀剑相加，覃堰毛身后的几个叛卒也立马变成一具具残损不堪的尸体。

正在这时，穿着北方蒙古人羊袍马靴的近百名元军追杀而来。覃慧心与她的女兵竟银燕似的腾空跃起，车轮般在敌军的阵容间旋转砍杀。一束一束火把熄灭了，但雪光熹微，刀枪剑戟撞击得火星子乱溅，火与血的迸散一会儿迷糊了眼睛，一会儿又令女子们格外清醒。

混战多时，敌寇的死尸柴火捆子似的塞满了草坪与岩壑，女兵亦有数人伤亡。但敌寇太多，刚刚杀退了一茬，又蜂拥过来另一茬，覃慧心感觉如同抽刀断水水更流，她不得不召唤女子们且战且退，一直退回东大门将门板死死扛住，众女子方在稍显宽阔的晨剑台的草坪上，赢得片刻喘息的时机。

（8）

鏖战中，现已听不到更夫的击柝声了，不知道夜有多深。向艮估计三更已过，浑身是血的他与众将士又从混战中暂且解脱出来，定睛一看，自己现已立足在紧傍东门的醒狮岭的内壁前。向艮数了数，宋军连同自己还有十七个人，且有六人负伤带彩。

他领着众人沿内壁登上醒狮岭的高处，远远望见丛林那边，总管府大寨与施州"口"字形州署群楼方向已腾起熊熊烈火。火光照亮了大片山林与洞穿半个天空，一股一股黑烟宛如龙蛇盘旋，哔哔剥剥的木头燃烧声与楼厦垮塌声撕心裂肺，向艮等众将士禁不住失声痛哭！

此刻，向艮想到了他在爱妻覃慧心的配合下曾出演过的宁舍头颅不舍城的巴人国蔓子将军，想到了自己与金兵在乌江石岸血战负伤后又在烈火中殉身的精忠报国的老父亲，想到了覃氏先祖征战吴曦后被朝廷册封为施州路行军总管来此虎钮山据山立寨的艰难历程，想到了岳父覃普诸一生的血腥转战以及对自己的言传身教与关怀信任，想到了他与内兄覃耳毛、覃散毛还有内弟覃化毛的真挚情谊以及兄弟们对国家社稷的赤子情怀，想到了爱妻慧心对自己婚前婚后的无与伦比的恩爱以及他们爱情的结晶——四岁儿子向亦覃是如何的天真可爱、伶俐聪明……

烈火仍在焚烧，黑烟仍在翻涌，兵燹事变，惊心迸泪。

向艮定了定神，他回身眺望隔着一道东大门的对面山上的石崖——晨剑台，隐约看见姻妻与她麾下的众女子，也正列队瞩目他所立足的高崖——醒狮岭。向艮立刻高扬起他的两条臂膀向妻子与众女示意，果然，对山众女子也高扬起她们的臂膀。尽管看不清彼此的面容，但向艮感觉到，覃慧心等人与自己及其众将士一样，眼在流泪，心在滴血，浑身的筋络与骨髓都在火一般地灼疼！

醒狮岭侧前方的一方草坝子，是覃氏先驱的陵寝地，岳祖岳父等都被掩埋在那里。但现已没有时间前往祭扫祷告，向艮只好匆匆瞥上一眼，急忙回头应对眼前的战局。

醒狮岭的外壁崖坎，是深不见底的崖脚。醒狮岭内壁的下方，大量元军在微弱的天光雾影里人头攒动，呐喊声声，他们托举起一面一面盾牌正向岭上攀爬。爬得最高者的元军，离向艮等人已不到百步。

敌人越来越近，向艮等人将岭上能扳动的石头尽可能扳脱，呼呼啦啦地砸向内壁下面的敌阵，又砸死砸伤不少敌兵。向艮等人在高处，元军士兵在低处，他们向上冲杀了好几次，均被乱石砸退。这时，向艮亲耳听见山上有一名敌酋说："别往上冲了，给我堆积柴草，点火焚烧，把他们全都烧成灰灰！"

不一阵子，醒狮岭内壁的根脚处果然堆满了树枝子，火焰熊熊燃烧起来，黑烟弥漫着整个醒狮岭，越来越逼近向艮等人置身的崖坎。

众将士已经感受到，在烈火炙烤下汗水淋淋。危急中，向艮对环围在他身边的十六名将士说："大火正在逼近我们，退路已经被强盗们完全封死，我等十七人，现已非伤即疲，加上兵器残缺不堪，再也无法与敌搏击。弟兄们，古人曾如此作歌：'诚既勇兮又以武，终刚强兮不可凌。身既死兮神以灵，魂魄毅兮为鬼雄。'我想这醒狮岭，终有一天，会被我们的鲜血唤醒。弟兄们，敌人上来了，我们当以这高崖作为归宿，让强盗们与迫近我们的烈火彻底扑空！"

众人纷纷响应："是的，被火烧死，不如跳崖而死。我等宁死不当战俘，我等连一根骨头，一点灰灰，都不给强盗们留下！"

眼看千百条火舌已经卷上崖顶，舔向他们的身体，义士们先将刀剑等器械统统抛下身后的崖谷。

向艮望一眼晨剑台方向的姻妻等人，遂与其他十六人站在最外边的崖坎上，肩并着肩，手牵着手，由他领唱"……身既死兮神以灵，魂魄毅兮为鬼雄"的慷慨悲歌，十七义士一起纵身，跳下了浓雾滚滚冰凌倒悬的百丈悬崖！

后世，某府志的"忠义篇"有如下记载："向艮，施州道正乡人。初署参军，历任都统。景炎年，元兵袭州城，破之。不屈，死。"志书用"不屈，死"三个字，概括了一个惊天地而泣鬼神的壮烈故事。

# 第十章　烈女跳伞，雄关复仇慰英灵

（1）

沉沉雪夜的虎钮城，城楼在燃烧，冰雪在燃烧，鲜血在燃烧！

醒狮岭高崖，向艮等十七义士在强寇包抄、烈火紧逼的情况下牵手跳崖之壮举，置身晨剑台的覃慧心等女子们看得一清二楚。众女泪眼模糊悲哭声声之际，大量操刀执盾的元军士卒追赶着火势，已经从石磴子攀上醒狮岭的绝顶，临近崖坎，方知这崖上一个人影也没有。他们向崖底探望，崖脚下除了茫茫雾霭，什么也看不清楚。稍稍迟疑，操宣花巨斧的统兵将领李德辉只好喝令将士原路返回，再顺寨墙下的马道乱纷纷向紧闭着的东城门扑来。元军先是用器械对着两扇大木门一阵猛砸，然后同样在门后堆积若干树枝草渣，开始引火焚烧。

城门，很快就会被烈火焚毁，待众多敌寇随后蜂拥过来，晨剑台的亭台、棚房，以及营房前平台上的众女兵均难保全。

覃慧心急命众女子推倒棚房，从竹筐里拽出伞具。由于女兵在与元军搏击中伤亡较多，覃慧心面前列队听命者仅剩下田芙蓉等八人，包括她自己一共九人。她让众姐妹各自挑出一柄大伞，将余下的伞具连同兵器等一股脑儿抛进深谷。覃慧心指挥姐妹们将竹竿伞柄捆扎在胸腹前，双手攀附着走到崖坎，尽量撑开伞篷在风中呼啦啦地旋转。然后，她领头高喊："苍天啊，再赐给我们姐妹一次复仇的机会吧！"

　　言未毕，覃慧心第一个纵跳着向崖前的空冥腾飞而起，她头上的大伞撑成了一朵圆圆的浮云，缓缓向着晨剑台前面的夜空飘移。

　　田芙蓉等众女子，一个接一个模仿着覃慧心的动作在崖上助跑，然后跃下深渊。很快，黎明前朦胧的雪光与雾霭里，但见晨剑台巴掌一样伸向前方的高崖，一朵一朵乳白色的蘑菇形伞具缓缓飘拂，宛若微风吹开一束一束蒲公英的花絮悠悠扬扬，又似神话传说中的仙子们腾云驾雾。待疯狗一般的元军将士在李德辉指挥下焚毁东大门，涌向晨剑台，那悬崖脚下的九朵白色蘑菇花絮，全潜水般尒藏到深渊处的浓云迷雾中去了，无声，无影，无痕！那些来自北方大草原的凶神恶煞的"鹰隼"们，一个个惊得目瞪口呆。

　　由于元军前后夹击，众寡悬殊，驻守南大门的王尚勤部同样死伤惨重。眼见府衙被焚，军寨难保，王尚勤指挥兵民们向南门外的斜坡便道大量泼洒冷水，冰冻的路面令山下的敌军无法攀爬，却有利于山上的将士与百姓滑翔下山，也许部分人可望突破山根脚下元军的营寨死里逃生。

　　天色破晓之际，晨雾中，忽有若干裹着棉被与棕片等物的人顺冰道向下滑翔，迅若闪电，疾若飙风，山根脚下的元兵们防不胜防。滑下山的人大多身带刀剑等利器，一旦脚跟站稳，立即向阻其通行的元军奋勇砍杀。尽管双方各有死伤，但毕竟还有少量的人突破元军防线，挣脱身子，冲出了一重又一重的包围圈。

（2）

　　天已大明，虎钮山完全被元军占领。烈火熊熊，焦土历历，覃友仁、樊颉等人不知去向。

元军的统兵元帅蔡邦光与骠骑卫上将军杨大渊尚未上得山来，骑汗血马、操宣花斧的枢密使李德辉先行四处勘察。他沿马道转了几大圈，并未寻找到那个前部先锋杨兆隆的身影及其死尸，问先上山的众士卒，亦无任何结果。他看见那些木质寨楼一股一股黑烟仍在翻卷，火焰仍地跳跃，一栋一栋老楼与新楼统统成了红灿灿的火炭与黑黢黢的焦炭，不由爆发出一阵哈哈狂笑。

午后，李德辉领着一伙兵丁来到擂鼓崖前屋宇尚存的白虎庙，先是让兵丁们恶狠狠砸屋捣门。见庙内并无任何动静，李德辉遂将宣花斧扔给随从，通过门洞迈进庙内光线较暗的殿堂前，嗅觉里有一股油腻腻的味道。待视力稍微适应后，李德辉瞥见几尊神像前面的供桌上，盘腿端坐着一位瘦瘦的老梯玛，布衣草履，鹤发仙容，额头下唯有两个深深的窝坑。老梯玛两臂向左向右平伸，一手执一把鸡毛拂尘，一手托着烛台。烛台内竖立的一支蜡烛火苗如豆，缭绕着一缕细细的烟丝。

李德辉贴近老者身前笑着问道："这老人家好自在哟！是不是在等候谁？"

梯玛平静地回答："等你。"

"你可知道，我是谁人？"

"和我一样，一个死人！"

李德辉还欲多言，忽见老梯玛出其不意用拂尘扫向李德辉的满脸髭须，另一只手将蜡烛突然倾倒。轰的一声，整个庙宇连同堂前的地面突然间熊熊燃烧起来。李德辉大惊，方欲脱身，却觉得一种无法言说的胀疼与麻木感从髭须上达颅脑，下传周身，他竟然木鸡似的无法动弹。

刹那间，四周火舌狂舔，烈焰缠裹，柱倒梁塌，门毁楼倾，迅疾得外面的随行士兵根本来不及抢救。原来，那种油腻腻的味道，是老梯玛事先在庙宇梁柱和地面以及自己的身体上泼洒的大量火麻油，那油着火即燃。不一会儿，整座庙宇就在噼噼剥剥的燃烧与垮塌声中成了一堆火屑，一片灰烬！白虎庙一直存放在供桌上的那尊虎钮錞于，早就不知道被瞎子梯玛掩埋在哪里去了。

川西行辕枢密使的随行将士们呆望着一炷高火，人人瞠目结舌。

红白黑等颜色相间的灰烬堆，不一会儿，就埋葬了一座祖庙，也埋葬了两个死人。

腊月二十八清早，元蒙大军由夔州进袭施州的最高统帅蔡邦光，方骑着一匹高头大马，率百余将士环绕宋军所拓开的跑马便道在虎钮山巡察。他所到之处，但见冰雪零落成泥，尸体交错枕压，大量建筑与建筑物周边的林木等已化为一堆一堆的焦炭和灰烬。这位军事统帅不但对元军众多死难者未有丝毫惋惜之情，反而得意扬扬，一阵一阵地打着响哈哈。随行将领问他是否组织士卒打扫战场，他破裂着嗓子说："打扫个啥？这样子，恰是我们胜利的明证。眼下要做的第一件事，就是安排得力信使骑快马星夜赶往大都奏报朝廷，向世祖汗王告捷。等汗王发旨后，我们再集聚人马继续向南挺进，兵伐顺州、高州、富州，直到剿灭宋人的所有残余势力！"

元骠骑卫上将军杨大渊却是一脸忧戚，他组织士卒翻遍所有的死尸堆，其子杨兆隆终是活不见人，死不见尸。倒是有人将两位主将领到擂鼓崖旁的一堆灰烬处，指认那是川西行辕枢密使李德辉将军的死亡之所。士卒们找来锹铲等工具，从灰堆里刨挖出若干焦黑的骨头，蔡邦光只好命人将骨头就地掘坑掩埋掉。

虎钮山施州行署及行军总管府大寨灰飞烟灭，标志元王朝已彻底控制施州北部的大量地域。十多天后，大元朝廷的钦差抵达施州，宣旨嘉奖了蔡邦光部，并让蔡邦光继续向南推进，突破宋人残部在酉江、沅江、乌江等地的防线，尔后横扫贵州云南等边境地带。

与同此时，蒙古人东路大军正顺着江浙沿海地带以及两湖一线南征，将宋室南逃的端宗赵昰君臣等人一步一步逼向最南边的海疆。

（3）

元宵节后，身负大元王命的元帅蔡邦光，统领本部以及杨大渊部的兵丁一万余众，又从夷水岸边的施州启程，意欲通过东门关、歌罗驿等地，向酉江富州一带散毛溪峒的宋军覃散毛部进袭。一日，大军抵达东门关，但见崖高谷深，坡陡路幽，丛林无边，溪瀑飞漱。为防前面有伏兵，蔡邦光命某先锋将领率千余人为前锋开路，自己率中军随后徐行，让杨大渊统领他的本部人马断后。前锋部队通过东门关的峰岭与溪峡时，一切均很平静，除了偶尔有成群翩飞的雀鸟，不但未发现有什么伏兵，就连人烟也渺若黄鹤。

闻报，蔡邦光放下心来，指挥中军随自己策马跟进。他们从高高的崖顶顺曲曲弯弯的螺旋路逶迤而下，走进了一道深深的谷底。这时，谷畔丛林间忽然传来一阵牛角号的嘟嘟声，顿时，两边树林子骤雨一般密集的乱箭射向蔡邦光的身前身后，不一会儿，大量将士中箭倒地。

蔡邦光这一惊非同小可，急忙勒马返回坡根意欲顺来路登山。他转过几道弯，忽见一道垭口处，七位身着白色战袍的宋军女将一字儿排开，横刀立马截在了他的前面，而蔡邦光的随从仅有十来人跟随在后。

蔡邦光大叫："尔等何人？大元王朝的元帅在此，快快闪开！"

说完，就纵马抢刀向着众女将杀来。

那几名女将，恰是虎钮山失陷那天跳伞逃生的巾帼英雄们，领头人正是覃慧心。

原来，腊月二十七的凌晨，覃慧心等九名女子凭着伞具跳下晨剑台，除两位负伤者不幸殒命于深谷外，余下七人安全着地。覃慧心率领众女穿洞走壑，巧妙避开元军哨探，七弯八绕抵达东门关。后在东门关守军的接应护送下，再南下歌罗驿和酉江散毛峒与她的二哥覃散毛会合，悲哭声声地向覃散毛诉说了虎钮山大寨失陷的详细情况。覃散毛也介绍了自己所部被元军其他小股部队牵制而无法回援虎钮山的情况，并说他们的大哥覃耳毛部早在腊月中旬就不幸兵败七曜山，士卒大量离散。现如今，覃耳毛仍在忠路某隐秘山洞，疗养他在战斗中留下的箭伤。

除夕夜，覃慧心与母亲田氏老夫人、大嫂唐氏、二嫂李氏以及她自己四岁的爱子向亦覃等人幸得团聚于酉江畔的散毛溪峒，但除了对向艮等壮烈献身的义士用香烛纸马祭奠外，这个年过得特别的凄惶。覃慧心想到亡夫对她的诸多恩爱，泪水一遍一遍湿透衣襟。她在二哥覃散毛面前信誓旦旦地说："妹子我不复此仇，誓不为人！"

春节刚过，兄妹二人就率兵四下里侦探，打听攻克施州的元军动向。终于，他们知得蔡邦光所部将在元宵节后率军南下，于是设伏于东门雄关，以待来敌。

蔡邦光刚躲开覃散毛谷中伏兵飞蝗似的弩箭射击，又与覃慧心等七位女将狭路相逢。

但蔡邦光自仗膂力过人，武艺高强，根本没把看上去柔弱不堪的七个女子放在眼里。他一口长柄大刀舞得呼呼生风，意欲力斩或生擒截断他归途的几位弱女子。蔡邦光马快，由离众女将近三百步远处的坡道驰向短兵相接处仅有一瞬间。眼见他手起刀落就要劈向覃慧心时，覃慧心一声呼哨，突然，七把系一块红布的剔骨尖刀从七名女子手中飞出，一起向马背上的蔡邦光扎来。蔡邦光刚想挥舞大刀拨开在空中滑翔的飞刀，但事与愿违，那些飞刀几乎一口不剩地插满了他的头脸与腰背，扎得他血流如注，嗷嗷大叫。那马嘶嘶悲鸣，后腿立起，前腿腾空，将插满飞刀的蔡邦光及其手中的大刀掀出老远。蔡邦光的十多名随从，也被从林子里射出的弩箭一个一个放翻，全部死于非命。覃慧心等走近蔡邦光倒在崖坎下的血肉模糊的尸体，用刀剑又是一阵猛剁猛扎。覃慧心方仰头对着苍天呐喊："夫君，你睁开眼睛看一看呀，在此雄关，爱妻为你复仇啦！为整个虎钮山复仇啦——！"

东门关的峡谷回声激荡："复仇啦！复仇啦——！……"

离东门关尚有十来里路的杨大渊闻报，听说元帅蔡邦光在东门关死于非命，他率领的后续部队竟然如惊弓之鸟，慌乱中回马返程逃离施州，溜之大吉。

若干年后，明万历《湖广总志》一书，曾如此描述这一历史事例："蔡邦光，至元十三年攻施州，夺其城。征散毛，卒。"蔡邦光之死，迫使元统治者改变策略，不得不将征剿变为安抚，这就为施州以南的向氏叉巴溪峒、覃氏散毛溪峒等建立成土司政权铺平了道路。

施州虎钮寨被元蒙大军攻破的三年之后，即宋祥兴二年三月十九日，元军与宋军在崖山决战，宋军惨败。左丞相陆秀夫背负着即帝位不满一年的八岁小皇帝赵昺蹈海身亡，宋的十万军民相继投海殉国，从此，偏安一隅的南宋小王朝彻底覆灭。

（4）

若干年后一个细雨如丝的清明节，遭受兵燹祸患的虎钮山已是衰草遍野，丛林繁茂。

午后，从山下七里坪经饮马池前往虎钮城的坡路上行进着一支马队。马队绕过"渐入佳境"指路碑，在南门槽的垭口处，骑马人纷纷下马。林子里的樵夫定睛细看，人群中有数十名素衣素裙的女子，亦有三五个披着甲衣的男子。领头者，似乎是一位发丝斑白但仍然气宇轩昂的老妇人，她神态凝重，步履从容，让随行人员将马匹拴在树林里，顺着从前的马道，跟在她身后向着早已被焚毁殆尽的虎钮军寨走去。也有年岁稍长的樵夫终于辨认出，那老妇人，就是当年行军总管府的覃慧心姑娘，但见她，举手投足英姿显，杏眼柳眉仍含春，尤其是腰间所佩的日月双刀，早将其身份袒露无余。

覃慧心环顾四围，瓦接椽连的城寨、仓廪以及亭台、墙垣等荡然无存，除了偶尔从草丛间露出一段阶石外，昔日五进七出的军寨唯剩下一岭一岭的废墟，废墟堆又长出若干盈盈碧草和杂乱的小树荆丛，牵连着无数藤藤蔓蔓。"野火烧不尽，春风吹又生。远芳侵古道，晴翠接荒城""将军战马今何在？野草闲花满地愁"……她想，诗人们的描述不仅形象真实，而且隐含着甜酸苦辣咸等关于世事变易之类无穷滋味的哲思。曾经的虎钮城，一代一代的人用汗水构筑，用热血守护，多少风雨冰雪，剑啸弩鸣，无数生命在城墙上苦涩着，又在城墙上凋零着……而今，城虽亡，但尚有残墙断垣一类废墟，那么，曾经的筑城人、守城人，一旦与城共亡，究竟是否还有"魂"一类物件在天地世界留存蛛丝马迹呢？想到这里，覃慧心和各位女同胞们的脸颊、脖颈与衣襟等，全被泪水拌和的雨丝浸润得湿漉漉的。

叹息方罢，有人发现原白虎庙所在地的丛林里，新建起一座高不过丈许的小而又小的尼姑庵。庵前立起一座小小牌楼，牌楼两边柱子上的楹联曰：

　　　白云瑞雪兆州地
　　　玉竹苍松绕旧城

覃慧心等人跨过牌楼，站在尼姑庵门前细细打量，看见庵门两侧亦有门联一副。文曰：

　　　聆听筱堰清波韵
　　　端赋竹黄玄圣诗

不一会儿，随着吱呀一声门响，庙门里走出一位双手合十的青衣尼姑，向众人虔诚施礼，嘴里喃喃有声："各位施主，贫尼这厢有礼了，阿弥陀佛！"

覃慧心身后的田芙蓉忽然失声高叫起来："秀蓉妹子，是你吗？你怎么……"

小尼姑眼睑低垂，说："施主，贫尼法号延恒。"

覃慧心也认出眼前的尼姑就是田秀蓉。当年虎钮城失守，秀蓉的胞姐田芙蓉是撑伞跳崖的九个女子之一，而尚不满十三岁的秀蓉并未随军参战，随同父母住在山下的长堰坪。想不到时隔多年，她竟然出家为尼。

覃慧心与田芙蓉左右扶持着向众人施礼的小尼姑，泪流满面，但也不便多问什么。覃慧心只好让随行中人在小尼姑的青衫袖口里放了几锭银两。

走进尼姑庵参拜观音大士的塑像后，众人离开尼姑庵，再绕过庵后的擂鼓崖向醒狮岭上攀登。

站在当年向艮等十七义士跳崖处，覃慧心让人燃起香烛，焚化冥纸。在香烟袅袅、纸灰飘飘的一尊大石头前，覃慧心唤来身后一个银盔银甲的小伙子，命他跪伏在石头边，慢声嘱告："我的儿，从今往后，无论走到哪里，你都要记住我们脚下的这道醒狮岭，记住我们对面的那方晨剑台，记住这崖壁脚下弯弯曲曲的一条夷水河。这岭，这台，这河，就是你爹爹与众多叔叔们的魂，也是我与各位姊姊姨姨们的魂！还有这整座虎钮山，是你向家的爷爷、覃家的爷爷，还有彭家的爷爷们，永远永远的灵魂呀！"

全副武装的向亦覃对着那尊石头连连叩首，说："妈，我都记下了！"

山脚下，云雾缭绕的河谷里，隐约传送过来一阵阵幽渺哀怨、宛转苍凉的"竹枝词"歌吟——

虎钮山头（竹枝），鹧鸪叫（女儿），

雄飞雌从（竹枝），绕林梢（女儿）。

人间多少（竹枝），痴情女（女儿），

望穿秋水（竹枝），恨难消（女儿）。

歌声，遥遥飘拂在虎钮城，遥遥飘拂在醒狮岭，遥遥飘拂在历史的苍穹，听歌者无不泫然欲泣，无不心摇神动。施州比兹卡人的心灵深处，恒久滚荡着对于时间、空间、自然与生命的无穷思索。

山即城，城即山。生命，总会随着时间的流逝、空间的转换一代一代地老去；而饱经磨难却又超然于尘凡的虎钮山、虎钮城，此后永远不再会有衰老的时候！

丛林、蒿草、绿苔、歌声，掩映着浸透了人文情怀的古陌荒阡，掩映着一座传奇式的荒城！

后世有人慷慨悲歌曰——

说什么"城雄钮鼎"？分明是雾漫漫城毁人散；

说什么"渐入佳境"？分明是路悠悠渐行渐远。

曾经是，滚滚红尘兵燹祸患不断头，

曾经是，壮怀激烈恩怨情仇血泪弹。

岁月流逝，生命短促，

残垣断壁遥思瓦接椽连。

日月浮沉，风雨侵蚀，

古陌荒阡唯余衰草蔓延。

然而，

只要大地仍有鸟语花香，

只要高天仍有星光灿烂，

就应该——

心念苍生，忠肝义胆，

别管它往事如烟、今夕何年！

女儿泪，可演绎半部诗书，

男儿血，能磨砺三尺宝剑。

让江山养就豪骨，

让风月狂挑吟担。

借大江东去，写千古风流，酬壮志，

当记取：继往开来，立地撑天！


2020 年 7—10 月写成初稿

2021 年暮秋改定于恩施凉月斋

下部

# 难留城

# 第一章　施州寻根，往事峥嵘岁月稠

## （1）

2011 年的一个仲春日，镀满阳光的钢铁巨龙"和谐号"动车，风驰电掣般地行进在中国鄂西南的施州山地。

咔嚓咔嚓咔嚓……那是列车滑翔于凌空高架的天桥，宛若银蛇腾雾，玉龙翩飞，歌声铿锵而舒缓，高亢而热烈。

哐唧哐唧哐唧……那是列车穿行在深邃迷茫的山腹，恰似雷霆万钧，岳撼山崩，步履从容而厚沉，执着而淡定。

这条刚建成不久的山地铁路，是中国长江沿线沪汉渝大通道的咽喉地段。这一段，全长不到三百八十公里，而隧道加桥梁竟达二百九十七座之多，因此，被称为世界桥隧博物馆。蜿蜒西去的动车，差不多是在山奇大、谷奇深、隧洞奇多与奇长的自然环境里，不间断地穿越一眼一眼拱形洞穴和跨越一座一座腾空悬桥，高速度完成着奇幻惊险、明暗交替的时空旅行。

透过窗玻璃，匆匆掠过向望鹤眼前的景观，有他所熟悉的悬崖叠峦、峡谷深涧、飞瀑林莽，也有他首次接触到的山肌长隧、擎天柱础、连锁天桥。古人云："蜀道难，施道艰，施道更难攀青天。"作为原汁原汤的施州籍土家族人，作为四十多年前曾在这大山里鏖战过两度春秋的下乡知青，向望鹤深知，在漫长的时间隧道里，这里山险水恶，幽谷纵横，重重峭壁重重雾，荒野虎狼异常多，但并不缺少历代开拓者们踩踏出来的无数古陌荒阡、幽径栈道，并不缺少古老征程所串联的难以历数的悲壮告别与痛苦死亡。只是这种世人不堪回首的水陆纤痕，如今早已深深掩埋于蒿草丛林中，潜藏进土层石罅里，或者晾晒在高不可攀的崖壁上，浸泡到梯级开发后的八百里清江及其支流的库区内。

（2）

向望鹤是北京某高校的知名教授，是著述颇丰的人类学与民族学专家。此时，在天光时明时暗的车厢里，可见他高大的身材略显肥胖，白皙的面容皱纹初绽，额头、鼻梁、颧骨与下巴的轮廓犹如斧劈刀削，稀疏的微微飘拂的发丝黑白参半，金边近视眼镜后，一对瞳孔瞩望窗外明一程暗一程的风景徐徐流动，无语凝思。

向望鹤卧铺对面，尚有焕发着青春气息的一男一女并肩而坐。两人一边共同翻阅一部题名为《绿色施州》的风光画册，一边不时用惊诧的眼神眺望窗外的高山深谷兴味盎然地轻声交谈。那男子西装革履，前胸悬垂一条天蓝色领带，身躯伟岸，发丝如簇，浓眉大眼，天庭饱满，嘴唇四周不可抑制地环拥出一抹淡淡的髭须。那女子穿着月白色衬衫，戴着浅红色领结，腰系一领火炭般红色的长裙，体态纤秀，黑发如瀑，橄榄形的脸颊略显瘦挺，忽闪忽闪的大眼睛充溢着无法掩饰的兴奋与好奇。

男子名叫陆永真，蒙古族后裔，民族学博士，是向望鹤从事民族文化与民族历史研究的业务助手。女子是向望鹤刚从某大学作家班毕业的女儿向雨鹭。他们此行，是随同向望鹤来施州出席一次关于巴文化渊源的学术考察活动，东道主是当地的文化部门与学术团体。

向望鹤收到的邀请函，其落款为中共施州市委宣传部、施州市文联与施州市巴文化研究会。据附寄的活动简章透露，这次活动历时 10 天，其中有 8 天时间将安排与会人员溯清江沿线踏访早期巴文化遗址，参照历史典籍关于古代巴人活动行程的零星记载进行实地考察，以便为探索神秘的巴人征战史、传承古朴独特的巴文化铺平道路。

向望鹤愉快地接受了邀请，并致函主办方，要求带上两个年轻的业务助手。以便利用退休时日，与青年学子共同开启一项关于巴人历史文化的研究课题。他的要求，差不多是在第一时间就得到主办方的同意，对方在专程打来的电话中充溢着感激之情。

向望鹤此番来施州并决定开启研究课题，不仅仅是因为巴人文化是华夏文化极其重要的组成部分，还因为施州这片土地，早就烙下他青春的脚印、爱情的创伤，是他的根系所在。他想，人生易老，花甲一周，退休赋闲的光阴刚刚开始，有限的生命眼见得进入晚秋时节，那么，重返故地追索历史烟云与自己的韶华萍踪，尽可能了却自己一生悲欢离合恩怨情仇的旧账，不但此正其时，而且时不待我！

两个年轻人云山雾海地切磋时，向望鹤的思绪显然游离在他们的交谈之外。瞩目窗外风起云涌、奇峰拱立的施州地面，遥望南边天际云山万重下的清江河谷，向望鹤感觉到，他的意识恍若一只蝴蝶从颅顶破腔而出，翩翩然跨越时空回归当年。思绪里，晃荡着一具又一具熟悉的人影，滑翔过一张又一张久违的面孔，它们此明彼灭，交替闪现……无数的景，无数的人，随意识之翼全错杂纷纭地涌流到记忆的荧屏里，令向望鹤应接不暇，排解不开。

无须屈指计算。四十多年光阴似箭，四十多年如梦如烟，而今，当年那个血气方刚、韶华正美的向望鹤早已白发参差，皱纹满面，极不情愿地跨过了花甲之年，只好退休赋闲枯坐书屋借电脑屏幕的折射四目对视，只好自用其才寻章摘句让思想随同指端轻击键盘的声音，涌流成一行一行奔跑跳跃的文字。

那么，这样多的昼夜过去了，这样多的春秋过去了，紧傍清江的双峰镇以及那个名叫难留城林场的山头，都发生了怎样难以推测的变迁？他所深深爱过与深深恨过的那些人，是否也残月落烟花重，不可抑制地进入垂垂暮年？善恶红尘，纷纭众生，该惩罚的，是否都得到了惩罚？该报偿的，是否全得到了报偿？这次应邀考察，自己这位老"知青"，是否会回归那些原始古朴而又神秘苦难的乡地？是否会与当年众多恩恩怨怨的故人不期而遇呢？

（3）

列车奔驰着，明一程，暗一程，山一程，水一程。

记忆翻卷着，或模糊，或清晰，剪不断，理不清。

向望鹤尚未从对往事的沉湎中回过神来，列车却悄悄地减缓了速度。

傍晚七时许，车窗外渐见华灯初上，光影浮动。"哐啷"一声，列车静卧在站台之间。向望鹤一行出席会议的目的地——山环水绕的施州市到了。

登上台阶，走出站门，有人高擎"欢迎向望鹤教授一行"字样的牌子迎接上来。经相互间自我介绍，向望鹤很快知道，前来接站的人，有中共施州市委宣传部的副部长傅青峰、施州市巴文化研究会常务副会长陈嗣和秘书长孟效良等人。宾主寒暄毕，即分乘两部灰黑色桑塔纳，沿着宽阔明洁的金桂大道，缓缓驰向高楼鳞次栉比和灯光如洗的施州市区。

向望鹤依稀记得，这座被丹霞地貌重重环拥的施州市，四十多年前，城市常驻居民不过六万来人。除中心区域舞阳坝的街道略显宽敞外，其余的长街短巷，均以狭窄而悠长的胡同为主，以两车道的十字街或丁字街为辅，坡坡岭岭，七上八下，周边一律是拥挤的板房、砖楼或低矮的棚户。蛇一般匍行在山间坝子里的清江扭曲着穿过城市中心，两排楼房均将垃圾四散、污水横流的后背枕在江岸，使清江之名名不符实，河道里，泡沫、苍苔等扎人眼目。抗战时期修建的一座石台礅木桁架结构的清江桥，于1969年7月被一场特大洪水洗劫得只剩下几座桥墩。为了便于车辆通行，地方政府一方面在靠近船码头的河面狭窄处临时搭起一座木质浮桥，让行人车马颠颠簸簸、悠悠荡荡地抵达彼岸，一方面组织数百农民工肩挑背驮，在原有桥墩的基础上加高加固，增砌礅石，搭起架木，准备建一座双曲拱钢筋水泥结构的清江新桥。

那时，十九岁的向望鹤高中尚未毕业，就因校内外派仗不休而停止学业。出于大势所趋，响应一道号令，他第一次告别"九省通衢"的省城都市，告别他坐落在市区中心的家庭与母校，汇入上山下乡的人流向西进发，来到恍若与世隔绝的鄂西南施州老城。

到达施州城的第三天，向望鹤接受知青安置办公室的分配，背着行李到清江下游的巫南县双峰公社插队，他依稀记得，自己恰好就是通过临时搭建的清江浮桥走到江岸那个水码头的。

浮桥由无数木料拼接而成，两边拉着弧形长链，桥基下捆缚着若干巨大的铁皮油罐和废旧轮胎。当有人赶着马车从桥面碾过，桥身就会形成此起彼伏的凹凸状。因此，行人不得不牢牢拽住长长的铁链小心迈步，视野里的清江浊浪与泡沫等也随之沉浮翻卷，时涨时消，晃荡得天摇地动。

颠颠簸簸的浮桥，阶石瘦长的码头，恰是向望鹤当年独闯人生之旅的悲欢起点。那次，他从施州城前往距此八十公里之遥的双峰公社，在这码头上搭乘的是一艘顺水放逐的大木排。到了双峰镇，他离开木排，然后跋山涉水徒步抵达难留山林场。

（4）

一转眼，四十多个年头匆匆过去，垂垂老矣的向望鹤又阴差阳错来到施州地面。然而，他透过车窗放眼四望，那年头留下的记忆竟然踪迹全无。十几层或几十层高的摩天大楼排排耸立，四车道乃至六车道的街道宽敞整洁，一丛丛绿树花叶繁茂，一片片绿化带生机蓬勃，车水马龙，行人如织。更令人叹为观止的是，昔日细瘦盘旋、污浊不堪的一脉清江，现已成了碧水如镜、涟漪闪烁、倒影缤纷的库区。两岸的高堤彩灯迷离，珠光宝气；高堤之上长廊延伸，亭阁衔接；清江桥群霓虹卧波，各展雄姿；画舫游船往来悠游，欢声不绝。城市上空，"艄公你把舵扳啦，妹娃儿你请上船……"之类富有地域特色的山民歌余音袅袅，催人反复咂摸清江流域土家族历史民族文化的清新凄艳、博大精深……

坐在驾驶副座上的傅青峰回过头来，用略带几分骄傲的语气问："教授先生，怎么样？咱们施州这土家族与苗族人的居住环境还说得过去吧？不至于像山外有些人猜想的那样穷得讨饭、土得掉渣吧？"

向望鹤似有所悟，欠了欠身，尽量微笑着回答他："我早就从一本画册上知道，近几年，你们正在打造'巴人故里，清江画廊'和'仙居施州'的响亮品牌。今日亲见亲历，这里果然是一派火树银花、仙宫琼楼，更有其他城镇无从效仿的民族地方风味！哎，今非昔比，今非昔比哟！"

"今非昔比？莫非向教授对这施州城过去穷困落后的状况有所耳闻？"傅青峰奇怪地问。

"岂止耳闻？傅部长有所不知，我向望鹤可称得上是地地道道的施州人！"

"向教授也是施州人？"年近"不惑"的傅青峰兴趣盎然地催问。

向望鹤再度陷入沉思，一字一顿地说："我出生在父母随军南下的军旅中，成长之地则是江城武汉，祖籍却在这施州市所辖的巫南县。我的父亲，是在抗战后期才走出这片大山投入军旅生活的。因此，我与这施州地面的多数人一样，同样是巴人后裔、土家民族。"

灯光闪亮间，傅青峰含笑点头："那好，向教授与我们就离得更近了。"

向望鹤说："同时，我还是 1969 年 9 月上山下乡的武汉知青，落户的确切地点，是巫南县双峰公社难留山林场。那林场紧傍清江，林莽幽深，我在那里扎扎实实劳动生活了两年。1971 年 10 月，因父亲在他接受改造的农场突然亡故之由，我才回到武汉与母亲做伴离开这方水土。粗略计算，那一段生活已经过去了四十二个年头！"

傅青峰惊诧得睁大了眼睛："哟，怪不得我不知道的。我的生日恰在1971年10月。这么说吧，您在施州时，我还未来；我来施州后，您却走了。哈哈！"

傅青峰停了停，又兴奋地告诉向望鹤："教授先生，这次，由巴文化研究会统筹安排的学术考察，核心区域就在巫南县双峰镇，还有您说的那座难留山。"

"是吗？"向望鹤惊喜交集。

"难留山又名难留城，据我们本土民间文化人士推测，那座山很可能就是关于巴人起源传说中的武落钟离山，而离山三十多公里的双峰镇，紧傍清江故道，洞穴与土层里残存着不少古代盐井与陶器作坊的遗迹，二十多年前，文物部门还在那里发掘出我国唯一的一具双虎钮錞于。人们猜想，双峰镇，极有可能就是当年廪君部落与盐神部落交锋过的盐阳！"

"我也有这种感觉，那一带确实有不少古人类的文化遗存。遗憾的是我当知青的年头，人们对历史文化不想谈论，也不敢妄加谈论，因为那是'大革文化命'的时期。这次考察，我想与傅部长一起多探讨一些巴人文化的问题。"

"唉，可惜我必须赶赴外地开几天会，不然的话，正好陪您一边考察巴人行踪，一边故地重游，追寻您四十多年前风华正茂的旧梦呢！当然，我不在，有陈嗣教授、孟效良科长等人陪着您，相信您一样会游得挺开心。"

"噢，傅部长外出有多长时间？"向望鹤问。

"来去不过五六天。如果无特殊情况，还可赶回来参加学会在施州学院举行的交流总结会。届时，我一定认真向您讨教。"

"也好。我先随同考察队下去转一转，再回施州市向傅部长汇报考察心得。"

"哪里哪里，您把'汇报'这词儿用颠倒了。向教授是大名鼎鼎的民族学和人类学专家、博士生导师，我这仅有本科文凭、学士学位的小知识分子，当您的学生都不够格哩！"

向望鹤侃侃而谈："从接到你们的邀请函起，我就有一种预感：巴人五姓部落顺夷水（清江古名）西迁，难留山，双峰镇，无疑是必由之路。记得我插队的那些日子，抄录过大量记述本土历史民族文化的山民歌，就下意识地感觉到，那一带的确弥漫着古人类繁衍与生息过的浓郁气息。还有双峰镇附近当年残破不堪的向王庙、德济娘娘庙等，正是巴文化传承的重要凭据呀！"

　　"是的，这正是我们市举办这次学术考察活动的意图所在。"傅青峰说。

　　向望鹤想，四十多年前风风雨雨的人和事，可曾留下某一类蛛丝马迹？光阴的逝水，可曾淘洗掉那些零落成泥的记忆残片？自己这次应邀考察并顺利成行，说不定真是上苍或巴人祖神冥冥中为自己安排的一次灵魂回归之旅呢！朝花夕拾，孽债未了，不该忘却的总会复现，无从回避的自当面对。

　　城市的楼厦、灯光、车流、人潮、歌声、市声等，在向望鹤的眼睛里渐渐地迷离若雾，缤纷若梦……

（5）

　　在施州市宣传文化部门简朴的欢迎晚宴上，不胜酒力的向望鹤教授稍饮辄醉。宴罢，向雨鹭和陆永真将他搀送到宾馆房间，他和衣躺在床上迷糊了二十来分钟，才渐渐感觉到神志清醒起来。

　　沐浴结束后，他听见走道方向传来轻轻的叩门声。向望鹤拉开门，但见门外站着笑吟吟的傅青峰。

　　傅青峰抬腕看看表，说："怎么样，向教授？现在是 20 时 38 分，如果不感到旅途太劳顿的话，我和我女儿陪你们父女师徒一行逛逛咱施州城的夜景吧？"

　　向望鹤果然看见傅青峰身后跟随着一位十来岁的小姑娘。她脸颊粉嫩透红，眼睛黑亮有神，扎着蝴蝶结，戴着红领巾，穿着时尚的水绿色衣裙，高挑秀挺的身个儿恰似旱地里水灵灵的一棵青葱。

傅青峰回头对女儿说："映雪，快叫向爷爷。"

傅映雪奶声奶气地叫了一声："向爷爷好！"

向望鹤一边愉快地回答，一边用手抚摸着小姑娘的秀发：

"哟，好灵秀的女孩儿，好动听的名字！映、雪，这两个字，美得爷爷的心都醉了！"

傅青峰说："映雪正上小学五年级。她妈妈这几年恰被市委领导安排到巫南县就职，我们夫妇俩各司其职，聚少离多。不得已，咱只好又当爸又当妈了。放学后，女儿除完成作业外，就是我的一个小小跟屁虫。"

小映雪大概不满意"跟屁虫"这样一个雅号，立即嘟哝着嘴小声嘀咕："是您叫我跟着出来走一走的嘛，真是！"

"哈哈哈哈！"看到她似嗔且怒的天真模样，向望鹤与傅青峰不约而同大笑起来。

向望鹤叫来向雨鹭和陆永真，三人随同傅青峰父女的引导，沿清江两岸的亲水长廊和清江风雨桥一边慢慢悠游，一边交谈着施州地面神秘而独特的民俗文化，诸如西兰卡普织锦，诸如土家吊脚楼，诸如一年一度的风情女儿会，诸如这琳琅纷呈的风雨凉桥……傅青峰如数家珍，向雨鹭和陆永真凝神倾听，不时问这问那向傅青峰认真讨教。

傅青峰有条不紊地回答两个年轻人的问话之际，向望鹤却总是痴望着小姑娘傅映雪的一颦一笑、一举一动，不由产生一种非常奇怪的想法：咦，这孩子的活蹦乱跳，这孩子的音容笑貌，这孩子的伶牙俐齿，还有她那一对忽闪忽闪黑得特别水灵晶莹的大眼睛，怎么会使自己总觉得与她有一种似曾相识的感受呢？难道……孩子才十来岁，无论如何，自己也是第一次与她见面呀？

向望鹤不能回答自己，眉头拧成了一个疙瘩。

众人来到被当地人称为施州市区"眼睛"的亲水广场，数以千计的男女市民正在雄壮的音乐与铿锵锣鼓的节奏下盛跳摆手舞。向望鹤知道，土家族的摆手舞起源于远古巴人的军前舞，即《华阳国志》中所说的"巴师锐勇，歌舞以凌殷人"之舞。这种舞蹈天性劲勇，粗犷健美，众人以手的左右摆动引领着身体大幅度转向，节奏错落有致。

向望鹤对女儿说："你看，这就是土家族的摆手舞，快快用你的相机多取几个镜头呀！"

向雨鹭应了一声，随即拉着陆永真，两人各自亮出轻巧方便的数码相机，一阵小跑，环绕着舞蹈场面咔嚓咔嚓地拍摄不已。

傅青峰父女则继续伴随向望鹤走到广场东端，他们先欣赏了一会儿喷珠扬波流光溢彩的激光喷泉，然后来到一组高昂挺拔的大理石主体雕塑前。

雕塑的百鹤玉基石上，镌刻着"清江·母亲"几个魏碑体的镏金大字。整组雕塑在白炽灯光的沐浴下，银光闪烁，气宇轩昂，向人们展示出一个特别古老而又特别忧伤的民间人物传说——那是土家族先祖廪君巴务相与盐水女神在清江之畔幽会的场景。半人半虎、身材高大孔武的巴务相目光炯炯，长发纷披，腰缠豹皮，四肢袒露，足蹬独木舟，肩上背着一张弓、一壶箭，左手按握腰际的巴氏剑，右手举起一支牛角号放在嘴里鼓腮吹奏。看到他的形象，向望鹤总觉得浩瀚夜空正在回旋着他那呜呜嘟嘟的号角声。而巴务相对面的盐水女神形象，则足蹈朵朵溅进的清江碧浪，两臂狂舞般地向空中高扬，乳峰挺拔，浑身赤裸，脖子上环绕着一束"青缕"，她飘飞的发丝与云朵、霓虹、弦月、疏星们参差交织，成群的水鸟在她的头顶翩翩盘旋。神女那一双深情的眼睛遥望着苍穹如怨如慕，如泣如诉，微微张开的嘴唇里，似乎正在歌唱，正在呼唤……

傅映雪眨动着她那一对黝黑的大眼睛，天真地说："妈妈给我讲过这位盐神奶奶的故事。向爷爷，那个可恨的廪君，为什么要一箭射死盐神奶奶呢？盐神奶奶是多么美丽、多么善良的一个人呀！"

向望鹤笑了笑，俯下身子回答她："映雪姑娘，你听说过希腊神话中的爱神丘比特吗？丘比特是一位长着一对金色翅膀的小男孩，他如果拈弓搭箭射向谁，就表示他心里最爱的人是谁。"

傅映雪困惑地摇了摇头，说："还没听说。"

向望鹤与傅青峰相视一笑，尔后，两人不约而同发出重重的叹息。

不知不觉，向雨鹭和陆永真跟过来，举起相机，左右开弓，将认真交谈着的向望鹤与傅青峰父女一起定格在"清江·母亲"的大理石雕像前。

向望鹤接过相机，对女儿说："来来来，由我拍照，你们也与这祖神爷爷、祖神娘娘们合个影。千里寻根，这组雕像就是我们土家族民族根系的象征哩！"

向雨鹭在"清江·母亲"的雕塑前单独留影。

向望鹤父女在雕塑前合影。

傅青峰父女在雕塑前合影。

向雨鹭又拉着傅映雪的小手，一大一小两个女孩让摄影者变换着不同角度，与这组雕塑多次合影。

摄影时，向望鹤发觉只有陆永真远远地站着为众人忙碌，就说："陆永真，过来呀，你也参与大家留个影呗！"

陆永真犹豫着说："我在考虑，我这成吉思汗家族血统的人，是不是具备这个资格。"

向雨鹭笑了笑，一语双关地说："那也是，你若想在我们土家族的祖神爷爷祖神娘娘面前留个影，还得踏踏实实地向前迈出一大步！"

陆永真显然听懂了向雨鹭话里的弦外之音，满含惊喜地搭腔："一大步就一大步，我来也！"

言毕，陆永真兴冲冲走到向雨鹭的身边，与她依托着巴务相和盐水女神的雕像，由向望鹤为他们拍了一张合照。

众人环绕雕塑转了一周，但见雕塑背后的百鹤玉基石上，工工整整地镌刻着《世本·氏姓篇》上的一段文字。陆永真蹲下身去，轻轻地诵读：

……盐水有神女，谓廪君曰："此地广大，鱼盐所出，愿留共居。"廪君不许。盐神暮辄来取宿，旦即化为飞虫，与诸虫群飞，掩蔽日光，天地晦暝。积十余日，廪君不知东西所向七日七夜。使人操青缕以遗盐神，曰："缨此即相宜，云与女俱生，不宜将去。"盐神受而缨之。廪君即立阳石上，应青缕而射之。盐神死，天乃大开。廪君于是君乎夷城……

尚未读完，陆永真不由惊叫起来："哎呀呀，原来是这样一个故事，简直是不可理喻！"

向雨鹭说："这故事概括起来就是：廪君为着事业舍弃爱情，盐神为着爱情舍弃生命。裴多菲有诗言，'生命诚可贵，爱情价更高。若为自由故，二者皆可抛'嘛，古今中外，人的心性都是同一道理。我以为我们应该追索的倒是，一个人，或一个民族的自由究竟是什么？仅仅是成就王业、君临天下吗？仅仅是封疆割据、威震四方吗？"

离开"清江·母亲"雕像之际，向雨鹭望着一脸幽思的向望鹤说：

"爸爸，我觉得历史典籍中关于廪君与盐神恩怨情仇的传说过于玄虚，过于简括，也过于生硬，我们为什么不能在原创故事的基础上，来一个穿凿附会，移花接木，将它翻写成言说古今巴人悲欢离合的传奇小说？一部《红楼梦》，不就是作者因怀念几个悲情女子而敷衍成篇的吗？"

"嗬，到底是上了几年作家班的人，果然出语不同凡响。行啊，这就看你有没有曹雪芹那样妙笔生花的本事啰！你要知晓，这世上的文学领域高手如云，名著林立，古往今来的恩怨情仇，坎坷磨难，几乎达到被作家们写尽写绝的地步了，你又该用怎样的方式去独辟蹊径，才不至于重蹈他人的覆辙呢？"向望鹤语气特别庄重。

"我生活阅历太浅，当然难以担此大任。我觉得要写好这个故事，必须由您老人家亲自出马。如果说，这趟施州之行有所收获的话，就看您能不能以此为契机，老当益壮，真正抖擞您生命的华彩，为人为己上演一曲古代与现代巴人们大爱与大憎的烈烈悲歌！"向雨鹭步步进逼，理直气壮。

　　咦，这孩子，是不是一语惊醒梦中人呢？

　　向望鹤怦然心惊。他也感觉到有若干时空错杂、缤纷无序的人物故事汹涌到自己的脑海里，这里面岂止一个廪君巴务相、一个盐水女神？

　　夜凉如水，灯火阑珊，不死的心绪鸟儿般振翅翩飞。浩瀚天宇，哪里才是一片人类精神归宿的彼岸呢？

# 第二章　闯滩啸浪，重返故城夜梦惊

## （1）

向望鹤与女儿向雨鹭以及业务助手陆永真到达施州市的第二天清晨，踏访巴人遗踪的学术考察队一行三十余人早早来到清江北岸，准备乘坐游艇沿清江水道踏上考察之旅。

送行的汽车停在江岸，向望鹤随着陈嗣、孟效良等人走出车门。向望鹤环顾四围，尽力从记忆中搜索，终于发现这里就是自己 1969 年 9 月过浮桥、乘木排的那个水码头。只是城楼嵯峨、长虹卧波的风景里，早已寻不到那座颠簸的浮桥和那溜瘦长的阶石了，寻不到水面上那些挨挨挤挤的"豌豆角"和大木排了。眼前，一艘崭新豪华的大游船泊在颤颤悠悠的波光里，楼台上龙飞凤舞着"清江之翼"四个朱红色大字。

坐进船舱，回望江岸，但见乳白色的晨雾中远山遥遥，楼厦历历；近水鄰鄰，倒影悠悠。随着心绪一闪，四十多年前从这个码头启航上山下乡漂行清江的往事，再次"蒙太奇"般浮现到向望鹤的脑际——

1969 年，十九岁的向望鹤出门远行，少年心事沉重得就像一块铅。

原担任省城某工厂党委副书记的父亲，被造反派频繁批斗与关押数十次，落下了一身伤疤与伤痛。后来，老人家头戴一顶"走资派"的帽子，被遣送到市郊某砖厂接受强制性劳动改造。曾在父亲工厂任图书馆馆员的母亲也不能正常上班，菲薄的收入无法养家糊口，只好与高中还没有毕业就失学在家的儿子向望鹤一起，到离住所不远的一家火柴厂干临时工，终日往那些成摞成捆的小木盒上粘贴花花绿绿的纸片儿。

"知识青年到农村去"的"最新最高指示"传达到城市的各个角落，母亲不得不为儿子的去向殚精竭虑。报名下乡的前夜，母子俩摊开一张湖北省行政区划图，挑来拣去，最终圈定了巫南县这个地名。原来，向望鹤的父亲母亲，均是抗战后期通过参军参战从巫南县走出后，又通过转业进入到武汉大都市的山里人。巫南县的深山巨壑，留有他们的根基，生活着和埋葬着他们的亲人。

就这样，向望鹤无缘到砖厂与父亲告别，仅在母亲一双泪眼的目送下登上大篷汽车，随同浩浩荡荡的知青大军一路颠簸着来到施州市。两天后，他被安排到特别边远的巫南县双峰公社插队落户。同往双峰公社插队的，还有一个家住施州城的施州一中学生，名叫郑仁刚。他俩是在施州市知青安置办公室举行的知识青年上山下乡誓师大会上认识的。

那是一个秋日，白雾笼罩，冷雨纷飞。经知青安置办公室与双峰公社电话联系，对方要求向望鹤与郑仁刚赶到清江浮桥边的水码头，乘坐他们联系好的一艘顺路漂流的大木排抵达双峰镇。

就是在准备乘坐木排的清江码头上，向望鹤还认识了另外两名双峰镇的乡村少女，她们是施州一中尚未毕业的回乡知识青年，一个名叫汪若萌，一个名叫柳一曼。

那天，踟蹰在清江码头上的向望鹤，首先看到他前一天晚上刚刚认识的郑仁刚尚未走下浮桥，就远远地伸出双手对他打招呼："哥们儿，你好早！今天从这里出发，标志着我们俩就要在一起滚泥巴炼丹心啦！"

向望鹤好像在急流中突然遇上一只飘向自己的轻舟，急忙回答："你好，我正盼望着你与我结伴同行哩！"

郑仁刚白净面皮，五短身材，穿一身仿制的没有帽徽领章的绿军服，腰系宽皮带。个子虽然矮了点，但一对小眼睛显得精明强干，灵活敏捷。他拉着向望鹤的手大幅度晃荡，说："你放心，管它什么大风大浪，从现在起，我就是你的保护神。"

向望鹤说："双峰公社联系的大概就是这艘木排，我们上去吧。"

郑仁刚手搭凉棚朝浮桥方向望了望，说："哎呀呀，还有两位大小姐同行。她们走路生怕踩死蚂蚁，到现在还没看见人来！"

向望鹤说："到双峰插队，不就是安排我们两个人吗？"

郑仁刚目不转睛地望着浮桥方向，说："咱们俩是下乡，我那同班同学汪若萌和柳一曼是回乡，身份不同路相同。唉，昨晚我一再叮嘱她们早一点早一点，真是的……"

向望鹤抬头望去，但见颠颠簸簸的浮桥上人头攒动。不一会儿，人丛中果然走过来两个挎包提袋的少女，边走边回过头向彼岸的送行者挥手致意。

首先映入向望鹤眼帘的那位少女，身材纤细袅娜，一对黝黑的发辫绾在脑后。她背着背包，拎着雨伞，高高挽起袖筒与裤管，小心翼翼地迈下阶石。渐行渐近，向望鹤终于看清了那少女的容颜：她脸色潮红，泪光晶莹，气喘吁吁，汗水涔涔，额上被江风吹乱的发丝微微拂动，一双初涉尘世的大眼睛黑而皎洁波光流荡，恍若两颗冷峻孤傲的黑星星。那神态既有淡淡的哀怨，又分外地倔强任性，妩媚动人，宛如一尊神奇而高傲的神女雕像。她身后，那个矮个头的女子，长着一张微微发胖的小圆脸，一双灼灼逼人的丹凤眼。她将肩上的背包摘下来拎在手里，下台阶时，随着身前的少女亦步亦趋，蹦蹦跳跳。

两位少女走到江边，郑仁刚先向他们介绍向望鹤："姐儿们，这位是从武汉来的下乡知识青年向望鹤，远望的望，黄鹤楼的鹤。哈，加起来就是'面向东方远望黄鹤楼'。这次，是与我同往你们双峰公社插队落户的。"

向望鹤微笑着点头致意："承蒙各位多多关照。"

郑仁刚又面对向望鹤逐一介绍两位少女，语言俏皮而幽默："哥们儿，前面这位绾长辫子的叫汪若萌，汪洋大海的汪，若干的若，萌芽的萌。从高一到高二，都与我同班，施州一中既能诗善文又能歌善舞的才女、校花。"

汪若萌略带鄙夷地瞪了郑仁刚一眼，小声嘀咕："一张贫嘴！"

郑仁刚继续说："汪才女后边的小圆脸叫柳一曼。嚯！跟女英雄赵一曼同名，但不同姓。姓柳，'春风杨柳万千条'的那个柳。"

四个人相互认识罢，放排的"头儿"发出了催促令："姑娘小伙子们，快快上来。把所有的行头围着'将军柱'捆绑扎实一些，被水漂走了我们可担当不起。"

向望鹤紧随郑仁刚等举步登上大木排。于是，一次终生难忘的清江漂流开始了，那是一次何等震撼的灵与肉的洗礼、生与死的较量啊！

四十多年后，一个风和日丽的春日，置身清江码头边的老年向望鹤受记忆的启示，突然梦醒一般地喃喃自语："是的，昨晚游施州广场时见到的小姑娘傅映雪就像她，像她，特像当年的汪若萌，永远雕像般耸立在我记忆里的汪若萌！一别四十多年，这番重回施州，为什么一个小姑娘的举手投足，一笑一颦，特别是那双黑星星似的大眼睛，与当年的汪若萌如此相像呢？这究竟是怎么一回事呀？"

（2）

嘹亮的汽笛声将平静的水面荡漾起粼粼波光，"清江之翼"正式启航。干瘦干瘦的秘书长孟效良告诉船上的各路专家，这次考察出于从源头搜求的思路，首先要去的第一站，是离市区最远的难留山林场，整个航程九十公里，约需五个多小时。午餐则安排在距难留山尚有三十来公里的双峰镇码头一家小客栈。

船行清江，山重水复，舱内的主人与客人们，纷纷围绕这次考察活动进行着轻松愉悦的漫谈。

考察队长由施州市巴文化研究会常务副会长陈嗣担任。

这陈嗣，是一位不苟言笑的五十岁上下的中年人，浓密黑发覆盖着瓶子底般的蓝灰色深度近视眼镜，略带鬈曲的络腮胡几乎遮满了面部、颈部的肌肉和嘴唇，仅在镜片与胡须间挺拔出光洁的鼻峰，任何情况下，都给人一种高深莫测、难以沟通的感觉。在施州市，巴文化研究会是一个较为松散的民间学术组织，其成员分散在不同岗位各司其职，除一年一度的学术年会进行交流或考察，平时，会内会外的联结纽带就是一册内部出版的学术性季刊《巴文化》。会长由施州学院党委书记兼任，除重大活动偶尔出来坐坐主席台外，基本上形同虚设。陈嗣的专职为施州学院文化传媒院教授，主要担纲文艺理论和民族学的教学与研究。秘书长孟效良是市委宣传部的一名科长，自研究会成立以来，他主要负责《巴文化》学术季刊的组稿、编辑与发行，常务副会长陈嗣则是拍板定稿人。

然而，在向望鹤一行以及另外来自武汉、重庆、成都、贵阳与湘西的几名学者面前，不苟言笑的陈嗣仍显得热情而大度。行车途中，他用典型的鄂西南口语夹杂着浓重的鼻音告诉大家，关于廪君，关于盐神，《世本》《后汉书》《录异记》还有《水经注》等古代典籍虽有零星记载，但人事情节显然是被极度夸张和神化了的传说，并非原汁原汤的史实。因此，诸如武落钟离山，诸如盐阳，诸如夷城，只不过是传说中的地名。为了推进旅游事业，为了提升地域文化形象，到目前，清江沿线至少有三到四处地方被"炒"作成武落钟离山，当然还有好几处"盐阳"，好几处"夷城"，至于"黑穴""赤穴"之说更是五色驳杂，花样翻新。巴文化研究会这次邀请各路名家行走清江，其目的是想从方位、路线、自然生态、文化遗存等各个角度，结合古籍所云和众说纷纭，来一次辨是非、正视听的大讨论，从学术角度尽可能还廪君部落顺清江大迁徙这段人文历史的本来面目。

来自重庆的一位姓冉的白发老专家说："历史文化的考察，必须以文物为佐证。在文字尚未出现的远古时期，若缺少诸如碗盏陶瓷、刀枪器械、砖瓦基石、人兽骸骨之类经过科学鉴定的有说服力的文物，所谓遗存或遗址的指认均不可信。"

孟效良说："清江流域并不是没有给我们留下可资借鉴的历史文物，如大量的悬棺崖葬，大量的人骨兽骨、陶器网坠、盐井遗迹……目前，施州博物馆所收藏的我国唯一的一尊双虎钮錞于，就是从我们今天将要路过的双峰镇近郊发掘出来的。"

冉姓老专家多少显得有点不屑，说："通过科学鉴定，清江流域的悬棺也罢，崖葬也罢，还有那一尊宝贝似的双虎钮錞于，均是秦汉以后留存下来的东西，很难与早期巴文化搭上界哟！"

"那么，离双峰镇仅有四十来公里的巨猿洞内，被考古工作者发掘出来的数量众多的人骨化石又该作何解释？"孟效良问。

冉老笑了笑，说："对于巴人文化来说，悬棺崖葬、虎钮錞于显得太年轻，可巨猿洞的化石又过于老迈。众所周知，那是约二百万年前原始直立人的遗存呀！"

"那么，二百万年前到两三千年前的秦汉时期，中间这一段遥远的历史空白又该怎样论定？廪君巴务相举部西迁的传说，难道不是其间一个鲜活的人文情节吗？"孟效良振振有词。

"证据，证据！"白发苍苍的冉老伸出他的右掌并且叉开五指，"关键是要拿出有说服力的证据！"

向望鹤的助手陆永真接言："可叹的是万千年来，从未断头的人类生存史给后世留下文物的概率太少太少。特别是在文字产生之前和人们有目的地通过生产劳动创造物质财富之前，除了极有限的遗骨、毛发等，我们今天又能获得多少有说服力的佐证呢？"

"是的，土层里留下文物纯属一种偶然，而人类社会在这片土地上曾经不间断地延续着则是必然。只不过离开文字与文物，我们探索人类历史的手段太有限了。"来自武汉某博物馆的一位中年女性说。

向雨鹭笑了笑，接过话题："我不是考古学专家，我所钟爱的是文学。我觉得，要想了解几千年几万年前原始状态下的古人曾经怎样活着，他们究竟想过什么、说过什么和做过什么，唯一可行的办法就是通过时空隧道，穿越到'天地玄黄、宇宙洪荒'的境界里去亲眼看一看，亲口问一问，亲手触摸触摸。"

说话间，"清江之翼"漂游到一段幽长的无人峡谷内。茫茫野水周边，唯有奇峰如簇，绵竹如云，悬泉飞漱，古树苍藤。其上，被山石挤瘦的云天宛若一脉倒扣着的河流。

满面络腮胡的陈嗣用纯粹的鄂西南口语开腔："请问这位从京城里来的妹娃儿，你的时空隧道在哪里？会不会像这清江大峡谷一样真实可感呢？"

"当然有穿越古今的时空隧道呀，宇宙星界，过去未来，均能够凭借它奔来走去，自由驰骋。这种时空隧道，天文学家称之为'虫洞'。不过我所说的时空隧道，就是根据文化经络的搏动和文化血液的循环，进行大胆的推测、合理的联想、艺术的虚构，或者说，就是无所不至的形象思维！"

向雨鹭说话间，一双波光流荡的大眼睛迅速扫过左右舷窗。

窗外，有风声细吟，云雾浮沉，山色空蒙，若幻若真。

（3）

向望鹤默默倾听众人发言，并未参与到热烈的讨论中。当他听到女儿对所谓"时空隧道"的奇怪定位，他的意识再次不由自主地飘升起来，仿佛正通过女儿所说的"虫洞"，心与身并驾齐驱，穿越在一幕幕若真若幻的往事境界之中。

四十多年前的清江，绝不是像眼前这样舒曼优雅，波平如镜，而是地峡中间的一泓急流，夺路奔逃的一匹野马。七弯八拐大约百多公里的水路，其间有九十六道连环险滩，将近四十多公里的无人峡谷。正所谓山连山，滩连滩，波涛滚滚九连环。

向望鹤记得，当年那艘大木排由数百棵杉木或松木"撬"成，前窄后宽，正中牢牢竖立着"将军柱"，两旁拖曳着粗大的橹木。十多名排工分左右两行立定，在"头儿"的指挥下，有的用长竹篙撑持岸上的礁石，有的操纵着橹木拍打水面。一声号子在深邃的河谷里悠悠传响，木排就猛地扎进花水滩，开始在波峰浪谷中大起大落。排工的"头儿"猜想这几位学生娃全是"旱鸭子"，就指令他们围坐在一起死死搂住中间那根"将军柱"。向望鹤感到头上窄窄的一线天空剧烈抖动，两岸崖石拼命地摇晃、挤压、推拥、倾覆。从高崖上倾泻而下的千姿百态的瀑布恰似白龙吸水、银蛇腾空，而剧烈颠簸的清江好像随时要把几位少男少女与木排一道抛向云天外。数米高的白浪拍击木排发出声声怒吼，冰凉刺骨的江水一重一重砸打在他们身上，湿衣服捆绑般地缠住腰身与四肢，叫他们周身难受。

那木排有时被高高地顶上浪尖，有时被重重地摔下浪谷，有时猛地扎入深不可测的水底，令人很长时间难以感受到天光与两岸的明丽山色，只觉得耳朵里塞满了雷鸣般的波涛声。更为恐怖的是防不胜防的礁石不时将排底挂得嚓嚓作响，排工们大呼小叫，随时准备在排身散架的情况下扑入水中用长铁钩抓取一根一根树料。从波涛的冲撞中，向望鹤偶尔睁开眼睛，但见操纵木排的排工们除一条短裤外，一个个几乎脱得赤条条，他们肩膀、脊背与四肢的古铜色肌腱，一块一块迸发出驾驭命运、驾驭生死的坚强力度。

木排通过荒野异常的峡谷，丛林无边，空山寂寥，但不时也有男子攀崖走壁，女子江边浆洗。有时，乡街井然，村舍依稀，若干穿红着绿的女人挽着裤管走进浅水里相互浇水逗乐，笑语喧哗。每遇上此情此景，排工们就会一边撑篙摇橹，一边互为呼应地呐喊着扯天扯地的歌谣，其粗犷的嗓音在崖壁上反弹出经久不息的回声：

　　　　枞树的围子，幺妹子嗬嗨，
　　　　杉木的棹啦，幺妹子依哟，
　　　　新撬的木排，幺妹子嗬嗨，
　　　　顺江漂啦，幺妹子依哟。
　　　　岸上的大姐，幺妹子嗬嗨，

舍不得我啦，幺妹子依哟，

荆州府回来，幺妹子嗬嗨，

再看娇啦，幺妹子依哟，哟哟……

听见歌声，坐在木排上的少男少女悄悄地羞红了脸颊，他们不知道排工歌谣的衬词为什么要反复咏唱着那声"幺妹子"。向望鹤不经意地瞥了一眼"女神雕像"和她的那个女伴，暗想，放排汉子们这说荤不荤、说素不素的声声呐喊，是不是寄托着男子汉自身某种隐隐约约的期冀呢？也许是人世间的大悲与大苦需要爱的调和，信心与力量需要爱的激励，排工们才会在极端艰苦的命运鏖战中，总能感受到烛照天宇、洞彻灵魂的爱的幽光。一声一声反复吟唱着的"幺妹子"，大概就是众排工在艰辛路、生死场上的希望所在吧！

情与爱，在那种"横扫一切牛鬼蛇神"的时光岁月里，对于知识分子和青年学生，也许是一种不可言说的可望而不可即的奢求；而对于赤条条来去无牵挂的排客船工们，反变得具体而迫切，真实而自然。

偶尔遇上短暂的平风息浪，作为施州土生土长的下乡知青郑仁刚，才滔滔不绝地对向望鹤这个外来人纵侃起清江的放排掌故。

郑仁刚说，放排，是一种最原始的水上营运方式。年年代代，鄂西南大山的木材，正是利用清江水道源源不断地输送到江汉平原，成为大都市建造高楼与制造各类器具的工业材料。放排，是一种最危险的职业，按照排工们自己的说法，该死的"催命鬼"随时都在跟随着他们，攀扯着他们。历史上，不晓得有多少排工葬身在滚滚激流，又不晓得有多少排工在木头与石头的挤压中落下累累伤残……

向望鹤说："百闻不如一见，这番漂流，着实叫我感受到了人类生存的巨大风险，也体验到了劳动者顽强求生的胆略。"

从惊恐中回过神来的汪若萌指了指排工的"头儿"，笑着对柳一曼说："也不晓得早晨出发前，这位大叔和他的伙计们到向王庙里烧香没有？好吓人的浪头呀！"

郑仁刚一脸轻松地说:"当然烧过,我亲眼看到向王爷脸上汗水涔涔的。所以风再猛,浪再大,我们也能够平安抵达双峰镇。"

向望鹤问:"向王爷是谁?何以见得他一出汗,我们就能平安抵达目的地?"

郑仁刚说:"向王爷是我们土家族的始祖呀,老百姓称他为向王天子。你不知道,清江两岸多有香火旺盛的向王庙。每到放排时,排工必须进庙焚香礼拜,求向王天子保佑他们一路顺风,平安返程。据说,只要焚香时向王爷他老人家木塑泥雕的脸上沁出汗水,这趟营运就会凌波踏浪如履坦途。"

圆脸凤眼的柳一曼插言:"可惜的是,最近几年,好几处向王庙,都被当作'四旧'给砸毁了,弄得放排的汉子们无处烧香。"

恍若女神雕像的汪若萌又接过话题:"咱们双峰镇附近还有过一座德济娘娘的庙,可惜的是几年前,这座庙也被人野蛮地炸得一塌糊涂!"

向望鹤循声望去,但见汪若萌白净的脸上和脖子上珠光点点,水汽淋漓,大眼睛忽闪忽闪黑而光洁,恍若两颗晶亮的黑星星。两条辫子经波浪摔打,已散开成飘飞在后背上的黑色瀑布……她身上的衬衫已经湿透,明显勾勒出一身颤巍巍的生动的曲线。

少年向望鹤不由怦然心动,热血澎湃,他惊愕地从喉咙里迸出一声长息,一个奇妙而罪恶的念头油然而生:今生今世,咱这一颗不安分的心,兴许与这女神般的雕像难解难分了!

心跳不已的向望鹤自我介绍说:"其实,我的祖籍就在这巫南县,与各位也算是半个老乡。可我从来没听说过什么向王天子、德济娘娘的传闻。"

汪若萌侧过头来,话语略带尖刻地说:"我们'司令'说你只顾'面向东方远望黄鹤楼'。就是哟,省城里来的大文化人,哪里有心思关注我们山里人的向王天子和德济娘娘呢?"

"'司令'?'司令'是谁?"向望鹤奇怪地问。

柳一曼朝向望鹤身边的郑仁刚努努嘴,说:"造反兵团里响当当的郑副司令呀?"

向望鹤瞥了瞥郑仁刚，一身仿制品军服的郑仁刚笑得很难看。

"说来惭愧，我也是土家族，也是巴人后裔。从现在起，关于土家族的历史文化，还要靠各位知青战友多多启蒙！"向望鹤诚恳地说。

木排在中途两次靠岸，受双峰公社委托的排工从包袱里拿出玉米馍、炕洋芋、咸萝卜丝等熟食与知青娃子们共享。由于衣服被江水浸湿，少男少女一个个冷得瑟瑟发抖，"头儿"遂命令众排客架起熊熊篝火让他们烘烤。火舌狂吐，青烟缭绕，火与食物的温馨充填着孩子们的辘辘饥肠，也慰藉着他们的心房。初次远行，向望鹤第一次感受到山里人宅心仁厚，那一刻，他对此后漫长的插队生涯充满了实实在在的希望。

夜幕初降的时分，木排在双峰镇附近的码头上靠岸。郑仁刚自告奋勇将两个女生逐一搀扶着离开木排，向望鹤则帮两位女子把行李转运到岸边的一块礁石上，然后才背上自己水淋淋的背包跨步登岸。

不一会儿，前来迎接他们的"东方红"牌拖拉机突突突地开来了，满是泥浆的车厢两侧，"欢迎知识青年上山下乡"和"接受贫下中农的再教育很有必要"的红色标语，在晚风中猎猎飘动，仿佛是两束灼灼燃烧的火焰。

一次惊险的闯滩，一次难忘的奇遇，向望鹤被天地人生的大美深深地折服了。在拖拉机剧烈蹦跳着的车厢里，借着天色渐暗的微光，向望鹤好几次斜眼偷看宛若一尊女神雕像的汪若萌。他发现，汪若萌也不时将黑星星似的瞳孔飞快地扫过他的面颊……

（4）

"清江之翼"在双峰镇码头仅有不到四十分钟的短暂停留。由于库区蓄水，水位在原来的基础上抬升了二百多米，向望鹤发觉四十多年前他走下木排换乘拖拉机的那个旧码头已经不复存在。考察队员进入紧傍江边的小客栈匆匆用过午餐，又迅速返回舱间一路顺风抵达难留山脚下的水码头。难留山也叫难留城，船临"城"下，主客们相携相拥依次上岸，然后乘坐等候在此多时的两辆"考斯特"，螺丝旋顶般朝着高处行驶。

难留山位于施州所辖区域最东端的楔尖上，离施州市区一百一十公里，离巫南县城六十公里，离双峰镇也有近三十公里。在向望鹤的记忆里，难留山称得上悬崖峭壁俯拾皆是，幽洞荒径迷离勾连，地缝天坑阴森恐怖，巨杉丛莽遮天蔽日。它的制高点海拔高达一千四百多米，孤峰卓立于清江北岸，东望江汉平原，西控巴蜀大山，头枕蓝天白云，足蹬急流险滩，山即是城，城即是山。

其实，所谓难留城，除却幕天席地的冲霄绝壁、嵯峨怪石，除却峭壁横空处确有几段人工垒成的残损古墙与栈道通往天然洞穴外，称其为"城"确实有牵强之嫌。也许是由于远远望去，那层层叠叠的石峰不仅轮廓分明，酷似高高耸立的城楼城垛，更加之其上纵横交错的纹理极像人工精心雕琢与勾勒的斑驳墙缝；也许是凭着隐隐约约的颓墙和荒废了的栈道作依据，当地老百姓和民间学者坚称，墙群栈道就是四千多年前巴人的建筑遗存，并说是由最早的部落首领廪君巴务相率众人亲手建造，知青时代的向望鹤就听当地老百姓传诵过这样的歌谣："风吹柳，叶儿横，向王天子来筑城，筑了东城筑西城。还有一段筑不起，济德娘娘来显灵……"

"考斯特"沿盘山公路行驶约莫二十多分钟，就抵达了安静仰卧在山间坝子里的难留山林场。向望鹤抬眼望去，但见高大壮硕的巴山松、落叶松以及道旁的水杉树排排耸立，共同托起遮天蔽日的绿荫。天然林与人工林的罅隙里，一畦畦苗圃依旧，一道道垄沟依旧。错错落落的木质吊脚楼与仿吊脚楼式的水泥楼被漫无边际的绿荫环拥着，犹如绿地毯上堆叠起若干色彩缤纷的积木。

两辆"考斯特"扎进"积木"堆里，一座古色古香的牌楼赫然映入众人的视野。牌楼上，"国营难留山林场"七个大字龙飞凤舞，遒劲有力。上百名穿红着绿的土家山民整整齐齐地站在牌楼下，敲锣打鼓夹道迎候着风尘仆仆的考察队员们。

走出车门，向望鹤将眼镜摘下来仔细擦拭后重新戴上，努力在人群中搜寻他记忆中的面孔。

很快，向望鹤的视线集中到最前面那位面容清瘦的潇洒击鼓的老者身上。他身着一身藏青色的土家人传统服饰，头戴藏青色头巾，发白如雪，目光如炬，时张时合的嘴里脱落了几颗门牙，但大幅度扭动的腰身与挥舞的臂膀仍然灵活矫健，一声声鼓点山摇地动，富有力度。

覃天石！一个声韵铿锵的名字蹦跳着进入向望鹤的脑际。他本想大步流星地接近他，呼唤他，但为了不至扰乱这咚咚咚的鼓点声，向望鹤忍住了，转过视线继续搜寻着。

所有年轻的面孔都是陌生的，所有中年人的面孔都没有丁点儿记忆，更不用说那些活蹦乱跳拥挤着赶来瞧热闹的孩子了。

不一会儿，人群中走出两列跳巴山舞的老年妇女。她们穿着镶边对襟短衫，戴着彩色头饰，满面春风，边跳边唱，歌声高亢而悠扬，野性而浪漫。向望鹤逐一辨认，终于发现其中有好几张曾经相识的面孔。那位舞步最飘逸、歌声最明丽者，分明就是当年给女孩子们莺声燕语教唱《哭嫁歌》的歌后樊小米。这樊小米，是难留城歌王兼鼓王覃天石的舞台搭档与家庭主妇。

那么，还有当年那位性如烈火、爱场胜爱家的老场长汪启润呢？还有自己的知青同伴郑仁刚呢？还有樊小杉、沈冬冬、罗二愣、黄满生、蔡福新等一个个自己热爱过与憎恨过的人物呢？当然，在这恍若世外境界的难留山林场，是不可能遇见汪若萌、柳小曼等散落在双峰镇女儿寨的故人旧友了。

岁月如流，岁月无情，人生易老，新陈代谢，四十多年后故地重游，向望鹤感触多多，长息声声。

（5）

仲春之夜，悄悄为难留山林场场部和遍地绿荫拉上帷幕。

在如今的场长田绪奎导引下，向望鹤决定连夜出访。田绪奎根据客人的要求，首先来到场部最东端的老鼓王覃天石家里。

走进庭院，只听得屋子里传出女高音明丽圆润的歌声，还夹杂着一个浑厚的男腔为之连连叫好。

田绪奎叩响门环，歌声与叫好声戛然而止。门开了，半明半暗的灯影里，向望鹤瞥见覃天石手里还攥着鼓槌，樊小米仍以亮相的动作伫立于灯下，原来，二人正在排练一场什么歌舞。见此情景，向望鹤对这一双配合默契、老而不衰的鼓王与歌后更是肃然起敬。

田绪奎说："大叔大婶，这位从北京来的向教授，指名道姓要拜访你们二老哩！"

覃天石夫妇慌忙请客人坐下，并很快端来一碟碟花生、瓜子、水果等，还泡上两杯热气腾腾的施州玉露茶。

"北京来的？真是了不起的贵客哟，千里万里来咱难留城考察。我们这深山老林也没啥好招待的，太委屈你们啦！"覃天石热情地说。

"覃大哥，樊姐姐，你们是不是没有认出我？我是向望鹤！"

"向望鹤？"覃天石吃惊得几乎要跳起来。

"我看看，我看看！哎哟哟，还真的是你。不过就多了一副眼罩子，几根白头发。"

"我的望鹤兄弟呀，什么风把你刮回了难留城？这么多年头，你连信也不捎上一封，可想死你的老大哥老大姐啦！"樊小米走到向望鹤身边，用双手紧紧攥握住他的右臂，仔细地打量这位当年曾经入住在自己娘家厢房里的知青娃娃。

"对不起！我自1971年那个秋天离开你们后，开始几年的境况并不好。我父亲用他的死，换得我返城回家与母亲相伴，后来，蹉跎了好几年，直到恢复高考后，我才考上一所大学。改革开放后，我的境况慢慢地好起来，可又接二连三地接受委派出国进修，支边任教，慢慢地就……就与原来的生活圈子隔得越来越远了……真不应该！"向望鹤低头诉说，充满惭愧。

覃天石长叹一声，说："唉，也不能全怪你。我们，我们好多该向你通气的事情也都压下了，天各一方，世事难料，谁还顾得了谁呢？坐吧，我们慢慢地聊。"

"快说说你们的情况吧，这么些年，你们一步一步都是怎么走过来的呀？还有老场长汪大叔，他，还好吗？"向望鹤的眼睛里充溢着强烈的焦灼。

从覃天石夫妇的叙谈里，向望鹤结合自己当年插队的记忆，粗略了解到覃天石、樊小米以及汪启润、汪若萌等人的种种生活境况与悲悲喜喜的结局——

1969年秋季，自从那台"东方红"牌拖拉机将向望鹤等人从码头上载运到双峰镇后的第二天，根据公社革委会安排，四名少男少女很快就分道扬镳。

汪若萌、柳一曼属于回乡知青，理当回到自家所在的生产大队参加劳动。两个人的家同在一个大队，离双峰镇不到两公里，小地名唤作女儿寨。而向望鹤与郑仁刚，则被安排到离镇三十多公里的高山林场——难留城接受再教育。

那年头时兴"革命青年一块砖，哪里需要哪里搬"，自然没有任何讨价还价的余地。郑仁刚与向望鹤在双峰镇街头，各以不同的心境送别返乡的汪若萌与柳一曼后，才背着背包缓缓步行，沿清江北岸翻山越涧，攀藤附葛，马不停蹄地赶到难留山林场报到。

当时的林场场长名叫汪启润，约莫四十来岁。汪场长的家本在双峰镇附近的女儿寨，受组织安排来场部任职已有十多年。向望鹤进场一段时间后才知道，他其实就是那个与自己同乘木排漂行清江的回乡少女汪若萌的父亲。

新中国诞生之初，当时血气方刚的汪启润告别妻子与刚刚出生的女儿，主动报名参加志愿军，在朝鲜战场的炮火硝烟中摔打了一年零九个月。停战后，复员回乡的汪启润除去百来块人民币的安家费外，脖子上和肚皮上还多了五道大小不一的伤痕，口袋里多了两个红本本，一个是荣获一等战功的纪念证，另一个是二等残疾军人证。

据林场职工讲述，在朝鲜，在攻克白头山的血战中，担任副排长的汪启润端一柄冲锋枪呐喊陷阵，与战友们粉碎了敌人一次又一次的封锁与围抄，美韩士兵的尸体像秋收后田野里的谷捆子一样布满了尘烟弥散的山头。后来，敌人组织第十七次反扑，汪启润的排已经只剩下三个人。满身是血的他毅然决然邀约战友将三支爆破筒捆成一束，准备与冲进战壕的敌人同归于尽。正在这时，救援的大部队赶到，已经离战壕不到丈许的敌兵狼狈后撤。汪启润突然推开两名战友，独自端起那三支爆破筒冲出战壕扑向逃敌并且拉响了引线。爆破筒喷着青烟飞向敌阵，随着惊天动地一声巨响，敌军士兵倒下一大片，火光与硝烟中，钢盔、残枪、衣片与血肉漫天辐射。当两名战友冲出战壕四处搜寻，才发现昏晕过去的汪启润鲜血淋淋，肚皮开裂，白花花的肠子垂了一地……

向望鹤到林场插队不久，曾遇上一场暴雨酿成的特大洪水。他记得那个暗夜，高高的堤岸上人头攒动，腾腾跃动的火把光晃晃悠悠。人丛中，汪场长那张黝黑苍劲的中年男子的脸膛恍若钢铸铁浇。随着霹雳般一声怒吼，他猛地扔开披在背上的湿汗衫，袒露肩背登上一块大石头，挥动右臂厉声呐喊："乡亲们，这老天就是下刀子，涨齐天水，咱也不能扔下咱林场的几千亩苗圃和满山坡的林子去逃命！那可是咱六百多号人的全部家当啊……"尔后，场长率众人身披蓑衣猛地扑向雷雨交加的暗夜……闪电划破天际的一刹那，他第一个跳进浊浪滚滚的山洪，扬起锄头拼命地挖刨一道堤坝，让肆意漫向田畴的洪水转过身子，轰轰轰地咆哮着跌入百丈悬崖……

在两年知青生涯中，向望鹤亲身感受到，汪启润的故事无不可歌可泣。老场长一腔心血倾注在这片高山，这个林场，带领众人晴天一身尘土、雨天两腿黄泥，鏖战无数天灾，冒着重重风险，不仅培育了万亩苗圃百里绿荫，把一片荒山野岭装点得生机盎然，而且言传身教，潜移默化，使山里山外的年轻人真正认识到做人的最高境界。特别是那次所谓"抄黑书"的轩然大波，如果没有汪启润的保护，生性脆弱的向望鹤纵然不粉身碎骨，也会落得身心俱残，累累创伤……

可转眼间匆匆过去了四十多年，向望鹤在内心深处反复叩问，想来已过耄耋之年的老英雄、老场长、老恩人，您还好吗？

樊小米告诉向望鹤，老场长汪启润离开林场已有三十多年，现住在双峰镇的福利院里。多年前，由于家庭变故，老人家伤心过度，精神受到很大伤害，落下了间发性的失忆症，多数时候无法辨认前去看望他的亲戚朋友们。

向望鹤听后，唏嘘不已。他又问："那么覃大哥、樊姐姐，你们都还好吗？"

覃天石一边为客人添茶水，一边说："这世道变来变去，总的来说是越变越好。我和君霞她娘几十年苦撑苦熬，终究是平平安安进入衣食不愁的老年。比起我们年轻时候的不少好伙伴，我们夫妇也还算福大命大。"

"君霞？君霞是你们的女儿吗？多大啦？"向望鹤饶有兴趣地问。

樊小米心里"咯噔"一下，不由陡然站起身来，两眼凝视着向望鹤轮廓分明宛如刀劈斧削般的脸膛，欲言又止。

覃天石突然意识到什么，迅速向妻子使眼色，又转向一脸疑惑的向望鹤，说："我们夫妇就君霞一个女儿，今年三十九岁。"

"这君霞姑娘如今在干啥？"

"君霞大学毕业后参加工作，原来在施州市的民政局上班，后受组织安排回巫南县就职。"

陪同向望鹤前来访友的场长田绪奎插言："覃大叔的女儿覃君霞，如今担任着我们巫南县的县长！她原来的职务是施州市民政局的副局长。"

"好呀好呀，原来鼓王和歌后家里还出了个'巾帼县太爷'，了不起！我给大哥大姐送恭贺啦！"向望鹤显得很高兴。

樊小米的神情陡然变得格外庄重，她又一次站起身，两眼逼视着向望鹤："望鹤兄弟，说老实话，你还记不记得起汪若萌这个人？"

向望鹤偷望一眼庄重异常的樊小米，语气怯怯地说："当然记得，她是咱们老场长的亲闺女。我来难留城插队时，她也恰好从高中学校回乡务农。你们俩当然知道，我与她……她……怎么啦？她如今可好？"

覃天石长叹一声，说："别提她啦！恐怕她那孤零零的坟茔前，我和你樊姐姐亲手栽的两棵华山松，如今都长成水桶那么粗壮了！"

"什么？汪若萌，她，她已经不在人世？"向望鹤惊叫起来。

"你离开这里没多久，汪若萌就主动报名到野马河工地当民工，修电站。那次电站专班从各大队抽人，我们场恰好是我与你樊姐姐去的。1972年农历三月初十，也就是 4 月 16 日，野马河仍然春寒料峭，汪若萌主动到悬崖顶上排除哑炮。唉，这哑炮装了一天一夜都没响，哪晓得小汪去拔引线准备重装时，却轰的一声响了，响得莫名其妙！"

时隔多年，覃天石提起这桩往事，仍禁不住黯然神伤。

灯影下，樊小米泪流满面："望鹤兄弟，你知道吗？若萌去排哑炮，她背上还背着你送给她的那个花背篓哩！结果……"

"花背篓？"向望鹤怦然心惊。

"就是因为若萌的惨死，我们的老场长从此精神失常，落下了失忆症。没过几年，他的老伴许婶子也在哀伤中谢世了。几十年来，县镇两级政府千方百计为老场长求医问药，总不见明显好转……"

向望鹤如遭雷击，胸腔里撕扯般地一阵难受。他似乎是喃喃自语，又似乎是向覃天石夫妇诚恳请求："汪若萌的墓地在哪儿？我这次回来一定要去看看，去看看她的呀！还有，过几天考察队到双峰镇，求你们陪陪我，一定要去福利院问候问候老场长。"

（6）

这一夜，回到林场招待所的客房里躺下，向望鹤完全处于失眠状态，本来已经十分模糊的汪若萌的倩影，在暗夜的空冥中竟然格外地清晰起来——

她娇羞无语，即怨且悲，黑星星似的大眼睛里贮满了晶莹的泪水……

她偶尔不经意地深情流盼，足令人心旌摇撼，热血沸腾……

她湿润的头发水汽蒸腾，微红的面颊珠光点点，丰满挺拔的胸肌波涛般地起起落落……

她背着一只花背篓，戴一顶柳条编织的施工帽艰难地攀上崖壁，掏挖哑炮。掏着，掏着，突然天崩地裂一声巨响，碎石如雨，血肉横飞……

直到窗纸外透现一抹曙光，眼眶蓄泪的向望鹤，才斜倚在枕头上半梦半醒地眯了一小会儿。

合上眼睛不多久，向望鹤忽见一支穿云钻雾的响箭破空滑翔，那尖利的啸叫声几乎令他失魂落魄、心胆俱碎。

晃晃悠悠翻滚在云端里的他，亲眼看见那支响箭呼啸着飞向一陡悬崖，扎向攀爬在悬崖之上的青春少女汪若萌。

一声钝响，锐利的箭尖，深深地扎向汪若萌粉嫩的脖颈、纤细的咽喉，伤口血肉喷溅！

伴随着撕肝裂胆的一声哀鸣，汪若萌柔弱的身体，从万仞崖壁上落叶般飘向无底的深谷，苍茫的远山回音悲切，阴郁的天空血雨乱溅……而那张刚刚射出箭矢的罪恶的藤弓，竟莫名其妙地攥握在向望鹤自己瑟瑟发抖的手心里……

向望鹤大叫一声从床头翻身坐起，才知道自己做了一个噩梦！

# 第三章　堕崖救人，奇伟瑰怪在险远

## （1）

清江沿线巴人遗踪学术考察的第一天，数十名考察队员在当地向导覃天石等人引领下，尝试了一次劳累而又新奇的难留城溯源。

上午，白雾弥江，春雨如丝，众人分乘两艘轻捷的游艇，顺清江水道向西逆水行舟。巴文化研究会秘书长孟效良擎起半导体喇叭站在船头，以神秘异样的眼光远眺云雾罅隙中独立峻绝、幽洞丛生的难留山，向众人激情背诵《后汉书·南蛮西南夷列传》中的句子：

> 廪君之先，故出巫诞。巴郡南郡蛮，本有五姓：巴氏、樊氏、瞫氏、相氏、郑氏，皆出于武落钟离山。其山有赤黑二穴，巴氏之子生于赤穴，四姓之子皆生黑穴。……

至此，他目光一转，对来自南北东西的各路专家报以率真的笑颜："尊敬的各路专家，清江两岸高山众多，究竟哪一座符合历史文献中所载的武落钟离山的特征呢？我以为寻找到这赤穴和黑穴至为关键。今天，我们就先与大家一道，分别探访疑似这两个洞穴的洞穴吧！"

　　向望鹤对来自武汉、重庆与湘西的专家们说："我下乡插队时，就知道这里有许多神秘洞穴，最古朴离奇的当数东南角的'良民避难洞'了。不过，我也听说，洞壁上摩崖石刻'良民避难'四个字，经科学检测，显然是元末明初'夔东十三家'席卷大西南时留下的。还有那些残垣断壁、栈道遗迹，也只有千年以内的历史。"

　　陈嗣说："这正好说明人生代代无穷已。清江沿线上至早期巴人，下至今天的土家族，人居文化的脉络从来就没有断头。"

　　覃天石手搭凉棚朝云遮雾绕的崖壁上望了望，大声说："向教授所说的'良民避难洞'在难留城东端，午餐后，我们就会到那里去察看。现在我们首先要去的地方，是难留城西端山脚下的燕子洞，这两个洞相距大约3华里。不过，我们如今已不可能看到燕子洞的全貌，更不可能进洞探险，只能看到洞子顶端极小的一段豁口和掩蔽洞口的人字飞瀑。"

　　向雨鹭奇怪地问："为什么呢？"

　　覃天石扬臂朝下游方向指了指，说："自从水布垭这道世界第一高坝崛起后，原来挤对在峡谷深处的纤瘦凶险的清江一下子升高二百多米，变成了现今的一马平川，本是竖生在半山崖上的燕子洞，大都泡到江水里面去了。"

　　果然，顺着覃天石的指点，众人先是隐约看见下游水天交接处那座大坝的堤岸，如同一段微微颤动的苍灰色的地平线。紧接着，又把目光齐刷刷投向左前方的北岸，巨石蔽空的崖壁上果然有一道瀑布，上窄下宽，像个"人"字，又像一卷随风飘拂着的白帘。白帘下端掩映着一段深邃的豁口，酷似神秘而阴森的地府之门。

　　孟效良说："近几年，经本地几位专家初步踏勘，我们一致认为，覃老所说的'良民避难洞'，极有可能就是巴氏之子的赤穴，或者叫'疑似赤穴’吧；而这燕子洞，则是‘疑似黑穴’，四姓之子的黑穴。今天邀请各路专家来看一看，是希望能够获得你们的认可。”

孟效良说完，将半导体喇叭递给覃天石，让他进一步作详细介绍。

游艇逼近豁口，甬道愈来愈窄，瀑水喷珠溅玉，水的轰鸣声震耳欲聋。船工只好将游艇泊近崖根。覃天石尽管擎着半导体喇叭奋力呼喊，众人也听不清他发出的声音。陈嗣只好拍了拍他的肩头，用手势示意他先让众人观看，尔后待游艇离开后再补充解说。

这洞口果然仅有数尺高的顶端露在水面，洞壁黝黑，波浪推涌，幽深晦暗一直通往无穷。更加之“人”字形瀑布半遮半掩，其丰富的内涵仅能依凭想象。但众人还是用数码相机一派“咔嚓”，哪管它瀑水扯天扯地地倾注而下，游艇晃荡得天摇地动。

待游艇退出约三百米开外，覃天石才重新举起半导体喇叭，绘声绘色描述他记忆中的燕子洞景观：“这燕子洞，在水面以下本来有糖葫芦一般直竖着的三个洞口，分别叫上洞、中洞、下洞，我们所看到的一段只是上洞口的顶端。洞内有四十多条岔洞内外勾连，七个大厅上下错落。我年轻时，曾与伙伴们攀藤附葛，从半崖间的上洞口进洞去寻找老辈人所说的‘龙骨’。你们猜猜，我们那时进洞，最先看到的是什么东西呀？”

向望鹤当年插队虽然也听说过这燕子洞，但可惜没有来得及进洞探险。望着故作玄虚的覃天石，他也只能与别人一样，急不可耐地听候下文。

一位女专家说：“覃老，您不是说寻找‘龙骨’吗？最先看到的可是‘龙骨’这东西？”

覃天石瞥见向望鹤也不能回答自己，笑了笑说：“‘龙骨’稀罕得很，来无影、去无踪，哪能一进洞就看得见呢？我们刚抵达洞口，脚跟还没站稳，突然听到洞内‘噗噗噗噗’一阵惊天动地的乱响，就像冰雹直砸，山岩垮塌，伙计们一个个吓得魂飞魄散。”

众人异口同声地惊叫起来：“呀！”

覃天石接着说：“但还没等我们叫出声来，就看到一大群黑压压的东西从洞里挤飞出来，不断地冲撞瀑水，不断地冲撞我们的脑袋、身体，冲撞两边的岩壁，很快就像黑云一样铺满了河谷上面的天空，弄得响晴响晴的白天一下子变成黑黢黢的夜晚。过了好久，洞内才慢慢平静下来，我想可能是那些东西全部出洞了，上天了，而洞里洞外仍然一团漆黑。又过了好久，天空重新复明，我们才从满地散落的毛羽中省悟过来。原来被我们惊飞的那些东西是一种很小很小的雀鸟，浑身以灰褐色为主，夹杂着金色绒毛，身体约莫鸡蛋一般大小，但却多得出奇，少说也有几百上千万只，飞翔起来搅得天昏地暗，日月无光。"

"这大概就是燕子洞这个洞名的来历吧？"向望鹤问。

"是的。后来有研究动物的专家来考察，说这种雀子名叫短嘴金丝燕，古人也称它为椋鸟，喜欢成群住在水边的石洞里。我们进洞后，的确发现钟乳石上到处落满了鸟粪。"

孟效良似有所悟地说："唔，有趣！这鸟儿很形象地照应了古籍上所描述的情景，盐神'旦即化为飞虫，与诸虫群飞，掩蔽日光，天地晦暝'。我想这短嘴金丝燕在清江边洞穴里生息的时间，定然由来已久！"

从重庆市来的冉姓老专家插言："嘀，可如今这洞子里已是鸟飞换成鱼跃了！几万几十万年的生态，今人一夜间就可以弄得它颠倒淋漓哟！"

"就是嘛，那年库区蓄水，几千万只短嘴金丝燕在这清江上空足足盘旋了三天三夜，后来，它们大概是看到回家再无指望，才无可奈何地慢慢散去。"与覃天石一同当导游的一位年轻人说。

"唉！岁月无情，水更无情。人类改天换地的行动是耶非耶，大自然将会如何评说？"年轻的陆永真哲人似的发出一声感叹。

游艇在清江水面继续行进，覃天石接着介绍他记忆里燕子洞内的情形："那年进洞，这燕子洞口倒悬的瀑布从崖顶垂下来，击打在我们头上身上，叫人一阵阵地发冷、发麻。进洞一里多，可以踩踏着一道天生桥弯弯拐拐地进入中洞。中洞里，有森林般的好几百根大石柱哩，火把一照，金光四射。穿过柱廊，又有大小不等的钟乳群落从洞顶泻下来，像一串串葡萄，一朵朵莲花，一排排倒悬着的竹笋。再往前走，则是沟沟汊汊，各自通往无数宽窄不等的'厅堂'。'厅堂'里有石桌、石床、石柜、石箱……仿佛是人的居室。最下面一层的洞壁呈拱桥状，清澈凉爽的阴河曲曲弯弯，从老深老深的地方流向洞口，再汇入瀑布，落下清江。那一天，我们进洞还是太阳刚出山的早晨，出得洞来，已是星月朗朗的夜晚了。出洞时，仍然是无数飞进飞出的雀子与我们乱碰乱撞。我们回家，它们也要回家。"

"找到'龙骨'没有？"女专家天真地问。

覃天石摇了摇头，说："没有，我们也曾在洞里西挖东刨，始终没发现像老辈人描述过的那种'龙骨'。这'龙骨'究竟是骨头还是石头，很难说哟！"

白发苍苍的冉姓专家唏嘘不已，说："我怀疑这'龙骨'呀，很可能与人类学家在巨猿洞中采挖到的化石一样，就是早期人类的遗骨，遗憾的是在这里再也难以寻到标本。如果留得下那么一枚两枚，你们的'武落钟离山说'、'黑穴说'与'赤穴说'，就显得有理有据了！"

（2）

游艇靠岸，众人或撑雨伞，或披雨衣，跟随覃天石等人徒步登山。走了五六个曲曲弯弯的"之"字拐，众人来到半山腰一大片相对开阔的坝子里。

坝子内树木稀疏，却有累累巨石摩肩接踵，相互枕压，恍若一个硕大无比的散乱倾倒的积木堆。当地老百姓给这坝子取了一个非常形象的地名——"石码子"。四十多年前，向望鹤就听山民说过，这石码子中的巨石阵，乃是清末咸丰年间一次大自然的灾变结果——

那应该是一个风狂雨骤的夏夜，雷鸣电闪，山洪呼啸，这个小小村庄的一百多号人均已沉沉入睡，黑暗无边的世界突然发出惊天动地的声声巨响，如天塌地陷，如江河倒悬。原来是一道炸雷从空中劈下，坝子北边一大排幕天席地的悬崖峭壁竟轰轰然垮塌大半边。根据北山崖壁被撕裂的豁口和巨石阵流动的形态可见，那个瞬间，狂风摇撼着高崖，洪水冲决着石罅，轰隆一声，矗立了若干世纪的万仞崖壁突然头重脚轻地栽倒，无数山峰般、房屋般的巨石裹挟着草木、泥浆与沙尘，就像万千夺路奔逃的马匹汹涌而下，它们疯狂地碾过田野，碾过村庄，碾过树林，碾过弱不禁风的生命和血肉，最后，一部分跌入清江河谷，淤塞成彼此勾连的险滩群落，一部分滞留半途，堆垒成这触目惊心的巨石阵。可以想见，当时的古老村庄内，必定有若干人从睡梦中砰然惊觉，还来不及弄明白是怎样的一回事，就被蜂拥而至的大小石团碾压得血肉迸飞，零落成泥；更有若干人尚未从梦中醒来，就惨遭活埋，茫然无知地走向永远无从解脱的暗夜！

覃天石站在一尊巨石顶端，借助半导体喇叭向外地专家讲述完向望鹤早已知道的灾变典故，原本清朗洪亮的嗓音也变得有些发颤。他说："这石码子，显然是一座巨大的坟墓，它掩埋着一个古老的村庄，掩埋着若干无家可归的灵魂。据说，这村子本名向家寨，全村的户主都姓向。当天晚上，这个家族只有在外地跑骒马生意的族房兄弟三人躲过灾难。几十天后，三兄弟回到向家寨，他们眼里除了这面目全非的石码子，哪里还有自己家室与亲人的影子呢？三兄弟哭得昏天黑地后，只好恋恋不舍地离开这里，远走他乡。"

覃天石后面的这段描述，向望鹤也是第一次听见。他听说村子里的死难者竟然全是向氏人丁，不由与自己的身世联系起来。他暗想：我的祖籍也在这巫南县，在这清江边。向家寨，向家寨，难道这一溜错错落落的石码子下面，竟会是我的生命与血脉之源吗？

孟效良接过覃天石手里的喇叭，说："我们施州本土的巴文化研究人员曾几番来此考察，这石码子西端有燕子洞，即'疑似黑穴'，东端的悬崖上有'良民避难洞'，即'疑似赤穴'，且发现这里是整个难留山险要地带难得的一块平坝子。它南临清江，北枕悬崖，从地理态势与地理位置分析，我们认为，这石码子，不，这古老的向家寨，应该就是几千年前廪君巴务相与'黑穴'四姓之子通过比武斗勇推选部落首领的场所。"

众人随孟效良的手势环顾四周的山形水态，但见北山巍巍，南水潾郯，幕天席地的悬崖峭壁夹峙在清江两岸，与江水一道逶迤盘旋，其巅峰直插到云雾深处。

陈嗣指点着近侧的清江水面，说："你们看，库区蓄水之前，由此下达江岸也不过数百米的路程。当年的五姓部落如在这里组织众人击剑浮舟，着实称得上水陆两便。"

覃天石说："这石码子，现今仍然是难留山人乐于聚会的场所。那些热火朝天搞阶级斗争和唱'样板戏'的年头，不少群众大会就是在这里召开的。"

听覃天石说起石码子的群众集会，向望鹤的脑海里，油然浮现出与这石码子相关的一幕往事——

他下乡插队时，石码子中间最大的一方平台，常被用作大会主席台。主席台一侧的高石磴上，常常安放一只青灰色的铁皮大喇叭。1970年清明节前后的一个月夜，满月之下山影深沉，长烟如带，老场长汪启润在这里组织了一次林场职工盘歌会。青年鼓手覃天石穿一领蜈蚣扣汗衫，腰系长手巾，挥舞一对鼓槌潇洒地击打筛子般大小的一面大鼓，咚咚咚咚的鼓点在崖石上反弹出浑厚苍劲的交响乐效果。

鼓声方罢，数十名青年男女从两边出列，相互应和着唱起歌来。那时所唱的歌，有时髦的样板戏选曲，如《浑身是胆雄赳赳》《雄心壮志冲云天》《俺要学泰山顶上一青松》，也有红遍中国的语录歌，如《下定决心》《享受让给人家》《世界是你们的，也是我们的》，但向望鹤记忆最深刻的却是一首施州本土的民歌，歌名叫《向王天子一支角》。

演唱《向王天子一支角》的主角就是覃天石。他那时大约二十四五岁，身材细瘦，目光炯亮，置身平台中央一边击鼓，一边领唱，他那浑厚而高亢的男高音冲出喉管，几乎达到了声振林越、响遏行云的效果："向王天子一支角，吹出一条清江河……"

歌声在悬崖上反弹，在江水里盘旋，在月光中翻飞。丝丝缕缕，绵延不绝，撩得人热血沸腾，听得人神思纷驰。

就是因为这支歌，加上后来被路线教育工作组在他家里查抄的若干歌本，给青年鼓手兼歌手覃天石带来好长时间的厄运，他一度被关押到公社的禁闭室里接受审查，好在对贫农成分的覃天石挖三代查六亲，也未能沾上"地富反坏"四个字，于是，他被关上一阵斗了一通后，总算不了了之。

（3）

那次来赶盘歌会的人中，就有来自双峰镇女儿寨的少女汪若萌和柳一曼。汪若萌是在柳一曼陪伴下，来林场看望她的父亲的。汪启润虽在难留山林场供职多年，但他的家和他的妻女却住在女儿寨。只因老场长忙于林场的公务很少回家，隔上几个星期，他的老伴许淑珍或者独生女儿汪若萌，就会偶尔来林场与他同聚上一天两天。

每当汪若萌来到难留城林场，在林场与向望鹤一同插队的郑仁刚总会激动得耳热心跳，千方百计瞒着老场长与汪若萌套近乎。但汪若萌总是远远地避开他，对他的热情不置可否，冷若冰霜。郑仁刚写了许多信与许多情诗，通过柳一曼转交给汪若萌，却犹如石沉大海，得不到半点儿回音。

那个春夜，盘歌会早已散场，与郑仁刚同住在知青小屋的向望鹤左等右等不见郑仁刚回屋歇息。他放心不下，只好披身起床，借助皎皎月光四处寻找。月轮西斜时分，向望鹤来到人去台空的石码子，终于发现郑仁刚一个人在石头缝里游魂一般地茕茕孑立，长吁短叹。

向望鹤走近他，语气和缓地说："郑仁刚，时间太晚了，还是回去歇息吧，明天我们还得起早赶到西城口去开荒垒田哩！"

郑仁刚回头瞥了一眼，说："我睡不着，心里就像丢了魂儿一样。"

向望鹤笑了笑，说："我猜想你大概是进入了所谓爱情苦闷期吧？有一句话叫作'坚持，坚持就是胜利'，你是可以作为座右铭的。"

郑仁刚的眼睛在月光下充溢着哀怨，头颅摇得像拨浪鼓："向望鹤呀，你说我这人真混！当初我主动报名到双峰镇当知青，就是在追着一个模模糊糊的影子撵，那回同坐着木排下乡来，你也晓得。到了双峰镇，又上难留城，我以为她也会跟着她的父亲进林场来的，却不料她偏偏选择回女儿寨。这么几个月，我走东，她走西，我向南，她偏向北……"

向望鹤说："我没有过恋爱的经历，但我能理解你此时的心情。不知道我……我能不能够帮上你的忙？"

郑仁刚痛苦地说："今天晚上，我几次约她谈一谈，哪怕是谈一分钟两分钟也好，我等待着她的判决。可是，只要我走近她，她就很快掉头离开，行色匆匆，像躲避瘟疫一样躲着我。"

向望鹤问："你是怎样和她约会的？"

郑仁刚说："我约会的渠道是柳一曼，但柳一曼也无法从她身上捉摸出她的真实想法。据说我写的那些信，都被她一页一页地撕掉了……"

向望鹤轻挽着郑仁刚的臂膀，通过林场场部前面的小路返回知青小屋，他深深感到身边这个精明强干的矮个子，已经被单相思的爱情之火烧灼得弱不禁风。说心里话，自从在施州城码头边第一眼看见汪若萌，本来对男女之情童萌未开的向望鹤就产生了一种异样的感觉：汪若萌这雕像般的女性简直如梦如仙，如一朵飘然出岫的青云，美得令人痴迷，美得令人忧伤，美得令人恨不得立刻长跪不起山盟海誓！也许是向望鹤隐约察觉郑仁刚正在狂热地追求汪若萌，也许是出于知识男子本来应该具有的矜持与羞涩，他只好将这种不可名状的渴慕深深压抑在心底。眼下，好友郑仁刚踟蹰于爱与失恋之间，欲进不能，欲退不舍，而所爱者偏偏属于同一对象，他真不知道自己是应该怜悯还是应该庆幸……在场部门前，两人不约而同将目光投向老场长居住的那一排木楼，猜想汪若萌此刻是否在客房里进入到酣畅的梦境？但见门窗紧闭，树影缤纷，万籁俱寂中，唯有近侧溪河里蛙鸣声声，两人胸腔里不由同时发出重重的叹惋！

次日清晨，两人赶赴工地路过清江边。向望鹤眼见汪若萌和柳一曼乘坐的小船如一片秋叶飘进了白云深处，但回过头，他仍见郑仁刚呆立在一块巨石上望眼欲穿。直到喇叭里响起催促林场职工出工的命令，郑仁刚才万般无奈地回过头来，与同样呆立着的向望鹤四目应对，默然无语。

这时，樊小米、沈冬冬等几个扛锄头的青年女子踩着山路从向望鹤身边匆匆掠过，她们一边走路，一边哼唱一首古老的五句子民歌，其曲名唤作《姐儿想郎手托腮》：

> 姐儿想郎手托腮哟（手托腮），
> 眼泪汪汪湿胸怀哟（湿胸怀）。
> 掏出手帕来揩泪哟，
> 手帕捏出那个血丝来哟（捏出血丝来）。
> 真真把人欠得坏哟（把人欠得坏）……

一曲未了，她们身后一个粗犷高亢的男声很迅速地接唱起来——

> 太阳出山一天又一天哟，
> 哥打单身一年又一年哟。
> 生生死死缠不住一个姐呀，
> 竹篮打水只有空想念哟，
> 好比那个快刀剜呀剜心肝哟……

向望鹤回头一看，只见身后山路的石磴子上走来肩扛铁锤与钢钎的细瘦细瘦的覃天石。歌还没唱完，脸颊羞红的樊小米、沈冬冬等人，随手抓起地上的草茎土块，齐刷刷地向覃天石的身上砸去。清清朗朗的男女欢笑声，立刻交汇成一片露水莹莹的山乡野趣。

情与爱，在坎坎坷坷的人间，让芸芸众生难以言说地苦着和乐着。

## （4）

下午，细稠的雨丝渐渐退去，满山满岭的新绿与丛林间火焰般燃烧的山花更显得娇艳欲滴。清江水面，低矮的空中浮现着一簇簇棉花垛似的云团，欲走欲留，游移不定，仿佛其上负载着一个个驻足空冥流连人间美景的绝代仙姝。

老迈的覃天石胸前悬挂半导体喇叭，率领考察队的专家踏上悬崖腰际的一脉古老栈道。

这栈道其实早已无道可觅，仅剩有壁立的崖石上一溜人工凿成的印痕和若干大大小小的榫孔，仅剩有榫孔下无数横生着的树木，和将树木编织在一起的粗大的藤萝与荆丛。为了让专家们顺利踏访，在这之前，林场场部组织专人凭借树木荆丛铺搭成一条简易的空中浮桥。人们行走在浮桥上，四肢并用，手攀足蹬，上上下下，晃晃悠悠，一点一点地接近百米开外之处如同骷髅上一只眼洞的"良民避难洞"。

这奇险的避难洞，向望鹤于四十多年前就有过一次只身探险的经历，如今回想起来还令他心跳不已——

那还是 1969 年初冬某日，下乡知青向望鹤与郑仁刚等几个年轻人正在一片山坡上栽树，忽见一个衣冠不整、发丝纷乱的中年妇女在悬崖顶端疯跑。她一边跑跑跳跳，一边嘴里哼唱着似笑似哭的歌腔。向望鹤认得这妇女名叫田秋萤。早先他听樊小米说过，几年前，田秋萤三岁多的女儿重病昏迷，丈夫救女心切，腰系长绳坠下悬崖到避难洞寻找"龙骨"碾药，哪知坠下崖壁后下落不明。乡民们苦苦寻找，仅发现悬坠在崖壁上的一段绳索……丈夫一去不归，女儿又不幸夭折，田秋萤从此落下精神病，经常哭着闹着满世界寻找她的丈夫与女儿。此时此刻，田秋萤又从家里跑了出来，步履踉跄，声嘶力竭，好像是一声一声地呼唤着："朵儿，你回来呀！朵儿她爹，你把朵儿弄得哪里去了？朵儿呀……"

田秋萤的身子在坡道上歪歪斜斜，渐渐接近了当年丈夫坠崖的险要处。

向望鹤叫声"不好"，扔开锄头就朝着悬崖顶端跑去，郑仁刚等人也随着他一路紧跑。他们穿过几片树林，登上一道荒岭，来到悬崖顶端先前田秋萤声声呼唤的地方，却未能看到田秋萤的身影。向望鹤的心提到了喉咙口，他俯身向悬崖底下望去，果然发现田秋萤已经坠落在崖下一团横生着的枝叶上，离崖顶约莫三十来米。那枝叶托举着田秋萤瘦削的身子，还在一颤一颤地抖动。

几个年轻人相互交换眼色，立刻委托年龄最小的一个孩子回场部报信，郑仁刚自告奋勇到就近的一户人家找来一大捆棕绳。究竟谁下崖底救人呢？向望鹤看见身边的人都有点心虚，郑仁刚正好气喘吁吁，他于是飞快地将绳子的一端系在一棵大树上，另一端系在自己的腰际。向望鹤刚要滑下崖壁，郑仁刚一把攥住他的肩膀，问："你行吗？"

向望鹤十分肯定地点点头："当然行。我下去系住田婶的身子后，你们要注意平平稳稳地把她拉上来。"

郑仁刚等人握住绳子，向望鹤从容走到崖边，瞅准崖下树杈和枝叶的空档处一个腾跃，就哧溜溜地滑翔到托举田秋萤的那一团横生在半空中的枝叶边。

郑仁刚俯瞰着丫杈丛生的悬崖下，脸上挂着担忧。

另外几个小青年的脸上，则露出感激与佩服的表情。

向望鹤攀着长棕绳嗖嗖几下荡到了田秋萤的身边。

田秋萤以头朝下、脚在上的姿势倒伏在柔软的叶丛里。向望鹤细细察看，发现她除了昏晕过去外，尚无任何创伤，呼吸也比较正常。

"田婶，田婶！"向望鹤呼唤了几声，田秋萤没有回应。他当机立断，迅速用绳子系住田秋萤的身体，呼喊着上面的人将她拉上悬崖。

田秋萤的身体在向望鹤的托举下缓缓升起。

郑仁刚等人将田秋萤平稳地拉上崖顶。

郑仁刚指令另外几个青年轮番背着田秋萤回村子去找医生救治，然后才重新将棕绳挽成团，呼喊着向望鹤让他注意接绳子，准备将绳子抛下崖去。

然而，崖下毫无动静。郑仁刚用目光仔细搜求，那一片枝叶间竟然没有发现向望鹤的踪影。郑仁刚急切地大叫起来："向望鹤，向望鹤——"

清江河谷两岸的崖壁传送出阵阵回响："向望鹤、鹤鹤鹤——"

原来，向望鹤骑在枝杈间将田秋萤的身子牢牢缚住，呼唤崖上的郑仁刚等人将她拉上去后，回身扫视周围的环境，他突然看见青苔密布的崖壁上竟嵌着一排方方正正的榫孔。那些榫孔向东边崖壁蜿蜒伸展，似乎通向一条神秘的捷径。向望鹤于是仰起头颅呼喊："郑仁刚，不必管我，我发现了一条路，可以自己上山来的！"

向望鹤相信他的话郑仁刚已经听到，于是攀着树枝与藤蔓一点一点地掩入丛林深处，顺着榫孔歪歪扭扭地向东边探索着前行。

崖壁是竖立着的，树木与藤蔓则是横生着的。向望鹤手扶崖壁，踩着树干与树枝艰难行进，每走上几步，就得静下心来，细细察看自己的手与脚下一步该怎样安放。

这是一条真正的无路之路，头上是黑压压的崖壁与丛林，脚下是晃悠悠的丛林与崖壁，上不沾天，下不着地，偶尔透过枝叶的缝隙，可以洞察脚下深深的河谷瀑水飘飞，云雾翻卷。他想，置身如此险境，只要稍不留神，自己就会粉身碎骨，无可寻觅。怪不得几年前那个寻找"龙骨"的汉子竟然杳若黄鹤！想到这里，向望鹤突然毛发倒竖，一阵眩晕，淋漓汗水转瞬间湿透了他的脊梁沟，脑袋里咚咚咚地敲起鼓点子，他抓握枝条与藤萝的双手惊悸地抖动起来。

向望鹤正思索着究竟是向前走还是向后退的当儿，突然"哇"地大叫一声。

原来，他的左脚在一段扭曲的枯木头上，踩到了一团软绵绵、肉滚滚的东西。

向望鹤毫无思想准备，不由惊慌失措、毛骨悚然。

他一低头，看见一条手臂般粗的菜花蛇缠在枯树干上，它高昂起三角形的蛇头，嘴里血红的信子吐得老长。

可能是向望鹤把那条花蛇踩疼了，蛇回过头，在向望鹤的脚上狠咬一口，幸好他当天穿着一双梆硬的高筒翻毛皮鞋，只在鞋帮上留下几个牙印。

说时迟，那时快，求生的本能使向望鹤猛地从崖边一道石罅里掰下一块约莫七八斤重的大石头，他迅速搬起来砸向花蛇，正好砸在蛇的腰部。

大花蛇的前端突然立起数尺高，张开大口嘶嘶嘶地发出一种令人恐怖的怪叫声。

向望鹤倚在崖壁，慌忙中折断一根树杈用力朝蛇头上一顿狂扫，扑地一声，伤残累累的菜花蛇脱离它紧缠着的树干，瑟缩成一团饼样的东西从枝叶的缝隙中跌落崖底。

这一场惊心动魄的人蛇大战，终于以蛇的大败亏输而告终。

向望鹤白净的脸颊，豆粒大的汗珠子接二连三地滚落着。

向望鹤脚下的树丛，枝叶狼藉，蛇血狼藉。

向望鹤靠着崖壁喘息了好一阵，才决定顺着榫孔延伸的方向继续前行。走了约莫二十来米，崖壁上出现稍显开阔的一块凹地，蒿草密布，野竹丛生。他抬眼一看，其上赭红色的石豁内，从树丛里露出半扇洞口，洞口上方似乎镌刻着几个模糊的大字。

向望鹤十分惊异，他仔细地辨认那几个字，终于认出其中一个好像是繁体隶书的"难"。

"难，什么'难'？或者'难'什么呢？"向望鹤大为惊异。

他决定缘着垂挂下来的山藤，攀缘而上到洞口边看个究竟。

突然，洞口方向唰唰唰地传来一阵声响，向望鹤本能地顺着声音抬眼搜寻，竟看到离自己不过十米开外的洞口一侧，从树杈间探出一个缀满了花斑的毛茸茸的大脑袋！

这家伙两耳尖耸，脑袋上镶嵌着两只电灯泡一样的眼睛，咧开着的大嘴巴周围向两边延伸着长长的胡须！它斜倚洞口，抬头引颈，仿佛就是这神秘崖洞的一位守护神。

"金钱豹！"向望鹤很快想到动物园里曾经见到过的这种凶猛动物，不由一股冷气从他的脊梁骨里直通到脑髓，全身的汗毛都倒竖起来！

或许是天色渐晚，崖壁、洞口与丛林都渐渐暗下来，而金钱豹的面孔却显得分外清晰。

过了好一阵，洞口处那只金钱豹发出声声低吠，似乎在慢慢拉开进攻的架势。

向望鹤在下，金钱豹在上，好在其间还有一段陡峭的崖壁与树丛。然而，向望鹤已经能感受到它血盆大口里冒出来的一股一股骚臭的热气。

此刻的向望鹤，身上软得像一根被沸水煮熟的面条，半点力气也没有了，内心里竟然一片空白。

他害怕豹子从高处扑向自己，两腿像灌了铅汁一样沉重，只能直勾勾地望着豹子一动也不动，与它四目逼视，相互僵持，以听天由命的心理静候着事态的变化。

那一张被藤蔓与枝叶环拥着的"金钱豹"的面孔，在向望鹤的视野里从此挥之不去。

向望鹤知道自己已经毫无反抗能力了，他的内心完全被巨大的恐怖所占领，只好瘫软地倚靠着崖壁，一动也不动听凭命运的发落。

但随着时间的推移，他渐渐觉察到金钱豹凶残的目光有所减弱，头也慢悠悠地转向他方。大概是作为洞穴的守护神，无意主动地攻击对方呗？

这时，向望鹤听到自己身后斜上方又发出一阵树叶的声响。他以为又是一只什么猛兽正从身后包抄过来，刹那间，他对自己生还的可能性一下子彻底绝望了。

"咚"的一声响，金钱豹的身边枝叶乱颤。向望鹤发现金钱豹朝着发出响声的方向纵身一跃，呈饿虎叼羊的姿势扑了过去。

这时，他听到身后发出一个轻轻的声音：

"望鹤兄弟，不要慌，我来搭救你！"

向望鹤被来人从身后紧紧地托举起来，一个急转弯，他被拽拉到一根大树杈上。来人也嗖嗖几下爬上了大树杈。

向望鹤回头一看，那赤裸着肩背的汉子，正是身板瘦挺却异常灵敏的林场职工覃天石。

向望鹤艰难地回过头去望一眼扑向响声的豹子，只见豹子拼命撕咬着一个衣包。金钱豹抖开一件破破烂烂的蓝色汗衫，中间裹着的竟然是一块石头！

豹子受了欺骗，暴跳如雷，一边将汗衫撕成碎布条，一边在洞口蹦蹦跳跳兜着圈子，厉声咆哮。在豹子的狂吼声里，覃天石紧拽向望鹤，从崖壁上一道石罅处攀藤附葛地向着山崖爬行。

回过神来的金钱豹发现向望鹤与覃天石的身影，把腰一撑，支棱着一条长尾巴还想从下面追赶，无奈崖壁太险，它仅能用两只前爪在草丛里拼命地刨搔。

趁此机会，两个人早就越过崖石，穿过丛林。金钱豹沉闷的吼声渐渐听不见了。

在崖壁与丛林间，覃天石身轻若燕，他像拎小鸡一般拎着向望鹤的臂膀上下纵跳，左穿右插，终于回到悬崖顶端。

崖上，已等候着十多个担惊受怕的林场职工。郑仁刚惊喜交加，一迭连声地喊道："向望鹤，你怎么一转眼就不见了呢？如果不是天石大哥赶到，你也许……就和我们永别了！"

覃天石轻轻一笑，说："望鹤兄弟，你胆子真够大的，竟敢和豹子对'木脸'。为了你，我把一件衣服都塞到豹子嘴里去了。"

向望鹤本想说一句表示感谢的话，但他张了张嘴，终于什么也没说出。

后来，向望鹤对覃天石述说他所发现的洞口上方有一个"难"字，覃天石告诉向望鹤，洞口的石刻应该是四个字："良民避难"，因此，这个崖洞被山民称为"良民避难洞"。

（5）

想不到四十多年后，年届花甲的向望鹤，竟能与众多专家结伴，再次同游当年遇险的这段路程。如今，崖壁上榫孔依旧，人工凿成的那一脉印痕依旧，但由于那些横生着的树木与荆丛上已搭起了一座空中浮桥，虽则仍然险要，却险而不危。众人手攀足蹬走了约半小时，那一眼被称为"良民避难洞"的洞口就已历历在目。

向望鹤趁众人在崖下稍显开阔的那块凹地小憩之际，饶有兴味地讲述了自己当年在此处因救人遇险又被人解困的往事，他的女儿向雨鹭听得目瞪口呆。

向雨鹭失声叫道："好险！当年您如果落到了豹子嘴里，我该怎么办呢？"

众人听后，一个个乐得前仰后合，哈哈大笑。世人的生死传承，的确难以假设！

覃天石笑着说："当时我万万想不到，冒险救人，竟然救活了日后一位鼎鼎有名的大教授，造化呀造化！"

小憩后，众人沿山民们早已用两张长木梯连接起来搭成的"天梯"，一个个鱼贯而上抵达崖石上方的洞口。这次，并未遇上金钱豹之类的"保护神"在此守候，唯有森森洞室流水潺潺，古藤苍苔遮天蔽日，洞穴来风清心提神。向望鹤首先将目光投向洞口上方，他在向下罩住的一块赭红色崖石上细细辨认，终于看清了笔势雄健浑厚但也饱经风化的四个隶体大字："良民避难"。

考古学家冉教授一边观望洞口上方的摩崖石刻，一边用手指认真地捻着字迹边沿，说："向教授说得很有道理，这石刻，以及先前我们看到的栈道榫孔，都有了近千年的历史，但显然与三到四千多年前的巴人毫无关系，看来，这石洞的人居遗存应该十分丰富。我想这次学术考察的意义不仅仅局限于巴人文化，应该拓展到整个人类生存的历史。"

青年博士陆永真接言："我们还是应该进洞内去看一看。王安石说过，'世之奇伟、瑰怪、非常之观，常在于险远，而人之所罕至焉……'不入虎穴，焉得虎子？"

众人将目光齐刷刷地投向洞口，却发现由此深入洞穴并非易事。原来，洞口内溪流喷涌，溪沟内或卵石历历，或深不见底，以手拨弄，其水冰凉砭骨。那溪流泻出洞口后，在众人脚下形成一道瀑布堕入崖底，珠玉四溅。

孟效良说："这洞，我们肯定要想办法深入探索，直到揭开谜底，但不可能是今天。今天一是天色将晚，时间不允许我们在这险要地段长时间地逗留；二是没带任何设备，无法涉水深入。总之，根据我们的分析与推测，这'良民避难'洞，极有可能就是廪君巴务相居住过的'赤穴'。你们看，这洞壁颜色红中带紫，从这水的流量与水温可以推想，洞内的阴河必然源远流长。由此洞顺榫孔构筑的栈道向西不到600米，就是疑为当年五姓部落比武场地的石码子，再向西弯弯拐拐下行千余米，又是疑为'黑穴'的燕子洞。难留城的整个山形水态，北枕悬崖，南依清江，山则为城，城则为山，不正是传说中的武落钟离山吗？"

陈嗣说："有一个字眼提请大家注意，那就是'难'。难留城，良民避难。四千多年前，也许是因为山险水恶，当时的部落生存条件特别艰难，我们的巴人远祖才会舍弃这方水土，另辟生息之所在。当然，五姓部落离去后，又会有新的部落陆续迁入此地落脚，但都难以长期定居，只能临时落脚。'良民避难'，最终又都是'难留'，正好说明了这一点。"

覃天石看看时候不早了，以商询的口吻对陈嗣说："陈教授，各位专家到这洞口看一看后，还是早早地顺着原路返回吧。回到场部，大家还可以边吃饭休息边热烈讨论嘛！"

"是的，这里太危险，天黑下来我们会寸步难行，我也主张各位早点撤离。"向望鹤回答。

万般无奈，众人只好纷纷亮出袖珍型数码相机，对着洞口、溪流与摩崖石刻等一阵猛拍，又分成若干组在洞口逐一合影。然后，在陈嗣与孟效良的安排下，一个个有条不紊地走下高而长的"天梯"，再沿着先前紧贴崖壁的那道浮桥徐徐返程。

于是，探访"疑似黑穴"与"疑似赤穴"的考察活动，就在专家们意就未尽的情况下拉下了帷幕。

# 第四章　歌诗为媒，无心插柳柳成荫

## （1）

　　大山里的春天宛若清江流域原汁原汤的土家族少女，既显得温柔羞涩，又格外清丽洒脱。白天，清江河畔的山里山外总是烟霭升腾，氤氲若梦，还不时伴有飘飘洒洒的细雨，崖壁、林木、花草以及石子儿路面，看上去均有一种湿漉漉、凉簌簌的质感；黄昏迫近，那天气却在人们不经意间很快云收雾散，蓝色天空与绿色大地像被人用沐浴露洗涤过一样，在一缕一缕夕阳和晚霞的喷射下，所有景观都变得格外清爽。

　　高树环拱的难留山林场场部热闹非凡，场部门前由青石板铺砌的坪坝子里人头攒动，场长田绪奎正指挥数十名青年男女搭建露天舞台。看来，为了迎接仅由几十个人组成的考察队，山民们定然是准备呈现出一台精彩的晚会节目。

　　向望鹤随同众人进场部食堂匆匆用过晚餐，在大门外的阶石上，他对看上去稍显劳顿但依旧兴味盎然的女儿说："雨鹭，时间还早，我们出去遛遛，去看一看爸爸当年住过的知青小屋怎么样啊？"

向雨鹭笑着回答："行啊，正好也让我分享一次爸爸青涩的少年光阴。"

"嗬，爸爸的少年光阴，肯定不会是你乐意分享的哟！"说话时，向望鹤发出一声痛苦的叹息。

从场部门前出发，沿林荫小道和田塍小径向东走上约莫七八百米的路程，穿过一片楠竹丛，首先映入父女二人眼帘的，是一幢三间两层的崭新的水泥砖房，仿瓷墙面白得晃眼，油漆门窗绿得发亮，窗玻璃反衬着远山近树，庭院柱础与阳台雕栏设计得朴素大方。再近看，门锁着，显然主人不在。另外，离砖房十米开外的坡根处有一片废弃了的屋基，那里残墙倾颓，灌木丛生，部分地面已被辟为菜地。向望鹤小声地嗟叹着："可惜可惜，我当年住过的屋子已经不存在了，和我们白天追溯巴文化的渊源一样，也只能看到一处遗址了！"

向雨鹭笑着说："这正好，如果小屋仍在，当年的环境将在您的记忆里从此消失；小屋不在了，'知青小屋'的形象反而会在您心灵深处获得永生。"

向望鹤轻轻地嘀咕一句："什么逻辑！"但他在内心里，不得不佩服女儿哲理似的论断。

四十多年前的那幢"知青小屋"，是鄂西南土家族地区比较典型的木结构吊脚楼。柱枋穿插，栌檩勾连，木板或竹篱为壁，飞檐翘角，由前后两面分脊的瓦沟为顶。上首三间正屋较为低矮，而东端恍若钥匙头的两间横屋厢房由于高高悬在麻条石砌成的吊脚之上，则显得分外气派。屋子的主人公姓樊，向望鹤与郑仁刚入住在此的 1969 年，男户主已经不在人世，只有母子三人相依为命。女户主大约五十来岁，同辈份的人称她丁姐，后辈人称她丁婶。丁婶的女儿樊小米二十岁出头，是同场青年职工覃天石的未婚妻，儿子樊小杉十四五岁，姐弟俩均为初中毕业的回乡青年。那年头，安排下乡知青入住必须具备两个条件：一是户主的阶级成分应为贫下中农，政治表现过得硬；二是能够提供出一定的居住与炊事条件。丁婶的丈夫生前曾担任"四清"运动时的林场贫协主任，在一次抗击泥石流灾害的事件中因公牺牲。

向望鹤、郑仁刚两人被丁婶安排在条件最好的横屋厢房内。厢房由木板铺成，里外两间，房前还有一段脚踩上去吱嘎吱嘎作响的小阳台。两人在里间各支一个小小木板床，外间则安上一只铁皮火炉，供他们架着木柴生火取暖做饭。于是，丁婶吊脚楼横屋的厢房与阳台，很长一段时间里，总被山民们习惯地称为"知青小屋"。

就是在这吊脚楼厢房的"知青小屋"内，向望鹤度过了两年多欲忘不能、爱恨交织的青春时光。四十多年过去了，屋已不存，人已苍老，但在传道授业与著书立说的人生轨道上无论怎样奔波忙碌、白云苍狗，往日的旧伤和隐痛仍然潜藏在记忆的深处，不时提醒向望鹤重温与他生命同步的心酸与愧疚。

每天收工后回到小屋，郑仁刚三刨两爪洗去两腿黄泥，总是一头倒在他的木板床上长吁短叹，向望鹤只好独自洒扫庭厨，架火煮饭，待饭熟菜香后再催促郑仁刚与自己一同食用。

饭后，向望鹤常用一盆冷水从头到脚冲去白日劳作留下的倦意，还得强行抬起红肿的胳膊在煤油灯下撰写日记。他将自己一册一册的日记命名为《风雨年华》，每天一篇，或记事，或抒怀，或对人情世态生发议论，或抄录书报中的名言警句并写下自己的心得体会。郑仁刚则在另一盏油灯下全神贯注地给汪若萌写情诗，他不时还摇头晃脑地吟唱品味，宣泄他内心的酸甜苦辣和喜怒无常。

深夜躺在床上，一身筋骨几乎快要散架的向望鹤渴望沉沉入睡之际，郑仁刚却偏要絮絮叨叨倾诉他爱的苦闷，声泪俱下地对向望鹤诵读他粗浅不堪的情诗，吐露他单恋汪若萌而苍天无眼的切齿诅咒。

一天晚上，二人在宿舍里刚刚躺下，这种周而复始的絮叨又在重演。也许是由于数月前的那个月夜，向望鹤在石码子面对陷于失恋苦痛的郑仁刚时曾答应为他帮忙，倦意渐浓的向望鹤，竟对郑仁刚鬼使神差地做出了愿意为他鸿雁传书的承诺。

"你知道吗？咱可是响当当的城市产业工人的家庭出身，如果不是出于爱美之心撑着她汪若萌的影子走，又怎么会落得如此这般困守深山老林的下场呢？汪若萌啊汪若萌，在你眼里，我郑仁刚难道就真的如同狗屎一堆吗？"

向望鹤本来不想听他没完没了的唠叨，但或许是出于"同室相怜"的缘由罢，他只好强抬起眼皮虔诚地听下去，不时说上几句宽慰他的套话。

"真说不定，她也许是考验你的耐心呢。如果有机会的话，我定当向她转告你这种火一般炽烈的追思渴慕之情。"

"对呀对呀，你知书达理的向望鹤如果能出面做中，我想比柳一曼这个遇事毫无主张的小丫头要强得多。"

郑仁刚光着上身霍地跳下床，从枕头底下抽出厚厚的一叠信笺纸和一只牛皮纸信封交给向望鹤，接着说："这是我近来草成的一些诗稿，你先看看行不行，希望你乐于当面交给汪若萌，并想办法征询到她的意见。我听说她正参加双峰公社的文艺宣传队排练节目，不久就会来到咱们林场搞慰问演出的。"

向望鹤接过诗稿粗粗翻看了几页，无非是"你就是我的太阳／面对你，我将一身灿烂／离开你，只剩下无边黑暗""心在哪里，心在哪里／别冷落我沉甸甸的期冀"之类陈词滥调。他连打了几个呵欠，说："睡吧睡吧，到时候，我当见机行事为你效劳就是了。"

郑仁刚还欲叮咛些什么，然而，他对面床上的向望鹤早已传过来起起落落的鼾声。

（2）

第二天早上起床后，向望鹤才突然意识到，自己对郑仁刚的承诺太过轻率，他这个比少女还要害羞的男子，哪里来的胆量与策略充当郑仁刚与汪若萌之间的红娘呢？况且……他将那叠燃烧着激情的信笺纸装进牛皮纸信封掭了掭，鬼使神差地拿自己与郑仁刚相比，竟在内心深处萌生出一种难以言说的惭愧与冲动。

汪若萌随同公社文艺演出队来林场演出的当天，向望鹤也曾环绕着宣传队在场部的宿舍楼兜了几个圈子。他进一步感觉到，要完成郑仁刚的所托绝非易事，因为自己与汪若萌单独接触的机缘几乎为零。白天，演出队走村串户访贫问苦或进行节目排练，晚上，文艺演出直至深夜，演员们才会到林场特别为他们准备的男女宿舍分头休息，更加上向望鹤必须准时参加集体劳动，正所谓各忙其事，咫尺天涯，相见容易相叙难。

当晚回到"知青小屋"，郑仁刚迫不及待地追问："怎么样啊？信件交给她了吗？有没有丁点儿那个意思？"

向望鹤沉重地摇着头说：

"你别急，我总得寻找到与她单独接近的机会嘛。我明白你的意思，这趟差使仅仅交出你的心意是不够的，如果那样，完全可以邮寄给她嘛，关键还要做到以心换心，弄清人家女方究竟是怎么想的呀！"

"就是嘛，几次三番石沉大海的滋味太难受了，我特别渴望那些熊熊燃烧的诗句能在她的心壁撞击出一点爱的火花。望鹤老弟，你若促成了我和她，你就是我的大恩人呀！你知道吗？如果恋爱无望，我郑仁刚也许会发疯，甚至死掉！"

"这样吧，我听说宣传队明晚没有演出安排，我再到场部走走，尽量托人牵线约她出来见面。但恕我直言，你可得一颗红心两种打算哟！最高指示，温度能使鸡蛋变成鸡子，却不能使石头变成鸡子的！"

"唉——"一声叹息从郑仁刚的喉咙里迸发出来，给黑暗中的"知青小屋"注满了无奈与绝望的气息。

次日下午，向望鹤收工后回到"知青小屋"，匆匆用过晚餐，与眼睛里充满着焦灼的郑仁刚对视片刻，才将那厚厚的牛皮纸信封揣进衣袋，惶惶然地向场部方向走去。

曲曲弯弯的石子路在林荫里左盘右旋，向望鹤一边走，一边思忖着与汪若萌约会的方式，脑海里竟是一片茫然。

临近场部的路坎下，密匝匝的水杨柳丛中有一道蜿蜒的清溪，当地人呼为高爵溪，此刻，那溪在晚风中传送过来哗啦哗啦的浅唱低吟。也许是天从人愿，向望鹤隐约听见潺潺溪声与女子的谈笑声交织在一起。出于本能与好奇，他轻手轻脚走下丛林中的那道坡坎，轻手轻脚地拨开枝叶向下窥视，这时，约莫十多步开外的溪水里，一组令人惊诧与眩晕的画面豁然映入到向望鹤的视野——

高爵溪在柳荫下盘成一个大弯，汇成一汪碧潭。潭边的石头上搁放着瓷盆、肥皂和洗衣棒等物，还杂乱堆放一些洗濯过的和未洗濯过的衣物，而清澈见底、涟漪涌动的潭水里，则浸泡着三个半裸体的少女。她们黑发如瀑，肌肤如脂，仅仅穿着不同颜色的胸衣和短裤，修长的四肢在水面上大幅度划动，纤纤玉臂与白皙的脚丫撩拨得水花四处溅进，相互间逗乐嬉笑的声音在宁静的密林深处更显得清清亮亮，一无拘束。

向望鹤惊呆了，向望鹤傻眼了。无须细细辨认，他已经知道这三个女子分别是汪若萌、柳一曼和他那知青小屋房东的女儿樊小米。她们三人都是文艺宣传队的骨干，不仅韶华正美，貌若天仙，而且舞姿翩翩，歌喉婉转。此时此刻，与深溪碧潭融为一体的她们在向望鹤的眼睛里更是如梦如幻，秀色可餐。其中更惹人注目的，是体态格外纤瘦袅娜的汪若萌，她面色潮红，酥胸微颤，浑身凹凸自如，流畅舒展的曲线清晰地勾勒出人世间无与伦比的冰清玉洁，恍若《安徒生童话》中那一条灵光闪烁的美人鱼。

呀，什么叫窈窕淑女？什么叫天生丽质？什么叫梨花一枝春带雨？向望鹤此时此刻才对这些古诗中的描述有了入骨入髓的体会。他想，怪不得《红楼梦》中混迹在女儿堆里的那个翩翩公子总结出"男儿是泥做的骨肉，女儿是水做的骨肉"这类的话来！

怎么办？是屏声息气地观赏下去，还是不声不响地远远逃离？向望鹤忽然感到自己的身子轻飘飘的，脚板沉甸甸的，他内心深处既不愿就此回避，又不敢惊动对方，只能像一截树桩似的痴立在丛莽中间一声不吭，整个丫杈纵横的世界都仿佛与他一样静默成一口古井，凝滞成一片混沌。

刹那间，若干幻景在少年向望鹤的脑海里翻腾闪现，与眼前的景观既相互排斥，又相互渗透：施州市的水码头边，背着背包的汪若萌渐行渐近，初涉尘世的大眼睛黑而皎洁波光流荡，恍若两颗冷峻孤傲的黑星星……清江急流中的木排上，汪若萌白净的脸上和脖子上珠光点点，水汽淋漓，大眼睛忽闪忽闪黑而光洁，五官轮廓酷似一尊女神的雕像……夜幕下，山路上，五短身材的郑仁刚在石头缝里游魂一般地茕茕孑立长吁短叹……秀发高扬的汪若萌伫立在船舱中双眉紧锁，冷面含威，倔强地转过头去，那小船划开重重波浪，如一片秋叶飘进了白云深处……

许久许久，三个女子才束拢湿漉漉的秀发从容上岸，一边谈笑风生，一边用手帕拂拭头上以及前胸后背上的水珠子。向望鹤惊悸地闭上眼睛掉过头去，他实在不忍心继续偷窥她们脱换湿衣服的场面。土家人信奉"举头三尺有神灵"，他决不情愿让冥冥中的神灵逼视他刻意亵渎人间圣洁与壮美的无耻欲望。

待向望鹤再度睁开眼，将胆怯的目光诚惶诚恐投向那汪碧潭，众女子早已各自换上了干爽的外衣。她们将搓洗完毕的湿衣服装进盆里，叽叽喳喳地议论着文艺节目的排练与演出，然后端起瓷盆踏上林中的小路。看样子，三人即将结束这次愉快的溪边浆洗和碧潭野浴。

向望鹤用右手不经意地揿揿胸口，然后轻轻放下。这时，他触到了下衣袋里装着的那只鼓凸的信封，才突然记起自己此行的使命来。

三个女子说笑着离开清溪碧潭，渐渐淹没在绿丛深处。向望鹤定了定神，迅速返回先前的那条小路，尽量装作若无其事的模样向场部匆匆走去。在场部门前的石拱桥头，他以若无其事的神态，与洗濯后从另一个方向的田塍上轻松归来的汪若萌等人迎面相遇。

"樊姐姐你好！"向望鹤尽量显得从容镇定，首先与房东之女樊小米搭上了腔。

"向望鹤呀，今天场里可没有演出，你这样匆匆忙忙地要到哪里去呢？"樊小米问。

汪若萌和柳一曼也停下脚步，用热情的微笑与他打招呼。

"我……"向望鹤嗫嚅了好一阵，也没有找到一个比较恰当的回答方式。

樊小米咯咯咯地笑出了声，面对这个腼腆的青年男子，故意逗趣地说："向望鹤呀向望鹤，你如果想找对象，谈恋爱，可千万别找我这个有了主家的姑娘哟！如果是看得上我身边这两位中的哪一位，樊姐姐我倒是乐意为你牵线搭桥当红娘。"

"樊姐姐，是这样的……我倒真有一件事得求求你，不是为我，是……"

向望鹤无端地羞红了脸，他低下头看着自己的脚尖。

樊小米见向望鹤颇有几分认真劲，就支使汪若萌和柳一曼先回宿舍，她自己走到拱桥旁的石墩上一屁股坐下来，对呆立在一边的向望鹤说："说吧，快人快语，你又不是没出阁的大姑娘，说话磨磨蹭蹭地干什么？"

向望鹤掏出那个牛皮纸信封，委婉地介绍了郑仁刚对汪若萌的渴慕之情，并要求樊小米能够出面了解了解汪若萌的真实思想。哪知樊小米头发尚是湿漉漉的脑袋摇晃得就像拨浪鼓，说："不行不行，这事我知道，柳一曼已经告诉过我，那是他郑仁刚一厢情愿的单相思，汪若萌的心里从来就没有装过这个人。向望鹤呀向望鹤，你仅仅出于同情心就想撮合别人的爱情与婚姻，太天真，也太愚昧。我们乡下人，还讲究一个'媒量'呢。啥叫'媒量'？就是当媒人要学会比量双方到底是不是一对人。哼！和汪若萌相比，人品和个头都矮了一大截的郑仁刚，他配吗？"

向望鹤想不到在樊小米面前就碰了一个大钉子，他对自己的侥幸心理完全失望了。

"那……你能不能告诉汪若萌，我想与她单独说上几句话，就几句。"

向望鹤或许是对郑仁刚所托仍抱着最后一线希望，或许是为了回去之后在郑仁刚面前也好有个交代。

樊小米思忖了好一会儿，仰起头来看着向望鹤，说："那也行，她汪若萌躲避郑仁刚就像躲瘟疫，若换上你文文静静的向望鹤，我想这清高孤傲的女子也许会格外开恩的。试试吧！"

# （3）

　　天已经完全黑了下来，没有月亮，没有星星，那时的难留山林场更谈不上电灯，只在苍茫的暮色中闪烁着一些稀疏的昏黄的光点，向望鹤知道，那是林场场部粉墙屋宿舍先后燃起煤油灯的窗洞。山风簌簌，蛙鸣如潮，向望鹤在场部门前的石拱桥上等待汪若萌的到来，他早已等待得冷气砭骨，心凉如水。

　　终于，一只手电筒的光柱照射过来，左晃右晃，由远及近，向望鹤的胸腔里咚咚咚咚敲起了鼓点。哎，又不是自己与情人约会，慌乱个啥？激动个啥？这番毫无指望的牵线搭桥，我真是吃饱了撑得慌，咸扯萝卜淡操心！向望鹤心里悄悄地咒骂着自己。

　　来者果然是汪若萌，朦朦胧胧的一个影子，步履轻得一丁点儿声响都没有，那束手电筒光束的后面，唯有倩影婆娑，体香馥郁，衣袂飘飘，娇喘微微。

　　向望鹤勇敢地迎上前，与影子相峙而立，欲言又止。

　　"为什么不吭声呀？向望鹤，你不是要给那个俗不可耐的郑矮子当说客吗？"磁性的语气中满含着辛辣的讥讽。

　　"真对不起，我也是受人所托，无法拒绝。小汪，我知道你们俩是好几年的同学，彼此应该有一个全面的了解。其实，我觉得，郑仁刚他人还是蛮不错的，精明强干，热情仗义。他下乡插队来到难留山，就是追赶着你的影子在走哩！他说、他说……"

　　"说什么来着？"

　　"他说他与你的恋爱如果失败，就会发疯，甚至死掉。"

　　"向望鹤同志哥哟，假如我汪若萌就是你的亲妹子，你会逼着我去接受一个我骨子里就特别讨厌的人投其所好吗？逼着我为了一个毫不值得怜悯的人不至于发疯或者死掉，就做出忍无可忍的牺牲吗？"汪若萌语锋犀利，凌厉逼人。

　　"这……"本来就不善言辞的向望鹤竟变得空前地笨嘴拙舌。

"正因为我与那家伙同班同学，他的世俗，他的卑劣，他跟风赶浪投机钻营和无限上纲算计他人的德行我太了解了。"

停了停，汪若萌苦笑一声，接着说："不过，你可以转告他，汪若萌不是这世上的唯一，他不必发疯，更不必死掉。当然，真的导致了他疯与死的后果，我想我是不必承担任何法律责任的。因为我是个独立的人，我应该有我自己的选择。"

向望鹤黯然无语。半晌，他诚惶诚恐掏出用信封装着的那叠诗稿，说："你当然应该有你的选择，我想，爱情是不能强求的。但我还是希望你看看他写给你的这些诗，感受感受一个男人火一般炽烈的爱心。"

汪若萌冷冰冰地回答："大可不必。他托小柳送给我的那些酸不溜秋的东西，我都断然地撕毁了，扔掉了。这一包东西，你还是给他带回去吧，他付出了脑汁，也便于让他来日还可另作他用。"

向望鹤万般无奈，只好将伸出去的手又缩了回来。

汪若萌用手电筒的光柱在空中划了一个圈子，然后熄掉，趁着夜幕的笼罩幽幽地说："向望鹤，我能问你一个问题吗？"

"什么问题？"

"你自己爱过吗？你懂得爱的分量吗？"

"我？……不曾不曾。我只有肤浅的感性的认识。"

汪若萌长长地舒了一口气，说："我想，如果是你向望鹤赠诗留言善解风情，小女子也许会另当别论。可惜呀可惜，自己不长进，反乐于为他人作嫁衣裳！向望鹤同志，再见吧，走稳当点！"

汪若萌话未说完，早已转过身子飘然离去。她身前的手电筒光束一闪一闪，把夜色里的树木花草撩拨得扑朔迷离，交替幻灭。

手电筒的光亮骤然消逝，窗洞里的点点灯光也先后熄灭。夜幕中，向望鹤的胸腔里迸发出无声的呼喊："郑仁刚呀郑仁刚，你就认命吧，我向望鹤实在是回天无术，我已经尽力了！"这时，呼应着他的只有拱桥脚下的蛙鸣时起时落，那声音给人的感觉是慵懒而又自在的。

向望鹤不知道自己是怎样在黑暗中摸索着回到"知青小屋"的。万籁俱寂的厢房里，一支燃烧着的蜡烛默默地淌成一堆红泪，四仰八叉斜倚在枕头上的郑仁刚木然的眼神死死地盯着楼板。

"真对不起，我……"

向望鹤不知道该如何将真实的情况转告他，只好以安慰的口吻说："我想，你要把心胸放宽一些。正像老辈人说的那样，'命里有时终须有，命里无时莫强求。'"

郑仁刚摆摆手，长息一声，语气粗暴地嚷嚷："向望鹤，你什么都别讲了，我已经明白了你的意思。我他妈的就是个……一厢情愿啊……"

郑仁刚从床上跳下来，赤着双脚走到夜风飕飕的阳台上，猛地叉开两腿扬起双臂，怅望着伸手不见五指的夜空，嘴里发出哇哇哇的一阵怪叫，尔后捶打着胸脯失声痛哭。

一个多星期后，适值 1970 年夏锄与栉枝蓄林的时节，郑仁刚推说自己胃疼难忍，需要进城回家进行体检和治疗，向场部请了三个月的长假。

此后一段日子，每当收工回来的晚上，原本特别寂寥的"知青小屋"仅剩向望鹤一个人冥思无序，他只好就着昏暗的煤油灯，尽量把自己的心绪贯注在悲悲喜喜的"风雨年华"中。"知青小屋"里，除了偶尔有房东小主人樊小杉前来借阅书报或与他交流一点山里山外的新奇传闻外，基本上成了向望鹤以及他那厚厚一叠"风雨年华"的一统天下……

2011 年的春夜，面对着随同自己叩访"知青小屋"的女儿，向望鹤并未展开叙述那屋子里发生过的全部故事。他只是抽丝剥茧地告诉她，在这曾经存在的屋子里，他结识过一个名叫郑仁刚的知青朋友，两人之间既爱且恨风波层叠；他有过一番糊里糊涂的感情波澜，并几乎导致不可收拾的严重后果，至今回想起来仍令他负疚深深；他曾经用圆珠笔在九个笔记本上写下厚厚的一摞"风雨年华"，倘若这些日记有幸存活到今天的话，尽管文笔稚嫩，思想单纯，尽管字里行间不可避免地显现出当年现实政治的种种标签，但肯定充盈着一个落魄少年真真切切的苦辣酸甜悲欢离合，肯定能被酷爱文学的女儿当作难得的小说素材，从而演绎出一幕幕老辈人的恩怨情仇生离死别。

"这些日记哪里去了？被您自己草草地扔掉了吗？"返回场部的路上，向雨鹭边走边问。

向望鹤说："雨鹭呀，我那一摞命名为'风雨年华'的日记本，还没能走出小屋的门槛，1969年，就连同我手抄笔录的几本山民歌一起，被所谓路线教育工作队查抄个一干二净，我因此受到有生以来第一次难以忍受的残酷斗争，无情打击……"

（4）

向望鹤父女从那处"知青小屋"的"遗址"回到场部，大大小小的白炽灯泡与彩灯已经将场部大楼和场部门前的坝子沐浴得通明雪亮。华灯灿灿，山风飒飒，溪泉在密密的丛林里轻轻吟唱，映山红和金银花的异香缕缕飘逸到人头攒动的坝子里。坝子一端已用树料和木板搭建起一个露天舞台，台上台下，无数盏彩灯明晃晃地照耀着，红的、黄的、蓝的、紫的光芒在夜空中相互交织，将场部的楼群笼罩在一片缤纷神秘的氛围里。穿红着绿的男男女女早已将方圆约六百平方米的坝子挤得水泄不通。就连坝子周围的水泥护栏上和树杈上，也爬满了嘻嘻哈哈大声喧哗着的孩子们。但是，台前安放着的几排长木凳上，则整整齐齐坐着考察队的贵客以及来自县里和镇里的陪客们。出于山里人惯常的礼节，无论怎样拥挤，客人们的席位在坚实的人墙拱卫下，仍显得宽松而稳当。

经田绪奎等人引导，向望鹤和向雨鹭缓缓穿行到前排落座。晚上八时许，随着一阵牛角号的呜呜咽咽，舞台前赭红色的帷幕徐徐拉开，坝子里的人群突然肃静下来。一对风华正茂的男女青年报幕后，舞台上，首先映入观众眼帘的，是两列袒胸露背的纤夫在风紧浪急的背景里手攀足蹬地拉着长纤，雄浑嘹亮的号子声此起彼落，地动山摇。

鄂西南清江河道里的拉纤，是土家族山民与大自然极其艰苦的拔河赛。人向高处走，水向低处流；为了生存，为了温饱，为了繁衍后代，施州地面的"比兹卡"（土家人）自先祖廪君巴务相开始，就不得不沿着曲曲折折的夷水（清江古名）逆流而上！此时，舞台上的纤夫们赤着脚，裸着背，匍匐着腰身，大跨度地迈动着双腿，粗犷古朴的歌声飞越山尖，响遏星月，很快唤起观众对人类祖先最初开辟洪荒草莽、寻求生存之路的遥远记忆。

纤夫的队列刚刚走过，身负重载的背夫又上场了。树杈做成的"背架子"沉甸甸地扣在他们背上，一把"丁"字形的打杵，就是他们劳累过度时短暂的支撑与依托。众演员尽量模仿现实生活中的背夫跋山涉水、挥汗如雨的艰辛情景，其动作分明是在登险峰、下陡坎、过溪涧、沐风雨，唯有将重物歇在"打杵"上后那一声声"嗨哟哟嗬——"的悠长呼号，才尽情发泄出背夫们储积于内心深处的苍凉和沉郁。

随同背夫们艰苦跋涉的场景，一身土家老人装束的覃天石走上舞台，对着麦克风，山呼海啸般吼叫起土家族民歌《背佬儿歌》——

> 翻过了重重岭啊，爬过了道道坡，
> 历尽了辛酸坎坷，咱什么也别说。
> 背篓系，深深地扣进了骨头缝，
> 脚丫丫，踩得那青石板路起窝窝。
>
> 早晨背太阳啊，晚上背月亮啊，
> 背得那，汗水水淌成一条清江河。
> 幺妹子你若是挂念着我哟，
> 且听我，吼上一曲《背佬儿歌》……

覃天石双臂狂舞，两脚纵跳，腰肢放肆扭动，他不仅仅在用嘴巴吼叫，而是在借用全身的力气让歌声向外迸发，那粗犷沉雄的歌声在夜幕中苍灰色的林梢上激荡起阵阵回音。

看到背夫们的沉重劳动，听着土家歌王浑厚的歌腔，向望鹤回忆起自己在知青岁月切身感受到的土家山民的艰辛与磨难，不由得以手抚节，连声嗟叹。他发现，他身边的向雨鹭和陆永真等人，脸上的微笑也霜冻一般地凝固了，而且泪光闪闪。

向雨鹭大为感动，摇晃着向望鹤的膀子说："爸爸，这位覃大伯唱得太震撼了，我还从来没有听到过这样入情入境的民歌哩！您看，我的眼泪都已经流出来啦！"

向望鹤回答女儿说："雨鹭，这就是土家族人的血性，土家民族的精魂所在哟！"

聆听老年覃天石极其慷慨悲壮的演唱，向望鹤觉得，当年那个虽然瘦骨嶙峋但每一根骨头都仿佛钢铸铁浇般的青年歌手覃天石的形象，又飞快扑腾到他记忆的屏幕里——

（5）

当年，青年覃天石第一次走进向望鹤居住的"知青小屋"，是在郑仁刚请长假回城后一个暴雨如注的早晨。雨声淅沥，窗纸呼啸，向望鹤知道像这样的天气，场里一般都不会出工，于是蒙蒙眬眬地睡了一个"回笼觉"。

好梦正酣，厢房外面忽然传来笃笃笃的叩门声。

向望鹤披衣起床，他拉开门，门外站着樊小杉与他的未婚姐夫覃天石。

覃天石戴着斗笠，披着棕片蓑衣，尽管他高高捋起袖口与裤管，但浑身仍没剩下几处干爽的地方。向望鹤将两人让进屋子，亲切地问："覃大哥，你来看望丁婶和樊姐，怎么会走错了门呢？她们住在上首的三间正屋啊。"

樊小杉抢着回答："天石哥早上专门约我来看你，他说他有重要事情同你商量呢！"

两人围着桌子坐下。向望鹤从板壁上取下一条干毛巾递给覃天石，示意他擦擦湿漉漉的脸庞和臂膀。

覃天石擦完手脸还回毛巾，慢悠悠地开腔："我知道望鹤兄弟写得一手好钢笔字，最近场里的活路不是太忙，我想能不能与你搞一个文化合作。"

"文化合作？"向望鹤颇有兴致，"你说说，怎么个合作法？"

"是这样的，咱山区农村的男男女女大都喜欢山民歌，口头传唱的内容特别多，就是很少留下歌本。我想我们能不能手抄笔录，将一些传统的歌词抄录下来，传承下去。"

"那肯定是好事情，我当然乐于合作呀！"向望鹤高兴地回答。

覃天石笑容满面，从背后的布口袋里掏出一摞用油纸裹得紧紧的方格子稿纸，说："我就知道你不会推辞的，东西都带来了。你说什么时候开张，就什么时候开张。"

向望鹤打开稿纸翻了翻，都是空白的。就问："底本呢？"

覃天石笑得更响，他用右手掌拍拍自己的后脑勺："底本嘛，大多装在我的这个里面呢！"

向望鹤很快明白过来，他们的合作，就是一个口述，一个笔录，歌本都在歌王覃天石记忆的屏幕里。

就是从那个多雨的早晨发端，向望鹤与覃天石的文化合作紧锣密鼓地进行着。耿耿长夜，绵绵雨天，两人或对坐在光影绰绰的油灯下，或倚靠着雨丝飘飞的窗台内，覃天石不时轻轻吟诵，不时小声哼唱，向望鹤则将他的声音快速转化成龙飞凤舞的文字。于是，一段一段柔情蜜意的"竹枝词""五句子"，一首一首述说武陵土家人族群起源与迁徙辗转历程的长篇叙事歌，一曲一曲酣畅淋漓唱白夹杂衬词优美的《摆手歌》《哭嫁歌》《上梁歌》《采茶歌》《薅草歌》《丧鼓歌》《渔歌》《夯歌》《牧歌》《情歌》以及《穿山号子》《石工号子》《船工号子》《纤夫号子》等，清泉一般源源不断流泻到白花花的稿纸上，同时也清清亮亮地注进了向望鹤的脑海里。

不到一个月，厚厚的二十多本稿纸就全部抄满了，向望鹤在樊小米手中借来针线，将它们分门别类地装订起来，并且包上封皮，题写辑名。于是，他的"知青小屋"内，除了常用的书报，除了一摞"风雨年华"的日记，又增加了一大摞鄂西南土家人传统的手抄民歌集。

千潭万水走过了，

千山万岭走过了，

攀岩翻坎的地方走过了，

鲤鱼标滩的地方走过了，

螃蟹爬的地方走过了，

麂子跑的地方走过了，

猴子跳的地方走过了，

走到深潭边路也不通了，

舍巴公公上船来，

舍巴婆婆上船来……


那是《摆手歌》第二段中《迁徙记》的句子。覃天石借助民歌口述土家族先民的历历往事，往往会情不自禁地站起来，背倚柱子或窗框击节而歌。他指掌如簧，目光如炬，仿佛古代巴人迁徙又定居、定居又迁徙、栉风沐雨寻找生存"乐土"的求索场面就在眼前，无数麻衣草履的男女胼手胝足、披荆斩棘，亦步亦趋地走进他重叠复沓的歌声里，再走进知青兄弟向望鹤奔走跳跃的文字里，由此深深地感染着在社会底层苦撑苦熬的两个年轻人。民族的、地域的传统文化种子，就这样在这空间狭小的"知青小屋"内潜滋暗长，两人有充分的理由相信，世代传承的攀登号子、人格礼赞，必将通过他们的记录整理，演绎成普通劳动者博大精深的生命进行曲，灵魂交响乐！


……

太阳出来了，太阳又落了。

树叶又绿了，树叶又落了。

草鞋穿烂了九十九双，

拐杖拄断了九十九根。

过了九十九道河，

爬了九十九道坡，

砍了九十九根树，

搭起九十九个棚，

射翻九十九头青麂子，

烧起九十九堆火，

"比兹卡"从此有了生儿育女的草窝窝……


到后来，向望鹤不仅只限于充当手抄笔录的角色，起笔落笔的间隙，他也不知不觉加入到覃天石的演唱活动中。尽管他与覃天石比较起来，多少显得有些喉咙沙哑，五音不全，并且常常跑调，但他觉得自己唱歌不是用嘴巴在唱，而是用情不自禁的欢笑和眼泪在唱，用内心深处的那一腔热情在唱，用灵魂在唱。远古巴人信巫术，事鬼神，能射猎，善舟楫，崇力尚武，组成部落，迁徙探险，封疆割据，篝火为营，落日为旗，景仰乐土，追赶"扶桑"……他们的物质是匮乏的，但精神是充裕的。向望鹤想，《迁徙记》所反映的也许不全是历史事实，却反映了历史的本质。祖先们开创事业的丰功伟绩与坚忍不拔的奋斗意志，通过这些歌的传承，必将永远地烛照天宇、辉耀时空！


（6）


那是 1970 年农历七月初七，恰是民间传统节日"七巧节"，弦月如弓，星光如织，向望鹤事先并没有捕捉到任何喜庆征兆，初恋的大门竟悄悄地为他拉开了一道缝隙。

也许是踏着覃天石浅吟低唱的歌声，汪若萌和樊小米两个青春少女，影子一般闪进了灯光如豆的"知青小屋"。

向望鹤惊觉地抬起头，震颤的笔尖在稿纸上重重地溅下一串墨浪："樊姐，小汪，你们走路怎么一点儿动静也没有？我我……"

"吓着了吧？就是要吓死你这个前怕狼后怕虎的胆小鬼！"樊小米发

出一阵爽朗的笑声。

向望鹤站起身来，慌乱中想找热水瓶与杯子为客人倒茶，可他仅有的两只杯子早就被自己与覃天石用上了。他只好搓着手掌，站也不是，坐也不是。

樊小米和汪若萌新奇地翻阅着那些手抄歌本，翻阅着向望鹤命名为"风雨年华"的日记，并没有顾及向望鹤的尴尬与激动。

久久，汪若萌停止翻阅，环顾四壁，但见室内除了书报稿纸笔记本之类文具，除了被褥与几宗简单的换洗衣物，的确是一无所有，清贫如洗。话语中不知是揶揄嘲讽还是发自内心的赞美："好干净的一间屋子哟，小主人公蛮可以'朝采幽兰之垂露兮，夕餐秋菊之落英'。假如那浊物从此不复回来，该有多好！"

覃天石插言："小米，小汪，你们来得正好。我与向望鹤正在干一件勾连古今的大事哩！小米你是知道的，我幼小时从父母口中学到了几百上千首的山歌民歌，但他们不幸过早地双双亡故。那些歌除了口头传唱，都没有留下歌本。几个月前，我路过这个窗子前面，不经意地看到望鹤兄弟在灯下写日记，那一手蝇头大小的钢笔字简直就是印板印的一样，字字端庄，行行整齐。我想央他抄歌，就买来几十本稿纸与他搞文化合作，我口述，他笔录。你们也看到了，我们已经装订成厚厚的几大本！"

樊小米娇嗔地在覃天石肩膀上擂了一拳，说："怪不得这一段时间别人总是取笑我，说你覃天石天天晚上鬼鬼祟祟地往我家里梭。我说怎么大门口连个鬼都没有看见呢，原来是喜'新'厌旧，另有所图呀！"

汪若萌笑了，笑得眉飞色舞，花枝乱颤。她对樊小米打趣地说："樊姐姐，你得对你这个歌王夫君盯紧点，免得他以歌为媒到处拈花惹草。"

"以歌为媒？"

覃天石咂摸着这个词语的含义，突然眼睛一亮。他看看汪若萌，又转过身子看看向望鹤，语带双关地对樊小米说："小米，我们俩倒真应该来它一场'以歌为媒'的实际行动哟！"

汪若萌一时曲解了覃天石的意思，马上将樊小米推前一步，说："樊姐姐，心想对歌就对歌，你一副金嗓子赛过刘三姐，难道还怕输给了他那个歌王不成？"

大家围坐在小桌边，各自用手掌轻轻地击打拍子，樊小米与覃天石则尽量压低声音对唱起"五句子"格式的歌儿来。

樊小米唱：

心想对歌就对歌，
憋在心里不快活。
天上有雨只管下，
小哥有话只管说，
磨磨蹭蹭干什么？

覃天石知道樊小米明白了自己话中的意思，轻轻一笑，迅速接唱：

我是山中一树梅，
借枝借丫歇画眉。
有心垒窝双双来，
无心结伴各自飞，
隔天隔地莫失悔。

向望鹤听覃天石在歌中以"梅"自喻，立刻明白了两位歌者所指何由，"梅"即"媒"也！他的脸唰地一下红了，胸腔里猛烈地敲起鼓来，就连牙关也笃笃笃地磕了几下。他将自身隐在覃天石背后的阴影里，借着灯光偷瞥一眼樊小米身边的汪若萌，却发现她往日对郑仁刚那种冷峻孤傲的表情荡然无存，火辣辣的眼睛里秋波流荡，略含羞涩。

樊小米突然抬高声音，仰头大笑。她双手搭在汪若萌的肩膀上，与她头贴着头，脸挨着脸，语气柔柔地说："小汪，轮到你开尊口啦！来一曲吧，樊姐姐为你作后盾。"

汪若萌低下头，两手抚弄着垂在胸前的长辫子，说："樊姐姐，你就饶了我吧！姐夫是个爽快人，为人为己，敢爱敢恨，你们两个歌篓子那才是棋逢对手有求必应。但另外的人只晓得傻傻乎乎吞吞吐吐地为他人作嫁衣裳，哪里解得这世上风情、歌中况味？"

覃天石在灯影下悄悄地捏一捏向望鹤的左胯，意思分明是"有戏，就看你的了，你就是那个'另外的人'"。

向望鹤壮了壮胆，两眼直视桌子对面的汪若萌，果断地说："小汪，就把你心里的歌尽情地唱出来吧，我向望鹤来者不拒，洗耳恭听。"

汪若萌与樊小米相视一笑，果然噌地一下站起身来，将长辫子潇洒地往肩后一甩，脸上油然而生一抹幸福的红晕，说："唱就唱，本姑娘还从来没有像今晚这样开心过！向望鹤，你先开腔！"

向望鹤与汪若萌对唱了鄂西南地区妇孺皆知的那曲《六口茶》。

《六口茶》最末的一问一答是：

**男问：**

喝你六口茶呀，

问你一句话，

眼前这个妹子舍今年有多大？

**女答：**

喝茶就喝茶呀，

哪来这多话，

眼前这个妹子舍今年我一十八。

木格窗子外面的世界，月色斑斓，花影婆娑，山风呢喃。

小小陋室，方寸之内，哪里负载得下这人世间无与伦比的柔情蜜意、风花雪月呢？

# 第五章　风波迭起，萌语鹤声成黑书

## （1）

2011 年仲春时节，向望鹤等一行文化专家在难留城考察巴文化遗址，共用了三天的时间，可谓名副其实地走马观花。

所谓"疑似赤穴"或"疑似黑穴"，均未对远远近近的来客持"豁然洞开"的欢迎态度，仅在众人目光的搜求下"犹抱琵琶半遮面"，亮一方洞口乃至洞口的一角昭示于人，其深邃的内蕴更使人觉得神秘兮兮，难以穷尽。被称为"石码子"的山间坝子，分明是被自然魔力碾压、冲撞与掩埋得零碎散乱、一塌糊涂的一桩历史谜案，空给人留下几多惆怅、几多叹惋。

接下来两天的考察，老少不等的队员们还踏访过五峰攒立、恍若巨钟倒扣形态的五兄弟峰（"五攒""钟立"，莫名其妙地与"武落""钟离"谐音），远望如穴状、近观则似穴非穴的大崖屋、磨盘顶，峡洞缀连、溪瀑相串也间有竹树成荫、碧潭如镜的高爵溪，碎石堆垒、灌木丛生、青苔密布、看上去数百年前就已经毁弃了的巴王庙……当然，更多的时间，客人们是在领略山民精彩的民歌民舞以及民间吹打器乐，听取老人们绵绵无尽的方言土语和谣谚传奇，欣赏林场巨树笋立、绿荫无边的天然林和人工林，察看垄沟相间、叶绿如染的苗圃和药圃，或到村街瓦舍、竹楼砖房的屋檐下，坐着木椅或竹椅与朴实健谈的主人拉家常，细品他们递过来的一盏盏色香味俱佳的暖人肺腑、提人精神的清明早茶。

难留城的春夜，林影深沉，花香馥郁，空气格外清新。茶余饭后，考察队一行人坐在林场场部门前的坝子里休息闲谈。

向雨鹭笑问死死抠住"证据"不放的考古学家冉老先生："冉教授，各路专家们考察来考察去，这难留城究竟是不是廪君巴务相称君与遗弃了的武落钟离山？看来就等您老人家发话啦！"

冉老摸一摸自己的满头银发，举起右手将拇指与食指尽量叉开，回答得十分干脆："小姑娘，老伯伯送你八个字，'事既鸿古，难为明征'。"

向望鹤父女知道这八个字取自《水经注·夷水》一章，看来，古也罢，今也罢，这世上的疑问，总是大大地多于答案。向望鹤想，无解，算不算得上是"解"的一种特殊形式呢？

向雨鹭没有翻根刨底地追问下去，她只是举起相机，将冉老用掌指叉成倒"八"字的回答姿态"咔嚓"一下形成定格。

向望鹤风趣地问："雨鹭，你的相机，是不是装下了整座难留城？"

向雨鹭用另一只手托起脖子上挂着的一只方形牛皮袋对父亲亮了亮，神秘地眨动着眼睛说："我不光用相机装上难留城外在的山水形态，我还利用这台宝贝，装下了这里好多好多精神层面上的东西哩！譬如说，历代山人的悲欢离合，历代山人的爱与恨、生与死、苦与乐。爸，恕我自作主张，暗度陈仓，我也用它装下了关于您当年的若干悲悲喜喜的故事，有我先前听说过的故事，和我先前包括我妈妈生前都没有听说过的故事！"

向望鹤心头微微一震：他知道那牛皮袋里，是一台随时随地均可以录入文字与编辑文本的微型电脑。怪不得几天以来，这孩子除了随队参观，还马不停蹄地四处采访，与人座谈，难道她经历过此番行程后，真打算移花接木，洗旧翻新，打磨出一部跌宕起伏悲风飒飒的鸿篇巨制来？三天时间的访谈，她究竟采访到了我当年一些什么样的故事呢？

（2）

向雨鹭是向望鹤与姻妻沈秋月唯一的孩子，出生于1987年，名副其实的"80后"。

1971年10月，向望鹤的父亲在砖场劳动中遭遇一场车祸。为了掩护公路站牌下数十名候车的路人，他奋不顾身用推运砖头的手推车阻挡住眼看就要倾覆的大卡车。结果是路人获救了，他自己却惨死在沉重的车轮之下！

父亲去世后，向望鹤接到母亲的加急电报，迅速从巫南县城顺江东下回到武汉。推开家门，他仅仅看到臂缠黑纱的母亲一脸哀容，仅仅看到父亲的遗像在镜框里注视着自己的那一脸忧郁和从容。父亲用自己的一腔热血，为儿子返城、母子团聚以及儿子代替自己进厂上班创造了机会。

进工厂上班后，他成了一名终日用铁笔刻写蜡纸、用滚筒油印机印制简报的宣传干事，向望鹤无缘再返回他下乡插队的那个难留城林场。由于路远天高，音讯难通，在久久的渴盼与等待之后，他终于满怀负疚之情的熬煎，结束了他在乡村里的那场轰轰烈烈的爱情。

1975年9月，不再被人视为"狗崽子"的向望鹤，经工厂提名推荐上了本市的一所大学，成为那年头炙手可热的工农兵学员。

1978年，全国恢复高考，向望鹤以优异成绩再次跨入校门，进入到一所位于首都北京的名牌大学。四年后出国深造，在开满樱花的那个岛国先后获得硕士学位、博士学位。但回国任教后，他仍然固执地选择民族学与人类学专业，醉心于自己国家和民族博大精深的传统文化。体弱多病的母亲，则在他第二次上大学的最后一年里，因患淋巴癌医治无效，怀着半是遗憾半是慰藉的心情离开人世，去追随她在天国等待了将近十年的丈夫。

1985 年春，时已三十五岁的向望鹤晚婚，与同校任教的青年讲师沈秋月结为夫妇。那时，他对于古今中外浩浩书海里极尽神化与赞美的所谓爱情早已心如古井，只不过觉得结婚居家过日子，与人饿了要吃饭、困了要睡觉一样，是生命延续过程中必须要做的一门功课。不过，结婚以后，文静、秀颀与朝朝暮暮戴着一副深度近视眼镜的沈秋月，除了执教她的教育学、心理学课程外，仍然使丈夫享受到了家的温馨，获得了爱的结晶。1987 年 9 月，女儿向雨鹭哇哇哭叫着来到他们的居室报到。从此，向望鹤拥有了一个中国社会最为普通、最为司空见惯的细胞——三口之家。

　　四十而不惑，五十而知天命，六十而耳顺……向望鹤挈妇将雏慢慢变老，女儿向雨鹭也通过小学、中学、大学的道道门槛，渐渐出落得花枝招展、风华正茂。但令人痛心遗憾的是，文静的沈秋月与他在教书育人的生命里程上竟未能结伴终老。2007 年，年仅四十八岁的她因突患脑溢血不治身亡，向望鹤父女悲痛欲绝。从此，老教授只好独力支撑着自己的家庭与事业，全力支持女儿修完学业并踏上工作岗位。

　　这次游历施州市，踏访难留城，向望鹤突然感觉到：女儿的确不再是妻子生前的掌上明珠，也不再是需要他时时关照的弱者，她早就成了一个有思想、有抱负、有着独特个性的实实在在的人生拓荒者，成了一个做着文学梦而且试图指点江山、激扬文字、到中流击水浪遏飞舟的人类灵魂的工程师。

　　先后两次恋爱并谈婚论嫁而年老后却孑然一身的向望鹤，深知自己这样的人一半是天使，一半是魔鬼。穿越过滚滚红尘，广交过芸芸众生，自有若干负疚需要忏悔、若干罪愆需要超度。既然如此，他还有什么恩怨是非不敢昭示于人呢？还有什么心中的块垒需要独自吞咽和隐瞒呢？何况这个生命与灵魂的审判者不是别人，而是自己的骨肉，自己亲亲的女儿！

（3）

　　也许是由于身临其境，老年向望鹤的思绪，再度回到四十多年前的插队生涯——

　　70年代第一春的那个"七巧"之夜，在难留城林场不到16个平方米的"知青小屋"，覃天石、樊小米以歌为媒牵红线、搭鹊桥，很顺利地促成向望鹤与汪若萌两个人的恋情瓜熟蒂落、水到渠成。

　　尽管在此后一个多月的时间里，双方由于紧张的集体劳动，由于一旦表明爱的心迹反觉得常来常往多有不便，所以汪若萌未上难留城，向望鹤也没有前往双峰镇，但彼此间的书信往来却几乎日日不断。每当一身绿色衣裤的邮递员罗二愣来到林场场部的傍晚，向望鹤都会送去一只贴上邮票的信封，再换回一只既有邮票并且加盖了邮戳的信封。邮票，邮戳，信封，将三十多公里悠长险峻的山路折叠在方寸之内，并烙下鲜明的印记，为两颗滚烫的爱心不断升温，使之几乎达到了难分难解、熊熊燃烧的地步。他们的信，其实写得特别简短，常常是一篇百字短文或数行新诗，字里行间交流着对待天地自然与社会人生的种种看法，倾诉着青春期难以忍受的焦灼和寂寞，包容着对于理想、对于爱情沉甸甸的隐忧与期冀。向望鹤这一时期的日记与书信往往是同样的内容。日记里，每行日期的下面，分别工工整整地抄誊着两段文字，一段名叫"萌之语"，另一段名叫"鹤之声"。因此，日记"风雨年华（八）"与"风雨年华（九）"的每一页，均浸透了爱的汁液，迸射着爱的火花。

　　譬如：

　　1970年8月14日　星期五　晴

　　萌之语——你还是我第一次见到你时的那个你：忧郁、腼腆、寡言少语。但我从你热热的眼神里读懂了心的真诚、爱的单纯。即使荒唐到为人作嫁，也无不凸显出你骨子里的友好善良；我则寡欢而多愁，常会出语辛辣，凌厉逼人。你真能接受我这一丛满是尖刺的红玫瑰吗？

　　鹤之声——你曾经是我不敢抬头仰视的一尊高傲的女神的雕像，是我站在山脊遥望远天默默追索着的一朵飘然出岫的青云。自从那天晚上，你踏着覃兄与樊姐的"五句子"歌声梦一般飘逸到我的身边，我才发觉世界是这样明丽多彩，爱情是这样浪漫温馨！亲爱的，我不仅沉醉于你的芳香，而且钟情于你的尖刺！

1970 年 8 月 18 日　星期二　多云

萌之语——如果我是女神，我才懒得困守那片只有盐井和渔网的盐阳呢！用不着七天七夜，我就会主动扑向你的那只秋叶般飘浮着的土船，扑向你脚下的黑暗和你身后的险滩。真爱若在，死又何惜？任你用穿飞的弩箭扎瞎我的双眼，任你用锋利的剑尖洞穿我的胸膛！

鹤之声——萌，亲爱的萌：千万别用"死""扎瞎""洞穿"之类的恐怖字眼描述我们的爱情！尽管这世途诱惑种种，迷途难返，尽管这人生面临着孤独的折磨、抉择的艰难，但如果我是廪君，要什么王威赫赫？要什么千古霸业？我深信，只有与至诚至美的爱情结伴，生命才能够地久而天长！

1970 年 8 月 31 日　星期一　小雨

萌之语——近闻父言，风波又起：工作组入户，贫宣队显威，反封资修，批"黑八类"。你与覃哥口述笔录的那些歌本包括你的日记切需稳妥收存，万不可轻易示于他人。

鹤之声——近已装订《清江五句子》《摆手歌》《哭嫁歌》《丧鼓歌》数辑，拟请覃哥另辟藏书之所。樊姐、覃哥根红苗正，不似我因蒙有"狗崽子"之辱时时担惊受怕。鹤自当慎言慎行，但请宽心！

1970 年 9 月 3 日　星期四　小雨

萌之语——近读《九歌·山鬼》，感同临水自照。我觉得我就是那个"思公子兮徒离忧"的山鬼！不，我是既无赤豹又无文狸、独行在"东风飘兮神灵雨"中的山鬼！中秋前后，能否来我双峰镇旁女儿寨走走？想你，想你，想你……

鹤之声——读信之日，恰录得覃哥描写相思内容的"五句子"民歌一首："这山望到那山高，望到那山的好葡萄。望到葡萄摘不到手，望到姐儿拢不到身，把郎欠成相思病！"我的葡萄，我的山鬼哟，中秋前后，当伺机前往女儿寨采摘葡萄，拜谒山鬼，解我干渴，医我重疾，刻不容缓！想你，想你，想你……

1970 年的中秋节，秋雨淅沥，洪水泛滥。

上午，向望鹤参加林场的护林抢险，将自己浸泡在数尺深的积水里，抢镐铲土，搬石垒堰，苦苦鏖战了四个多小时。下午一时许，雨小多了，洪水循规蹈矩入溪入涧，抢险劳动告一段落，向望鹤才吞吞吐吐地向老场长告假，要求到双峰镇购买一些学习生活用品。老场长汪启润念他在抢险中冲锋陷阵表现过人，不仅特批了他的事假，还额外准许他补休两日，也好来去从容，停停当当地办好采购事宜。

向望鹤兴奋得完全忘记了疲劳，他回到"知青小屋"，从木箱中取出所有的积蓄共三十多元，带上雨伞和电筒，锁门出屋，又到间壁屋子里给在家借助一方磨石磨锄头的樊小杉打了一声招呼，随即大步流星地踏上山路，向着双峰镇方向一路小跑。

山路太险，蛇一般蜿蜒盘旋，楼梯一般直上直下，等到向望鹤两腿木木地踏上双峰镇紧傍清江河道的石板街，已是家家户户燃起煤油灯的夜晚。虽然是中秋节，但云层厚重，雨意较浓，看不到那轮满月，空有一腔对于皎皎月华的幻象。向望鹤知道，汪若萌的家在清江对岸的女儿寨，渡船过河后，还得穿过几段沙坝与石滩，贴着清江南岸穿林越涧走上三华里。加上她毕竟还是父母掌上一小丫，父亲在林场任职很少回来，她与母亲独守农家相依为命，如果夜半造访，显然过于唐突。于是，向望鹤只好在镇子上寻一家小小的旅店住下来，吃点便餐，冲个凉水澡，躺在冷冷的被窝里揉搓着红肿的双脚并默数着自己的心跳，苦苦等候来日东方破晓。

天亮了，向望鹤走上街头，寻思买一点什么样的东西作为爱情的信物。每一家店铺他都转了转，衣袋里的手将三十多元纸钞攥得汗涔涔的，也没有拿定主意。那年头，商品奇缺，乡镇门市除油盐酱醋火柴肥皂竹篾器具锄头镰刀之类物品外，所有布料针织品均要布票，所有食品均要粮票。书店里，除家家均摆在店内正中央的《毛主席语录》《毛泽东选集》外，只有几本鲁迅的小册子和所谓样板戏的剧本。直到日上三竿，实在是不能再磨蹭下去，向望鹤才花上二元多钱买了鲁迅的《呐喊》《彷徨》《故事新编》和《野草》，花了十五元钱买一只编织得特别精细的并用油漆彩绘了的竹背篓。他买那只背篓，是无意间看到赶集的女人们差不多人人背着它。方底、圆口、细腰、彩绘的竹篾，柔韧牢实的背篓系，用它既可以装运各种用品，也可以背放哺乳期的婴儿。最后，他还在一家水果摊前买下六斤红苹果、三斤雪梨和一袋花花绿绿的水果糖，那是他特意给汪若萌的母亲准备的礼物。

（4）

十五的月亮十六圆，但十六同样是一个阴晦的雨天，不过，在向望鹤眼里，丝毫没有"秋风秋雨愁煞人"的味道。他背着竹背篓乘船过江，兴冲冲地踏上清江南岸的沙洲，再顺一条穿林走棘的小路跨溪越涧，走向满眼均是丹霞石壁的女儿寨。

向望鹤贴着江岸登上一道垭口，但见石板小路尽头有一座古老的石拱桥，桥的那头，一株绿叶丛中开满了粉黄色花束的桂花树的冠盖之下，汪若萌早已亭亭玉立地站在那里。

汪若萌虽然白衣蓝裤，素面朝天，却偏是轻云蔽月，流风回雪，一头乌发蝉鬓反衬着延颈秀项，两眼似嗔似怨偏又是明目流盼，手里还徐徐转动着一只用桂花树枝条编织而成的花环。八月桂花的异香扑鼻而来，眼角有些潮润的向望鹤突然产生一种飘飘欲仙的感觉。

"若有人兮山之阿，被薜荔兮带女萝。既含睇兮又宜笑，子慕予兮善窈窕……"《九歌·山鬼》里的句子霍然跃入向望鹤的脑际。是的，她，就是"折芳馨兮遗所思"的山鬼，就是在阴晦天气渴盼所爱之人迟迟不来而抚膺悲歌的山鬼，尽管一对黝黑辫子盘在脑后没有任何光鲜的发饰，尽管稍显土气的府绸衬衫与棉布长裤紧紧环拥着她线条柔美的身子，尽管她脸上淡定得几乎看不出一丁点儿神采飞扬的痕迹。

"你毕竟还是来了？"汪若萌叹息一声，脸上泛起一抹红晕。

"我这不是来了吗？"同样羞红了脸的向望鹤多少有些语无伦次。

初来乍到，他们打招呼的话格外平实简洁，骤一见面，更谈不上握手拥抱之类不合时宜的表示，但两个人都清晰地感受到彼此间心的狂跳，血的潮涌。

"回屋去吧，饭已做好，我妈妈焦急地等着你哩！"说着，汪若萌趁向望鹤不备，调皮地将那只桂树枝条的花环套在他的脖子上。

小木屋掩映在清江幽谷深处的一片竹树丛里，一式四间，木壁瓦顶，炊烟袅袅，房前屋后洁净素雅得几乎纤尘不染。跨进堂屋，一张小方桌上已经烧起一只火锅，摆上几盘菜肴，烟熏腊肉、炕洋芋、豆腐脑和稻米饭的香味缕缕蒸腾。汪若萌的母亲许淑珍一边撩起围裙擦拭双手，一边笑着说："小向，若萌晓得你昨天就上街了的。总等不来，她把清江边上的那个垭口都望矮了一大截呢！"

"大婶您好！我在街上转了一会儿，有些事情要办。害得您和小汪久等了。"向望鹤边答话，边让汪若萌接下他身后的竹背篓。

洗罢手脸，三人围桌吃饭。向望鹤见母女二人争先恐后地为他夹菜添饭，大概是由于激动，手与脚竟然变得笨戳戳的，脸和脖窝则仿佛酒醉一般地红得发紫。

许淑珍说话的语气充满了怜爱："小向到底是大都市里来的孩子，这么细皮嫩肉，文质彬彬。离开爹妈上千里的路程，一年四季在若萌她爸的那个场子里日晒雨淋，不容易呀。以后多来家里走走，你大婶也好代替你爹你妈疼疼你！"

饭后，向望鹤拎出水果等物递给许淑珍，说："大婶，这是望鹤捎给您老人家的一点心意。"

许淑珍执意要向望鹤将水果带回场里自己慢慢食用，说："知青娃子遭孽得很，哪里来的钱买礼品？若萌，你把东西给小向再装进背篓里去。"

汪若萌说："妈，人家背来了，您还要他背回去，也太不近情理了。我看还是下不为例吧！"

向望鹤望着母女俩，嗫嚅着说："大婶，小汪，这背篓也是我新买的。我看见镇上不少的女孩子都背着它，就……"

他将背篓递给汪若萌，说："这里还有几本书，你喜欢不？"

汪若萌兴高采烈地接过背篓左看右看，又取出那几本书翻了翻，说："喜欢，你买的东西我都喜欢！"

向望鹤偷眼瞥了瞥大婶，见她脸上没有一丝嗔怪，反而堆满了欣喜，这才如释重负地舒出一口长气。

白天，向望鹤与汪若萌一同割草担水，淘米洗菜，谈书论诗，还顺着来时的石板小路喜滋滋走到清江边的浅水滩上网了一会儿小土鱼。他几乎忘记除了这清江幽谷竹木深处和平宁静的小屋外，天底下还有些什么所在。

当天晚上，向望鹤独自躺在汪若萌家一间整洁素静的阁楼里，嗅窗外桂香，听清江潮鸣，看月亮从瓦隙筛到衾被与床柜上的点点光斑，久久不能入睡。山野农家的情与爱，和喧嚣市井相比，和学府书斋相比，显得特别含蓄温馨、朴素自然，充溢着一股潮润清新的草叶气息。

次日早饭后，向望鹤告别大婶踏上归途，许淑珍将一袋洗净切好的腊肉片和一小坛腌菜塞给他，向望鹤只好接受。

汪若萌说："走吧，我送你一程。"

两个人肩并着肩，走得慢吞吞，却似乎无话可说。也许天底下的口语并不适合谈情说爱，恋爱应该是书面语的专利。走过那棵香味飘飘的桂花树，两人不约而同抬头做着深呼吸，恨不能让花的芳香一股脑儿沁入骨髓里；走过竹丛深处古老的石拱桥，两人很自然地收住脚步低头看水，企望朵朵漩涡与白浪急速翻卷着奔流到他们的血管里。

许久许久，汪若萌才与向望鹤深情对视，说："你送给我一只花背篓，我给你送点什么才好呢？"

向望鹤思索了一会儿，说："我觉得，你自己和我自己，才是送给对方的最好的礼物。你送的礼物，我在心灵深处早就领受了！"

汪若萌点点头："也是，任何物品都是有价的，只有真正的爱情无价。这样吧，我送你一条皮带，我要让它当我没在你身边的时候，代替我拴住你、守护你！"

正说着话，汪若萌果然从身后的小包里拿出一条崭新的皮带。结实耐磨的黄牛皮，光灿灿的铜环，白亮亮的气眼扣。

向望鹤伸手去接，汪若萌身子一偏，固执地说："不，我要亲手用它拴住你！"

汪若萌抢下向望鹤手里的袋子搁在桥墩上，灵活地散开皮带，从身后束住向望鹤的腰肢，然后拧着皮带将他旋转半周，两人正好面对面地紧贴在一起。她让皮带头在向望鹤的前胸穿进铜环，仍然不离不弃，竟以迅雷不及掩耳的速度猛地勾住向望鹤的脖子，用冰凉的芳唇雨点般地在他额上、脸上、嘴上和两只眼睛上狂吻起来，丰满而微微颤动着的胸脯电流一样麻醉了向望鹤的全身……向望鹤两手不由自主地揽住她盈盈一握的腰肢，浑身火烧火燎，战栗不已，女性身体那种凝脂般的温馨令他迷醉得几乎就要昏晕过去……

"萌，我爱你，爱你爱你爱你……"

汪若萌泪如泉涌，伏在向望鹤的怀里喃喃地说："鹤，我是个脆弱的女孩，我只能凭自己朦胧的感觉寻求着我的所爱。那次在木排上第一次接近你，我就鬼使神差，一见钟情，没有任何理由……我想我是不是坏透了？要死了？你……你为什么要冷落我那么长的时间呢？"

"我也一样，萌，我也一样啊！与你相比，我只是胆小怕事，自惭形秽。从今往后，就是雷打火劈、海枯石烂，我也不会离开你的！"

向望鹤勇敢地回吻着她，贪婪地吞咽着她苦涩的泪水。

"鹤，你送给我的竹背篓，我会经常背着它的。无论你走到天涯海角，我都会紧紧将它扣在我的背上，让它支撑着我走完生命的路，一直走到我完全失去记忆的那一天……"

"萌，别说那种不吉利的话。就让那棵芳香盈野的桂花树作证，让这条明明白白的小溪和小拱桥作证，让长流不断的清江作证：你我之爱，定能天长地久，万古长青！"

在一个不谈爱情的年月，这女儿寨的深山、碧溪、古桥、高树，以及不远处那一脉万古清江，却定格了一对爱的身影：两个人久久地拥抱在一起，泪飞顿作倾盆雨！

（5）

那天，向望鹤离开双峰镇，山一程水一程地回到难留城林场，天已经完全黑了下来，远山近寨，家家户户的窗洞里，均闪亮出昏黄而柔和的煤油灯光。

走到距"知青小屋"百步开外的石板路上，向望鹤惊呆了：他突然发现他那间小屋的窗洞内，也莫名其妙地点上了一盏晃悠着橘黄色光晕的煤油灯！

这间小屋的门锁只有两把钥匙，一把挂在自己的腰上，另一把握在郑仁刚的手里。很显然，是那位离开小屋已经好几个月的郑仁刚回来了。

向望鹤紧走慢走，登上镀满月光的阶石，渐渐靠近"知青小屋"的木板门。摸摸门扣，却发现那把门锁仍然结结实实地锁在上面。

他疑惑地打开锁，推门进屋，只见屋子里一灯如豆，阴影浓重。郑仁刚的床铺上堆放着几个鼓鼓囊囊的行李包，两人共用的桌上与周边的椅子上，则乱七八糟丢放着自己的手抄歌本与题名为"风雨年华"的日记本。向望鹤清醒地意识到，郑仁刚不仅回到了"知青小屋"，而且翻看了自己的那些歌本与日记。刹那间，一种不祥的感觉很快如流水一般漫上了他的心叶。因为最近一段时间的日记，差不多每一页都记录着自己与汪若萌之间的情与爱，一则一则的"萌之语""鹤之声"，足以让郑仁刚那位对倩女汪若萌苦追不得的失恋者怒火中烧，暴跳如雷。

他与他共处一室一年有余，名副其实地同吃同住同劳动，两人间也曾忧乐与共，志趣互励，推心置腹差不多达到毫无保留的地步。现在，会不会因为那些日记一夜之间反目成仇呢？会不会因为所爱之人属于同一对象而由好朋友突然变成针锋相对的情敌呢？其实，向望鹤在心头堆叠这些疑问的同时，答案就已经亦步亦趋昭然若揭了。假如郑仁刚没有翻看到那些日记，假如郑仁刚看了歌本与日记后仍然心平气和，肯定会一册一册原样叠放，怎么会将它们像扔垃圾一样扔得满桌满椅都是呢？

夜已深沉，素月高悬，室内清冷异常，向望鹤不知道回屋不久的郑仁刚又跑到哪儿去了。他放下手里盛放着腊肉与咸菜坛的袋子，将桌上和椅子上散乱的歌本与日记本重新叠放得整整齐齐，决定到室外去找郑仁刚，准备苦口婆心地向他解释近一段时间里所发生的一切。他想，毕竟两人萌生爱情的时间段并不相同，一时窝火吃醋尚能理解，长期寻仇觅恨则大可不必。

挂锁出屋，向望鹤踏着一缕一缕素淡的月光和参差树丛投下的道道阴影，顺山根小径边走边茫然四顾。走不多时，他果然瞅见光影绰绰的夜幕下，身躯矮小而身板结实的郑仁刚独自一人在田埂上晃荡着，在月光下叹息着。

向望鹤轻轻地叫了一声："郑仁刚，你回来多长时间啦？"

郑仁刚愣神呆望着向望鹤，久久没有出声。

突然，他攥紧双拳恶狠狠地朝着十步开外的向望鹤扑了上来，淡淡的月光里，仍可见愤怒与羞辱交织的火焰烧得他脸色充血，双眼环睁。但愣怔了一会之后，他又转过身去哇哇大叫，扬起那对拳头猛地砸向一株千年古树瘢痕累累的腰身，可那古树上密匝匝的枝叶却纹丝不动。

"时候不早了，回屋去吧！有话我们俩可以慢慢聊。"向望鹤尽量用亲切而平静的语气说。

"向望鹤，我郑仁刚实在是苕得像头猪一样，怎么会让你为我牵线搭桥当红娘？怎么会糊里糊涂给你提供机会让开路？这下子，你该满足了吧？你怎么不笑我痴、笑我蠢、笑话我被人吃进肚肠屙出来还以为是走了一段夜路呢？你装什么天真？你装什么友善？我郑仁刚恨不得一拳头砸得你鼻子开花！……呜呜……"

话未说完，郑仁刚竟然一屁股跌坐在树根上，鬼哭狼嚎般地声声哀鸣。

"不是的，不是你想象的那样，你听我解释。"

"我不听我不听，我就是不听！"郑仁刚几乎歇斯底里地咆哮。

向望鹤怦然心惊，他更强烈地觉察到，爱这东西的确是一口双刃剑，虽然甜甜蜜蜜，可令人如痴如醉，却也锋芒毕露，能使人肝肠寸断！我向望鹤堂堂正正地求其所爱，究竟是正确还是错误，这世界上有谁能告诉我呢？爱与不爱，即使用尽这世上的语言，情窦初开的向望鹤，又怎能阐释得明明白白？

山里的夜，蓦然间昏黑下来。一堆乌云酷似一头巨兽，张开大嘴将月亮一股脑儿地吞进了它的辘辘饥肠。

自从那天晚上两人月下重逢之后，向望鹤与郑仁刚从前围着一盏孤灯谈天说地倾心吐胆的情形再也无从复现。郑仁刚每天早早出门，迟迟归来，除了给这间小屋播撒若干辗转反侧的叹息声与难以卒听的鼾睡声、惊梦声外，他与同屋居住的向望鹤几乎形同陌路。夜深人静时分，向望鹤也曾主动地向他表示歉意，希望能就他离开后的日子里所发生的一切做些说明，但冷若冰霜的郑仁刚不是闭目塞听，就是跳起身来，愤愤然地搡门出屋。

邮差照常送来一封一封令人耳热心跳的"萌之语"，向望鹤也千方百计寻找时间与空间独撰他的"鹤之声"。"风雨年华"的日记已经写完了9个厚厚的日记本，他与汪若萌的鸿雁传书之举借助绿色通道日日来去，似乎雷劈火烧也无法使之间断。读信，写信，以及将信转抄到日记本上，向望鹤尽量小心翼翼地躲避着郑仁刚，其内心深处绝不是出于恐惧，而是为了避免雪上加霜地伤害他。

郑仁刚回来后，覃天石自然不再频繁地出入"知青小屋"，口述笔录整理歌本的工作早就告一段落。向望鹤思前想后，终于在郑仁刚独自深睡的一个夜晚，将装订好的一大摞歌本塞进行李包，匆匆忙忙地送到覃天石的家中。两人将歌本收藏在覃天石家一口大木柜里，上面还堆放着若干衣服与被单。

大约在农历十月上旬，郑仁刚终于不声不响地搬走了他的所有衣物、被盖与书籍用品，迁居到场部原来供堆放杂物之用的一间空房子里去了。

他留给向望鹤的唯有一张字条，其上用铅笔潦草地写着这样几句话：

我走了，省得你总是躲躲闪闪，行事不便。

郑仁刚

## （6）

秋收打场结束以后，农活稍微放松，那年头紧锣密鼓的政治运动随即跟步而进。

路线教育工作组到"知青小屋"来查抄所谓"黑书"的那个雨天，距郑仁刚离开"知青小屋"住进场部的日子已有半个多月。

一清早，向望鹤吃过苞谷粥与青菜叶熬成的早餐，正欲披着雨衣出屋参加掏挖水渠的劳动，突然，六个五大三粗的汉子踢开房门闯了进来。向望鹤认得领路的那个卷曲着长头发的人是场里的民兵连长，名叫黄满生，他身后一对眼睛奇小而脸庞与鼻峰却生得奇大的中年人，则是驻双峰公社路线教育工作组的组长蔡福新。

屋内仅有两把木椅，来者只好坐的坐，站的站，或倚桌，或靠床，一个个威风凛凛、杀气腾腾，他们的目光在屋子的角角落落里四下逡巡，仿佛这里潜藏着诸如苏修特务之类或者安放着什么秘密电台似的。

蔡福新声色俱厉："向望鹤，念你是从武汉来的下乡知识青年，党和政府一直宽大为怀，视你为可以教育好的'黑八类'的子女。你别以为我们啥也不知道呀，你的父母都是走资派、牛鬼蛇神哩，特别是你那个顽固不化的父亲，目前仍在接受审查和劳动改造。老实说，你来到难留山林场一年多的时间里，都干过一些什么样的坏事情啊？"

向望鹤回答："我什么坏事情也没干过，就是吃饭，睡觉，天天出工参加场里的集体劳动。"

蔡福新眨巴着狡黠的小眼睛，出其不意地说："有人检举你偷偷写了一大摞'黑书'，恶毒攻击党，攻击社会主义制度，宣扬'四旧'，宣扬封建迷信。"

"无中生有！胡说八道！"

"嘿，口气挺横的呢！我看你是不见棺材不落泪。黄连长，给我满屋子里搜查一下！"

黄满生觑见桌面上只有一支钢笔和《毛主席诗词》、样板戏剧本之类书籍，遂出其不意，挤到桌前猛地拉开一只一只抽屉，又强逼向望鹤掏出钥匙打开一口大木箱的锁，七翻八翻，很轻松地翻出了九个日记本。他一把拎住向望鹤的衣领，大吼一声："说，除了这些乌七八糟的啥子'年华'，你抄写的若干本宣扬'四旧'的'黑书'都转移到哪儿去了？"

"我没有写过什么'黑书'，更不存在宣扬'四旧'，不存在什么攻击党、攻击社会主义制度的事情！"

"证据，这就是证据嘛！"

蔡福新一边胡乱地翻看着那些日记本，一边对他身边的民兵说："全部带回去逐字逐句地审查，看他在本本上都写了哪些反动话，帮他的走资派父母记下了哪些变天账！"

"这是我的日记，绝不是什么'黑书'！"向望鹤据理力争。

黄满生见向望鹤没有低头认罪的意思，野蛮地一把薅住他的头发，扬起巴掌在他的脸上扇了两个耳光，又捏紧拳头在他肩颊上重重地擂了一拳，狂吼着说："妈拉个巴子，还嘴硬！'黑八类'的日记不就是'黑书'吗？你晓不晓得我黄满生的拳头有多硬？"

向望鹤痛得龇牙咧嘴，但他强忍住不让眼泪涌流出来，只是怒视着面前这个野蛮而狠毒的打人凶手，双目喷火。

向望鹤挨了揍，转向工作组组长蔡福新，愤怒地反驳："蔡组长，事情没弄清楚，你凭什么唆使打手打人？你是不是从日记中找到了什么攻击党、攻击社会主义制度的言论？"

黄满生喝叫："谁是打手？老子专打'黑八类'。妈拉个巴子的，给我捆起来！"

几个民兵公然上前架住向望鹤的脖子拳打脚踢，意欲将他拽出小屋门外绳捆索绑。

蔡福新使了个眼色，以和事佬的口吻说："黄连长，不要动武，不要捆人！人家还是'子女'嘛，是算不上'黑八类'的，我们将这些本本统统没收就行了。回去审查以后，再根据情节轻重由工作组拿出处理意见。"

民兵们只得放手，遂将桌子上九本题名为"风雨年华"的日记打捆装袋。随后，蔡福新一行人踢开屋门，扬长而去。

向望鹤追到门外，厉声呼喊："你们还我日记！还我日记！"

秋天的谷壑与层林里，激荡起阵阵回声："日记、日记、日记……"

九本日记，负载着向望鹤多少苦辣酸甜的记忆，多少青春的梦幻，多少浪漫的心绪，多少红红火火的爱与多少刻骨铭心的疼！哪里会想到被人当作所谓"黑书"一股脑儿地没收呢？这世界到底怎么啦？他的思想无论如何也转不过弯来。

然而，到了晚上，欲哭无泪的他仍然从抽屉里拿出一叠纸片，找一把铁夹子夹好，借助着昏黄的煤油灯光，在第一页上工工整整地写上"风雨年华（十）"几个大字。

这一天日记的"鹤之声"部分是这样写的：

1970 年 11 月 29 日　星期日　雨雪交加

鹤之声——风来了，雨来了，我积年累月的 9 本日记突然横遭厄运，离我而去，但我的年华决不会零落成泥，我的爱情定将比火焰更为炽烈！亲爱的，假如我因为文字而锒铛入狱，请不要面对铁窗泪雨飘飞；我只希望听到你站在桂花树下引吭高歌，我只希望让我的心绪驾着你歌声的彩羽凌空翱翔。风雨过后，必有霓虹，你我认准的人生理想，终将向我们敞开她宽阔的胸襟！

你我深知，残秋过后，有一个寒冷而漫长的冬季。请你记住诗人雪莱的名言：如果冬天来了，春天还会远吗？

想你、想你、想你！

（7）

又过了两天，三十多名男女职工正在林场东侧一面缓坡地带垒梯田，黄满生突然带着几个民兵凶神恶煞地冲到工地上，一把架住正挥舞着大锤砸石头的覃天石，说："覃天石，我们受路线教育工作组的指令，带你这个新生的反革命分子到双峰镇接受审查。"

覃天石猛地甩开架在他身上的手臂，说："老子啥时候成了新生的反革命分子？拿出证据来！"

黄满生冷笑一声，说："覃天石，你看清楚点。你请人私抄'黑书'，宣扬'四旧'，鼓吹封建迷信，证据早就捏在老子们的手里了！"

黄满生说着，将一条鼓突的布口袋倒提起来，袋口朝下着实一抖，五大册厚厚的手抄歌本从袋口里哗哗啦啦地散落到新掘开的泥土上。

黄满生一努嘴，他身后的民兵拿出一条棕绳就要捆人。

向望鹤见状，几大步走到黄满生的跟前。他拾起地上的歌本，说："这些歌本全是我抄写的，是我趁覃大哥不注意，悄悄放在他家的柜子里的。如果说它们有问题，责任全在我一个人头上，与覃大哥有何关系？你们别找错了人。"

黄满生趁向望鹤不注意，突然抬起脚踹向他的胸窝窝，说："你这个走资派的狗崽子，还以为我们会放过你不成？"向望鹤一个趔趄，连人带书跌倒在一堆石头上。

这时，突然一声断喝："住手！我看哪个狗娘养的敢在我的工地上恃恶霸强？"

众人循声望去，只见老场长汪启润大步流星走了过来，冲黄满生说："我是场长，没有接到上级的任何通知，谁叫你抓人打人？"

黄满生强词夺理："在这场子里，你只分管生产，搞阶级斗争政治运动是我说了算！"

"放你娘的狗屁！"汪启润上前一把夺过民兵手里的绳子，猛一扬手扔到不远处的崖根底下，说，"老子一场之长啥都要管！你'黄二流'是个什么东西？也不拉泡稀屎照照！趁早滚开些，免得老子像当年在朝鲜战场上宰美国鬼子一样宰了你！"

黄满生哑口无言。

覃天石上前拉住老场长的手，说："大叔，身正不怕影子歪。既然是路线教育工作组的意思，我就走上一趟。我才不相信谁还敢把我覃天石吃了不成？"

覃天石说完，径直走下山坡。他见黄满生等人没有跟上来，回头喊道："黄满生，你几个龟孙子跟在老子的屁股后头走呀！送老子到双峰镇上接受审查呀！"

林木挤瘦的山路上，覃天石的歌声高亢激越，回音袅袅——

八字衙门我不怕，
我坐青天雷脚下。
黄龙背上打得滚，
老虎嘴里拔过牙。
心正何惧刀子杀！

# 第六章　横云断岭，曲水流觞又一村

## （1）

2011 年 4 月，巴文化学术考察队即将离开难留山林场的前一个夜晚，应覃天石、樊小米夫妇盛情相邀，向望鹤与女儿向雨鹭以及业务助手陆永真一起，成了这一对鼓王与歌后堂屋里的座上宾。

杉木柱枋与杉木板壁装修成的吊脚楼，呈一正一横式掩映在一派无比葱郁的竹树环合中。青灰色的瓦脊飞檐翘角，麻条石镶成的山墙与台阶齐齐整整，走道围栏一律雕龙画凤，挑梁桃枋无不云起云飞，大门两旁春联披彩，格子窗框剪纸鲜活。虽为仲春时节，但檐口上隔年悬挂的那一长溜一长溜的黄苞谷坨、红辣椒串、青青白白的萝卜干，仍然五色驳杂，浓艳欲滴。很显然，这些农作物的食用价值已经退居到次要位置，而是共同充当了土家庄户人一类山野生活气息的装饰品。

男女主人公虽已岁愈花甲，但精明强干，精神矍铄，多皱的脸上笑成盛开的万寿菊，热情和善的眼睛光波流荡。两人招呼客人在厢房里的沙发上落座后，立刻用硕大的瓷盘端来花生、瓜子、核桃、板栗、糖果等物置于茶几上方，并泡上了一杯一杯清香四溢的清明早茶。

胸前系着围裙的樊小米一边泡茶，一边两眼出神地看着活泼热情的向雨鹭，无比疼爱地说："这丫头长得多水灵、多机敏！天石，你瞧她这一对亮闪闪的大眼睛，你瞧瞧这就像刀劈斧削出来的鼻梁与嘴唇，分明就是他爸年轻时候蜕下的壳！可惜我家的君霞偏偏这几天到海南参观学习还没结束，不然的话，让她回来瞧瞧这个北京城里来的妹娃子，该有多好！"

"樊阿姨，覃伯伯，我爸爸经常向我念叨着你们的好呢！他说他上山下乡在这林场的两年，你们给了他多方面的关怀与帮助。如果没有覃伯伯与樊阿姨，当年那个落魄的他肯定死在这里、埋在这里了。"

向雨鹭说到这里，站起身向两位老人深深地鞠躬，接着说："我代表我爸爸感谢你们！也代表我已经不在人世的妈妈感谢你们！"

覃天石说："雨鹭哟，你不要一味地谢我们。当年，我们也使你爸受到不少的连累，吃了不少的苦头。我与你樊阿姨的婚事，与你爸多少有些牵牵连连，可以说，是他成全了我们。"

樊小米用手抚摸着向雨鹭乌黑的头发："唉，你爸爸和我被人以捉奸为罪名捆在一间屋子里度过的那个夜晚，我万万也不会想到，他日后会是一位北京城里赫赫有名的大教授！"

向雨鹭非常吃惊："什么？您和爸爸还被人捆绑过？"

覃天石拉了拉樊小米的衣角，说："小米，你先到厨房里忙活忙活，把话留在晚上慢慢地聊吧。厨房里操持着的人里，有咱们望鹤老弟的一个老相识还没过来打上一声招呼呢，你该替换人家前来见一见面才是啊！"

向望鹤陡然一惊，老相识？会是谁呢？他的脑海里再次浮现出汪若萌的影子。此时，他真希望前天晚上覃天石夫妇对自己述说的汪若萌之死只是一个噩梦。他心灵深处根深蒂固的汪若萌，还会从容地走到自己的面前与自己一道重忆旧事，尽管随着遥遥四十多年的时间汰洗，早已物是人非，缘分难再……

樊小米离开厢房不到十分钟，从厨房方向的侧门里走进来一个五十多岁的知识女性，她个头不高，脸庞圆圆的，眼角虽已布上鱼尾纹，但一对特别明亮的丹凤眼仍令向望鹤一眼就认出她是谁。

"向教授，您好！我是柳一曼。"

"小柳你好！我是向望鹤。你如今……"

"都快'奔六'了，哪里还是个'小柳'哟？我是小米姐的弟媳妇儿，我的家就在你曾经住过的'知青小屋'的那个屋场上。"

"哟，原来你后来嫁给了小杉。这么说，昨天下午，我还带着我的女儿雨鹭去过你们装修得富丽堂皇的新屋门前哩，可惜你家里没人，只有铁将军把门。"

"事后我听说过的。当时，小杉在学校里上课还没回来，我恰好在姐姐家里拉话，拉的恰好是我们当年给你和汪姐汪若萌牵线搭桥的那桩事儿……"柳一曼望一眼向雨鹭，忽觉得有些失言，欲言又止。

听到柳一曼提起汪若萌，向望鹤的脸上立刻笼起一抹阴云，他重重地叹了一口长气。

向望鹤从与柳一曼的交谈中了解到，柳一曼与樊小杉同在林场的小学校从事教师职业多年。如今，柳一曼已经退休，樊小杉仍在任教，他们的独生子在西安的一所大学攻读研究生。他们两人的结合，是在向望鹤返城以后的 1976 年。

晚餐特别丰盛，土家族的十大碗而今已变成十八盘。油茶汤、糯米酒、腊猪蹄、卤猪肚、烧羊排、粉蒸肉、腌包菜、炸豆腐、核桃仁、炒黄豆、葱花蛋汤、椿芽煎蛋、红烧清江全鱼、白米青蒿社饭……被樊小米与柳一曼变戏法似的变出满满当当的一大桌子。

向望鹤虽然盛情难却，亦同时悲从中来。他想，四十多年后的这场团聚，偏偏缺少一个特别重要的主角，叫他怎么能一醉方休？叫他怎么能尽诉衷曲？席间，尽管覃天石与专程前来陪客的樊小杉、田绪奎等极力劝饮，向望鹤终因心乱如麻，仅勉强应酬着喝了两盅苞谷烧。

席未毕，他在众人侃侃言谈中忽然长声叹息，泪流满面，覃天石和樊小米也禁不住唏嘘叹惋，黯然神伤。

（2）

向望鹤一行三人离开覃天石家返回场部时，覃天石夫妇几乎送至场部的大门边。在进场部宿舍的门前，覃天石拽着向望鹤的衣角说："望鹤，明天早上，我还会继续陪同你们前往双峰镇考察，好多话我们还有机会慢慢聊。现在，就让雨鹭和永真先回吧，你樊姐姐想有几句话要叮嘱你。"

向雨鹭和陆永真走后，在料峭的山风与灰暗的星光下，覃天石与樊小米拉着向望鹤的一双手，三个白发人相向而立，千言万语不知从何说起。

向望鹤首先开口："覃大哥，樊姐姐，你们有什么要叮咛老弟的尽管说吧，我听着呢。"

樊小米不等覃天石开言，声音颇有些颤抖地说："望鹤兄弟，从你这次回林场的第一天起，就惹发了我的一桩心事。我们夫妇有一件非常非常重要的礼物应该送还给你，你……能够接受吗？"

向望鹤一时摸不着头脑，说："我……怎么能……"

覃天石思忖片刻，他牵了牵樊小米的衣角，说："小米，你听我说。今天我们告诉他还不是时候，也不是恰当的地方。等明天后天到了双峰镇，我来安排一个时间，由你和我一起陪同望鹤老弟到野马河电站去看看汪若萌的坟，我相信望鹤兄弟当年的这份情还在。今天就什么都别提了，我们想要送给他的礼物，也应该在那里办交接。你说好不好？"

小米在夜色里点点头，忍不住两肩抽动，嘤嘤地哭出声来。

风，如泣如诉，如怨如慕。

离开覃天石与樊小米回到场部招待所的宿舍，女儿向雨鹭尚在他的房间里等候着他。

向望鹤倚窗而坐，面对台灯下用一双乌黑深邃的眼睛逼视着自己的女儿向雨鹭，他活像一个接受案情采访的监狱里的服刑人员。向望鹤容颜悲凄，表情凝重，充溢着一种强烈的忏悔之情。他在想，覃天石夫妇要送给自己的礼物究竟是什么？是汪若萌生前留下来的遗物吗？是像当年的"萌之语"一样，她生前写成的带血带泪的信函或日记吗？

向雨鹭语气平和地问："爸，告诉我，当年，您与樊阿姨被人捆在一个屋子里，究竟是怎么一回事？您说过，您深深地爱过那个汪若萌，但您与樊阿姨，还有那个柳一曼阿姨，你们之间都发生过些什么？您能满足女儿猎奇的愿望吗？"

在女儿咄咄逼人的追问下，向望鹤痛心疾首，他只好慢声细语，继续披露他当年与汪若萌、覃天石、樊小米还有柳一曼等人的交往情节，并穿插介绍自己插队生活中的若干风风雨雨、是是非非。

向望鹤长声叹惋："雨鹭啊，人这一辈子，最难弄懂的就是人自己。你爸我坎坎坷坷地活了六十多年，还真说不清楚自己是个怎样的角色。那年头，我除了背负过'狗崽子'的罪名，还着实欠下不少人的感情孽债，给他人带来过肉体上与精神上的惨痛搓磨，乃至使最善最美的人蒙受生的毁灭！今晚我要说的故事，还得接着昨天我说起过的那一起'黑书风波'。"

向雨鹭说："我总觉得，所谓'黑书风波'的肇事者，肯定就是那个被你横刀夺爱伤害了的郑仁刚。情爱方面的私欲，足以令人疯狂到报复他人达到无以复加的地步。那么，将你与樊阿姨捆绑起来的人，是不是就是这个郑仁刚呢？"

"也算是罢，就是曾经与我朝夕相处、无不倾心吐胆的这个郑仁刚添油加醋地告密，才使我的大量日记与手抄歌本横遭查抄，毁于一旦。他与他的造反派战友黄满生臭味相投，倚仗着路线教育工作组这座靠山，不仅仅给我和覃天石扣上'反革命'的黑锅，还企图从名誉上和人格上对纯洁无瑕的樊小米肆意抹黑。为了私利而行恶者，把这人世上的美与丑彻底地颠倒过来了！关于樊小米被捆绑的那起波折，我，也实在难逃干系呀……"

"您不是说，樊阿姨不仅'根正苗红'，而且是因公牺牲的烈士的女儿吗？"

"唉，那个年头，红与黑，就在一些人的主观定夺中。说你红，你就红如火炭；说你黑，你就黑如锅巴。现在，我就给你说说这个土家族的歌仙樊小米出嫁前后的故事吧——"

向雨鹭点点头，她迅速打开手提电脑，清晰的击键声嘀嗒嘀嗒，恰似钟表上节奏分明的秒针。

（3）

向望鹤的一缕意识再次砰然出窍，缓缓钻出他的颅顶，轻烟般掠过女儿面前的键盘与台灯，掠过被白炽灯管镀成乳白色的天花板与淡绿色的窗棂，悠悠然飘飞到四十多年前难留山林场那个阴晦的冬日黄昏。

1970年冬，覃天石在梯田工地被黄满生等人强行带走的当天，在人们的焦虑中，夜的铅云渐渐压向莽莽苍苍的层林。精神上受到沉重打击的向望鹤收工回来，深一脚浅一脚地走进他独居的"知青小屋"，顾不上洗脸洗手，遂将自己疲惫的身子扔在床板上，一对呆滞的眼睛望着暗褐色的杉木楼板长吁短叹。

九本日记被人抄走后，辛辛苦苦整理出来的五大册歌本也被人抄走，这个世界究竟怎么啦？更令人难以忍受的是所谓"黑书"，不仅给自己带来受辱的厄运，而且还连累了豪爽磊落的覃天石。黄满生一伙人口口声声说那些歌本是"四旧"，是迷信，是封资修，他们带走覃天石，会把这个山里的歌王与鼓王如何处置呢？此时，深恋着覃天石的樊小米知道自己未婚夫的情况吗？这一切都是我造成的，是我横刀夺爱引发了郑仁刚对自己的深仇大恨，是我粗心大意让郑仁刚这个奸诈小人翻看了那些东西，我将如何向善良的樊小米做出解释？樊姐姐，你心爱的人被关押收审，你会原谅我吗？

屋内没有点灯，窗外的天光完全暗了下来。正当饥疲交加的向望鹤心乱如麻时，"知青小屋"的木板门被人重重敲击几下，向望鹤听见门外正是樊小米在一声紧一声地呼叫："小向，望鹤兄弟，你在干吗？咱们得拿个主意呀，你天石大哥可是父母双亡的一个孤儿哟。他的事情，我们不管谁管？工作组如果把他关起来，他家里连个送饭的人都没有的！"

向望鹤从床上霍地跃起，急匆匆拉开门扇，只因光线晦暗，他看不清樊小米的面部表情，但明显感觉到这个农家女子的气喘与心跳。向望鹤痛心地说："樊姐姐，都是我惹的祸。我没想到郑仁刚这家伙会如此卑鄙，是他告的刁状，是他出卖了我与覃大哥。"

"先别作检讨，我们得商量个办法。"

"樊姐姐，你得跟婶子说一声，我们要准备些足够的熟饭熟菜，最好连夜赶到双峰镇上去打探打探。"

向望鹤匆匆洗一把手脸，来到樊小米的家，协助丁婶母女一道蒸了几笼苞谷粑，又煮熟十几个茶叶蛋，炒上一钵奇香扑鼻的腊肉片，将一只竹篮子装得满满的。几个人勉强吞咽了一些食物，丁婶将向望鹤与樊小米送到台阶下千叮咛万嘱咐。向望鹤拎着一篮子食品，樊小米撑着一只手电筒，两人一前一后踏着石磴子山路盘旋而下，准备到清江岸边雇请一只小船，连夜撑到上游的双峰镇。

山路崎岖，冷风砭骨，两人一边赶路，一边说话。

樊小米告诉向望鹤："这场风波，你只晓得是郑仁刚对你施加报复，却不晓得，黄满生，那个叫'黄二流'的狗杂种也找到了一个报复我、报复你覃大哥的由头。你知道吗？'黄二流'恨我、恨你覃大哥恨得牙痒痒的，他巴不得天石坐一辈子班房或者从这个世界上消失了才好呢！"

"你们与他有什么过节吗？"

从樊小米的述说之中，向望鹤了解到他们三个人之间早先的一些情况——

覃天石、黄满生与樊小米三人本是读小学与初中时的同学。初中尚未毕业，黄满生就软硬兼施不择手段地追求过泼辣活泼的樊小米，但樊小米总是远远地躲着他，不给他一个好脸色。

一次，樊小米背着一只竹背篓，从位于双峰镇的初中学校独自回家，走到一个森林密集的山谷里，竟然遭到了黄满生的非礼纠缠。

看见走路走得气喘吁吁的樊小米，守株待兔的黄满生蓦地从一蔸竹子后面闪身出来，一把抓住樊小米的背篓口，满脸堆笑地说："小米，正好咱俩同行。让我帮你背着背篓，咱们要互相关心互相爱护互相帮助嘛！"

"用不着！滚远一点！"樊小米扭动背篓企图甩脱黄满生的手，却怎么也甩不开。

樊小米脚底生风，一步紧一步地向前走。

黄满生竟像蛇一般地缠住她，嘴里无油无盐地说着若干挑逗性的话："小米，我在小学时，心里就装下了你，日里夜里都翻肠绞肚地想念着你。你就给我一次机会吧，我黄满生这辈子就追你一个人！"

"呸，真不要脸！"樊小米愤愤地说。

"你答应了我，我为你当牛做马都行！你知道，我们黄家就我一个独生子，高楼大院的，一辈子会有着享不尽的清福。小米，你答应做我的媳妇儿好吗？"

"呸！"樊小米拼命扭动着背篓，黄满生却在后面死死抓住不放。万般无奈，樊小米只好从背篓系里猛地抽出自己的胳膊，扔开背篓快速向前面跑去。

黄满生拎着一只空背篓，他见樊小米跑开，突然火急火燎，拉开两腿追了上去：

"小米，别跑呀，别……"

黄满生扔开背篓，张开双臂，突然从身后紧紧箍住樊小米纤细柔软的腰肢，并嘟着一张臭嘴俯向她香软的秀发与白嫩的颈项。

樊小米一边挣扎，一边大声喊叫："快来人啦！抓流氓！抓坏蛋！……"

满脸涨成猪肝色的黄满生不由分说，将樊小米粗野地拖到竹丛后面，摁倒在一片草坝里，一抬腿跨坐在她的肚子上，两只手疯狂般地撕扯着樊小米的上衣。

樊小米厉声哭骂，两腿乱蹬乱踢，她用左手护住自己丰满的前胸，右手在黄满生的猪肝脸上拼命抓挠，给他的腮帮上留下几道深深的血印子。但毕竟力量悬殊，她感到压在身上的黄满生就像一尊沉重的石头，大嘴里的喘息发散着一种不可言状的恶臭，一张丑脸浇洒下来的热汗狗尿一般污秽着她玉洁冰清的面颊与脖窝，撕扯衣服的两只手分明是一对罪恶的魔爪，正欲扯开裤带探向自己身体最宝贵的隐秘处。

就在声嘶力竭的樊小米几乎绝望的关键时刻，忽然一声咆哮，从斜刺里飞来一脚正踢在黄满生的腰际，踢得他哇哇乱叫，鬼哭狼嚎。紧接着，又伸来一双瘦骨嶙峋的手，抓住黄满生猪鬃般的乱发向上一提，黄满生立即离开了樊小米的身体，整个人悬垂在半空中，接着"扑通"一声响，他被扔出老远，重重地砸向草坝旁边的一堆碎石上。

樊小米迅速坐起来，一边掩蔽好自己胸前的衣襟，一边侧目而视，她看见身旁凛凛然站着高瘦高瘦的覃天石。他的脸上满是愤怒，牙齿咬得咯咯直响，两只拳头也攥握得崩崩脆响。

覃天石走到"哎哟哎哟"哼叫不已的黄满生身边，一脚踩踏在他的胸窝上，厉声咆哮："黄满生，你听着——你狗日的什么时候欺负人，老子就什么时候揍得你满地找牙！说，你到底滚不滚蛋？如果不想滚，我们俩就在这里再来一场单挑对决！"

"我滚我滚……哎哟，覃天石，我的肋巴骨都、都被你摔断了……"

在覃天石一双怒目的逼视下，黄满生挣扎着站起身，灰溜溜地连滚带爬。

从回忆中回过神来的樊小米叹息一声，对向望鹤说："我与无职无权的孤儿天石恋爱后，他仍然多次从中挑唆使坏，认为是天石坏了他的好事，夺了他的所爱，他扬言若不与天石拼个你死我活，他就不姓黄。果然，因为那些歌本，这狗娘养的'黄二流'，打击报复的大网终于撒开了……"

（4）

生漆一般黑的夜幕，冷飕飕硬蹭蹭的江风，盘旋往复无穷无尽的羊肠小路，手电筒的光辉宛若闪闪烁烁飘忽不定的一颗星，渐渐沉落到潮声轰鸣的清江河谷里。

侧耳聆听，向望鹤感觉到有一只小船正从上游方向驰向河岸，泊在沙洲，不时还有手电筒的光束划来划去。

向望鹤高兴地说："樊姐姐你听，河里正好有一只船。"

两人一前一后拨开密匝匝的荆丛，跳跃着走下卵石历历的河滩。不料，向望鹤身后的樊小米一不留神踩到一块光滑潮湿的礁石上，"哎呀"一声，她仰面摔倒在软软的沙坝里，亮着的手电筒从她的手中飞出去老远。

向望鹤急忙搁下饭篮，回头伏下身子伸手去挽扶樊小米。

就在这时，河岸上忽然传来一声断喝："伙计们，拿下这对伤风败俗不要脸的臭男女！"

两人还没有反应过来，立刻感觉到从小船停泊的方向窜出几道黑影。在几只手电筒光束的扫射下，那些人不由分说拉开向望鹤与樊小米，并且反拧住了他们两人的肩背。紧接着，还从船上取来粗粝的棕绳将他俩反绑起来。

樊小米大叫一声："有土匪，抓土匪啊——！"

樊小米叫声未止，立刻被人用汗渍渍、臭烘烘的巴掌死死地捂住了嘴唇。其中一个黑影恶狠狠地威胁她："小狐狸精，你再喊，当心老子揪下你的舌头当夜宵！"

向望鹤冷静地辨认着那几个黑影。渐渐地，借助微弱的天光，他发现那个指挥者，正是白天宣布要扭送覃天石到双峰镇去的民兵连连长黄满生。

向望鹤尽量使自己的情绪平静下来，问："黄满生同志，你们到底想干些什么？"

黄满生不理睬，反而喝令他手下的那几个民兵："伙计们，这两个贼男女深更半夜鬼鬼祟祟地跑出门，在这河坝上乱搞男女关系，影响极坏。我们先把他们送到场部关上一夜，等明天交到镇上的工作组去处理。"

樊小米气愤得乱踢乱打，嘴里发出呜呜呜的叫声。但由于她的嘴被人堵着，听不清她说的是什么。

黄满生发现了沙坝上的竹篮子，飞起一脚，将篮子踢出老远，篮子里的粑粑鸡蛋等物淋淋漓漓地撒在河滩上。

反绑着双手的向望鹤与樊小米在民兵的推搡下，七弯八拐回到林场场部，被推拥到一间桌椅狼藉的会议室里。

会议室里没有油灯，也没有天光。在黄满生的呵斥下，他俩分别被紧紧地捆缚在室内相距约三米远的两根亮柱上。

黄满生"啪"地一下亮起打火机，上上下下盯着樊小米，一脸贼笑地托起她的下巴，说："小乖乖，覃天石今晚怎么不来英雄救美呀？如果他不是泥菩萨过河自身难保的话，我倒真想让他看一看，自己心爱的女人是如何与另外一个男人勾搭在一起的。对不起，老子成全你与那个书呆子在这里过上一夜，到时候，那才是黄泥巴落在裤裆里——不是屎，也是屎！"

"呸！"樊小米喷出一口浓痰，不偏不倚砸在黄满生蒜头般的鼻梁上。

黄满生抬起袖管揩去浓痰，重重地扇了樊小米一记耳光，骂道："小狐狸精！"

血，从樊小米的鼻孔里虫子般地淌下来，与亮光光的泪水一道浸渍着她的下巴。

向望鹤见黄满生大逞淫威，愤怒地吼叫："黄满生，人家小米姐是烈士的女儿。你公报私仇，私设刑堂，诬陷好人，总有一天，你会得到报应的！"

黄满生离开樊小米，狞笑着逼近向望鹤，突然握紧双拳，在向望鹤的胸脯上来一阵左右交替的冲拳运动，嘴里粗野地骂着："狗日的书呆子，小兔崽子，瞎咋呼个啥呢？老子成全你们的风流韵事还不行吗？"

黄满生看见向望鹤的嘴里涌出几星血泡泡，才向其他几个民兵一摆手，洋洋得意地跨步出屋。

不一会儿，大门被从外面挂上铁锁，还有两个民兵在门口监视着。

向望鹤听到黄满生跑到隔壁办公室，嘟嘟嘟地摇响电话，与什么人"喂喂喂"地呼叫起来。因隔着一层板壁，他后面的说话声恍若一群蚊子嗡嗡乱叫。

再过一阵子，听得清隔壁办公室的门被拉开、锁上，随着一串脚步声渐渐远去，会议室外什么声音也没有了。

夜色越来越浓。

初冬之夜，万籁俱寂，寒气逼人。

向望鹤对轻声抽泣的樊小米说："樊姐姐，别紧张！先忍住点，事情总是可以搞清楚的。"

樊小米痛苦地说："我的两只臂膀都被捆麻木了，嘴唇也被我自己的牙齿咬破了！望鹤兄弟，黄满生这狗杂种分明是挑拨离间，蓄意陷害！他是趁机出他前年被天石臭揍了一顿的那口恶气！"

向望鹤说："你莫泄气，我相信，大多数林场员工是理解我们的。场长汪大叔如果知道了，一定会制止他们的这种野蛮行为。明天，真把我们扭送到公社，我知道总会有好心人出面给我们做出实事求是的结论。"

沉默了一会儿，樊小米说："望鹤兄弟，黄满生这家伙太歹毒了。如果把你我如何如何的谣言散布出去，不但我们两人可能说不清道不明，还有你覃大哥，还有可怜兮兮的小汪……汪若萌……当然，天石这人我知道，打死他，他也不会相信'黄二流'的胡说八道，你樊姐姐就担心……"

向望鹤想了想，说："我想，小汪也不会相信这种无端的鬼话。只是因为我一着不慎的原因，让樊姐姐跟着受牵累，受折磨，我心里着实过意不去。樊姐姐，你冷吗？你得忍住些啊！"

好一阵沉默，沉默得令人窒息。

黑暗中，向望鹤虽然什么也看不清，但他明显地感受到，被捆缚住的樊小米早就花容失色，泪流满面。

过了好久，一阵伤痛而细微的歌声传送到向望鹤的耳朵里——


正月里寻夫是新春，
辞别高堂二双亲。
包袱雨伞拿在手，
急急忙忙上路行。


家家门前亮红灯，
孟姜女门前冷清清。
冷雨凄风心烦闷，
鞋尖脚小路难行……

向望鹤听着听着，心如刀绞。他知道，细皮嫩肉的樊小米因为棕绳的捆绑与心灵的创疼，只好借助《姜女寻夫》长长的傩戏调子来排解她难以忍受的疼痛与寒冷，打发她忍辱负重和思念心上人的漫漫长夜。

《姜女寻夫》的傩歌曲子很长很长，从正月起，一月一月地"寻夫"，一直"寻"到年近岁毕的腊月，唱完一遍，需用上好几个小时。最后，直"寻"到"哭得天地也寒心，哭得山崩河水深；哭得长城也感动，垮塌一截如雷霆……"字字哀怨，声声血泪，这才叫名副其实的长歌当哭啊！

夜凉如冰。

分分秒秒，火煎火熬，哪一刻，才是痛定思痛的时候呢？

（5）

天，终于亮了！

一缕牛奶色的晨光穿过两眼方形的窗孔，重新袒露出满屋子桌椅板凳歪七倒八的轮廓线。

四肢僵硬、颅脑欲裂的向望鹤凝望着与自己面对面的樊小米，发现她脑袋低垂，一头乌发遮蔽着整个面孔，被捆缚着的身子软塌塌地仿佛一根柔弱的布带子，她那浅灰色的长裤浸透了淋淋漓漓的尿液……

向望鹤大惊失色，他一声紧一声地呼唤着："樊姐姐，樊姐姐，你怎么啦？你说话呀？"

就在这时，"咣唥"一声巨响，反锁着的会议室大门被人一脚踹开。火气冲天的场长汪启润大步跨进门槛，嘴里狂怒地喝骂着："狗娘养的，遭天杀的，堂堂林场的会议室，竟被他几爷子当成了随便捆人关人的监狱。他黄满生眼里还有没有个王法？他到底是哪个党、哪个军队的狗屁连长？"

两个睡眼惺忪的民兵跟在他的身后诺诺连声："汪场长，我们只是奉命行事，黄连长他……"

"奉你娘的卵命！晚上为什么不早点叫醒我？捆出了人命，你这两个混账东西负得了责？"

头昏欲裂的向望鹤听出汪场长骂的人不是自己与樊小米，而是这起事件的作恶者，嘴里重重地舒出一口长气。

汪启润几步冲到捆缚樊小米的柱子旁，三下两下解开绳子，竟发觉这个弱不禁风的女子早就昏晕过去，嘴里和鼻孔里淌下的血珠子在衣襟上结成了斑斑血痂，长裤淋得透湿，手脚冻得冰凉，额头微微低烧。

汪启润双手托起樊小米柔弱的身子，心急火燎地呼喊："小米，小米，你醒一醒，我是你的汪叔叔！"

两个民兵同时解开了捆绑着向望鹤的绳索。

向望鹤迈开麻木的双腿扑到汪启润身边，看到樊小米受捆绑折磨后昏晕过去的惨状，泪水夺眶而出。他伏下身子，请求汪启润将昏迷的樊小米放在他的背上，由他背负着送往场部卫生所救治。

怒发冲冠的汪启润一掌推开他，吼道："滚开点！都是你这个没事找事的书呆子惹的祸！"

汪启润双手平托着樊小米走出大门，走下台阶，因急风急火而气喘吁吁。他一直将樊小米送到场部卫生所急诊室的病床上。

汪启润一边命令跟随着他的民兵快速前往樊小米家里通知丁婶，让丁婶带些换洗的衣服赶到卫生所，一边粗喉咙大嗓门地喊来医生与护士，要他们紧急抢救这个年轻女子的性命。

医生好一番查脉听诊，然后开具药方，挂上吊瓶为樊小米输液。

医生对场长说："不要紧，这女娃子郁气塞胸，连惊带吓又受冻，加上绳子捆绑的伤痛难以忍受，伤心过度也疲劳过度，才昏死过去的。输几瓶药液，住上几天院就会好起来的。"

汪启润场长安排好樊小米就医的事情，方才转过头来，对守护在一旁的向望鹤一脸阴冷地问："你小子是不是被他们捆出啥子毛病？"

向望鹤点点头："我还好，我挺得住。"

汪启润大手一挥："上午我太忙，一揽子的事情需要料理。你先去场部食堂洗一把脸，啃几个馒头，再回到你的狗窝里睡上几个小时。下午两点过后，到我的办公室里来一下！"

（6）

　　下午二时许，向望鹤准时敲开场长办公室的门，正埋头写着一个材料的汪启润仍然余怒未消。

　　向望鹤站立在办公桌前，怯怯地说："汪场长，我们是冤枉的……昨天晚上，我与樊姐姐是想到清江码头租条船，坐船到双峰镇去看看被他们带走的覃天石大哥，我们还给他带着一篮子吃的东西……"

　　汪启润头也不抬，不耐烦地打断他，仍然是冷冰冰地说："废话！我当然晓得你们是冤枉的。尤其是人家小米，多好的姑娘呀，哪里用得着你絮絮叨叨来上这些一文钱不值的解释？我找你，是因为你那一摞本子方面的事情。"

　　向望鹤反应过来，心里轻松了许多。他呆立在汪启润办公桌的对面，说："他们抄走的那九个本子，是我写的九本日记，绝对不是什么'黑书'。还有……"

　　汪启润抬起头，重重扔掉手里的钢笔，两眼直愣愣盯着向望鹤的面孔，凝视了大约三分钟，才一脸严肃地说：

　　"向望鹤，我问你，半个多月前，你请假到双峰镇，是不是到我们家里去了一趟？你和我们家的若萌之间，是不是写了若干多的信？你把这些信都抄誊在那些本本上干什么？"

　　向望鹤一时哑口无言，涔涔汗水很快湿透了他的脊梁沟，脑袋里咚咚咚地敲起了漫无节奏的鼓点子。

　　"实话实说！"汪启润铁青着脸，严肃得就像一名威严的法官。

　　"我……"向望鹤胆战心惊，无从辩驳。

　　良久，他只好像接受审判似的站立着，将自己与场长爱女汪若萌的恋情和盘托出。从同筏漂流，到代人传书；从以歌为媒，到邮路通信；从日记寄情，到应约赴访……最后，向望鹤反复申辩："场长，如果错了，这一切都是我的错，与小汪……汪若萌没有任何关系。……我对不起场长，对不起许大婶，对不起汪若萌，我不该在没有征得您老人家同意的情况下给汪若萌写那些信，还把那些信抄誊在我的日记里……但是，但是……"

"但是什么？"汪启润仍然一脸严峻。

"大叔，我觉得，我与……我与汪若萌的感情是纯洁无瑕的，是实心实意的，是两相情愿的，苍天可鉴……"

汪启润重重地站起身来，又迈着军人式的步子离开办公桌，节奏铿锵地走到窗口边，他举目眺望着窗外的远山绿树，呆立了大约十几分钟。

向望鹤翻肠绞肚地猜测着场长此时此刻真实的内心活动。他的脑海波翻浪涌地想，完了，神圣的爱情，美好的希望，就要完全彻底地破灭了……我该怎么办？我该怎么办呢？

粉墙上，一口大挂钟平和而从容地走着它的指针：叮当！叮当！叮当！叮当……

良久，汪启润回过身来，面孔仿佛一块森严的碑石。他威严地指着一把藤椅，说："坐下说话！"

向望鹤被捆绑了整整一个夜晚，又直立着接受"审判"差不多一个小时，两条腿早似灌满了铅一般。他听场长叫他坐下，才蔫蔫地将自己扔在藤椅里，活像扔一条软塌塌的空麻袋。

汪启润也重新回到原处坐下来，僵硬的脸上看不出一丝一毫人情味。但等到他再开口说话时，语气却明显和缓了许多。

"向望鹤，你还是个孩子，若萌她更是个不懂事的小孩子。这世上的事情，你们弄得懂的东西太少了，太少了！人，固然男大当婚、女大当嫁，可是，你向望鹤这个城里娃，与我们家的汪若萌之间，有这个可能吗？"

"场长，我们是真心相爱……"

"狗屁个真爱！"汪启润不容面前这个混账小子辩驳，斩钉截铁地打断他。

停了停，汪启润接着说："她，一个深山老林的普通农民家里的丫头，除了读书，几乎从来就没有离开过自己的家；而你，武汉大工厂里大干部的儿子。插队插队，插一阵子终归有一天是要回城里去干大事的，你怎么可能与我们家的若萌走得到一起？你们之间隔得天高地远。你知道吗？你想过写那些信的后果吗？覃天石，樊小米，这两个年轻人样样都好，就是把事情想得太简单了。他们撮合你们固然是出于好心，但结果只会害了你，也会害了我们家的若萌！"

自从来到难留城，向望鹤总觉得场长汪启润脾气火暴，声若霹雳，骂人吼人是家常便饭，此时，他第一次听他说出这样一番平心静气的话。但非常明显，话虽平和，其态度却异常坚决，没有任何可供商量的余地。

听着汪启润的这一番话，向望鹤的思绪悄无声息地破窗而出——

是那个没有月亮没有星星的夜晚，他揣着郑仁刚写给汪若萌的一叠诗稿，在蛙鸣如潮的氛围里苦苦等待汪若萌的到来。

……她来了，倩影婆娑，体香馥郁，衣袂飘飘，娇喘微微，一开口说话，语锋犀利，凌厉逼人。在夜幕的笼罩下，她幽幽地问："向望鹤，你自己爱过吗？你懂得爱的分量吗？"

刹那间，你爱过吗？你懂得爱的分量吗？……那声音在向望鹤的意识里螺旋般升腾，波浪般盘旋，反反复复，无穷无尽。

也许，爱，的确需要一个理由。

但同样是这个女子的声音："鹤，我是个脆弱的女孩，我只能凭自己朦胧的感觉寻求着我的所爱。那次在木排上第一次接近你，我就鬼使神差，一见钟情，没有任何理由……我想我是不是坏透了？要死了？你为什么要冷落我那么长的时间呢？"

爱、分量、朦胧、理由，城里、乡下……一些素不相关的物事搅拌在向望鹤小小的心室里，成了一堆没有头绪的乱麻！

他觉得眼眶里有电在闪烁，耳朵里有雷在炸响，一时间，向望鹤喉咙发颤，呆若木鸡，几乎失去了言说的功能。

"我说的话，你听明白了吗？"

场长汪启润威严的问询，犹若晴天霹雳，强硬地将向望鹤颠三倒四的思绪从游移中唤回。

"大叔，可是……"向望鹤千言万语，不知从何说起。

"没有可是，你与她必须一刀两断！这是命令！"

说这话时，军人的威严，再次体现在这位从军旅生涯中走过来的中年汉子的骨血里。

向望鹤想，果然不出所料，他生命与爱情的道路再次节外生枝！他觉得场长的那番话，比向他头上砸下来的一顿乱棒更令人难以招架。

如果说，他与汪若萌的恋情是因为旁人从中作梗，那么，生生死死，两个人也能抗衡下去；可眼前的这个极力反对者，恰恰是情侣必须依赖、必须尊敬而且享誉一方水土的父亲啊！面对如此宣判，他只觉得两眼金星乱冒，脑袋里轰响着大木槌击捣青石板的嘭嘭嘭的沉闷声响，整个身与心立刻就要迸散了。

向望鹤在痛苦惶惑中张口结舌，理屈词穷，再也给不出任何回答。

他本想从藤椅里站起身来，竟然难以遂愿。在威严的"军令"面前，他成了一摊糊不上壁的稀泥巴，脑海里除了一堆理不清的疙瘩，仅剩下一片空白。

窗内，久久地无语凝噎。

窗外，仍然是横云断岭。

# 第七章　天石遇赦，小米哭嫁叙情爱

（1）

夜阑人静，灯光如洗，老年向望鹤抬头望了望女儿向雨鹭，见她对自己过去山重水复的故事听得特别认真。一边听，一边专注地敲击键盘将故事储入电脑。于是抿了几口茶，又接着向她讲述起覃天石与樊小米那年头的婚姻大事——

野蛮拘押向望鹤与樊小米的当天晚上，难留山林场民兵连连长黄满生利用电话报案，将向樊二人"男女通奸"一案的所谓"案情"汇报到路线教育工作组组长蔡福新那里，强烈要求收审人犯并在全公社进行揭发批判，以便肃清其恶劣影响。他还大肆宣扬了一番自己的丰功伟绩，是他黄满生明察秋毫"一举破案"，并且在现场抓捕了"作案人"。

听完黄满生的聒噪与表功，蔡福新并没有表现出对于"黑书"一案同等的兴趣。他认为，黄满生所抓的人中，一个是武汉知青，一个是林场普通员工，他们纵有男女之情，也与"路线问题"相距甚远。蔡福新只是在第二天一大早给场长汪启润轻描淡写地打了一个电话，叫他注意开展对于青少年的思想教育与作风管制。然而，尽管是"轻描淡写"，蔡福新还是遭到汪启润九天霹雳般地一顿痛骂，说黄满生这"狗娘养的"纯属无中生有，兴风作浪，视他人的声誉与生命为儿戏；工作组如果不分青红皂白有理无理三大棒，那就是白吃黎民百姓"干大饭"的大饭桶！蔡福新明白，汪启润这样在朝鲜战场的硝烟中已经死过一次的人是无所畏惧的，遭他喝骂，仅有的一个办法就是"打落牙齿往肚里吞"——忍了。

樊小米在场部卫生所里躺了四天，伤痛的身体才渐渐复原，而心灵饱受惊悸与愤怒的创伤却久久难以弥合。她在母亲与弟弟的扶持下回到家中的那一天，恰好覃天石也从双峰镇的禁闭室里放了出来。

刚落屋的那个晚上，覃天石就买来若干橘子、柚子和葡萄等水果来看望樊小米，躺在床上的樊小米哭得像一个泪人儿。她顾不上母亲与弟弟小杉都在身边，伸出自己柔弱的手掌，几乎从头到脚捏遍了覃天石的一身嶙嶙峋峋的筋骨。

樊小米反复摩挲未婚夫坚挺的颧峰，问："天石，这么多日子，你关在禁闭室里都吃了些什么啊？那天晚上，是我央求望鹤兄弟给我做伴去看你。我们准备了一篮子苞谷粑粑与茶叶蛋，妈还特地为你炒了一碗香喷喷的腊肉片。我们连夜走到清江边找船，却不料，那一篮子食物，竟然被'黄二流'一伙狗东西踢翻在河坝里……"

"小米，他们饿不了我的。你知道，我覃天石靠喝西北风也能活上个十天半个月。其实，工作组还是往班房里送过几次苞谷面饭合渣汤，只是我坚决不动它们一星半点。也许是怕我饿死在公社的临时班房里吧？他们游斗了我的第二天，就放虎归山了，哈哈哈！"

"天石，你伤得怎么样啊？还疼吗？"

覃天石笑着安慰她说："我哪儿都不疼，就是心里一阵一阵地发疼，疼你！"

樊小米边哭边诉说："那天，我们撑着电筒走到清江边，正准备在码头上找一只船，哪里想到遇上黄满生这个遭天杀的从镇上回来。他胡说什么我跟望鹤兄弟在沙滩上乱搞男女关系，把我们两人绑起来，推搡到场部会议室里在柱子上捆了一夜。如果不是汪大叔来救我，我……我肯定被他们捆都捆死了！天石，你不会相信'黄二流'嚼舌根子的那种鬼话吧？"

覃天石温和地笑着说："我就是你肚子里的一条蛔虫，你是怎样想的，我怎么会不晓得？黄满生这家伙是趁我被关押收审的机会，存心找你的茬儿，污损你的名声，报复那年他起歹心被你拒绝、被我一顿拳脚教训了的仇。小米，忘记这些不愉快的事情吧，等你身子骨完全好起来后，我们俩就到公社去登记。"

"登记？登记干什么？"

"登记结婚呀！我和你生生死死都要在一路，永生永世不分开！"

"天石……"樊小米望了望眼里噙着幸福泪水的妈妈，又望了望一脸天真的弟弟樊小杉，一把将覃天石的双手扯过来紧紧捂住她自己潮湿的双颊，再一次呜呜咽咽地哭了。

丁娣与樊小杉离开后，覃天石剥开橘子和柚子，一小瓣一小瓣地喂在樊小米的嘴里，悄悄伏在她的耳边问："甜不甜？"

樊小米说："没有你的嘴巴甜。"

"那好，我就让你吃了这张嘴！"说着，覃天石猛地扶起樊小米的头，将自己的嘴唇紧紧地压在她的嘴唇上，直吻到樊小米两颊鲜红，泪水晶莹。

良久，樊小米对覃天石说："天石，你到'知青小屋'那边去看看望鹤兄弟吧！我听妈妈说，这几天，小向好生闷闷不乐，早出工，晚收工，一个劲儿地在工地上使蛮力，差不多一句话也不说。还有，我住在卫生所的几天里，他竟然一次也没有过去看看我。是不是那天'黄二流'捆了他一夜，把大脑给捆坏了？"

覃天石说："好的，你躺下好好休息，我这就过去瞧瞧。"

夜，伸手不见五指，一切都沉默得令人难以忍受，仿佛整个世界都被黑暗吞噬了。

（2）

　　覃天石轻轻推开"知青小屋"的木板门。昏惨惨的煤油灯光下，一眼
看见蓬头垢面的向望鹤和衣仰躺在稍显零乱的床枕上，脸上还覆盖着一本
打开的现代京剧剧本《红灯记》。听见门响，他翻身坐起来，见是覃天石，
艰难地挤出了一个微笑，说："覃大哥，我在工地上已经听说你被他们放回
来了，正想过一会儿去问问你呢。怎么样？关禁闭，挨游斗，没有伤筋动
骨吧？"

　　覃天石接过向望鹤手里的《红灯记》，在煤油灯的光照下举起书，风
趣地做了一个亮相动作，压低嗓子用"二黄原板"的腔调唱起来——

> 党叫儿做一个刚强铁汉，
> 不屈不挠斗敌顽。
> 儿受刑，不怕那浑身的筋骨断，
> 儿坐牢，不怕把牢底来坐穿。
> 山河破碎，儿的心肝碎；
> 人民受难，儿的怒火燃……

　　唱了一段，覃天石一把拉起呆坐着的向望鹤，说："望鹤兄弟，任何
时候，任何情况下，你我都要乐观豪迈一些，千万不要趴下，不要萎靡不
振！黄满生、郑仁刚这等人，不过就是几只落荒的野狗，见了人总要吠叫
几声。如此坑人害人，总有一天，他们是要落到水凼凼里去的。你要高兴
起来，新年元旦，我和你小米姐请你吃喜糖！"

　　向望鹤转忧为喜，两手抓住覃天石的肩膀晃了晃，说："那好，我给覃
大哥与樊姐姐送恭贺！有的人妒忌你，就让他妒忌得眼睛流血好啦！你们
俩，歌王配歌仙，是多么天作之合的一对呀！"

　　"你小子与嫦娥仙子般的汪若萌，不也是天作之合的一对吗？当然，
你们娶亲圆配的那一天，一是要感谢苍天垂爱，二是要感谢我覃天石，还

有樊小米……"

听到覃天石提起"汪若萌"这个名字，向望鹤的脸上突然晴转多云，而且很快就是"黑云压城城欲摧"的状态了。他猛地转过身去，两肩剧烈地抽搐起来。覃天石大惑不解，强行扳过向望鹤的身子，看见他眼睛里泪光闪闪，遂急风急火地问："怎么啦？海也没枯，石也没烂，既无火海，又无刀山，是不是因为'黑书'事件，汪若萌心生变故疏远你啦？这既天真又痴情的小女子，料想不会是这样的负心人呀？"

"也许，在我和她之间，横亘着的虽然不是刀山火海，却比刀山火海更加难以逾越；虽然海也没枯，石也没烂，却整个世界都一股脑儿地沉没了！覃大哥，你与樊姐姐的一片苦心我终生难忘，可我与她，或许……实在没有这个缘分……"

"说，问题到底出在你的身上还是她的身上？"覃天石显得急不可耐，"你若心生变故，我覃天石非拿大铁锤子敲死你不可；如果是她背叛于你，我与小米明天晚上就专程去找她，非问她个水落石出不可！"

向望鹤招呼覃天石在书桌边坐下，捻亮煤油灯，从抽屉里拿出最新的一册"风雨年华"日记本，他翻到已经写了日记的最末几页递给覃天石，说："你先看看。看完后，就什么都明白了。"

    1970 年 12 月 9 日　星期三　阴转雨

    鹤之声——日记被抄，歌本被查，一起一起的风波接踵而至，一茬一茬地飞来横祸节外生枝。不知为何，我已经有十多天未能收读到"东风飘兮神灵雨"的"萌之语"了；从昨天晚上，到今天中午，我更是受到插队以来最为严重的心理摧折。无端谣言，残酷捆绑，我尚能一忍再忍；然而，我骨子里最景仰、最尊重的人对我的宣判，则如同五雷轰顶，真正把我推上了绝望的深渊！难道我与她真的无缘？我该怎么办？我该怎么办啊？

1970 年 12 月 14 日　星期一　阴

鹤之声——"鹤鸣九皋，声达于天"，而我这只"鹤"，却变成了啼血的杜鹃。萌啊，我从未间断地通过绿色通道给你传送"鹤之声"，却为何当我询问我有无信件时，那邮递员总是神色惶惶、语无伦次？难道你的"萌之语"会莫名其妙地失声吗？难道你我的通信渠道，受到了人为的阻隔吗？……

1970 年 12 月 16 日　星期三　中雪

鹤之声——连日阴晦的天气，终迎来入冬之后的第一场飞雪。知道樊姐姐因遭受一夜捆绑的摧损，直至今日仍卧病在床，我十分过意不去。都是因为那一场"黑书风波"，我连累了覃大哥，也连累了樊姐姐。这几天，本想到卫生所去看看她，但是，我……我该对她说些什么好呢？安慰她吗？一颗得不到安慰的心，怎么能安慰别人呢？我，好生郁闷！

读着这些日记，覃天石恍然大悟。他重重地吁出一口长气，问："这样看来，是汪场长从被工作组查抄的日记中知道了你们的事情？他找你郑重其事地谈过话？他不同意你与汪若萌的恋爱？你怀疑你与若萌后来写的那些信，也被他从邮递员那里中途截取了？"

向望鹤点点头，一语不发。

覃天石思忖片刻，拍了拍向望鹤的肩膀，说："这样吧，等你樊姐姐身体稍好一些后，我们会专程到女儿寨去给她们母女发喜帖。小米出嫁时，我们一定要请汪若萌前来为小米陪上一场'十姊妹'。那时，我们再见机行事。只要你深爱着小汪，小汪也真正地爱着你，我们将尽量与她本人共同磋商一个说服她父亲的办法来。"

日升月落，樊小米出嫁的日子很快就来临了。

1970 年的最后一天，是旧历庚戌年腊月初四。地面银装素裹，空中雪花飘飞，一株株高树的千枝百丫全变成玲珑剔透的白珊瑚，整个难留城成了好一派粉妆玉砌的清凉世界。

下午四时许，林场的妇联主席冷冬冬早早地来到樊小米的家。刚一进屋，她就粗喉咙大嗓门地喊起来："小米，陪同你哭嫁的姑娘们什么时候来得齐？今晚，咱林场可得好好地热闹一番，一来恭贺小米明天出嫁与天石结成百年之好，二来也好让喜气冲一冲这场子里入冬以来的晦气。"

五十出头的丁婶迎了出来。她一边撩起胸前的围裙擦拭双手，一边笑着回答："冬冬姑娘好早！小米约唱'十姊妹'的女伢子们，除双峰镇的若萌和一曼两个丫头可能要天黑以后进门外，其余的都在附近几家，一喊就到。"

"那好，你叫小米给我抄个名单，一切都交给我来安排就是了。"

冷冬冬一阵功夫就叫来六个年轻漂亮的山妹子，加上她自己以及新嫁娘樊小米，再加上尚未到来的汪若萌与柳一曼，刚好结成"十姊妹"。哭嫁仪式之前，众姑娘喜上眉梢，有说有笑，丝毫也没有一点儿要"哭"的意思。

傍晚，一盏盏红灯笼照亮了樊家大门的里里外外，堂屋正中的神台上燃起一对硕大的蜡烛，堂前的柱子上贴有大红纸张写成的对联。

堂屋里摆放一张铺着红色台布的大方桌，桌上整齐地堆放着丁婶以及众乡邻送给樊小米的陪嫁礼品，花花闪闪，琳琅满目。

丁婶给女儿购置了两口油漆大木柜、四床新被子和一对新枕头，还有一床全新的羊毛毯，一幅宽大的"西兰卡普"挂壁。挂壁上的图案，是一簇盛开着无数淡黄色花朵的桂花树的枝条，桂花树上方，有一轮巨大的圆月和在月亮里翩翩起舞的丰姿绰约的嫦娥姑娘。

向望鹤的礼品则是一套精装的《毛泽东选集》和一套当时特别时髦的

现代京剧的剧本，如《红灯记》《沙家浜》《海港》《智取威虎山》等，这些书被他用红色的丝带系得方方正正，看上去就像一堵彩色的城墙。

此外，也还有冷冬冬等众乡邻送来的礼品，它们分别是蚊帐、被单、皮箱、碗具、茶杯和鸡蛋面条月饼喜糖之类。礼品中还有一支漆得乌光锃亮的龙头二胡，二胡上缠绕着由绸带簇成的大红鲜花。二胡上的红纸条上写着"汪启润全家贺覃天石、樊小米新婚之喜"的字样。

堂屋两边各放着一排红漆木椅，专门供那些盛装浓抹的女孩子陪着出嫁女坐成两长排来哭"十姊妹"。

前来祝贺新嫁娘的亲友一个一个地走进门，陪同樊小米哭"十姊妹"的众女子不约而同咿咿呀呀地"哭"起来。她们所数的词儿，开始阶段完全是鄂西南土家族地区早已固定下来的程式化的词句：

> 冬季里来北风吹，
> 堂屋里坐着十姊妹，
> 哭嫁歌声起了头，
> 哭天哭地哭自己，
> 哭得树动雀子飞……

暖暖的木炭火烧起来，孩子们手中的烟花爆竹响起来，支客司"装烟筛茶"的吆喝声亮起来。歌声中含悲亦含喜，引发人们的欢欣与热泪。

当众女子"哭"到"一娶爹爹娇娇女，二娶妈妈命肝心"时，天色渐晚的大门外传来一阵切切实实的歌哭声：

> 姐呀姐，
> 伤心流泪不只你一人，
> 离别娘亲不只你一人，
> 天下女子一样的命，
> 妹想劝你不嫁也不行。

你今天，嫁往夫家有金桥，

待他日，姊妹我荒郊无路有谁怜？

……


人们发现歌哭者是来自双峰镇女儿寨的少女汪若萌，白色的上衣，白色的围巾，头上肩上落满冰凌之花，整个人仿佛一只白蝴蝶，她后面还紧跟着同样一身冰雪的柳一曼。两人一边歌唱一边跨进大门，于是，众女子"轰"的一声跟唱起来，也许是人人都想到了自身未卜的命运，一个个由假哭变成真哭，无不声音发颤，泪水充盈：


门前一条清江河，

姐姐看了莫怕深；

门前一道青冈岭，

姐姐看了莫怕难。


门前一片姊妹滩，

离山离水莫挂牵。

姐家不是长流的水哟，

夫家才是那养鱼的潭……


作为出嫁女的樊小米，其哭嫁的唱词，则完全是她根据自己的实际情况编写出来的。她回应众女子的歌，犹若莺啼燕啭，接唱起幽渺哀怨的《哭爹娘》：


我那苦命的爹爹呀，

您为何千呼万唤无应答？

小米我眼泪汪汪要出嫁，

却听不见您老人家一句祝福话。

人家都是甘草的命哟，

我就是那山里的黄连与苦瓜。


我那孤零的妈妈呀，

您为何一张笑脸涌泪花？

小米我歌哭声声要出嫁，

从今后，谁伴你春种秋收夜绣花？

兄弟他还是一个小娃子，

您肩头千斤重担何日能卸下？


　　帮助樊家接待来客的向望鹤在窗户外听见众女子的哭诉，男子汉的心旌也不禁一阵阵发颤。他细心品味着汪若萌的歌哭，明显听得出这女子一边为人"哭嫁"，一边在哭自己的"难嫁"。萌啊萌，咱俩的爱情面对着山重水复，无路可行，该怎样寻找柳暗花明而使希望再现呢？

　　直到下半夜，哭"十姊妹"的仪式告一段落，樊小米和柳一曼才找到在阶檐下长吁短叹的向望鹤。

　　樊小米悄声说："望鹤兄弟，先回到你住的屋里去生上一盆炭火。待一会儿，我们会过来与你说话。"

　　不多时，与樊小米和柳一曼一同走进"知青小屋"的，还有发丝飘飘、泪眼灼灼的汪若萌。

　　三个女子齐聚在昏黄的煤油灯下，与炭火盆边神情忧郁的向望鹤对面而立。

　　向望鹤偷眼从汪若萌美丽而苍白的容颜上，同样读出了沉甸甸的忧郁。

　　新娘子樊小米首先打开话闸，她说："望鹤，若萌，你们的相爱，是由我和天石两个人撮合的。近一段时间，这难留山林场风波迭起，望鹤、天石，还有我，都受到了莫大的委屈。但我觉得，你们两人是完完全全的自由恋爱，彼此都很了解，这运动，那运动，注定不可能动摇你们的信念。

我觉得唯一使你们难堪的，是汪叔对你们的事情不但不支持，反而从中作梗。我在想，老人家自有老人家的道理，今晚你们面对面，就共同磋商一个解决问题的办法吧。"

向望鹤说："萌，这一段时间，我仍然给你发出了十几封信，可我……"

汪若萌泪水充盈，终于忍不住从眼眶决堤而出，豆粒般大颗大颗地溅落在胸前的乳白色围巾上。

汪若萌抽泣着说："我也是，我也写了许多信……上星期，樊姐姐到我家里去了后，我才从邮递员嘴里追问到，我们的信，都被我爸从中截获了，毁掉了！爸爸回家后，我与他斗过嘴，可他一口咬定，一个山妹子，与你这个城里孩子门不当户不对，今天谈得火热，明天注定会被你抛得远远的。爸爸他……他勒令我趁早死了这份心……鹤，难道真的是我错了？我注定高攀不上你这个省城里大干部的儿子吗？"

"萌，上天安排我来这双峰镇，上这难留城，我总认为就是安排了你我这个美好的缘分！不然，为什么我们会一见钟情？为什么会魂不留舍地长相思？只要你冲破阻碍非我莫嫁，我向望鹤这辈子必将紧紧地守护着你。管他什么城里人、农村人，我们归根结底都是真真切切的人，心灵应该是相通的，这世界上再大的诱惑，也不会使我弃你而去！就让樊姐姐和小柳为我作证吧：我向望鹤今生今世非你莫爱、非你莫娶！"

樊小米对向望鹤的表白并不满意，她说："向望鹤，也是的，城里男人的花花肠子我们不得不警惕。你若真有这份心，为什么在汪叔面前就像个不会说话的哑巴？请问你的口才哪里去了？你的胆量哪里去了？你的山盟海誓哪里去了？有朝一日，你的父亲大人官复原职，你的前程飞黄腾达，你真的还会守住汪若萌这个大山里的妹娃子吗？"

向望鹤扑通一声双膝吻地，眼泪汪汪地说："樊姐，小柳，若萌啊，我承认，我在威严的场长面前是有些胆小怕事，噤若寒蝉，我这颗饱受折磨的心十分脆弱；但我爱若萌的一片真情天日可鉴，在我二十来年的人生里程中，萌，你……你是唯一被我爱过的女子啊！城市、金钱、地位、声誉，诸如此类的前程，与你相比，全是俗不可耐、全是污浊不堪！自从认识了你，我觉得这世界明亮了好多倍，如果离开你，失去你，我只会陷落到一片难以想象的黑暗之中……我如果说的是假话，就让我天打五雷轰，死无葬身之所好啦！"

汪若萌由轻轻隐泣渐转为痛哭失声："我知道，我知道的……只要我汪若萌不死，我今生今世定要死死地缠住你……我送给你的那条皮带，你不会扔掉了吧？"

向望鹤站起身，撩开衣襟袒露出扎在腰际的那条皮带，但见结实耐磨的黄牛皮、光灿灿的铜环、白亮亮的气眼扣……

汪若萌双手抚摸牛皮带上辉映着炭火光亮的铜环，低声说："我的带子哟，你可要代替我拴住他，代我牢牢地拴住我的心上人呀……"

（4）

是夜，风雪交加。

据往来于樊家瞧热闹送恭贺的人们事后说，离樊家不远的另外一条山谷里，有一个抄起一只酒瓶喝得醉醺醺的黑衣男子独自一人在雪地上东倒西歪踉踉跄跄，活像一具可怖的幽灵。嘴里一会儿呕吐出许多秽物，一会儿发出一阵阵野兽般的嚎叫。人们侧耳倾听，除了反反复复的"我操"这个字眼外，其余的一句话也听不真切。

后来，那醉汉将酒瓶子像投手榴弹一样砸向一方冰冻的崖壁，砸得玻璃碎片四处乱飞，随即一头栽倒在林子深处不省人事。好在一个小老头与一个老妇人双双赶到，一边骂骂咧咧，一边将醉得一塌糊涂的男子生拉死拽地架起来，气喘吁吁地拖进了黄家屋场的大门槛……

1971年元旦的清晨，天上仍然飘着疏疏朗朗的雪花，门外雪锁冰封的路上传来嘹亮的锣鼓声、唢呐声与鞭炮声：迎娶新娘的班子来了。衣服笔挺的新郎官覃天石披着用红绸缀成的大红花走在最前面。指挥娶亲班子的"都管爷"则是林场场长汪启润。

汪启润与覃天石一样，激动得满面红光，神采飞扬，冰雪凝结在他的头发上和胡须上，恰似特意夸张着他的年龄与老成。众人跨进樊家的大门，汪启润大呼小叫地指挥娶亲的众人向新娘樊小米过"红礼"。

　　夫家送给新娘子的"红礼"是一对宝绿色的玉石手镯、一只上海牌手表、一双尖头皮鞋和一身高级布料的衣服。送给"娘家"亲人的"红礼"，则是两只猪肘与十瓶野生葡萄酒。

　　新郎官覃天石亲手将上海牌手表和那对玉石手镯戴在樊小米纤细的手腕上，然后含情脉脉地吻了吻她的两只手背。

　　接着，汪启润又安排两个年轻女子作为伴娘迎候哭嫁的新娘，要一群小伙子们绑缚嫁妆。

　　"十大碗"的酒席一轮一轮地摆完后，哭"十姊妹"的女子踏着唢呐声和锣鼓声，一边簇拥着新娘子缓步走向屋门，一边齐声吟唱着这样的歌词儿——

　　　　姐妹对对手挽手，
　　　　想不放手也得放手；
　　　　姐妹连心难分开，
　　　　想不分开也得分开。

　　　　今日送别出嫁女，
　　　　来年喜添新一代
　　　　……

　　大门外，场坝上，唢呐高昂地吹奏起来，锣鼓紧凑地敲打起来，三眼铳发出三声惊天动地的骤响，男人们抬起箱箱柜柜铺笼帐被等颠颠簸簸地上路了。

　　在凄凄切切的《哭嫁歌》的乐曲声里，众女子将顶着红盖头的樊小米众星捧月般扶出大门，引下台阶。那时，女子出嫁的花轿已被当作"四旧"给取缔了，新娘出嫁步行到夫家被视为移风易俗的"革命化"。但由于路程不远，出得大门，众人不愿意看到新娘子劳步入住夫家，就责令装扮一新的傻笑着的新郎覃天石俯下身去将新娘子背在背上，一步一步踏着皑皑白雪覆盖着的田畴阡陌，绕过村舍竹篱，登上百步石级，走向相距不过三华里的那幢吊脚楼，一直走进正中贴有大红喜字的欢声雀跃的堂屋里。

所有陪同新娘子在娘家哭"十姊妹"的女子，均被当作送亲的上亲，一直将小米从娘家送到夫家。送亲的人中，还有把新娘子视为亲姐姐的向望鹤。

（5）

一行人簇拥到覃天石家装饰一新的屋门，先将嫁妆卸下来，一件一件地迎进新房，布置停当，然后，在红灯笼与红蜡烛的光照下，简洁而庄严的结婚典礼徐徐拉开序幕。

婚礼主持人是林场小学校的一位中年教师，他站在神台下方，用歌唱般的腔调宣布："覃天石同志、樊小米同志结婚典礼仪式开始……"

随着"新婚夫妇就位"的呼喊，新郎官覃天石与头上搭着红盖头的新娘子樊小米并行着踏上红地毯，被一对老年夫妇搀扶着走到一对红蜡烛灼灼燃烧的喜堂前。

随着主持人的指令，新婚夫妇先后向毛泽东主席的画像，向主婚人、证婚人、"娘家"上亲代表与亲朋好友分别鞠躬致礼！然后，在人们的起哄声中，新郎新娘面对面相互三鞠躬！

最后一次鞠躬，慌乱中的覃天石与樊小米碰了个响头，周围的人们乐得朗声大笑。

覃天石从主婚人手里接过一条长长的青丝帕，要求樊小米伸过头来，他要当着众人的面，将青丝帕亲手围在新嫁娘的脖子上。

樊小米顶着红盖头，长达好几分钟一动也不动。

冷冬冬说："小米，接下他的那条青丝帕！咱难留山好几百人望着你们哩，让覃天石给你起个誓！"

樊小米略略侧过身，抖抖索索地伸出双手去接受那条青丝帕。

两人一同握住青丝帕相向而立，覃天石用歌唱般的嗓音朗诵："父老乡亲，为我作证：天长地久，万古爱心！同历甘苦，共享升平；海枯石烂，永不移情！"

覃天石向新娘子靠近，将那条青丝帕庄重地围在樊小米的脖颈上。

樊小米似乎有点站立不稳，突然伏在覃天石的肩膀上微微隐泣。

覃天石张开双臂，紧紧搂抱着樊小米的双肩。

此时，鞭炮轰鸣，彩花四散，主持人宣布"男归中堂，女入绣房"，围着青丝帕与顶着红盖头的樊小米，被几位年轻女子簇拥着走向洞房。

婚礼之后，在主婚人安排下，人们环绕着木屋前面一块白雪覆盖的场坝，开始欣赏文艺节目表演。

古朴而奇特的"毛古斯"——

几乎浑身赤裸的十多名男性表演者顶着飘飞的雪花，身披用稻草编织的简单蓑衣，表情幽默滑稽，动作夸张粗犷，在场子中间纵跳翻滚，穿插扑腾，尽量表现出土家族先民开拓荒野、刀耕火种、捕鱼狩猎、料理家务等劳动方式，如挖土、打猎、钓鱼、拖木、起屋、推磨、拉碾等。

其中"接新娘"一出，淋漓尽致地表现了土家族在某一个历史时期"抢婚"的特点：野蛮的"毛人"们不顾一名美丽少女的躲闪挣扎，不断拦截追捕，最后将她高高托举起来转着圈儿，"抢"入"洞房"。

欢快热烈的"肉连响"——

表演者袒胸露背，肌肤劲健，一次次以手击掌，击胸，击肩，击臂，击腿，击腰，击胯，击臀，击踝，击趾，并伴以跳跃翻滚的动作和口技哨音。其动作为"鸭子步""滚罐子""秧歌步""穿掌吸腿跳""颤步绕头转身跳"等等。节奏抑扬顿挫，风格刚劲粗野，表情滑稽诙谐，健硕粗糙的身体在手掌打击下发出鞭炮似的脆响，引起观者爆发出雷鸣般的掌声。

最后，新郎官与早已揭掉红盖头的新娘从新房里被邀请出来，在客人们的强烈要求下走到场坝中央，双双演唱了一曲民歌，歌名叫《一对凤凰飞出林》：

一对凤凰哟飞出林啦，
一对喜鹊随后跟啦。
凤凰含花花结果哟，
喜鹊含花果团圆啦。


花结果，果团圆哟，
花果团圆万万年，
花果团圆万万年
……


新郎新娘唱得正欢时，人丛中的向望鹤忽觉得他的右手被人重重撩起，搭在了另一只纤柔细腻的小手上。他微微侧目，只见身后站着脸庞圆圆、目光执拗的柳一曼；柳一曼的身边，则是满面红晕、惊艳无比的汪若萌。

向望鹤立刻心跳加速，他顺应着柳一曼一双手的牵引，不由自主紧紧地攥握住汪若萌伸过来的那只左手，直攥得热热地冒出了汗珠子。

向望鹤的嘴唇微微翕动，无声地应和着"花结果，果团圆，花果团圆万万年"的词儿，默默地翻肠绞肚地想，自己与这只纤柔的热乎乎的小手的主人公，是不是也像歌唱着的新婚夫妇一样，终会有"花结果，果团圆，花果团圆万万年"的一天呢？

甜美明丽的歌声，随同轻柔的雪花在空中舞蹈着、翻转着、飘升着，亮丽了整个难留山的林海与雪原。

向望鹤，汪若萌，置身于他人婚姻的殿堂上默默地扣着手，青春的激情在心室里火山溶液一般地横冲直撞，奔突喧嚣。两人的眼光越过人丛，落在远山，隆冬时节，他们发觉这世界上除了山重水复，就是好一片白茫茫大地真干净！

（6）

覃天石与樊小米两人尚在欢度蜜月的喜庆中，这难留城的人们又纷纷议论着几天以来林场里先后发生的两桩怪事情——

一件怪事隐约与覃樊二人的婚事有点儿关系，那就是黄满生突然发疯了。人们发现他一改往日八面威风盛气凌人的派头，不分白天黑夜，拖鞋跋袜蓬头垢面地在林场里四处乱跑，嘴里声嘶力竭地嚷着："我操！我操你这个小狐狸精……哈哈哈，我操，我操……"

黄满生的爹娘只好轮流着一个人跟班上工，一个人到处寻找着与追逐着他们的宝贝儿子，生怕他猴急马跳地栽到悬崖底下去。黄满生的老娘逢人便呜呜呜地哭诉："不得了哇，那天晚上，他灌了几瓶苕酒就发起癫来，屋里的锅盆碗盏都叫这龟儿子砸完了，门扇板壁也捶垮儿大方。我和满生他爹不晓得前世造的么子孽哟？……"

另一件怪事与林场里办的这场喜事根本搭不上界，那就是间歇性疯癫了好几年的田秋萤，终于神不知鬼不觉地自我了结掉，安安静静地独自追随着她的朵儿和朵儿他爹去了。

人们发现，当黄满生满山满岭疯跑时，原来总是喜欢在山路上奔来走去的田秋萤却突然销声匿迹，好几天不见影子。场长汪启润不放心，急忙约上几个人到她的小木屋里去打探。

众人踹开紧闩着的屋门，只见田秋萤从头到脚换上一身新衣服，黑白参半的头发梳得溜光，规规矩矩地仰躺在床铺上。

田秋萤的床前，零落着好一堆被火烧成黑末的纸灰；田秋萤的脚头，用一只小木凳安放着一盏因煤油熬尽早已熄灭了的墨水瓶子灯盏。

看来，田秋萤自己把一切后事都准备好了后，才平静地躺下，从容地死掉。也许是心里想着久违的夫妻、母女就要在另一个世界团聚，田秋萤冰凉的面孔眉头舒展，嘴角上翘，凝固成一种甜美的永远的微笑。

向望鹤也随同场长汪启润去看望了死去的田秋萤，其内心遭受到强烈的震撼。

向望鹤想起这中年女性一年多以前，曾经浑浑噩噩地满山疯跑，稀里糊涂地坠下悬崖，是他自告奋勇滑下崖壁将她救了起来。却想不到她还是在没有任何危险的家中走向死路，而且死得如此宁静，如此坦然，如此心安理得。看来，这世上，人的生命的价值，哪里比得上阴阳两隔的爱情与亲情呢？

也许，自己当时救人一命，反而延缓了她生离死别的苦难⋯⋯

默想中，泪水从向望鹤的眼眶里悄悄地滚落下来，犹如两串断线的珍珠！

# 第八章　云雨荒祠，海誓山盟效盐神

## （1）

如果说，从难留城脚下溯清江逆水行舟抵达双峰镇，就是四千多年前廪君巴务相等人驾驭独木土船举部西迁的起始行程，那么，2011 年四月中旬这个云淡风轻的日子，向望鹤等巴文化追寻者乘坐"清江之翼"的这趟返程之旅，恰是一种人类历史的精神复蹈，一种民族文化的意向回归。只不过由于时光裁汰，清江两岸的自然生态与原始时代相比，早已改变得面目全非；由于现代人的梯级开发，清江水位更是在古河道的基础上提升了二百余米。因此，远古巴人那种穿高峡、切幽谷、战恶浪、闯礁丛、驱鬼魅、斗凶兽的生命体验，从此永远进入到史册的字里行间，折叠到人类抽象而迷茫的传奇思维中。

老教授向望鹤随同学术考察队在难留山林场滞留了三个夜晚，到第四天上午，方随众人离开他四十多年前的插队扎根之所，再次登上"清江之翼"的船舱，前往双峰镇一带继续考察。

三十多公里的库区水道，对于现代交通工具而言，不过近在咫尺。平湖波光船移景换，峭壁丛莽稍纵即逝，刚刚还是山重水复，转瞬间又柳暗花明，古人以无数个昼夜拽动长纤、桨击橹摇所打磨的艰辛路，早已深埋在岁月长河的涡心里，在现代人神往而风趣的谈笑声中缥缈如烟，氤氲若梦。

干瘦干瘦的巴文化研究会秘书长孟效良擎着半导体喇叭，绘声绘色地复述着廪君巴务相巧遇盐水女神的往事："当年，廪君巴务相率领他的五姓部落，离开武落钟离山的"赤黑"二穴，就是顺着我们今天行船的这条水路向西进发的。他的船队启程不多久，即在这上游方向的盐阳遇上了美丽而多情的盐水女神。当然，巴务相走过的路，绝对不会像眼下这样的波平浪静，那应该是一条乱石历历、激流险滩防不胜防的真正意义上的无路之路，现已淹没在这两百多米以下的深水里面去了。"

"孟老师，您认为，传说中的盐阳，究竟是在双峰镇一带呢，还是在更上游的施州市区一带？"向雨鹭问。

"嗬，我们不正是在考察过程之中吗？雨鹭姑娘哇，你若是愿意走遍双峰镇，再走遍施州地面乃至整个鄂西南，你心中就会有一片属于你自己的盐阳了。其实，每一个关注历史民族文化的鄂西南土家人，内心里都有一片不尽相同的盐阳。"孟效良回答。

"那好，你就讲一讲巴务相与盐水女神第一次相会的情景吧！他们俩分属于不同部落，却为何会在这盐水之岸一见钟情呢？"向雨鹭说。

孟效良扫视一眼众人，正欲开言，忽然看见倚在甲板一侧的覃天石与向望鹤正在窃窃私语，于是委婉地回答向雨鹭："要抖弄关于清江的传说故事，有咱们的歌王、鼓王兼故事大王覃老头在，我还真不敢班门弄斧。雨鹭，你就叫你的覃伯伯讲讲这段传奇吧，他这人可真是说的与唱的一样中听！"

覃天石听得真切，也不推辞。他环顾众人，又定睛审视了一眼向望鹤，顺手夺过孟效良手里的喇叭侃侃而谈："各位专家，廪君与盐神那一段阴差阳错的爱情，其实与一个古老氏族的风俗有关。老辈子说，凡'比兹卡'的黄花闺女，如果她的身子被某男子偷窥了，就必须嫁给这个男子，否则就是不贞、不洁，就无颜活在世上。我想，廪君乘船第一次来到盐阳，首先看到的盐水女神应该是正在盐水河中沐浴的裸女。就是因为巴务相无意间偷看了女神的身体，才不得不按照当时当地的习俗，接受女神以身相许，非伊人而不娶。故事结末的盐神之死，仍可视为是死于一类风情。"

"《九歌·少司命》中'与女浴兮咸池，晞女发兮阳之阿。望美人兮未来，临风怳而高歌'的句子，大概就是指的这回事情。屈夫子的《九歌》，原本就是取材于巴人的民间歌谣。"孟效良插言。

覃天石接着说："当时的盐水女神，是盐阳一带母系氏族的部落首领，能歌善舞，美艳无双，她统领她的部落，在这片土地上捕鱼冶盐，猎兽采集，过着有滋有味的日子。但美中不足的是，这片土地难以留住南来北往的男子汉，缺少真正意义上的爱情与婚姻。廪君偷窥裸浴中的盐神，也许是盐神以'若不与共居，即拼将二人必有一死'的话语相要挟，巴务相方不得不接受盐神的求婚。就是在这盐水河畔，两人对天盟誓，结为伉俪……"

（2）

随着覃天石的讲述，向望鹤的思绪的荧屏上，飞速闪过一幕一幕如此这般的图景——

年少英俊的巴务相，与貌若天仙的盐神一同蹈入温润香软的盐水，不由浑身爽畅，飘飘欲仙，长途跋涉的劳顿很快烟消云散，风尘、毒疮、脚气，被盐水洗涤得荡然无存。他振臂腾跃在浅水滩上，快活得一声一声地大喊大叫：

"直尕思得（好得很）！直尕思得！"……

巴务相与盐神双双跪伏在盐水之滨的柳荫下对天盟誓，两人周围百鸟翩飞，蝴蝶盘旋……

巴务相与女神相携相拥，步入悬崖石壁一眼一眼太古般深邃迷茫的天然洞穴，在幽邃的洞室深处，在原始的泥床草席之上，他们俩日夜缱绻，同享男欢女爱之乐，使得荒洞古寨处处弥漫天地交会、阴阳融合之气息，处处传响酝酿生命、繁衍子孙之余音……

巴务相用巴氏短剑斩下一束"青缕"（头发）高高托起，那束青缕在云空中飘荡着，飘荡着，尔后缓缓飘落在女神的纤纤玉手中，并被他庄重地系于粉嫩的颈项之上……

覃天石的声音充溢着一种歌唱般的磁性，抑扬顿挫，节奏分明："……当时，巴务相被盐神姑娘所倾倒，竟把部落西迁的使命抛在九霄云外，他的船队在歌舞升平的盐阳滞留了若干时日，由此招来五姓部落一片谴责声。巴务相意识到自己重任在肩，就向女神告辞西行。女神不愿与夫君天各一方，百般挽留，她劝说巴务相定居盐阳，愿意将自己的部落、土地与物产全数交给巴务相，并协助他成就王业。众人见他们的首领无法摆脱女神的脉脉温情，遂趁女神部落疏忽的时候，强行将巴务相劫持上船，撑起长篙，拉起长纤，连夜离开盐阳向西边飞速进发。女神知晓后，急忙驾起小舟在后面穷追不舍……"

覃天石的讲述，显然与《世本》《后汉书》等典籍所载的情节大有出入。没有七天七夜不知东西所向的对峙，没有馈赠青缕的阴谋与陷害，而是涵纳着非常浓郁的民间色彩。他说："那女神一边荡起双桨，一边发出声声呼唤：'哥哥回来！哥哥回来呀——！'可是，回答她的竟然是五姓部落飞蝗般的乱箭。其中有一支箭，飕的一声射中女神粉嫩的脖窝，鲜血喷泉般地涌出。负伤的女神眼见夫君的船队渐行渐远，禁不住大放悲声，泪洒长河，她的哭声伴同着'哥哥回来、哥哥回来'的呼唤，在山峡间久久地回荡。呼声未毕，彻底绝望的女神将身一纵，投入到波涛滚滚的江心饮恨自尽……"

覃天石的故事讲到盐水女神中箭负伤、歌哭投江之际，船上的几个女子无不唏嘘叹惋，向雨鹭更是掩面啜泣，泪如雨下。

向雨鹭说："这故事太悲惨了！盐水女神守护着一片有盐、有鱼、有秀山碧水的热土，为什么偏偏要把她的生命搁上爱的祭坛呢？那个薄情寡义的巴务相，真的值得她以最可宝贵的生命相托付吗？"

一脸大胡子的陈嗣说："雨鹭呀，不同的人认识事物的观点往往大相径庭。也许在盐水女神的眼里，人若失去了爱，一切富足、威权与地位直至生命本身，都会失去存在的价值。但巴务相与他的五姓部落，显然把所谓功业，看得比爱情要高出许多。"

向雨鹭转向覃天石："覃伯伯能不能告诉我，这个悲惨故事的结局到底是怎样的？廪君与盐水女神的爱情，最终留下了他们的后代根吗？"

覃天石回答："后来，巴务相到清江上游建起一座夷城，据说，他就是最早的巴王。又过了若干年，廪君死去，他的灵魂化成了一只白虎。至于他们的爱情是否留下后代根，我想，这答案应该是肯定的。不然，为什么我们武陵山的'比兹卡'人，都尊奉他们二人为祖神与祖神娘娘呢？"

陈嗣对他身边的向雨鹭和陆永真说："盐水女神死后，化成了一种水鸟，名为'恨虎'。'恨虎'鸟的鸣叫声也特别古怪，它反复叫着'行不得哥哥，不如归去''行不得哥哥，不如归去'……年轻人哟，这世上的一个'情'字，生死纠缠，着实了得！"

## （3）

说话间，"清江之翼"的游船早已临近双峰镇。

向望鹤举目四顾，但见青山脚下江水悠悠，山影悠悠，清江北岸果然有两座母乳般的山峰倚天并立，日光映射下的丹霞石壁灿若霓虹，大大小小的天然洞穴在林木繁茂的石壁上时隐时现。紧傍库区的"双峰"脚下，是一片并不算开阔的坪坝子，无数全新的土家木屋与水泥楼房鳞次栉比，和谐地组合成依山傍水的长街短巷。向望鹤大睁着两眼在两岸一重重峭壁上反复搜求。他意识到，他曾经熟识的那个顺着河谷延伸的古老的双峰镇，那些临江的沙洲、礁丛、小路、石梯、瓦舍、茅檐与纤瘦不堪的窄街陋巷，早已掩埋在库区的深水里面去了，永远也不可能复现了！尽管移民新镇比河谷里的老街不知道进步了多少倍，但一种深深的失落感，仍然啮咬着向望鹤的心叶。他的眼眶竟与这库区一般，泛滥成了汪汪一片泪湖水。

游船泊在北岸，众人纷纷走出舱间，在几名镇领导的热情迎候下，步行不过二百余米，考察队员们就走在了双峰镇这座移民新镇的街道上。

那是一张白纸彩绘成的最新最美的图画：所有的建筑物均是焕然一新，整齐划一。靠山根，一排排青灰色的水泥砖房摩肩接踵，楼层不等，但门扇窗棂与阳台栏杆，无不用淡绿色油漆涂抹得色泽鲜丽；顺河岸，则是一幢幢青灰色瓦脊相互连缀的吊脚木楼，崭新的柱头、穿枋、板壁与门窗，均刷着赭黄色的油漆，瓦顶一律飞檐翘角，水泥钩缝，檐口上悬挂着颇具农家风味的玉米棒与红辣椒串串等物，而吊脚楼的基脚则全是钢筋水泥浇铸的柱子，排排耸立在临近库区的坡根脚下。楼房之间的水泥街道较为宽敞，两旁均有整齐的阶沿与柱廊，中间可供三车或四车并行。店铺、摊点的日杂百货琳琅纷呈，商业广告牌花样翻新，穿来走去的行人熙熙攘攘，不时有鸣着喇叭的农用车、摩托车与自行车在人丛里从容行驶，时走时歇。

离开人流熙攘的街道拐弯向北，顺缓坡登上约莫五十来步水泥台阶，一座四合天井式的院落映入众人眼帘，这就是双峰镇人民政府所在地。最前面的那幢四层大楼，一楼正中是一个很大的门厅。进入门厅，穿过门洞，有楼梯从左右两边可通往各个层次，楼上楼下的所有房间均悬挂着党委与政府一些办公部门的门牌。天井式的广场后面同样是一幢四层楼房，一楼为大小会议室，以上各楼为人民政府招待所的客房。广场左右两边各有二层木楼一幢，分别为职工宿舍、食堂与库房等。楼房中间，拱卫着占地十来亩的一方绿色广场，广场上除了花坛、草坪、水泥便道与健身器材外，正中央还立有一座民歌《黄四姐》中的石雕，即歌唱着与舞蹈着的一对男女石像。从石像的服饰与手里的道具可见，男的是摇着拨浪鼓的货郎，女的是采购五色花线的山村少女。

考察队员们被东道主引领着穿进门厅，跨过广场，分别安排在广场后面那幢大楼的客房里落脚。众人从"黄四姐"的雕塑上，感受到了一股扑面而来的土家族山乡的文化气息。在房间里稍作停留后，众人几乎不约而同来到广场上，一个个对着那组雕塑品头评足。

孟效良趁机以夸张的口吻向客人介绍土家族民间花鼓小调《黄四姐》，并执意要覃天石与镇里的妇联主席小黄现场演唱。两人相视一笑，果然配以简单的舞蹈动作对唱起来。民歌中，男女二人分别以丝帕子、玉镯子、丝光袜子为定情物反复对歌，其自娱自乐性，反复张扬着土家族人对于爱情与婚姻的开明态度，特别幽默风趣的唱腔与形同东北二人转式的舞步，很快逗得所有的围观者捧腹大笑。

向雨鹭和陆永真举着相机往来穿行，从不同角度拍摄着广场上那组静态的雕塑与那组动态的舞蹈。

在向望鹤眼里，覃天石与小黄的歌舞表演，分明就是"黄四姐"雕塑最为鲜活最为动人的翻版。稍显不足的是，小黄虽然年轻貌美，活泼热情，但她的音色，显然不如仙歌子樊小米那样地玉润珠圆，那样地洒脱浪漫。

想到樊小米，向望鹤又进而想到汪若萌，他的眼睛再次起潮。

对照着眼前这全新的双峰镇，向望鹤的思绪飞速闪回到1970年的8月中秋。

那个中秋节是一个阴晦的雨天，从难留山林场下山走得两腿红肿的知识青年向望鹤，在当年仅有一条窄窄石板街的古老的双峰镇的小旅店住了一个晚上。次日起床，他在商店里左选右选，购买了几本鲁迅先生的小册子，还购买了一只编织得特别精细的竹背篓。

向望鹤知道，从当年那湫隘破败、贫困荒野的小镇乘船过江，然后顺着清江河谷向东走，跨溪越涧不上三华里，便可到达幽深秀丽的女儿寨。女儿寨，有他永远难忘的山垭与碧溪，有他终生铭记的桂花树和石拱桥，还有那幢竹林深处独门独院的小木屋。就是在小木屋里，向望鹤受到汪若萌和她的母亲许淑珍热情的接待；就是在那棵桂花树下、石拱桥上，向望鹤与艳如山鬼般的清江才女汪若萌两情相悦，山盟海誓，尝试到魂悸魄动的初吻，并互赠信物托付终身……

心事重重的向望鹤尚未听完《黄四姐》的对歌，竟不由自主独步走出政府办公大楼的门厅，顺着街道旁的柱廊向东走。

不一会儿，他已置身在清江之岸的一方石台上如痴如呆。

向望鹤放眼凝望水波浩荡的清江库区，睁大眼睛从浅水向深水读去，从水面向水底读去，恨不得读透清江谜一般的深层：哟，就在这被水淹没了的南北两岸，多少往事不仅如烟如梦，而且连凭吊的处所也水尽云散、无可寻觅了！他翻肠绞肚地想，我那梦绕魂牵的石板街、盘山路、女儿寨，我那铭心刻骨的桂花树、石拱桥、小木屋……你们怎么会一股脑儿全从这世界上莫名其妙地走失了呢？你们在深水的浸淫与汰洗中，是否还会多少有一些旧时的印记？你们沉落了，你们不在了，那么，那一只柔韧牢实、周身都是油漆彩绘的竹背篓呢？那个"折芳馨兮遗所思"的我青春韶华时期美艳无双的恋人呢？

一只手，重重地搭上他的肩头。

向望鹤猛一回身，他看见眼前竟是覃天石那双充满着关切与悲戚的眼睛。

"望鹤老弟，我知道你在想些什么。"

向望鹤没有回答，只是面向着平湖似的清江长声嗟叹。

"多少往事，多少世情，都淹没在这深水里面去了。还是孔老夫子那句话说得绝呀，逝者如斯夫，不舍昼夜……"覃天石似乎应和着向望鹤的叹息，也似乎是在自我解嘲。

（4）

到达双峰镇的当天下午，考察队员们在覃天石等人的引领下，沿着北岸从丹霞石壁上开凿出来的盘山路，踏访了"双峰"之一的朱砂岭。

向望鹤记得，这朱砂岭，恰是由早已沉落在江心的双峰镇老街通往难留山林场旱路的必经之处。他下乡插队期间，无数次往返于这条攀附着丹霞石壁的山径小路。当年的路，由一段一段人工凿成的悠长悠长的石梯子与埋在密林荒草间的"之"字拐组成，时隐时现，大起大落，不时还得穿山钻洞，险要异常。四十多年后，双峰镇老街不在了，代替它的是一座变了位置的全新的移民新镇；那条灰蛇一般的山径小路也难觅其踪了，代替它的是一条由江边盘旋而上的曲曲弯弯的水泥公路。

朱砂岭的文化景观，仅有一座修葺一新的德济祠，人们俗称为德济娘娘庙。这庙茕茕孑立在悬崖峭壁之端一片浓密的竹树丛中。

庙并不大，占地不过四十平方米，四壁由赭红色的火砖砌成，砖缝由石灰勾勒成白色的长方格子，仅南边临江一壁被石灰涂成白色的粉墙。庙顶覆盖灰黑色的瓦片，高高翘起的四个檐角均塑制成鸟的脖子、头颅与尖喙。正中的脊顶，则是一只振翅欲飞的大鸟，一身灰黑色的翎羽，两粒黑豆似的眼睛。庙前有长长的石级攀崖走壁一直抵达山门，山门左侧，有一道水桶般粗细的悬泉从高处飞漱冲荡，珠玉四溅，一头砸在崖下的乱石深沟内轰然作响。右侧靠后一点，则是一眼翠竹与藤萝半掩着的山洞，洞口里弥散出一嘟噜一嘟噜的白雾，给人一种巨兽张开大嘴似的神秘兮兮的感觉。

门额的木匾上篆刻着"德济祠"三个大字，门框两旁的楹联为：

青缕遗恨任宇中云来云去痴情无悔
弩箭穿胸看世上花落花开爱心永驻

走进庙门，一眼可见正厅上袅袅婷婷地立着德济娘娘即盐水女神的汉白玉雕像。她面容祥和，发丝纷披，上身半裸，腰间系着草裙，左手擎一只盛水的竹筒，右手扬起一段弯曲的柳条。她似乎正在用柳条掠起竹筒中的净水向着空中挥洒，让前来叩访的子孙们领受她源源无尽的恩赐。

女神雕像之前，并排安放着积满香灰的三只香炉，没有燃尽的香签密密匝匝地插在香灰里，缭绕着一缕一缕香气馥郁的蓝烟。

两厢彩绘的壁画，一边是廪君的船队操着长篙短桨拼尽全力逆水行舟，一边是踏着云团的盐神及其侍女们凌空作法呼风唤雨。画幅的下方波涛层叠，巨浪滔天，浪谷波峰之后，隐约可见排排耸立的悬崖绝壁。从画的意境可见，盐神与廪君虽然两军对峙，但均在共处的一脉盐水之上求生祈福，各以不同的方式探索着生命至境。

向望鹤怀着忐忑不安的心情踏进德济祠的山门，刚与正厅上德济娘娘的雕像四目相对，禁不住心旌震颤，目瞪口呆：呀，这雕像的面孔好熟悉，这雕像的神态好逼真！她哪里只是数千年前盐水女神的化身？那祥和妩媚的双颊，那秀挺端庄的鼻梁，那紧蹙而高挑着的蛾眉，那倔强任性而又冷峻孤傲的一对黑星星似的大眼睛，那仿佛在徐徐飘拂着的几缕发丝，那好像涵纳着千言万语的微微翕开着的丹唇……她，分明就是当年自己热恋着的山乡少女汪若萌啊！是何方工匠，如此奇巧生动地将自己的记忆与幻象点化成眼前的实景？这……究竟是怎么一回事呢？

覃天石仍以磁性的声音，向客人们介绍着关于盐阳与这双峰镇的关系。独有向望鹤的思绪，早已游离在盐水女神的故事之外，游离在极其古老的盐阳之外。他瞩望着女神的雕像，想起了四十年前的那一个午后，那一场暴雨……

那是 1971 年的季春时节，满山满岭的映山红在绿树丛中宛如一堆一堆野火，烧得清江两岸的崖石与谷壑明焰如炽。然而，因爱情受到梗阻的向望鹤在这明媚的春景里，心头仍然笼罩着厚沉沉的阴云。

自覃天石元旦新婚后的几个月以来，他明显地感觉到，场长汪启润总是警觉地盯视着自己，不时在大会小会上强调知识青年要强化思想改造斗私批修，千万不能滑向违纪与犯罪的深渊。向望鹤知道，场长是在有意无意地敲打着他。可以想见，汪若萌更是受到了其父极其严格的管束，他与汪若萌的书信往来只好彻底地偃旗息鼓。两人把火焰般的爱情埋在心底，彼此思念得翻肠绞肚时，唯能通过柳一曼与樊小米的捷径，间接倾诉内心的苦衷。

晴雨无常的四月下旬，向望鹤受场部指令，携着行李卷驻进了在双峰镇举办的一个下乡知青学习班。这学习班的内容是批所谓"修正主义教育路线的回潮",全盘否定"文革"以前的十七年教育制度。学习班进行了整整五天,向望鹤始终一言不发,直到学习班结束的前一天,柳一曼来到双峰镇,约向望鹤在公社大院的一条走廊里见了一面。向望鹤走进廊道,柳一曼什么也没说,只是匆匆塞给他一张小纸条,然后拔步离去。向望鹤展开纸条一看,只见上面写着:

明日午后你回难留城时,我来送行。萌

果然,次日学习班结束后,向望鹤背着简单的行囊刚刚走出老街街口,正欲踏上通往朱砂岭的石梯子,就看见亦悲亦喜的汪若萌早已守候在路旁的一片竹丛里。她,仍然是素洁的白衣蓝裤,仍然是流盼动情夹杂着似嗔似怨的黑星星般的眼神。背上,还背着向望鹤送给她的那只竹背篓。

向望鹤环顾左右,见无他人,遂急风急火地走近竹丛,声音颤颤地说:"萌,我好想你!"

汪若萌凄然一笑,两行泪水夺眶而出:"鹤,我来送送你。今天,妈让我来集上打煤油,时间尚早,我可以把你送到朱砂岭那边的垭口上,然后再回家不迟。"

向望鹤轻轻撩起她额上遮蔽住眼睛的一缕秀发,说:"难为你了,萌!走吧,你上前。"

汪若萌执意要与向望鹤并肩前行,并倔强地抓握着向望鹤的一只手掌。

他们走得很慢,久久无语,小路上唯有一声一声微微的喘息。

登上朱砂岭的半山腰,阴郁的天空忽然风起云涌,并且很快砸下大颗大颗的雨珠子。向望鹤回望一眼脚下深邃的河谷与幽长的老街,说:"萌,早点回去吧,这天气……眼看就要下大雨了。"

"不,今天纵然下刀子,我也要送上你一程的。"

春夏之交的雨,说来就来,猝不及防。铅灰色的云团从天际山崩似的席卷过来，竹木呼啸，巨树晃动，低处的丛林翻涌起重重绿浪，几阵狂风吹得人周身发凉。几秒钟的时间，白亮白亮的雨点子就砸湿了小路的石板，草木与灰尘的腥味，随着水汽的弥散直钻鼻孔。

豁的一道闪电将天空撕成碎片，但很快就熄灭了，轰隆隆的雷声滚过层崖的巅端，铺天盖地的响雨从东南方向千军万马似的渐渐迫近。怎么办？两个人伫立在山石路上进也不是，退也不是。

这时，汪若萌指着一条草丛里的岔路对向望鹤说："鹤，由此走上百来步的崖上有一座破庙，我们权且到那里去躲躲罢！"

（5）

两个人踏上岔路口一阵小跑，果然发现高高的崖石上有一座庙台。

登上庙台，但见那座庙的瓦顶早已坍塌，山墙残破不堪，倾斜的庙门内，只剩下历历乱石、残破砖瓦与萋萋蒿草。好在紧傍破庙右侧有一眼洞穴黑黢黢地迎候着他们，洞口内喷射出缕缕雾气，犹如一只巨兽正在呼吸着的大嘴。向望鹤不由分说，搀扶着已被雨水淋得透湿的汪若萌任"巨兽"将他俩衔进嘴里。一块从庙基上倒塌下来的长方形青石板刚好横陈在洞口内，就成了两人暂时得以避雨休憩的长凳。

闪电在燃烧，雷霆在咆哮，洞外的泼天猛雨转瞬间成了无边无际的雨帘，扯天扯地，汹汹而下。除了这眼深不可测的幽洞，除了遮蔽在洞檐上剧烈抖动着的藤萝与荆丛，除了洞口外被雨道子肆意击打的碎砖破瓦与一丛悲鸣着的修竹，整个世界都远远地退避在视域之外。

向里瞧，这洞口约有一间农家堂屋般大小的空间，但纵深不知有多远，向山腹内通达着，阴沉沉地看不透底。洞壁呈朱红色，其上留有几眼方方正正的人工榫孔。洞内曲曲弯弯地流出一道深溪，溪水清亮见底，在洞口边绕过竹丛和散碎的一堆砖石注入崖下，形成一道水桶般粗细的悬泉。

阵阵冷风捎带着水汽灌进洞口，被雨水浇透的向望鹤禁不住连打几个寒战。他急忙无限疼爱地回身望了望身边的汪若萌，但见她乌黑的长发淌着雨水，湿漉漉的竹背篓仍然紧扣在她的背上，两手用一条小手绢缓缓地擦拭着头脸。

向望鹤站起身，从汪若萌身后端起竹背篓，说："把背篓放下来吧，不然，湿淋淋地勒在身上怪难受。"

汪若萌顺从地从背篓系里腾出双手，让向望鹤将竹背篓端下来倚靠在洞壁的一侧。由于白色的衬衫已被雨水浸透，她情不自禁地提着衬衫的领口抖了几抖，想让湿衬衫与自己的肌肤拉开一点距离。

就在这时，刚放下背篓的向望鹤忽然惊呆了：不经意间，他从汪若萌的颈项一侧向下看，竟然一眼瞥见了她衬衫领口内白皙细腻并且荧光闪亮的胸肌，瞥见了天蓝色乳罩内，半掩半露着的一对鼓鼓囊囊的乳峰！也许是因为浸透了雨水，薄薄的乳罩根本掩饰不了那乳峰骄傲挺拔着与微微颤抖着的圆锥形体。在向望鹤的眼里，那是一对皎洁灵动的玉兔，那是一双振翅欲飞的白鸥，那是两盏茫茫暗夜里晶莹圣洁的冰灯，那是天地万象中美的极致、魂的震颤！这世上的珍珠玛瑙、黄金白银，怎能与如此生命力健旺的冰肌玉肤相提并论？此时此刻，若与他一年前在难留城高爵溪兀自偷窥汪若萌等三女子天然野浴相比，其魂悸魄动的眼福更为直接，更为切近，更为逼真，他几乎能看清她光滑肌肤表面每一根细细的含珠噙露的茸毛，看清她透亮肌肤潜层里每一道微微瑟缩震颤着的经络！

向望鹤嘴里发出的声音，犹如风雨中剧烈飘摇着的草茎一样抖得厉害："萌，我……我是不是在……做梦？"

汪若萌闻声回过头来，见向望鹤在身后居高临下窥视着自己的衬衫领口，潮湿的脸上立刻泛起一抹红晕。她慌乱地抿好衬衫领口，一双同样潮湿的黑眼睛凝望着他，嘴里含情脉脉地回答："……对，是梦，你我的一切，都是一场梦！鹤，但我总是渴望着好梦成真！"

雨帘背后，又是一道穿透茫茫水世界的豁亮的闪电。

紧接着，轰隆隆的一阵雷声，车轮般碾碎了一对年轻人本来特别矜持也特别脆弱的理智。

向望鹤感觉自己大脑充血，眼睛发潮，心脏钟摆一样晃荡，某些部位膨胀与烧灼得难以控制。他再也按捺不住自己本能的冲动，趁洞口上方巨雷炸响之际，不知从哪里来的勇气，突然张开双臂，不顾一切从汪若萌的身后拦腰抱住她，两手急不可耐地滑向那对隔着湿衬衫的骄傲的乳峰……

一切都十分突然，一切都十分简单。

两个人坐在青石板上四臂交叉抱成一团，两张嘴的唇与舌，迅雷不及掩耳般胶合在一起……在狂热的拥抱中，向望鹤拼命吮吸着汪若萌馨香无比的发丝、源源不断的泪水、凉热混合的芳唇、水汽熏蒸的脖窝……汪若萌似乎是在拼命地躲闪与抗争，也似乎是在以眼还眼、以牙还牙地进击。在雷电守护、猛雨隔绝的二人世界里，他们像一对柔道比赛的运动员一样缠绕在一起，摔打在一起，拼杀在一起。他们牛一般地喘息，猫一般地呻吟，看样子，均恨不得一口贪婪地吃掉对方，同时也凶狠地吃掉自己！

他们俩终于摔倒了，抱成一团的两具热血贲张的身体，双双躺卧在那方婚床一样的青石板上。

于是，因荒祠倾颓而横卧在榛莽与洞室里的青石板，成了一对恋人盲目献身的祭坛，也成了他们栉风沐雨和耕云播雨的婚姻的殿堂。

向望鹤一只手拥抱着恋人盈盈一握的腰肢，另一只手发疯般解开她胸前与身后的纽扣。他以指端反复抚弄着她因娇喘阵阵而起伏不停的酥软胸肌，激动得泪如泉涌。他将嘴唇贴近她的耳际，一边喘着粗气一边切切耳语："萌，我要……"

仰躺在向望鹤身子下面的汪若萌一边流泪，一边重重点头："鹤，我交给你，我把我完完全全地交给你……只要你我曾经拥有，还奢望什么终生厮守？"

湿漉漉的衣服，从灿烂而娇羞的身体上剥离开来，一件一件被抛掷在洞壁的一侧。

向望鹤剥着恋人的衣服，恰似借助溪河剥洗着一段白色的莲藕。

湿漉漉的秀发从石板上披散下来，在石丛中与溪沟里波浪般地颤动。

那对黑星星似的眼睛，在长长的睫毛环拥中，盯得他入骨入髓。

那试图快速奔跑着的一对玉兔上蹿下跳，显得活泼而又健美。

喘息与呻吟时起时落，一声声共振如琴，唱和如歌。

热吻与抚爱交错并用，一次次酣畅若醉，痛饮若渴。

婉约时，分明是"酒醒何处，杨柳岸，晓风残月"……

豪放时，堪比那"大江东去，浪淘尽，千古风流"……

猛雨依旧，雷电暂息，翠竹含泪，藤蔓低垂，幽洞无语，溪瀑喧豗……

久久，洞外的急雨渐渐缓和，洞内才慢慢地云收雨住。

两人头挨着头仰躺在横卧着的石板上，一任石块草茎烙着背肌，一任冷雨清风吹干汗渍。向望鹤双手枕头，痴望洞穴顶壁一排一排倒悬着的石笋与石菌之类的凹凸物，幸福而晕眩地想唱，想喊，想笑，想哭。

向望鹤偷偷瞥一眼那方充作他们婚床的青石板，再瞥一眼汪若萌两腿之间的隐秘处，他发现几缕碧血淋漓如烛，灿烂如霞，奇美如花，还有细细的几缕蚯蚓般地蜿蜒着汇入脚下的溪沟，忍不住心疼地瞩目汪若萌倦意沉沉的面容。他见她的泪水一直浸染到耳轮与鬓角，紧闭着双目无声地隐泣，内心里顿时涌起一种深深的负罪感。

"萌，我把你弄疼了？萌，你为什么要哭？"

"不，我是太高兴了，我实现了做一个女人的美丽愿望。"

"永远永远，我是属于你的。今生今世，非你莫娶！"

"我也是。今生今世，非你莫嫁！"

"萌，我爱你，爱你爱你爱你……"

"鹤，有了今天，此后我死不足惜、死不足惜……"

（6）

不知道过了多长时间，汗水渐干的向望鹤翻身坐起。他轻轻掰下崖壁的两块石头，拾来一捆焦干的树枝码在洞内，用石头撞击出几点火星将树枝引燃。

火苗一束一束地窜起，向望鹤将汪若萌的衣服一件一件烤干，又一件一件地给她穿在身上。然后，自己才整束好半干半湿的衣装，就着火堆，继续与汪若萌并坐在横卧着的石板上热烈拥吻，抿咂有声。

也许是火的温暖笼罩着他们，也许是吻的甜畅刺激着他们，两人用肢体语言交流着，禁不住再次宽衣解带，忘情地搂抱在一起，翻滚在一起，恨不得将自己冰块一般地融化在对方的身体里……

树枝渐渐燃完，火光小了下去，两人才重新扶持着坐起，慢慢地整理衣襟与散乱的头发。不经意间，向望鹤眼睛的余光扫视到洞口外边的一堆瓦砾碎砖，他突然发现雨水浸渍的砖石堆里，有一张灰泥塑成的人的面孔，忍不住惊讶地叫了一声。

汪若萌抬起头，关切地问他："怎么？我咬疼了你的嘴唇？"

向望鹤指着砖石堆里的面孔，慌张地说："若萌你看，那里，好像是一个人……"

汪若萌放眼望去，微微地叹息一声。她挣开向望鹤的拥抱，走到那张水泥塑像前面，两手在砖石堆里翻拣着，向望鹤也急忙赶来帮忙。

不一会儿，两人就从瓦砾堆中刨出一具残损不堪的半身塑像。他们将塑像捧起来，搁置在洞口一侧的一个平台上，让塑像的脸面尽可能正面置立，目视洞外。

那是一具残损的女性的塑像：细长的眉梢，弯曲的眼睛，秀挺的鼻梁，微微开启的双唇，鹅蛋形的脸颊与下颌。她的头部与颈部均已残破，胸与两臂之下不仅体无完肤，而且粉身碎骨，唯有麻绳缀连着的若干零落散碎的苍灰色泥块。

向望鹤颇有几份伤感，他问汪若萌："她是谁？大慈大悲的南海观世音吗？"

汪若萌摇着头回答："不是。这座庙，人称德济娘娘庙，她应该就是德济娘娘，又叫盐水女神。盐水就是清江的古名，因此，她是守护我们这条清江的女神。"

雨，虽然小了许多，但仍然未能完全停止。就是在这破庙与幽洞的衔接处，在那方因倾圮而横卧的青石板上，汪若萌凝视着女神残损的面容，无比凄艾地讲述了盐水女神为情殉身的故事。

汪若萌的讲述，基本上忠实于《世本》中所载的故事原貌。如：廪君巴务相率部途经盐阳，与盐水女神一见钟情；巴务相在爱情与事业的矛盾冲突中举棋难定；盐神借助巫蛊之术化为飞虫，令天地晦暝七天七夜，使巴务相部落的土船们进退维谷；巴务相为了他的部落，不得不使用馈赠"青缕"的阴谋，令盐神"受而缨之"；巴务相用弓弩射杀盐神，尔后离开盐阳，"君乎夷城"……

汪若萌极其沉痛惋惜的腔调，为她的讲述注入了绵绵悲情。

向望鹤听得感慨连连，不胜嗟叹。

最后，汪若萌以痛楚而震颤的声音说："鹤，你与我，会不会是巴务相与盐水女神命运的现代版本？我们终会落得个歌残舞榭、落花流水的结局吗？我怕……"

向望鹤张开双臂再次紧紧地搂住汪若萌，说："萌，且让我面对可敬可悲的德济娘娘起誓，我向望鹤若始乱终弃，心生变异，就让我天打雷劈，死无葬身之地！"

"别……鹤，我相信你，你不能起这样的毒誓！其实，只要你过得幸福，在今后漫漫的世途上，你也可以……重新选择……"

汪若萌话未说完，早已泪如涌泉，痛哭失声，几乎在向望鹤的怀抱里昏晕过去……

暴雨完全停了，洞内流出的深溪已变得浊浪滚滚。它冲出洞口，绕着垮塌成瓦砾堆的破庙兜了半个圈子，轰轰轰地向着深谷里倾泻而下。

眼见得时候不早了，向望鹤与汪若萌站起身，恋恋不舍地打量着这个洞室与这方横卧着的石板，然后各自背起行囊包与竹背篓走到瓦砾堆旁，望着一地残砖碎瓦，唏嘘不已。

暴雨后的下午，半阴半晴的天空长虹斜跨，霞彩如血。崖石上，残破庙宇被雨水洗涤后的砖瓦石头及其从乱石缝里生长出来的束束荒草，恰似浸泡着盈盈泪水。唯有那道飞漱冲荡的悬泉兀自啸唱，倾诉着世人听不懂的喜泪悲声。

"萌，这座德济娘娘庙，何以会变成眼前的这个样子？"

"这庙的正式名称叫德济祠，因为庙里供奉着德济娘娘的塑像，老百姓都叫它德济娘娘庙，也不知建造了多少年月。'文革'以前，香火旺盛得很，听说凡是顺着清江河放排路过这里的排工，都要上岸来祭上一炷香，求这位清江女神保佑他们劈波斩浪，如履平川。1966 年秋天，镇里的一帮造反派到处破'四旧'，竟然用一包几十斤重的炸药把这德济祠给炸平了。当年炸庙的领头人，就是你们林场的那个黄满生。"

"唉！德济娘娘是清江的神，也就是说，她就是这条江的偶像，怎么能说是'牛鬼蛇神'呢？"

"在造反派的眼里，一切古老的东西都是'四旧'，都是'牛鬼蛇神'。鹤，别说了，这世界上的许多事，咱想不透，也理不清，只要你我在心中各自祭奠着属于自己的偶像就是了！"

高崖，悬泉，深溪。

幽洞，雷电，骤雨。

倾圮的古祠，零落的砖瓦，倒塌的石柱。

残损的偶像，悲凄的传说，荒唐的运动……

难以言说的人间悲苦，经天纬地的美丽爱情，搅拌着一对情侣火一般炽烈的欲求和他们对于这个世界的迷茫，从此，永远山重水复般纠结在向望鹤记忆的深处。

（7）

20 世纪 90 年代末，双峰镇人民政府在德济娘娘庙的原址重修庙宇，重建雕像，经磨历劫的德济娘娘即清江女神再次抖擞精神，一边领受人们虔诚的香火，一边不分昼夜地赐福子孙，守护清江，特别是守护着清江流域一类旷古而又神秘的巴巫文化，守护着一种敢爱敢恨、视死如归的人文精神。

歌王覃天石向考察队员们讲完关于盐阳的历史传闻，在众人的强烈要求下，他清清喉咙，在德济娘娘的白玉雕像前引吭高歌了一曲《永生的盐神》：

有一脉长河名叫盐水，
有一位女子名叫盐神。
有一个故事百代递传，
有一曲恋歌绵延古今。

有一类呼声令人心碎，
有一片波光泪水充盈。
（白）"行不得哥哥，不如归去"——

千秋呐喊虽赢来清江虎啸，
万古情爱怎解得青缕遗恨？
啊，盐神，哭泣的盐神，
啊，盐神，永生的盐神！

覃天石的歌声极具穿透力，不但有周围的男女众人小声唱和，而且连洞室里涌出的深溪和深溪汇成的瀑泉也反复传递着袅袅余韵，连庙宇前后的茂林修竹与藤萝荒草也迎着飒飒山风伴起时缓时疾的舞蹈。

从绵长回忆中清醒过来的老教授向望鹤听到歌声，胸窝里引发出一阵阵难以言说的疼痛。他独自走出山门，转到庙后的那眼幽洞出口处，两手抓挠着一头花白的发丝，大口大口地喘着粗气。几天以来，他常常夜不能寐，稍微合上眼皮则噩梦缠绕。此时此刻，他看见人们重塑的盐水女神的雕像，目睹他当年大胆突破诸多禁锢与汪若萌肌肤相亲的处所，初恋情人的身影，初恋情人的容颜，特别是那双长睫毛拱卫着的黑星星似的眼睛，更是重重叠叠地闪现在他的眼前，亦真亦幻，挥之不去。

往事并不如烟，但往事的地理标识却不断发生着自然的与非自然的变化。四十余年过去了，真正留存下来的，仅有一眼巨兽大嘴似的幽洞，还有一沟深溪，一道悬泉。当年断墙残垣的一堆瓦砾已变成装葺一新的文化景观，而曾经作为祭坛与婚床的那方长方形的青石板，一定是重新砌进德济祠的山墙里面去了，那可是他向望鹤狂欢与"罪恶"的佐证啊……

　　是的，"哭泣的盐神"，"永生的盐神"。跨越数千年历程的盐水女神，不知道经历过几多劫难，经历过几度新生，也许随着时间的推移终能获得永生；然而，四十多年前自己与之交往的那位艳如山鬼、柔弱无助的青春少女呢？在这不断变迁着的人境里，还有多少人能将她贮存在记忆的深处？一样欢乐过与哭泣过的普普通通山人，为什么难以企望永生？

　　庙门前，议论声与脚步声交错响起，考察队员们纷纷走出德济祠的山门，走下长长的台阶，随同导游者去踏访这"疑似盐阳"双峰镇其他的文化景点。

　　向望鹤不得不站起身，用手按住发闷发疼的心窝，艰难地转过身子。这时，他看见山墙外的阶石上，一前一后站立着覃天石与向雨鹭。

　　看见爸爸眉峰紧蹙，脸上挂着泪痕，向雨鹭惊问："爸，你为什么一个人躲在一边？你还悄悄地哭些什么啊？"

　　向望鹤回答女儿："雨鹭呀，你爸爸是为庙里这位护佑着子子孙孙的德济娘娘而流泪。"

　　三人随着众多考察者步下台阶，覃天石靠近向望鹤，小声说：

　　"望鹤，我知道，你心里还深深地惦记着一个人！这样吧，今晚我陪你到福利院去看看咱们的老场长。明天，我让小米中午赶过来，考察队下午没有统一活动，我们夫妇俩正好领着你到野马河去看看。"

　　"野马河？"

　　"对，野马河。我和小米说过的，那野马河大坝附近的松树林里，还有着那个人的一座孤坟……"

# 第九章　烟霭无痕，黄鹤一去不复返

## （1）

天色渐晚，半轮上弦月从山垭上探头探脑地俯瞰着爽风流泻的清江库区，给瓦蓝色的水面播下千片万片闪闪烁烁的银辉。

一片柳叶般的小舟离开北岸的双峰镇码头，梦一般地划破粼粼波光，缓缓漂向群峰耸峙、远树苍茫的南岸。

船尾，覃天石荡着双桨的顾长身影在月光下一俯一仰，伸缩不定，恍若梦境里一缕细细的幽魂。

船舱中，身着橡皮充气救生衣的向雨鹭搀扶着一样穿着救生衣的老爸向望鹤顺风而立。一老一少逡巡着脚下这一片分不清流向的浩浩渺渺的水域，嘴里并未发出一点儿声音，脑海里却汹涌着与这平静水面极不协调的轩然大波。

向雨鹭触景生情：随着发电、防洪、航运、养殖、旅游等综合效益的需要，多少大江大河在梯级开发、滚动开发中，变成了这样一汪一汪的库区。就这一脉原本纤细袅娜的清江而言，几道梯级大坝，导致上百万亩峡谷地带的山林、土地被淹没，数以万计人口繁衍生息的家园从视野中消失，终成了这一片高峡之间的平湖，人类在收获太多太多的同时，是不是也意味着失去得太多太多呢？正如一副对联所云：千年古道瞬息逝，百代乡井已成梦。这清江，不仅仅是山水，还有人文，是不是有相当大的一部分，将会在人类记忆的空间里渐远渐淡、永不复返？

在向望鹤的思绪里，这种失落和忧郁比女儿的心思来得更为实在、更为真切。他知道，在这浩浩渺渺的水面下，由于"桑田变沧海"，真实的浸润着他记忆深处的许多东西，如那条攀附在崖壁上的曲曲折折的石板路，那棵顶天立地、芳香馥郁的桂花树，那座古老得不知道经历了多少个年头的石拱桥，那幢掩映在茂林修竹深处的宁静和平的小木屋，还有在小木屋里热情接待过他的那位和蔼慈祥的大婶许淑珍，还有在桂花树下与石拱桥上他平生第一次拥吻过的"山鬼"一般神秘而又娇美的清江少女汪若萌……这一切，怎么会在时空的阴差阳错里，变成了一片静若凝脂、动如繁星的半透明状的茫茫水域呢？怎么会在这世界上彻底冰释其一度是活生生的物化状态呢？

水波粼粼，心事茫茫。

向望鹤转过身子，回首远眺刚刚离开的库区北岸。

山影深沉，灯明火灭，他看到朦胧月光下的移民新镇双峰镇渐渐后退，渐渐迷茫，终于在淡淡的夜色里成了中国画泼墨背景下的几抹淡彩，几缕飞白。只有茕茕孑立在高处崖石上的德济祠的粉墙，倒像一粒晶亮的星子一般，明晃晃地"钉"在朱砂岭山影朦胧的层面上，在向望鹤的视域里格外明朗清晰，挥之不去。

他想，那座曾经化为齑粉的德济祠，如今倒是焕然一新了，火砖砌垒，水泥勾缝，正面是乳白色的粉墙，顶上覆盖着灰黑色的瓦片，还有脊顶那只振翅欲飞的大鸟，祠内那具袅袅婷婷的汉白玉雕像……在这清江北岸，在这丹霞石岭，它真切地成了远古巴人文化与清江文化的一星辉光。

然而，缕刻在向望鹤记忆深处的德济祠，仍然是那支离破碎的一堆碎砖乱瓦，仍然是那横卧在榛莽之中与"巨兽"大嘴半衔下的那一块残损的青石板，仍然是石板上那一具无比光洁无比诱人的芳香的胴体与石丛中黑瀑倾泻似的一头乌发！

自从1971年那个暴雨突至的仲春的午后，向望鹤与汪若萌在德济祠后的幽洞口有了第一次幽会。此后的几个月中，他们还巧寻各种或到公社开会或赴镇赶场购物的借口，悄悄地约会于废墟之侧、洞室之中，大胆突破爱的禁区，一次一次尝试肌肤相亲的壮举。

向望鹤记得，两人最后约会的那一次，是同年初秋时节一个彩霞满天的黄昏。

一番狂热不羁的拥吻与亲近后，向望鹤让恋人跨坐在自己腿上，将嘴附在她散发着异香的鬓角轻声而急切地问询："萌，我们的婚事该怎么办？该怎么跨越场长大叔横亘在你我之间的这道天河水？"

"鹤，你知道吗？我……我的身体里……也许，那个为我们说话的人……总有一天，会出面的。到那时……"

"你说什么？难道……"向望鹤惊异得睁大了眼睛。

汪若萌并不急于回答他的问询，整个面庞羞红得就像天边的霞彩。她悄悄抓住向望鹤的右手，执着地将它移向自己的腹部，让他的掌指在微微鼓凸的腹肌上反复摩挲。

恋人身体那种香软细腻的质感与撩人的体温，很快电流一般传遍他的整个身心，向望鹤所有的神经均在擂鼓般地搏动。他明白了，春的播种，正在不可抑制地萌生成秋的硕果，他与她暗会鹊桥，偷尝禁果，竟然在恋人的身体里留下了爱的结晶！

说不出是兴奋还是紧张，涔涔热汗，立刻从向望鹤周身的毛孔里迸发出来。这猝不及防的结局，这风狂雨骤的世情，这山里人祖祖辈辈崇尚的风俗与道德，将把一对让生命化为烛火企图去点燃狂风的年轻人置于如何之境地？向望鹤惊恐的目光掠过汪若萌的面容，他看见泪水瀑布似的从她黑星星般的眼睛里涌流出来，急忙安慰她说："萌……这样也好！就让……就让这既定事实，冲破种种束缚，成就我们的天作之合吧！"

"鹤，你是不是害怕了？"

"不，我要豁出去！为了你，为了我们的孩子……"

两张湿漉漉的嘴唇，再次肆无忌惮地胶着在一起！

令向望鹤完全没有想到的是，就是那一次冒险的幽会，竟成了一对生死恋人的永诀！

清江库区的茫茫水域，斑斑点点、花花闪闪浸泡着的，全是那勾新月撒下的迸裂成了千片万片的碎玉！

向望鹤在悠悠晃荡的船舱里一个趔趄。待重新站稳，方回过头来翘首凝望夜幕笼罩下，嶙峋石峰与林木巅端一并参差错落的南岸。

南岸的丛林深处，白墙青瓦的双峰镇福利院与群楼嵯峨的双峰镇移民新街隔江对峙，那里住着犯了失忆症的老场长汪启润。向望鹤清楚地记得，老场长生于 1927 年，如今应该是八十有四的高龄老人了。可叹老人家半世英雄，在血火相拼的异国战场和搏风斗雨的山区建设中立下赫赫功绩，却因痛失爱女犯下失忆症，在毫无希望的等待与迷迷糊糊的混沌状态中度过了自己的下半生光阴！想到这里，向望鹤的胸腔内撕裂般地爆发出一种疼彻肝肠的感觉，如果不是女儿雨鹭紧紧地搀扶着他，他很有可能一头扎进清江深水的底层，让自己的身与心在无限愧悔中化成一缕飘然远行的逝波！

（2）

1971 年 7 月下旬那个彩霞满天的黄昏，向望鹤与汪若萌在一堆残砖破瓦的德济祠旁恋恋不舍地分手后。他站在石磴子高处，目送着背上背着花背篓的汪若萌脚步一飘一飘地走下河谷，目送着她乘小船渡到对岸，又踏上南岸那条弯弯曲曲的石板路。直到她袅娜而又不堪重负的身影消失在崖壁后的丛林里，向望鹤才内心里空落落地踏上朱砂岭山脊背后时起时落的山路，准备踏着晚霞、披着月光返回难留城林场。

将近三十公里的上坡路，走得向望鹤汗水淋漓，筋疲力尽。回到林场的"知青小屋",早已是残月高悬、蛙鼓乱鸣的子夜时分。他打开门锁，点亮油灯，忽发觉有人从窗洞里塞进一张折叠得方方正正的小纸条。向望鹤将纸条展开，看见上面写着这样一行隽秀的钢笔字：

　　望鹤弟，汪叔叔要你回来后立即到场部去找他，有非常重要的事对你说！

　　纸条没有落款，但一看字迹，他就知道是已经出嫁的樊小米捎来的。向望鹤一边打来一盆冷水洗头洗脸，一边想，场长找自己干什么呢？难道他发现了我与汪若萌几度幽会的蛛丝马迹？他会对不经他允许而苦苦追恋他的独生女儿的不肖之徒施以怎样严厉的惩罚呢？他觉察出了他女儿身上那特别叫他难以接受的残酷的现实吗？

　　是夜，骨软筋酥的向望鹤躺在床上，脑海里翻江倒海般地想着自己偷尝禁果所造成的严重后果，久久无法入睡。直到天亮时分，他才迷迷糊糊地做了一堆恐怖而零散的噩梦——

　　他梦见自己被悬吊在高高的大树杈上，恼羞成怒的场长指挥几个凶神恶煞的民兵用粗大的藤条狂抽着自己的腰肢与双腿，撕裂般的疼痛令他忍无可忍……五花大绑的他被人高高地托举着，仿佛扔树筒子一般地被扔下雾潮滚滚的百丈高崖……他在无边的空冥里急速地坠落，上面是漆黑的天幕，下面是无底的深渊，呼呼啸叫的风声里，不远处传送过来汪若萌呜呜咽咽的哭声，那哭声时断时续，若有若无……他重重地摔倒在马路中央，恰有钢铁的庞然大物山峰倾倒般地冲撞过来、压头而来，随着一声巨响，火焰腾起，岳撼山崩，他感觉自己连同铁的庞然大物一道热核般地爆炸了，很快又化成一团尘埃与烟雾般的东西，弥散在灼热的气浪之中……他在无边的混沌中突然触摸到一具冷冰冰、血淋淋的躯体，惊悚之间，那躯体忽然直立起来，悲悲切切地呼唤着他的名字：望鹤，望鹤，你怎么还不回来？你怎么还不回来？……他分明听见这是他的老父亲的声音，但发出声音的躯体却看不清面孔，只有喷泉般的血水从这具身体里向着四周狂射……

从梦中醒来，向望鹤不敢怠慢，匆忙洗了一把手脸，急风急火地锁门出屋，在通往场部的山路上一阵小跑。来到场部大门口的台阶下，他发觉扛着一把铁锹的老场长汪启润早就等候在岔路口，面部严肃得就像一块生铁板。

　　"你这个浑小子，昨天一天跑到哪里去了？"

　　"场长，我……"

　　汪启润用手势制止了他的解释，急忙从怀中掏出一个小纸袋，说："什么都别说了，马上打点好行李准备回武汉。我已经安排天石开拖拉机送你到巫南城，坐今天晚上七点钟的轮船！"

　　向望鹤奇怪地睁大眼睛，正想发问，他忽然想到手里刚接过来的小纸袋，急忙打开一看，原来小纸袋里夹着的是一份电报。

　　用铅笔译出的电文共有十一个字：

　　　　父急病，危在旦夕，儿速回。母

　　向望鹤头颅嗡嗡地一下几乎要爆裂。他惊呆了，凌晨那些噩梦的片断再次涌现在他的脑海里，特别是那具冷冰冰、血淋淋的躯体，那呼唤着自己的悲悲切切的声音……父急病？一身钢筋铁骨的父亲在"五七"干校怎么会突然染上急病？来不及多想，这时覃天石开着东方红牌拖拉机已经从场部后边的大院里突突突地驶过来了。他将拖拉机刹在向望鹤身边，说："咱俩快回你的小屋去，收拾好必用的行李马上出发！"

　　两人一阵小跑返回小屋，向望鹤只将几件换洗的衣服与最近正在使用的几个日记本装进行李袋。他将钥匙交给覃天石，说："天石哥，我回武汉后，会尽早赶回来的。"

　　覃天石说："咱们快走，现在不必考虑啥时候回来。越快越好！"

　　拖拉机在石子路上扬起一带黑烟，难留城林场的场部与一排一排的人工林飞速闪退。

　　向望鹤突然想到，自己如此匆忙地离开生活过、劳动过两年时间的这片土地，本该向许多人打个招呼告别才是，如表情严厉内心温和的老场长汪启润，如樊小米、樊小杉姐弟，还有自己昨晚在双峰镇德济祠后的洞室里偷偷幽会的恋人汪若萌……但事情来得太突然，简直是猝不及防。他只好痴望着满山满岭郁郁葱葱的林木，内心里默默地祷告：难留城，难留城，我还会回到你这座"城"的怀抱里来的！这里的山，这里的水，有着我今生今世斩不断的情缘……

翻过一道岭，向望鹤回头凝望，他突然发现高高的石崖上站立着许多人，那分明是正在准备开山凿石扩建育林苗圃的林场职工们，有的人还在朝着渐渐远去的拖拉机挥手致意。其中，站在最前面的那个宛若钢铸铁浇的身影，就是扛着铁锹的老场长汪启润。向望鹤站在拖拉机的车厢里，朝向高崖大幅度地挥着手，挥着手，直到那壁崖石终于被参天的大树所淹没，直到视野里仅剩下绿荫覆盖的群山与层云堆砌的天空……

下午五时许，覃天石将向望鹤送到巫南县城脚下的长江码头上。他按照场长的吩咐帮向望鹤买好船票，趁着检票上船尚有一个多小时，两人一边嚼着从小吃餐馆里买来的几个馒头与几袋咸菜，一边坐在江边的大石磴上拉话。

"天石哥，走得太突然，与樊姐姐她们那些人连打个招呼都来不及，你回去后，一定要代我问候大家哟！"

"小向，我晓得，你最该告别的是女儿寨上的小汪，汪若萌。但我想，她若知道你走得急的原因后，一定会谅解你的。你回武汉后，全心全意地把你父亲受病的事情安排好，这里的一切，就交给我和小米吧！"

"天石哥，我想……如果我写信，是写给你和樊姐姐，还是写给柳一曼？"

"哦，你是指给汪若萌的信？这样吧，为了稳妥起见，你都采用信封套信封的办法，最外面的信封上最好写'巫南县国营难留城林场樊小米收'。"

"你们可要给我回信哟！"

"不是我们，是她！"

向望鹤的脸又红又热，他分辩着说："难道你与樊姐姐就……就不能给我回信？"

覃天石安慰他："你放心，收到你的信后，我们会按照来信的地址与你联系的。还有汪若萌，她的信也由我们代转就是了。只是……"

"只是什么？"

"我最担心的是，你向望鹤回了武汉，在美女如云的大都市里转上几遭后，会不会对咱们山沟沟里的土家妹娃子始乱终弃？"

向望鹤腾地一下站起身，用右手食指指着峡江上方的天空，说："天石哥，我向望鹤对天盟誓，假如我……"

覃天石也站起来，一把按下向望鹤遥指苍天的右手，说："小向，与你开个玩笑，何必当真？我知道，你对咱们若萌妹子的一片诚心可鉴天日！"

"你放心，我回去料理完家里的事情，过不多久就会回来的。我这一辈子，与清江，与双峰镇以及难留城，已经结下了不解之缘！"

"唉！难留城，人难留啊，现如今，难留的就是你这个城里的人哟！"覃天石无端地发出声声感慨，仰天长啸。

向望鹤上船后，顺江东下的轮船一天一夜的时间就到了江城武汉。久违的大都市，久违的父子、母子分崩离析的家，就要展示在这个上山下乡两年后的知识青年的视野里了！

家，究竟怎么样啦？

电文上所说的"危在旦夕"的父亲呀，你究竟是遭遇了什么样的急病呀？……

（3）

下乡两年的向望鹤终于回家了。

向望鹤几度搬迁的家，坐落在汉口交易街一幢年久失修的三层楼的顶楼上，石灰粉墙早已百孔千疮，狭窄昏暗的楼道与住房之间的长廊没有路灯，即使白天穿过也要摸索着前行。由于几天来一直在颠颠簸簸的车船上，打电话甚为不便，母亲并不知道自己什么时候到家，向望鹤只好独自深一脚浅一脚地走向他熟识的那扇木门。此时，他还不知道病重的父亲是在家中静养呢，还是在哪一家医院里接受治疗？

家门，就在眼前，紧紧地封闭着向望鹤急切想要知道的父亲的病情与母亲的心情。

随着连续不断地敲击，门开了，向望鹤一眼瞧见满面憔悴的母亲。她灰白的头发用一块小手帕向后拢着，深陷的眼窝里血丝遍布，泪水晶莹，一身灰黑色的衣服松散地穿在她那瘦骨嶙峋的身体上，仿佛就像挂在空落落的衣架上一样。她的左臂，佩戴着令向望鹤毛骨悚然的一方黑纱！

"妈，我回来了！爸爸他……"

向望鹤已经借助开门时流泻到屋里的微弱天光，瞧见正面墙上悬挂着黑纱镶边的父亲的遗像，瞧见了闪烁在父亲遗像之前的一对蜡烛摇晃着两团红红的火苗。来不及放下背上的包裹，他一把抓住母亲冷而瘦削的双手，跪伏在门槛边硬蹭蹭的水泥地面上失声痛哭起来。

向望鹤用两只膝盖跪行着接近父亲黑白照片的遗像。

透过滚滚涌流的泪水，他看见父亲在镜框里双唇微张，眉峰紧锁，两眼默默地逼视着自己，其神态显得从容而忧郁。遗像下方的条桌上，除了一对燃烧着的蜡烛，除了搁放着父亲生前使用过的一叠笔记本和读过的几本书外，并没有安放着逝者的骨灰盒。

向望鹤声泪俱下地问："妈，爸爸他得的是什么病呀？您为什么不能早点给我发电报？您知道吗？两年前，我下乡插队的时候，连到那个砖瓦厂去看一眼爸爸的机会都没有，说走就走了。我与他是不辞而别呀……"

母亲站在一边陪着儿子流泪不已，声音哽咽着说："孩子，你爸爸他……哪里是……害病？我托人拍电报那时，他，他早就在那个砖瓦厂里……化成骨灰了！……孩子，称他病危，我是担心你经受不住过于沉重的打击呀……"

从母亲断断续续的讲述中，向望鹤方知道父亲不是因病去世，而是极其壮烈地死于一次交通事故之中——

　　一个炎热的午后，父亲照常在被称为"五七干校"受训基地的砖瓦厂里劳动。他戴一顶写有"五七指示放光芒"字样的草帽，身上只穿着背心和短裤，推一辆满载着红色火砖的手推车在坡道上艰难地走着"S"形道路。走着走着，父亲突然遇到一辆装满石子的大卡车从坡道由上向下行驶，卡车刹车失灵，醉汉似的东倒西歪，车身大幅度倾斜，车厢里的石子不断地撒泼出来，眼见得车的前轮就要碾向路边一个公共汽车站的站牌，而站牌下拥挤着好几十个翘首等车的行人。说时迟，那时快，推着手推车的父亲一声惊呼，猛地将装满砖头的手推车推向卡车与行人之间的狭小缝隙。嘎的一声怪叫，卡车被堵住了，手推车的木屑与砖头碎了一地，而涔涔鲜血却从倒地的父亲颈项与前胸后背等处泉水般地喷涌出来！

　　父亲被人送到医院7个多小时后，最后望了一眼哀哀哭泣的母亲，一言未发，溘然长逝。

（4）

　　追悼会后，父亲的骨灰盒，被掩埋在离砖瓦厂不远的一处小土丘上，干校还特地为他立了一方小小的墓碑，墓碑上写着"光荣的五七战士向炳堂同志之墓"。父亲用他的鲜血和生命，将一切委屈与尘埃涤荡得干干净净。

　　向望鹤回家的第二天，父亲原来供职的那家工厂就来了人。他们称父亲在干校基地因公牺牲是工厂的荣耀，鉴于向老书记在这个世上只留下孤儿寡母，厂革委会申请省里的相关领导，决定将向望鹤的户口与粮油关系从插队点上转回汉口，安排他进印刷车间当一名校对工。

　　悲痛欲绝的母亲感恩不尽，儿子上班之前，她不允许儿子离开自己半步，差不多每天三番五次地牵着儿子的手在老伴遗像前声声祷告，央求老伴的天国之灵保佑儿子苦尽甜来。

　　向望鹤对母亲反反复复地说，无论如何，自己都得回难留城林场一趟，他还有若干事情需要处理，母亲就是不听。母亲认为，儿子在乡下顶多还扔有几件换洗的衣物，值不了几个钱，而从武汉回那个山旮旯儿的林场一去一来，最快也要花上十多天的时间，交通食宿费少说也要耗去上百元！况且工厂已经进行了就业安排，凡事久必生变，儿子上班的时间是万万不可拖延的！

不到一个星期，厂革委会就将向望鹤由乡返城的手续全部办妥，正式通知他到车间上班。

万般无奈，向望鹤只好一边进厂当工人，一边利用休息时间给汪启润场长、覃天石夫妇写信，向他们详细告诉了父亲不幸辞世的消息，详细告诉了工厂领导对自己的照顾与安排，他为自己不能当面向难留城的乡亲们告别而深深惋惜，并表示待工作稍稍稳妥后，再专门安排时间回到林场与亲人们叙旧。

向望鹤差不多每天都要写上一封致汪若萌的信。信的内容仍然很短，但字里行间充溢着浓浓的相思之情。他为那天离开她后回到林场场部突然获得父亲病危的电报而来不及向她告别深表遗憾。

他写给汪若萌的信，按照事前与覃天石的约定，一封一封均寄到难留城林场托覃天石、樊小米夫妇转交。但奇怪的是，这些信函寄出去之后，除了老场长汪启润回了一封极其简单的信并捎回了他的衣物用具等，其余的信竟然杳如黄鹤，没有一丝回音！

一个星期天的下午，向望鹤陪同母亲横渡长江去办理抚恤证，返程时路过黄鹤楼的遗址。

向望鹤趁着母亲进一家商店里购物之际，自己忍不住登上蛇山北端，一边翘首西望，一边从内心里发出声声呼喊：双峰镇，难留城，我向望鹤还有没有机会重新回到你的怀抱之中呢？两年的插队生涯，两年间的许多爱、许多恨，难道只是我再也找不回来的一片梦境吗？

萌，汪若萌，我朝思暮想的萌啊，你读到了我的那些"鹤之声"了吗？你为什么迟迟不发送过来你的情意酣畅的"萌之语"呢？然而，茫茫江流之上的天空，不用说"黄鹤一去不复返"，除却云潮滚滚、烟波浩渺，其实连一只鸟的踪迹也无可寻觅！

# 第十章  悔拆鹊桥，心因失忆度残生

## （1）

四十多个年头过去了，咫尺天涯，山重水复，向望鹤经过满世界的飘零后，终于回到昔日插队时多次往返过的双峰镇，还在感觉中接近了那个双峰镇附近现已不存在了的女儿寨。

然而，此镇非彼镇，此寨非彼寨，过去的山水图景，过去的苦寒岁月，过去的浪漫温馨，过去的青春韶华，永远梦境一般地消逝了，再也找不回来了；眼前迷离的月光下，唯有这清江库区的水天茫茫，碎玉缤纷，唯有这一叶轻舟的山影婆娑，老泪纵横！

沉思默想间，覃天石划动的小船已悄悄泊近南岸。他叮咛向雨鹭将父亲扶上岸去，然后手挽缆绳，撑起长篙一个弹跳，让自己从船头飞起来，又猴子一般落在岸边的一棵树杈间，顺手将船的缆绳缚于其上。向望鹤忽然感觉到，只有从覃天石轻捷灵敏的动作中与荡气回肠的歌声中，他还能依稀捕捉到过去生活中的某些图景。

三个人来到双峰镇福利院的大门，由于先前已有电话联系，福利院的几位负责人早就等候在门边。他们将客人迎候到接待室里茶水相待，尔后让其中的两位中年护士去请老场长汪启润。

一辆灰黑色的轮椅，从灯光沐浴的廊道里吱嘎吱嘎地碾压过来。向望鹤感觉那车轮的碾压，正在通过自己的经络与心叶。

很快，两个护士推着轮椅来到接待室，轮椅上，仰躺着一位须发皆白、满面皱纹而又神情淡定的耄耋老人。

向望鹤走上前去，紧紧握住老人瘦骨嶙峋的双手，伏下身子在他的耳边说："场长，大叔，您还好吧？我是向望鹤，我就是那个从武汉上山下乡来到林场的知青娃。我……我对……"

向望鹤极力忍受住不使自己哭出声音，但他的鼻子酸疼得难受，说话的声音颤抖得特别厉害。

老人面无表情，目光黯淡，两只呆滞的眼睛只是死死地盯着天花板上的一盏大吊灯。

覃天石搀扶着老人的一只臂膀，说："汪大叔，我是天石，我是与您老人家的孙女君霞经常来看望您的天石呀。今天晚上，我给您带来了一位老熟人，他叫向望鹤。向王天子的向，远望的望，仙鹤的鹤！"

老人仍然一声不响，慢慢地，他呆滞的眼神开始在四下里逡巡。

静默了大约三分钟，老人呆滞的目光，缓缓落在穿着一身淡绿色衣裙的向雨鹭身上。

老人的眼睛突然睁得大大的，前额浮起一层异常兴奋的光泽，灰白色的髭须连连抖动。他张大嘴巴好一阵哮喘与咳嗽，咳出了许多浓痰。待护士端来热水与毛巾将他的手脸洗涤干净后，老人才朝着向雨鹭伸出双手，嘶哑着喉咙一声紧一声地呼唤："若萌，若萌，你回来了？你……你为啥子好久好久不回来看看我呢？……那道大坝修起了吗？那个电站发电了吗？若萌啊……"

向雨鹭不知所措，但她还是在轮椅边跪伏下身子，紧紧握住老人伸到她面前的手臂。"汪爷爷，我叫向雨鹭，我是从北京城里来的向雨鹭。我是向望鹤的女儿向雨鹭哇！"

"不不，你是若萌，你就是我的若萌！……若萌哟，是爸害苦了你，是爸拆散了你，爸爸我……我不是人啊，若萌，你要原谅你的爸爸呀……我是怕你上当……上了那个城里娃的当，城里的人，不可靠啊……你不忘记他，他终究会把你忘掉的呀……那些信，那个混账小子写的那些信，都……都叫我没收了，烧……烧掉了！……你回来吧，你爸这一辈子走遍中国，走到国外，走到朝鲜战场，也要……也要帮你把那个混账小子找……找回来的……你修电站去，怎么不给我说上一声呢？……你回来了，我……我再也不烧你的那些信了……若萌、若萌……"

汪启润老人一把鼻涕一把泪地声声哭诉，他用他冰凉苍老的手，反复抚摸着向雨鹭长长的乌发，抚摸着她的耳郭、她的脊梁，随着老人的哭诉与抚摸，情不自禁的向雨鹭也哭成了一个泪人儿。

向望鹤面对着轮椅跪下来。他左手撑持着轮椅旁边的靠垫，右手抓过老人的左手在自己右颊上重重地击打，望着痛哭声声的老人喃喃倾诉："大叔，汪大叔，我就是您说的那个混账小子，我回来了！我明天就到野马河，到那个电站工地去，去找小汪，去找汪若萌，去找您心爱的女儿呀！我写给她的信，她说她都收到了，都看过了……"

"若萌，我的若萌……"老人仍然执着地紧攥着向雨鹭的手，他的哭诉渐渐变成一种听不真切的喉语，护士们再次用热水为老人洗脸。洗着洗着，老人在轮椅上睡了过去，轻轻的哮喘与轻轻的鼻息，宛如一曲酸酸甜甜的山里人的民歌。

（2）

护士们推着轮椅将老人送回房间歇息后，向望鹤父女从福利院负责同志嘴里了解到——

1972年春季，老人唯一的女儿汪若萌在野马河电站的大坝工地上因公牺牲，原本精力充沛、思想敏锐的林场老场长就变得魔魔怔怔起来，县、社领导也曾多次选派医疗专家为他诊断治疗，但收效甚微。当时的公社领导只好解除他的职务，为他争取了一笔安抚费后，让他回到女儿寨的家中休养。1977年，老人的老伴许淑珍因病谢世，公社领导根据县民政部门的要求，于是紧傍卫生所建起一个小小院落，安排医护人员照管犯下失忆症的老人。如今，老人在这个院里已经住了三十多年。镇福利院，最早就是为了安置他这位老英模而专门修建的，也可以说，他是这所福利院所赡养的第一位病残老人。

医生诊断后，称老人的病情叫作心因性失忆症。三十多年来，老人的病情时缓时急，时好时坏。没发病时，他显得特别安静，只是精神萎靡，喜欢一个人走到福利院门前的柑橘园里劳动，为果树修枝剪叶，拔草施肥；病情发作后，行为容易失控，意识混乱，常常产生幻觉，往往夜不能寐，独自跑到高高的顶楼平台上，整夜呼喊着在战场上冲锋呐喊的口号，呼喊着在建设工地决战暴雨、决战洪灾的口号，有时也呼唤着女儿汪若萌的名字发出声声忏悔，哭得天摇地动……如果不是护理人员随时紧紧地盯梢，严密地防范，他多次几欲从平台上跳下去，导致不可收拾的后果。

最近几年，老人更是双耳失聪，与他说话必须大声喊叫着并伴以手势。一辈子所经历的事情，许许多多，他都记不起来了，但从他有一茬没一茬的话语中，从他时而呆滞时而激动的表情上，却念念不忘他在朝鲜战场上，手握燃烧着的爆破筒扑向美国鬼子的那一幕，念念不忘没收与烧毁"城里的混账小子"写给女儿的信件的情景，念念不忘女儿还在修电站的大坝工地上迟迟没有回家来……他逢人便问，那个什么野马河的电站修起了没有？他说他朝朝暮暮都在等候着他心爱的女儿回家呢！

听着福利院负责人的介绍，再加上覃天石不时从旁插话补充，向望鹤和他的女儿向雨鹭又一次泪流满面。

向望鹤想起当年在林场场部办公室，老场长对自己所说的一番话——

"向望鹤，你还是个孩子，若萌她更是个不懂事的小孩子。这世上的事情，你们弄得懂的东西太少了，太少了！……她，一个深山老林的普通农民家里的丫头，除了读书，几乎从来就没有离开过自己的家；而你，武汉大工厂里大干部的儿子。插队插队，插一阵子终归有一天是要回城里去干大事的，你怎么可能与我们的若萌走得到一起？你们之间隔得天高地远，你知道吗？你想过写那些信的后果吗？……你与她必须一刀两断，这是命令！"

唉，如今早已不是孩子的他，又是否弄懂了他与汪若萌之间注定不可能"走得到一起"的真正原因？其间，仅仅是老场长人为地从中作梗吗？仅仅是空间的距离与时间的距离吗？

（3）

离开福利院时，向望鹤掏出五千元人民币交给福利院的负责人，嘱咐他们一定要注意安顿好老人的饮食起居。

负责人告诉向望鹤，汪启润老人虽然没有嫡亲的亲人，但组织领导经常给他送温暖。特别是现任巫南县的覃君霞县长，凡到双峰镇，必来福利院。每次来看望老人，均要带来老人喜欢吃的孝感麻糖与葡萄干，均要推着老人的轮椅到清江岸边转上一两个小时，然后才依依不舍地离开。每当老人见到覃县长，正像他今晚见到这位北京妹伢子一样，老人都要拉住她的手，一声一声地呼唤着"若萌"，问她"那个电站修起了没有"？为什么"好久好久"也不回来看看他？覃县长每次离开福利院，总是噙着两汪晶莹的泪水……

覃天石在一旁说："那是应该的。没有老场长这一辈人出生入死地保家卫国，没有老场长这一辈人艰苦奋斗，哪里有今天的幸福生活？"

向雨鹭插言："从覃大伯这样的家庭里成长起来的干部，我想注定不会高高在上，脱离群众！这次来施州市，来双峰镇，我还有一个未了的心愿，就是想采访采访大伯家里这位爱民亲民的巾帼县长！"

覃天石说："行啊，我已经电话联系，君霞她说她后天中午就会从参观学习的海南回到施州。我一定捎个话，让她接受你的采访就是了。"

向望鹤接言："是嘛，县长再忙，我料想在家里也不得不听你这个一家之长的。"

覃天石凄然一笑，说："这也是特权！雨鹭，我与你爸的'特权'意识，就等着你们这一辈人来铲除哟！"

解缆上船返回双峰镇的途中，山影更深，弦月更明，平风息浪的清江库区更显得浮光跃金，静影沉璧。

覃天石一边轻轻地摇着船桨，一边对向望鹤说："望鹤老弟，你今天终于知道了，你返回武汉后写了许多的信，我和小米为什么没有给你回信的原因了吧？知道你不再回林场，我们夫妇早也盼，晚也盼，盼望着你来信后才有一个回信的准确地址，可是……望穿了我们的眼睛，也没有一丝消息。我们想你是不是就像那南飞的大雁一样远远地去了，从此一点儿痕迹都没有呢？那年头，人被管得死死的，交通又不便利，出个远门万万行不通。若是在如今，我和小米肯定背起包袱到武汉的角角落落里到处搜，也要为着汪若萌把你这个浑小子给搜出来的。唉！"

"想不到我爸竟是这样的一个负心人！爸，今晚我看见了汪爷爷凄凉的晚景，我真的特别恨你！"向雨鹭多少有些愤愤不平。

向望鹤喃喃诉说："天石哥，当年，我怎么没有想到，老场长汪叔会通过邮递员截获与烧毁写给你们的信件这一步呢？早在难留城插队的后一阶段，我与小汪的信不是就被……"

"别提啦，一切都是命中注定！我们埋怨汪叔截毁信件，可汪叔落到后来这个样子，他又该埋怨谁呢？正像雨鹭说的那样，我都有些恨你！……当然，也恨我！"覃天石感慨声声。

覃天石一边摇橹，一边对向望鹤父女慢声细语地讲述当年向望鹤返城后，他所知道的汪若萌的一些情况——

汪若萌知道向望鹤因父亲病危突然离开难留城的消息，是向望鹤走后的第四天。

老场长汪启润赴双峰镇开会，顺便回到自己位于女儿寨的家中住了一个晚上。

夜里，老场长斜靠在枕头上，向老婆子许淑珍问起最近一段时间女儿的情况。许淑珍隐约知道女儿深恋着林场里的武汉知青向望鹤，也知道女儿的这一想法遭到自己丈夫的坚决反对。她犹豫了好一阵，才说："老汪，我们就若萌一个孩子，凡事能不能顺着她？……"

"顺着她？任她与武汉下乡来的那个'混账小子'往来吗？淑珍，你要明白，城里人就是城里人，咱农村人与他们不是在同一块天地里活着的。你想，武汉的学生娃会在咱山旯旮里生活一辈子？我们的若萌会嫁到他的那个大武汉去？正因为我们只有一个孩子，才要让她好好地守候在身边。你我老了，也才有个依靠呀！"

"可是……"

"可是什么？我告诉你，那个姓向的小子前天早上就回武汉去了，我派天石送他到巫南城里坐轮船走的。他家里拍来电报，说他父亲的病危险得很。我估计，他再回难留城的可能性基本上没有了！"

"回了武汉？上级是不是通知你，他已经不再下乡插队了？"

"你想，他插队已经满了两年。再加上电报上说是父亲病危，我猜想八成是父亲已经病亡。一个孤儿寡母的家庭，组织上还会让他们离得远远的？退一万步说，他即使暂时不走，难留城终究是不可能留得住他的，若萌这农村娃，万万不可能去给城里的人做儿媳妇！你必须要跟若萌好好地说，让她死了这份心才是！"

许淑珍泪流满面，唏嘘不已。

第二天早上，父亲走后，母亲许淑珍才将向望鹤已经离开林场的消息转告女儿。汪若萌听后，吃惊不小。她急忙向生产队长请了两天假，谎称父亲让她到林场有事，然后告别母亲，背上那只花背篓向难留城林场走去。直到晚上掌灯时分，她才拖着沉重的脚步，咚咚咚地敲响覃天石与樊小米的木板门。

刚刚收工回家的樊小米拉开门，一眼瞧见黯淡天光下汗水淋淋气喘吁吁的汪若萌，心疼地一把将她揽进怀里，说："你这个鬼丫头，门都快被你敲垮了！快进屋，瞧你这一头汗水！"

汪若萌迫不及待地说："他走了？是覃大哥把他送走的？怎么不告诉我一声呢？"

樊小米明白过来，这丫头前来兴师问罪了！她一边打来一盆水让汪若萌洗手洗脸，一边向灶屋里正在架火煮饭的覃天石高叫着："天石，你看看谁来啦？"

覃天石走出来，微笑着说："小汪，向望鹤是我开着拖拉机送到巫南城去了，还送他登上了下武汉的轮船。那天早上，是你爸爸交给他一份电报，电报上说他的父亲病危，必须速回，所以，根本来不及给你打招呼。你放心，'知青小屋'的门还被他锁着，里面还有他的用具，我想他一定会回来的。再说，即使他人不回来，也会写信来的。我们已经约定好，凡写给你的信，都通过小米转交。他才离开四天，估计昨天或者今天才能回到家中。你别急嘛！"

洗过手脸的汪若萌情绪稍安。她尽量平静地望着覃天石说："大哥，鹤……他……万一不回来了，也不写信来，我该怎么办？"

樊小米将饭菜端到桌子上，说："若萌，先坐过来吃饭！别急啊，向望鹤他如果半年三月无音讯，你大哥他就扛着一把钉耙上武汉，从城市的角角落落里把他拽都拽回来！"

汪若萌笑了。

三个人一边吃晚饭，一边猜想着向望鹤家里有可能出现的情况，特别是他父亲的病究竟是怎么样的一回事，不由充满了沉甸甸的担忧。

（4）

一个星期过去了，向望鹤的消息一丝一毫也没有。

一个月过去了，向望鹤竟然杳若黄鹤，无可寻觅。

在清江低谷里的女儿寨，在山乡少女汪若萌的视野里，向望鹤已经羽化为一只南飞的大雁，汇入天空中排成"人"字的雁群里穿云破雾而去，于峡谷上空悠长的天幕上未留下半点痕迹。

在难留城林场，每天下午，穿着一身绿衣的邮差罗二愣来到场部，覃天石与樊小米的眼睛都要细细地打量着他，希望他高高扬起一封书信，向着他们俩大声地喊着："信信信！"然而，这罗二愣却像做贼似的，总是远远地躲着他们。如果问起他，可否有武汉来的信件？他竟然一边摆着手，一边加快脚步溜之大吉！

万般无奈，汪若萌只好在劳余饭后躲在她自己小屋的卧室里，伴着煤油灯没完没了地写着她的"萌之语"，眼泪，在她日记本的字里行间，留下了一朵一朵四向迸开的泪花花。

1971 年 10 月 22 日　星期五　雨

萌之语——鹤，你真的是"黄鹤一去不复返，白云千载空悠悠"吗？选择你，我是不是犯了一个不可原谅的重大的错误呢？可是这错误从第一次与你见面，就已经根深蒂固无法改变了啊！你走得好突然，走得我防不胜防，走得我肝肠寸断！你即使是鲁迅笔下那个匆匆忙忙的过客，也不能这样地一走了之呀？我不正是你要寻找的一株孤零的野百合或者野蔷薇吗？……还有，你要找的……那座坟！

1971 年 11 月 9 日　星期二　微雪

萌之语——你真的不再回来？你真的会喝"忘魂汤"似的忘掉你的信誓旦旦？忘掉那座破败祠堂后面的洞壁上，默默盯视着我们的那双德济娘娘的眼睛？她可是我们冥冥之中的祖神啊！你如果忘记了我，难道你会忘记他（或"她"）吗？如果我罪有应得，那么，他（或"她"）是无辜的呀！你不是说，为了他（或"她"），你要豁出去吗？鹤，你在哪里？你这只臭鸟真的是一去不复返了吗？……

…………

初冬的一天，覃天石夫妇隐约从老场长嘴里了解到，向望鹤尚未回家，他的父亲早已在砖场的一次事故中牺牲。现今，向望鹤已经被安排进工厂上班了，他不会再回难留城继续他的插队生涯了。

覃天石让樊小米利用到双峰镇赶场购物的借口速往女儿寨，一方面向汪若萌通报这一情况，一方面想办法宽慰她那颗失去着落的少女心。

那天夜晚，樊小米留宿在汪若萌家里，两个二十来岁的姑娘聚于煤油灯下，倾心长谈，相向流泪。

樊小米默默地听着汪若萌向她诵读一则一则的"萌之语"，禁不住伴随她轻轻哼唱着一曲又一曲表达相思之情的"五句子"。她们俩利用歌声，来印证青春少女感情天地里难以排解的寂寞与怨愁——

> 想郎想得过不得，
> 捏个泥人伴我歇。
> 放在脚头冷冰冰，
> 抱在怀里不发热，
> 几口吃哒还好些！

> 想郎想得心里疼，
> 手握画笔描影身。
> 影身挂在红罗帐，
> 夜夜与他来叙情，
> 人是假来情是真……

施州地域清江女儿们抓心抓肠的"五句子"歌一经传唱，就是铁打的心肝也会熔解，就是石雕的面孔也会动容！然而，这歌声能够穿越茫茫夜空行走千里万里，引起大都市中另外一颗心的共鸣吗？

# 第十一章　野马脱缰，彩羽飞天迸血泪

## （1）

从清江南岸的福利院返回双峰镇的次日午后，覃天石在镇里租借到一辆吉普车，与专程从难留山林场赶过来的樊小米一道，陪同向望鹤顺着清江北岸向野马河电站的方向急驶。这次出行，也许是由于覃天石夫妇特意嘱告，向望鹤破例未带上自己的女儿向雨鹭。

吉普车由覃天石驾驶，樊小米与向望鹤坐在后排座。樊小米从简要介绍野马河电站入手，慢慢连缀着向望鹤当年离开难留城后，向望鹤在对往事的记忆中断裂了的那许多部分——

野马河，是由北岸注入清江的支流之一。

四十多年前，野马河的总长度不过五十多公里，但从源头到入江口的落差竟然高达一千二百余米，真正称得上飞流直下，一落千丈。

每到夏季，幽深狭长的野马河峡谷内，除了谷底主河道湍急的白浪恰似野马狂奔外，更有两岸的高崖四处喷水柱，八方涌飞瀑。最高的瀑布唤作虾米瀑，它从悬崖的石洞里狂吐而出，凌空直泄数百米，势若天河倒悬，声若雷霆轰鸣。

早在20世纪60年代，野马河巨大的水能资源就引起了国家电力部门的热切关注。1971年冬季，野马河电站正式破土动工。规划图上，狂奔的"野马"将被一道七十多米高的灰色大坝挡住去路，幽深的峡谷将出现一汪弯弯绕绕于群峰之间的修长的平湖。当时的地方政府决定从农村社队大量抽调民工投入水电建设，分配到双峰公社的名额是每个生产大队各安排两人，民工的待遇，主要由所在生产队记工分参与年终决算。

女儿寨大队的回乡知青汪若萌无意之间从父亲嘴里了解到，难留山林场派往电站的民工恰好是覃天石与樊小米夫妇二人，于是，她顾不上心疼如绞，重孕在身，向母亲吵着闹着要前往电站工地当民工，并抢先到大队支部书记家里报了名。

在这之前，许淑珍已经从女儿的身体反应中发现了危险而难堪的信号，她万分痛苦而又无比疼爱地追问女儿究竟是怎么一回事。汪若萌无奈，只好在母亲的追问下，声泪俱下地透露了自己与向望鹤数次幽会竟导致有孕在身的实情。许淑珍犹如五雷轰顶，眼泪汪汪地哭骂一阵后，逼迫女儿随她连夜前往施州城里做人流。

汪若萌跪哭着央求母亲说："不行啊，妈妈，到施州城这一去一来……怎么向别人解释？我不能让爸爸因为我损害声誉、气坏身子，我不能在这乡下的熟人堆里落下一个养私生子的名誉！……放心吧，妈妈，小米姐是我最知心的人儿，我……我与她已经约好了的，到了工地，我们自有解决的办法……"

经不住女儿一再央告，也许更是由于汪若萌所说的"办法"让许淑珍得到些许宽慰。母亲的心软了，她亲自背着行李，将女儿送到离家约七十里远的野马河电站工地，并亲手将她托付给大姐姐一般的樊小米。

许淑珍拉着樊小米的一双手泪如泉涌，说："小米，若萌的事……你是知道的。都是我从小惯坏了这孩子，凡事由着她的性子来，结果……

唉，这孩子，不晓得在这世上做人，几多的凶险……大婶这辈子从来没求过人，只求你与天石……"

小米安慰她说："大婶，您放心吧，我与天石会像照料亲妹妹一样地照料若萌。……她的那桩事，我会料理得不漏丁点儿痕迹……"

到了工地，覃天石夫妇与汪若萌并没有住进工地统一搭建的男女工棚，而是通过与指挥长和作业组长说情，借住到一对姓曾的孤寡老人独门独户的木屋里。覃天石还利用自己担任民工连副连长的机会游说各方面的领导，为汪若萌谋求到了一个在工地财务室当出纳的好差事……

聆听樊小米絮絮叨叨的介绍，随着吉普车在石子路上大幅度的颠簸、弹跃，有时甚至是扛摔，向望鹤心跳加剧，心胆欲裂。他清楚地记得，当年，他与汪若萌最后幽会的那一次，汪若萌已经将她有了身孕的事情明白无误地告诉他，还执意拉着他的手移向她的腹部，让他的掌指在她微微鼓凸的腹肌上反复摩挲……此时此刻，事隔四十多年，汪若萌身体上那种香软细腻的质感与撩人的体温，仍然电流一般传遍他的整个身心，令他所有的神经均在擂鼓般地搏动……那么，四十多年前那一份爱的结晶后来究竟怎么样啦？……也许正是由于自己不负责任地骤然离去，也许正是那一份"结晶"所带来的不堪忍受的羞涩与痛苦、沉重与失望，导致了汪若萌年轻的生命砰然轰毁！罪孽啊，罪孽啊，泪眼模糊的他，真恨不得当着樊小米的面，狠狠地抽打自己几个脆崩崩的耳光！

"可是，樊姐姐，若萌她……她当年的……"向望鹤小心翼翼地发问。

樊小米当然明白向望鹤想问些什么，但是，她觉得此刻在车上回答他还不是时候。于是，一抬手打断了他的问询，说："望鹤兄弟你看，前面就是野马河电站的那道大坝。这大坝的每一块基石，都渗透着我与天石，还有若萌，我们这些人的汗水与血水啊！"

车窗外，两山夹峙间，一道银灰色的大坝巍巍高耸，仿佛是一道顶天立地的纪念碑。

（2）

吉普车攀了几道螺旋式的"之"字拐，从大坝根脚处，一直转到与坝顶平行的一方人工从崖石上凿出来的停车场上。覃天石缓缓地踩住刹车，回头示意向望鹤与樊小米开门下车。

走出车门，首先映入向望鹤眼帘的，是大坝上游方向截住的一汪平湖。湖水蓝幽幽的，呈半透明状，但无论如何也看不清湖底潜埋着一些什么。清凌凌的波光里，只有微微晃荡着的蓝天、白云、山石、层林……大坝下游，深深的峡谷中，仍是推动水轮机转动后的细流一脉，如线如缕，不时有陡然跌落的湍流白沫飞溅，犹如向远方狂奔而去的野马。

坝顶阒无一人，只有靠近西岸的一排工房里仿佛有人值班。三个人不想惊动电站里的人，只是散行游客般地从高桥似的坝顶上面慢慢走过。

到了对岸，覃天石夫妇拎着装有香烛与冥币的袋子走在前头，引导着向望鹤举步踏上一段七弯八拐的荒僻小径。

大约走了一华里的路程，他们来到悬崖顶端一片郁郁葱葱的松树林里。林深处，果然堆垒着几座矮矮的荒坟。

覃天石和樊小米什么也不说，只是默默地走向荒坟中的一座。这座荒坟的左右两边，并立着两株水桶般粗细的华山松，躯干笔挺，枝叶繁茂，撑持着一片瓦蓝瓦蓝的天空。

覃天石夫妇在坟前蹲下身子，从密密的蒿草间拨弄出一块小小的墓碑。

向望鹤尽量抑制着酸涩的泪水与狂荡不羁的心跳，他睁大眼睛，从青苔遍布的墓碑正面清楚地辨认出，其上竖刻着这样一行柳体字：

回乡知识青年的楷模——汪若萌同志之墓

墓碑左下角的落款则是：

野马河电站工程指挥部

公元一九七二年六月十六日立

墓碑的背面，竖刻着她简洁得如同一张白纸般的生平简历——

汪若萌，女，中国共青团团员，1952 年 3 月 12 日生于巫南县双峰公社女儿寨大队。1969 年 9 月在施州第一中学高中部完成学业后回乡务农。1971 年 12 月赴野马河电站工地投入山区建设事业，曾任工地后勤部财务室出纳员。1972 年 4 月 16 日下午，在一次清理排炮碎石的劳动中，她勇挑重担，冲锋在前，不料因哑炮骤响，光荣牺牲。1972 年 5 月 4 日，汪若萌同志被工程指挥部追授为模范共青团员和优秀回乡知识青年。

（3）

覃天石掏出打火机扔给向望鹤，一边从袋子里拿出一对红蜡烛，一边说："望鹤老弟，你来点火，先为你深爱着的人燃起这对红蜡烛吧！"

向望鹤的双手剧烈地颤抖，蹲下身去点了好几次，他才将一对蜡烛点燃，然后小心翼翼地树立在墓碑两边的石头上，覃天石夫妇同时在墓前插上几炷香。香烟缭绕间，蜡烛那红红的火苗在深林里散发出淡淡的光晕，一会儿，大颗大颗的蜡泪顺着蜡身一串一串地淌下来，悄悄融汇在苔痕斑驳的石头上与石头周边的草花里。

向望鹤的眼泪再也控制不住，如同断线的珍珠般沿着双颊洒在衣襟上，洒在草丛中。大概是由于泪眼模糊的缘由罢，他忽然觉得淡红的烛光涟漪般地扩散开来，映照出许多老少不等的欢快的笑颜，映照出厅堂前一对举行结婚典礼的新人……他发觉身材高挑瘦挺的新郎与顶着红盖头的新嫁娘相向而立，两人手里共同托着一条长长的青丝帕……新郎官嘴里歌唱般地朗诵着："父老乡亲，为我作证：天长地久，万古爱心！同历甘苦，共享升平；海枯石烂，永不移情！"

然后，新郎官将青丝帕亲手围在新嫁娘的脖子上……

鞭炮齐鸣，彩花四散，《一对凤凰飞出林》的民歌声悠悠传响……

向望鹤的一只手被人重重撩起，搭在另一只纤柔细腻的小手上……

他不由自主紧紧地攥握住那只手，直攥得热热地冒出了汗珠子，嘴里似乎是在喃喃地应和着"花果团圆万万年"的歌唱声……

定一定神，向望鹤才发觉，自己飘忽的思绪回到了当年覃天石与樊小米新婚的喜堂里。就是在那片喜庆的氛围中，眼下这座荒坟内长眠了将近四十年的女主人，曾热热地牵着他的手，渴盼着有朝一日与他步入喜堂，与他同领"花结果，果团圆"的美好结局。然而，万万想不到，春梦醒来，阴阳两隔，鸿飞冥冥，海天茫茫……

大摞大摞的冥钱被覃天石夫妇散开，就着烛火一页一页地燃烧起来。火焰、青烟、烛光、纸灰，为清冷孤寂的坟地带来了片刻的热闹、短暂的慰藉。当火舌狂吞着一张一张冥币时，向望鹤忽然想到，实际上，坟墓的主人其实并不热衷于金钱那种尘世的俗物，而是朝朝暮暮期待着自己的"鹤之声"！然而，他离开她之后写成的许多带泪带血的"鹤之声"，早在她躺在这里之前，就被骨子里深爱着她的父亲瞒着她一页一页地焚毁了，未留下一星纤尘；此后若干年，这类"鹤之声"，也终于随着环境的更替、时光的汰洗，渐渐地销声匿迹，黯然失语……向望鹤痛心地想，这次专程来到她的墓地，为什么就没有预先想到捎上一纸深沉悲苦的、充溢着愧疚之情的"鹤之声"呢？这才是她灵魂的食粮啊……

向望鹤默默地站起身，环绕着汪若萌小小的坟茔走了一圈又一圈。这坟茔之上，草木繁茂，野花灼灼。那些星星点点的野花，沐浴在松枝松叶筛下的天光里悄然无语。但也许，每一棵小草，每一星小花，都是她娓娓倾诉着的"萌之语"哩……萌之语啊，但有萌生，何谈无语？向望鹤突然跪伏在坟茔一侧将双臂趴在坟头上，两手拽拉着密密的蒿草失声痛哭起来。他花白的头发深深地埋在草丛里，与草茎和花束一道，于时缓时疾的山风中狂抖不已……

覃天石夫妇将所捎带的冥币全部烧化成一堆纸灰后，向望鹤才站起身来，仰望着头上的郁郁松叶与婆娑天光沉吟片刻，他默默地从衣袋里掏出笔和笔记本，伏在草丛里匆匆写成一篇"鹤之声"。然后，他望了望注视着他的覃天石与樊小米，再次跪伏在烛光闪闪的墓碑前，极其顿挫哀婉地吟诵起来：

### 鹤之声——献给我久违的萌

萌啊，我亲爱的若萌，我的爱人——／你为何匆匆忙忙走向这样一条荒径小道？／我用目光狂追着你，／可反弹回来的，／竟是我永远也甩不开的沉痛与遗恨！

我木然地跪伏在你的墓前，／苍老的思绪落叶般飘满丘壑；／我的生命，从此／将久久沉浸在带血带泪的呻吟里，／我不知道该用怎样的忏悔，／才能换取我一小片一小片的宁静！

你远远地离去了，／我的心海，再也无法寻觅悠悠荡漾的波纹，／我孤独的灵魂，注定会在寻寻觅觅的苦旅中飘零；／我与你曾经回旋在幽谷和长风里的誓言，／只有栖落在现实的土壤上，／方能长出一山又一山苦苦涩涩的绿荫。

萌啊，我不敢随便擦拭我的泪痕，／我怕擦去了你那青春靓丽的倩影；／我不敢轻易采摘山谷中的野花，／我怕它在我的手里转瞬间就会枯萎；／我不敢在月光下肆意吹奏我的口琴，／我怕我的琴曲会浇湿你那缠缠绵绵的歌声……

哦，萌，你走了，／走得天长地久，走得无影无踪！

"杳冥冥兮羌昼晦，东风飘兮神灵雨"哟，／你留给我的，是永远永远的心疼啊！／脉脉离恨诉与谁？／为什么，这里只有草木萧萧，／这里只有孤坟独冷……

萌，愿你解脱，祝你永生！

歌哭完毕，向望鹤将那几页字纸从笔记本上裁下来，双手抖索着凑在烛光上点燃，让它在火苗腾起的刹那间焚化于汪若萌的墓碑前。

就这样，一篇临时急就的"鹤之声"，就这样跨过阴阳之界，随同逝者久久栖歇的灵魂飘然远去……

（4）

焚香化纸的过程结束后，樊小米一边轻声抽泣，一边凝望着汪若萌的坟茔喃喃诉说："若萌妹子，你的天石哥，你的小米姐，好久也没来看看你，很有些对不住你啦！若萌，你如果真有啥子叫作灵魂的东西游荡在这片树林里，你就睁大眼睛看一看啊，看看你身边那个哭得泪人儿似的老男人到底是哪个！你要像当年一样，用一条牛皮带死死地缠住他！……若萌，你走了这许多年，你哥，你姐，如今都老了，君霞她……她也该……名正言顺地归于你们这一对痴男怨女的门下了！你哥你姐这一辈子，总算尽到责任了……"

覃天石紧紧地搀扶着喃喃诉说的樊小米，偷眼瞥了瞥跪伏在碑石前面的向望鹤。他从他的颜面上发现，他竟然还没有回过神来，仍然沉浸在自己声声祷告的吊唁中。覃天石忍不住轻轻唤了一声："望鹤老弟，你的樊姐姐，她……在对你说一件特别重要的事情哩！"

向望鹤猛然抬起头，痴望着这一对饱经人世风霜的老年夫妇。

樊小米继续哭诉着："若萌，你还记得吗？在曾大伯家那座独门独院的木屋子里，你生下君霞的日子，是大年腊月二十六的半夜子时。那时，恰好工地上放了春节长假。我与天石按照我们事先的约定，从孩子出生的第一天起，我就成了产妇，坐月子坐得像模像样，而你……在别人的眼里，只是一个侍候产妇与新生儿的小保姆……第二年正月十六开班后，民工们陆续回到工地，你还没有满月，就只好强拖着虚弱的身体到财务室上班……你有了自己亲生的女儿，可是，女儿她没有爸爸呀……你、你只好权当孩子的小姑。我和天石，于是成了君霞的生身父母……"

向望鹤听得目瞪口呆，他张大嘴巴，半天说不出话来。

覃天石将向望鹤拉起来，说："望鹤老弟，前天晚上，你樊姐姐说过，有一件非常重要的礼物想送给你。我对她说，我们与你应该在这里办交接，是不是？"

向望鹤点点头，他此时方才明白这"礼物"之所指。原来，如今担任巫南县县长的覃君霞，竟然是他自己与汪若萌的亲生女儿！这天大的秘密，深深地潜藏在覃天石夫妇的心灵深处，整整三十九年过去了，竟被他们夫妇瞒天过海，料理得不漏丁点儿痕迹……

覃天石与樊小米相互补充着，对向望鹤讲述了当时事情的经过——

1971年隆冬时节，大坝工地开工，覃天石夫妇邀约汪若萌住进孤寡老人曾大伯独门独院的小屋，其目的就是要让身怀重孕的汪若萌尽量避开众人的眼睛，悄悄地分娩她与向望鹤爱情的结晶。

好在当时恰是滴水成冰的冬季，又好在汪若萌担任着财务室的出纳，朝朝暮暮，她可以穿着宽大的棉袄在屋子里坐班，只需与钱票算盘之类打交道，用不着在工地上来来去去。于是，胎儿在她腹中，平平安安地躲过了凡俗世界的风霜雨雪。

临近除夕，民工们纷纷回家过年，覃天石夫妇特意留下来，巧妙地瞒过房东——曾大伯与曾大妈的眼睛，让成熟的胎儿顺利地通过生命之门，呱呱落地走向悠悠世途。

孩子一出生，真正的产妇汪若萌成了孩子的小姑，而细心侍候着未婚母亲与初生婴儿的覃天石夫妇，则成了孩子的生身父母。

春节过后的第三天，冒着纷纷扬扬的大雪，小米的母亲丁婶与汪若萌的母亲许淑珍结伴来到工地，两个老人带来了若干花花绿绿的童衣、童被与牛奶、红糖、鸡蛋、猪蹄等物，两个不同家庭里的老少三代人团聚在别人家的屋子里，哭也有，笑也有。好在房东曾大伯夫妇一辈子没有生育，他们知道覃天石夫妇在自己的屋子里生养孩子，不但不介意，反而特别地高兴，处处显得如同孩子亲亲的祖父祖母一般，殷勤地照料着樊小米与汪若萌，殷勤地照料着天赐一般的初生婴儿。

丁婶和许淑珍的到来，仿佛就像孩子的后族人家来了亲人一样，曾家两个老人忙忙碌碌地劈柴、打水、煮饭、铺床，把她们当作自己家的客人一样招待。大伯大妈的态度，使心事重重的许淑珍获得了极大的安慰。

但是，随着女儿的呱呱临世，汪若萌对杳若黄鹤的爱人向望鹤的思念与期待，更是与日俱增。

汪若萌从丁婶嘴里了解到，她自己的场长父亲，已将向望鹤留在"知青小屋"的所有学习生活用品全部邮托到武汉去了，那间小屋已经还给了丁婶。丁婶和樊小杉也曾向场长和那个叫罗二愣的邮递员打探向望鹤究竟在哪一家工厂上班，但结果十分茫然。场长对樊小杉的回答是，一个下乡知青走就走了，还挂念着他干什么？

许淑珍也无限痛苦地告诉女儿，自己跟老伴多次提起向望鹤，但老伴总是斩钉截铁地告诉她，要她死了攀龙附凤的这份心。说一千，道一万，女儿也就是个乡下人，乡下人，就要安于乡下人的本分！

许淑珍与丁婶恋恋不舍地回去了，汪若萌靠立在大门口，呆望着母亲娇小的身影渐渐远去，并终于消失在丛林里，禁不住声泪俱下，泪如泉涌！

正月十五元宵节过后，恰好到了公历三月，民工们成群结队地重返工地，无不惊诧于覃天石与樊小米留在工地过年竟然喜得爱女。一些与樊小米经常打交道的女工们，跷着大拇指啧啧地称赞她："真想不到，这樊小米去年冬天还在与我们一道开山凿石挑重担，一点儿怀孕的讯息都没有。仅仅是过了一个春节，竟然生出一个粉嫩嫩胖嘟嘟的女娃子来，覃天石这小子肯定是暗中有神助哟……"

丛山万壑之间的野马河，随着1972年的春天缓缓到来，随着开山排炮一阵又一阵地炸响，随着细流一脉的河水被引入人工开挖的导流通道，随着千百块巨石与钢筋混凝土的坝基在深深的河谷里一层一层地堆垒起来，初生婴儿覃君霞也无忧无虑地度过满月，小脸蛋上开始绽放出灿烂的笑颜。人们都说，这孩子是大坝工地的一枝花，是野马河1972年开春以来，第一枝迎风怒放的最鲜最美的水电之花！

（5）

"天石哥，小米姐，这许多年，你们除了尽心尽力地将君霞抚养成人，自己就没有生育一男半女吗？"向望鹤忍不住发问。

樊小米叹息一声，说：

"唉，其实，君霞还只有两三个月的时候，我就发现自己……也有了。但是为了君霞，我与天石商量后，到一家医院里悄悄地做掉了！……却想不到，君霞稍大一些后，我们想生育，却、却再也没能怀上……如果不是当年若萌她想不开，也不至于……"

樊小米忍不住再次呜呜咽咽地痛哭起来，她瘦削的两肩在覃天石的怀抱里剧烈抖动。

覃天石安慰妻子说："别哭，我们慢慢地讲，给望鹤老弟把后面的故事完完整整地讲出来！"

随着汪若萌墓碑前两支红烛一点一点地矮下去，随着丛林里的香烟一缕一缕地升腾、缭绕，向望鹤渐渐收住泪水。他觉得汪若萌、覃天石与樊小米之间的故事，不仅仅是可悲可叹，更是涵纳着一种可钦可敬的崇高与壮美。凝视着这对老夫妇头上的苍苍白发与脸上的满面沟壑，向望鹤意识到自己这个所谓的城里人与他们相比，其实平庸得很，俗不可耐！他们为奉行一个逝者的嘱托，为守护一个弱小的生命，真正做到了一生一世地默默奉献，无悔无怨！

覃天石扶着妻子在一片草丛里坐下来，望一眼跪伏在墓碑前全神贯注的向望鹤，继续着他与妻子先前的讲述——

小君霞满月不久，汪启润场长从林场里托丁婶送来一份通知。通知上说，鉴于樊小米刚生育孩子不久，正处于哺乳期，宜离开劳动强度太大的电站工地回家暂住，场里将另派一位民工接替她。丁婶悄悄地告诉女儿，场长的本意是出于一种实实在在的关爱，为了严守秘密，她也不便多说什么。她劝樊小米正好顺水推舟带着孩子回到难留城，这样，也免得若萌天天与自己身上落下的骨肉守在一起，因过于亲昵与伤感而在他人眼里露出蛛丝马迹。

一个春寒料峭的早晨，汪若萌将带着小君霞回家的丁婶与樊小米送了一程又一程，送了一程又一程。一路上，她的眼泪怎么也无法收住，疯狂般地环拥着君霞亲着她的小脸蛋、小耳轮与热乎乎的小脖窝，亲得孩子时而咿咿呀呀笑出声来，时而踢腿摆头大哭不已。汪若萌的眼泪大颗大颗地溅落在孩子的身上，她泣不成声地诉说："君霞，我的孩子，我的小天使！他年你长大成人后，千万不要忘记，你还有我这样一个小姑啊……君霞，我是你的小姑，我是你亲亲的小姑、小姑……"

　　丁婶和樊小米带着孩子走了，山弯弯，水长长。好长好长的时间过去了，汪若萌还是痴痴地站在那个路口，她总是听到飒飒的风声里夹杂着孩子哀哀的哭声，这哭声，似乎永远回荡在天地间！

　　当天下午，汪若萌红肿着一双泪眼来到工地财务室上班，戴着一副深度老花镜子的老会计打趣地说："怎么啦？天石家的小保姆失业了？是舍不得你的小米大姐，还是舍不得她怀里的那个小宝贝呀？"

　　汪若萌说："都舍不得！"

　　老会计嘴里嘟嘟囔囔："嘿，女孩子们就是感情太脆弱。在一起住惯了，分别个十天半月也要哭上一场！"

　　晚上开餐的时候，许多民工前来领取饭菜票。坐在柜台内的汪若萌按老会计叫的名字为大家逐一分发。忽然，她听见一个熟悉的声音喊了一声"汪若萌"，她抬头一瞥，见站在柜台前的竟是郑仁刚。矮矮的身材，白净的面皮，两排铜锈牙齿黄霜霜地露在大张着的嘴巴里，一双小而灵活的眼睛闪烁着色迷迷的幽光。

　　"哟，郑副司令来咱工地视察了？"

　　汪若萌不得不打个招呼，但骨子里充满了厌恶之情。

　　郑仁刚并不计较汪若萌语含讥讽，他快嘴快舌地回答："我是受汪场长委派，来工地替换刚生孩子的樊小米的。汪若萌，我很高兴又与你在一起。今后，凡事咱们俩要多多关照哟！"

　　汪若萌不想再搭理他，只是默默地点数着一叠一叠的饭菜票。

　　晚上，汪若萌回到她所居住的那幢小屋后面的厢房里，擦亮火柴，点燃油灯，板壁上悬挂的那只竹背篓又赫然显现在她的眼前。痴望久久，她才叹息着打开日记本，继续撰写仅能自我时时品读的"萌之语"：

　　1972 年 3 月 29 日　星期三　雨
　　萌之语——一年一度的二月花朝，春寒料峭，雨中夹雪。万般无奈，霞，离开了我，回到属于她自己的家，但愿她健康成长！最可恨最可恨的那只臭鸟啊，他竟然一翔冲天，全不念当日旧情！臭鸟，你究竟蜷缩到这世界上的哪个角落里去了？你知不知道，我们的霞，她在召唤着你呢！……

　　自从小君霞出生之后，原来《萌之语》篇什中常出现的那个"鹤"字，均被别出心裁的"臭鸟"这个称呼所代替了！

　　写着写着，汪若萌忽然发现格子窗外掠过一道黑影。她急忙掩上日记本，厉声喝问："什么人？"

　　汪若萌一步跃到窗边，猛地拉开活动窗框。黑影不见了，但屋后坡地上的几棵小树却在大幅度晃荡。惊悸不已的她只好走到堂屋里，呼唤了几声"天石哥"。睡在另一幢耳房里的覃天石披衣起床，一步跨进堂屋里问："若萌，怎么啦？"

　　"屋后有贼！刚才躲进林子里去了。"汪若萌的眼泪几乎都要流出来。

　　覃天石回身抄起一只手电筒，大步流星地向着屋后追去，但什么也没有发现。

　　房东老夫妇也起床了。那位年近七十的曾大妈听到汪若萌的述说后，决定留在汪若萌的房间里，陪她度过这个山风习习的夜晚。

　　此后连续几个晚上，汪若萌从工地财务室下班返回小屋，总是在一片小树林里遇上嬉皮笑脸的郑仁刚。不待郑仁刚拉开话题，汪若萌总是侧身躲过他，一溜小跑跨进曾大伯家独门独院的大门槛。她本能地意识到，这家伙不怀好意，邪恶的欲火又在死灰复燃。

　　大约一个多星期后，汪若萌照常在财务室上班，郑仁刚突然出现在她的柜台旁，神不知鬼不觉地掏出一只方形的纸盒放到她的桌子上，然后拔步离开。

汪若萌扫了一眼那只纸盒子，并未封口的盒盖半掩半开。她将盒盖向上掀起，但见盒内装着一台袖珍型的收音机和一个硬封皮的笔记本，笔记本里夹着几页散纸。

汪若萌懒得理睬这只盒子，将它轻轻地推送到老会计那一边的桌面上，继续埋头将收回来的饭菜票清点成一小摞一小摞的，尔后用橡皮筋分别扎好。忙完后，锁好存放钱票的抽屉，她决定到工棚的食堂里洗一把手脸。

一会儿，老会计来加班，一眼发现了桌面上的纸盒子，他以为是汪若萌随手放的什么宝贝，不经意地打开看了看。他看见盒内除了一台收音机与一个笔记本外，还有几页写了字的散纸。出于好奇，老会计抽出散纸，借助着老花眼镜看起来。

那些散纸上，抄写着几首酸酸溜溜的情诗，如："情哥情妹难分身，好比花线和花针。你是花针我是线，针往哪走线哪跟"；"想妹想到血封喉，天天吃饭不下喉。嚼饭好比嚼沙子，喝汤好比喝桐油"……

没有台照，也没有落款，就是莫名其妙的几首无题诗。

老会计看得有些耳热心跳，急忙恢复成原样放好。待听见汪若萌走进门的脚步声，才说："小汪，这是哪一个送给你的一盒子东西。你把它放到屉子里，这里人来人往的，小心弄丢了。"

汪若萌说："那是我从柜台外边捡到的，待会儿把它送到工地广播室去，让播音员招人领取。"

老会计抬起头来，从镜片的上方定定地盯着汪若萌，说："别搞错了，怕是哪个小伙子专门给你送过来的呀！"

（6）

一天傍晚，淅淅沥沥的春雨下个不停，野马河峡谷被沉沉烟雨笼罩得如梦如幻。

开晚饭的时候尚未到，民工们只好龟缩在临时搭建的工棚里借助扑克牌消磨时光。这时，工地的高音喇叭响了，播放完当年时髦的几首语录歌的唱片后，女播音员尖着嗓子连续三遍播送着一则招领启事，声称有人在财务室附近拾得纸盒一只，内装有袖珍收音机与笔记本等物，望失主前来领取。

蜷缩在铺位上读着一本连环画的郑仁刚听到广播，立刻弹簧一般地跃起身，有人发现，这矮个子本来白净的面皮一下子变成了猪肝色。

郑仁刚正欲冲出工棚的板门，覃天石拎着一把水淋淋的雨伞走过来与他撞个满怀。

覃天石见郑仁刚的慌张模样，随口问："小郑，那收音机是不是你丢失的？这里有伞……"

本来，覃天石对是谁拾得纸盒子与是谁将纸盒交给广播室的过程全然不知，他只是从郑仁刚的神态上猜想那广播里招领的物件或许是他的。哪里想到郑仁刚却误认为这是覃天石从中操纵的结果，他怒气冲冲地说："覃天石，你别作弄人！我问你，你身为副连长，为什么不能与广大民工同吃同住同劳动？工地专门建有工棚，你凭什么一个人要与汪若萌那个女伢子单独借住在另外的屋子里？你把我郑仁刚当猴耍，我叫你在这电站工地上也没得好果子吃！"

郑仁刚劈手一掌打落覃天石递过来的雨伞，赤膊历历地扎进风雨之中哇哇怪叫。

当天晚上9时许，汪若萌回到自己住的厢房里。她默默对着板壁上挂着的那只竹背篓痴望了许久，才叹息声声地打开日记本，想续写她的"萌之语"。然而思路不畅，过了好一会儿，她仅在本子上写下这样一行字：

臭鸟，我恨死你，你害得我好苦好苦！

写罢那句话，她照例拉好窗帘，用两只开水瓶从老夫妇的厨房里打来开水，从木床底下拖出大木盆，一脸忧戚地宽衣解带，准备沐浴。

开水倒进木盆，腾腾热气环拥着她袅娜而光洁的身子，短暂间有一种腾云驾雾、飘飘欲仙的感觉。她将一双赤脚泡在木盆里，用香皂在前胸后背反复涂抹时，大颗大颗的泪珠子情不自禁地倾洒出来。她在想，自己这玉洁冰清的身子，自己这高傲倔强的一颗心，怎么会莫名其妙地过早交付给一个不知去向的人呢？这经纬纵横的世界上，有没有寻找到自己心上人的一条道路呢？

忽然，窗帘被一截棍子从外面高高撩起，一缕寒风吹得水雾躲躲闪闪，那个黑影又鬼魂一般地在窗纸上晃荡了好几个来回。汪若萌大叫一声，整个身子紧紧蜷缩在木盆里不敢动弹。几秒钟后，黑影骤然离去，房东曾大妈在外面拍着门板问道："小汪，你怎么啦？你还好吧？"

汪若萌暗暗暗地哭出声来。

汪若萌匆匆穿好衣服，正欲出门倒水，忽听得覃天石住的那头屋子外面人声嘈杂。

汪若萌与曾大妈急忙穿过堂屋前去察看，竟看见光着膀子的覃天石被几个民工扭着臂膀搡出大门。

大妈紧跑几步质问那几个民工："你们这是干啥？"

黑暗中闪出矮矮墩墩的郑仁刚，说："嘿，怪不得这家伙要借住在这个屋子里，原来夜夜偷吃荤腥，男欢女爱，好不快活！汪若萌，你明明知道覃天石是个有妇之夫，你竟任由这个瘦猴般的男人占有你的身子，堂堂大才女，你还有脸面对世人吗？"

汪若萌狂怒地扑过去，重重地扇了郑仁刚一个响亮的耳光，牙缝里迸出两个字："卑鄙！"

房东曾大伯也出来了，他指着那几个民工说："老汉我今晚倒要看看，是哪些狗崽子随便在老汉屋子里栽赃抓人！老汉我要面见你们的指挥长，控告你们入室抢劫！"

扭着覃天石的民工们面面相觑，他们知道，这曾大伯是一个远近知名的老劳模，指挥部的领导们都敬着他哩！他说的话，指挥长不会不信。

拉扯了好一阵，郑仁刚和那几个民工只好怏怏撒手。

但从此，工地上的谣言却涌起轩然大波，无非是民工连副连长覃某某，与某女民工关系暧昧、双宿双栖之类。覃天石只好当着曾大伯夫妇的面，尽力安慰汪若萌："若萌，别管它，为人不作亏心事，夜半不怕鬼敲门！"

　　覃天石找来一位未婚女民工，让她与汪若萌同住在曾大伯家的屋子里。自己则卷起被盖，搬进了民工连的大工棚。

　　又是一个傍晚，汪若萌下班返回曾大伯的家，在小树林里再次遇上郑仁刚。她想躲开，但郑仁刚死死地拦住她的去路。

　　汪若萌愤怒地呵斥他："郑仁刚，你什么卑鄙的手段都使尽了，究竟想干什么？"

　　郑仁刚涎着脸皮说："汪若萌，其实我郑仁刚并不像你想象的那么坏。你与向望鹤谈得火热的一年多，我自知我比不上人家向望鹤，于是我躲得远远的。但我的心自始至终疼得要命！如今，向望鹤回武汉上班了，他再也不会回来了，我知道你大半年时间连一封信也没有收到过。……若萌，你也许想着他想得望眼欲穿，可人家就是一个喜新厌旧的陈世美！说不定在武汉这样美人如云的大都市里早就另有所爱……你，何苦呢？"

　　"我想不想他，他爱不爱我，关你啥事？"汪若萌的话冷若冰霜。

　　"若萌，你知道吗？你的父亲，也就是我们的场长对我并不生厌。这次，他派我来电站工地，说不定就是为了成全我们哩！……好几个夜晚，我在工棚里无法安睡，半夜半夜地在山路上徘徊……我曾守护在你的窗后，悄悄地听着你的叹惋，你的哭泣，你入睡后微微响起的鼾声……若萌，你能理解一个男人欲爱不能时那种寂寞痛苦的内心世界吗？"

　　汪若萌瞥见郑仁刚死死盯住自己胸脯的那双色迷迷的眼睛，倏地联想到这家伙夜晚挑开窗帘偷窥自己沐浴的情景，忍不住一阵恶心，几欲呕吐出来。但她还是忍耐着说："郑仁刚，放弃你的那些芜杂心事吧，放弃你前前后后采用的那些卑劣手段吧！人活着，应该磊落一些，大度一些，高尚一些！我可以明白无误地告诉你，汪若萌绝对不是你的所爱，她只属于她自己！"

"若萌，我可以对天起誓，只要你接受我，你需要我变成什么样的人，我就会变成什么样的人……你要知道，爱，能够毁掉一个人，也能够创造一个人呀……"

"世界这么大，你可以到别处去寻找你的所爱！"

汪若萌说完，再也不想逗留下去。她猛地甩脱郑仁刚企图抓住她袖管的一只手，闪开身子跑向独门独院的小木屋，并且高叫了一声："曾大妈，若萌回来了！"

郑仁刚呆在路口，形同一段枯死的树桩。

（7）

覃天石清楚地记得，汪若萌出事那天，是连续几天暴雨过去后刚刚放晴的一个上午。

太阳朗朗地照着稀泥烂滑的大坝工地，野马河两岸的高崖，喷射出无数道浑黄的悬泉与瀑布。特别是离坝址百多米远的那道虾米瀑，巨龙一般从绝壁上的石洞里探出头来，在空中横向喷出好几丈远，才扯天扯地地垂下深溪，形成大量四向溅进的尘雾与水沫。

本来，整个后勤部门的人是用不着出工的，他们的本职工作，就是管理好工程的财务与食宿等方面的后勤保障。然而，这之前的好几天，开山凿石的工地因洪水侵蚀大面积塌方，数百民工夜以继日地清除从高处倾泻下来的淤泥与排炮炸开的碎石，一个个累得筋疲力尽。为了确保工程进度，指挥部决定动员后勤人员倾巢出动，希望在下一次暴雨与洪峰到来之前，彻底轰毁阻碍工程进展的一脉青石岭。向青石岭开炮，一方面是为了拓开民工们在崖壁上的立足之地，另一方面也是为了就近采用构筑大坝的基石。

前一天的晚上，隆隆炮声在青石岭上足足响了将近半个小时，大半边的石山全成了零零散散的乱石堆。由于点炮时恰赶上大雨下个不休，指挥部的人们猜想不少导火索肯定让雨水浇湿了，并没有响。要想清除工地上的碎石，首先必须将未引爆的哑炮进行处理。或者重新引爆，或者将火药掏挖出来，方能确保清理碎石时的人身安全。

民工们都很疲劳，经过一番七嘴八舌的议论，清除哑炮的重任落到了被认为养精蓄锐已久的后勤人员身上，而后勤人员大都是老人与妇女。当时，恰逢覃天石等几位骨干上另外一处工地巡察去了，于是，主动争取清除哑炮的队列中，出现了财务室的小出纳员汪若萌。

年近六十的老会计拉了一把汪若萌，说："小汪，你行吗？"

汪若萌坚定地点点头，说："我行。"

汪若萌出发了，她背上背着一只竹背篓，背篓里放着炸药、雷管、导火索等引爆物与铁钎、铁铲等工具。前往青石岭排除哑炮的一共有四人，汪若萌娇小的身影走在最前头。在搬运石头的老会计眼里，那几个男女青年在碎石堆里穿行时步履蹒跚，东倒西歪，似乎每前行一步，均要付出巨大的努力。

大大小小的石头横在脚下形成一面陡坡，石头堆里还夹杂着垮塌下来的树木的枝杈、稀松的泥浆，不时还有扑簌簌的碎石泥水从高处浇撒下来，令人防不胜防。这里是真正的无路之境，但前行者不得不在无路之处走出路来！

汪若萌艰难地行走，执着地行走，汗水已经湿透了她的头发，她的脖窝，她的脊梁，她的眼睛里晃动着的全是滚滚流泻的石头，飞速旋转的石头，晕晕乎乎的石头……不知道走了多久，她发觉自己已把其他三位青年扔得老远。她第一个接近前一天晚上安放排炮的半山崖，她已看到有几处被雨水浇灭的导火索在崖壁上无精打采地耷拉着……

就在汪若萌极其艰难地靠近安放排炮的半山崖之际，覃天石等人从另外一处工地一身泥水地赶了回来。他一眼瞧见半山崖上的碎石堆里攀爬着的身影竟然是背负着背篓的汪若萌，忽感到自己的心室一下子提到了喉咙口。他问搬运石头的老会计，是谁做主让后勤部几个完全没有经验的年轻人去排哑炮？老会计还未开言，忽然，轰隆一声闷响，天摇地动，汪若萌所处的那道半山崖上硝烟四散，碎石如雨，血肉横飞，黑乌鸦似的石块土块等物犹如迸散的礼炮，几乎遮掩住了峡谷上方的整个天穹！汪若萌仅仅20岁的年轻生命，犹如无数鸟儿迸散开来的满天彩羽，爆发式地飞向悠悠长天；那个彩色的竹背篓，被滚滚气浪一下子掀到太阳的光圈里似乎燃烧起来，尔后又落叶似的飘飘悠悠，无可奈何地堕入到深深的谷底……

钢铁般骨架的覃天石一下子瘫软在地上，他瞩目如同彩羽乱飞的一天石子与土块，声嘶力竭地狂呼着："小汪——，汪若萌——……"

好长时间，峡谷里的回声在两岸的崖壁上撞过来撞过去，袅袅不绝，清音有余！

事后，工程指挥部组织人员在谷底搜寻，众人发现汪若萌娇弱的遗体折成了好几段，然而，她鲜血喷溅的脸上却绽开着早已凝固的微笑！那只竹背篓刚好落进涨了洪水的野马河波心，不知道顺着野马河与潮涨潮落的清江漂泊到哪里去了……

覃天石讲述汪若萌壮烈殒身的情景时，向望鹤再次泪流满面，樊小米更是哭得声音都嘶哑了。

樊小米一口咬定，那夺去汪若萌生命的一炮，肯定不是头天晚上装的哑炮。试想那导火索点了一整夜都没响，加上那么大的雨，怎么会在汪若萌靠近时突然爆响呢？她认为汪若萌早已抱定了死的决心，更可能是她自己点燃了背篓里的雷管与炸药……

覃天石长长地嘘了一口气，说："这是我当时的看法，但我没有和工地上的任何人谈起。事后回想起来，自从郑仁刚来到工地多次纠缠她，汪若萌已经有了寻死的念头。当她沐浴时被那个坏蛋偷窥，当她在靠近曾家的树林子里被那个坏蛋多次拦截，特别是那种无端的谣言被到处传播后，我总是看见她红肿着一双泪眼……唉，只怪我太疏忽啦，太大意啦！"

覃天石说："她去排哑炮的前一天晚上，我曾发现她久久地站在涨了大水的野马河边，手里好像狂扯着什么。待我走近她身边，问她为什么还不回到住地去，又只见她两手空空，默然无语。但我临离开时，不经意地发现她脚下的河水里翻涌着许多纸屑……我这人太粗心，当时并没有意识到什么，事后冥思苦想，才觉得那撕掉的东西，肯定是她写下的日记。因为，我们知道她一直有写日记的习惯，但后来清理她的遗物时，仅仅发现她在枕头底下压着一首诗。不，是一首催眠的儿歌……"

樊小米接言："那首儿歌，天石交给了我。后来，天石配上曲，我经常唱着它为小君霞催眠哩。很短的几行，望鹤，我唱给你听听吧！"

樊小米压低声音，充满柔情地唱起来：

星星睡了，
月亮睡了，
天上的白云不动了。

虫儿不叫了，
小鸟不飞了，
我的宝宝呀你睡着了……

听完这首母性意味十足的催眠曲，向望鹤半晌无语。他只是默默瞩望着汪若萌荒草覆盖的坟茔，恨不得让目光透视到深深的土层里。蜡烛已经燃完，香签已经燃完，唯有黑色的纸灰被微风撩起，一片一片，上下翻飞。这时，向望鹤仿照着樊小米的腔调，轻轻地吟唱起那一首儿歌：

星星睡了，
月亮睡了，
天上的白云不动了。

虫儿不叫了，
小鸟不飞了，
我的宝宝呀你睡着了……

# 第十二章　父女相认，地老天荒怀母恩

## （1）

考察队结束清江沿线巴人遗踪实地考察的最后一站，是离双峰镇移民新镇上游方向约莫三华里的向王庙。

实际上，这向王庙，完全不是四十多年前那座被造反派轰毁得一片狼藉的向王庙，那座向王庙的遗址亦深深地潜藏到库区的水面之下，仅仅残存在老人们记忆的星空里。新修的向王庙还只有两岁挂零，是镇政府根据巴文化研究会的提议，于2008年秋叩石垦壤兴建而成的，它紧紧依傍着清江库区的最高水位线，离码头仅有五十来步。

只因按规定的日程参观完向王庙，接着就要到码头上乘船离开双峰镇，返回施州城，于是，所有的人均背着包，提着袋，完全是一派行旅匆匆的图景。其中最繁忙的人，无疑是向雨鹭和陆永真，他们除了身负重载外，还必须扛着摄像机或举着数码相机跑前跑后抢拍最佳的镜头。

向望鹤随同众人来到向王庙。远远望去，这庙恰似土家人临水修建的吊脚楼。竹树掩映，飞檐翘角，背枕崖壁，足浴清波，仅有一条长长的廊道通往庙门前的木结构平台，庙檐与栏杆的倒影在平静的水面上悠悠抖动，恍若无数怪兽挨挨挤挤争相饮水的头颅。

平台中央有一尊长方形的大石礅，石礅上的白虎雕像虎口大张，虎尾倒剪，利爪劲牙，雄风烈烈，一副栖峰巅云汉、饮深潭碧涧的傲然之态。但令人忍俊不禁的是，它的身体上满是潦草的游人题字，这些题字或为瓦砾划痕，或为墨水涂抹，犹如那白虎在征旅中饱受过战争蹂躏后的一身丑陋的伤疤。

跨进庙门，正面端坐着的老人像，即是被历代船工排客们称为"向王天子"的禀君巴务相。向望鹤曾听覃天石说过，原来的向王庙，所供奉的"向王"雕像一般都是由木头雕镂而成，其上用黑而有光的生漆涂面，其形象与京剧舞台上的猛张飞、黑包公等并无明显区别。而眼前的"向王"，则是一尊巨大的青石，除却青石上方的头颅五官俱全、须发努张外，除却青石两侧伸出左手按剑、右手端着一支牛角号的双臂外，整个身子仍是一尊天然拙朴的石头。向王两旁，各有两尊或拔剑，或张弓的龇牙咧嘴的武士雕像，大概是指禀君所统率的"四姓之子"。拜台前面的香炉中，香灰已冷，残香零落，并无旺盛的香火供其领受。仅在作为其身体基座的大青石正面，镌刻着清乾隆年间土家族诗人彭秋潭的一首诗：

　　　　土船夷水射盐神，
　　　　巴姓君王有旧闻。
　　　　向王何为称天子，
　　　　务相当年号禀君。

向望鹤的耳边，再次回旋起覃天石曾经反复演唱过的那首民歌——

向王天子一支角，

吹出一条清江河。

声音高，河水涨；

声音低，河水落。

牛角弯，弯牛角，

吹出一条弯弯拐拐的清江河。

　　此时此刻，众人仰观向王天子的形象，议论纷纷，唏嘘不已。向望鹤定睛望去，但见这位神话传说中的巴人先祖不仅沧桑满面，老态龙钟，并且目光浑浊，似乎充溢着一种困惑。而且，他的面部除了一对远远眺望着天宇的眼睛和挺拔的鼻峰外，全是参差散乱的长长的头发与长长的髭须。如果与德济祠里那位眉清目秀的尚是少女形象的德济娘娘相比，两人完全是老爷爷与小孙女的关系，无论如何也难以构成一对恋人的形象！

　　果然，向望鹤清楚地听到女儿向雨鹭发出疑问："陈老师，这廪君巴务相的形象也太苍老了吧？看上去不过是一位眼花耳聋的耄耋老者，我真怀疑他根本举不动剑，拉不开弓，更不用说吹响那支令清江潮起潮落的牛角号了！"

　　一脸络腮胡须遮满面部的陈嗣哈哈大笑，他风趣地回答："小向，这'向王天子'，可是最老最老的'老向'啊！只有'老'，他才有资格被奉为一个氏族一个部落的祖先！如果人们把他塑造成一个少不更事的白面儿郎，他焉能负载起民族拓荒者与文化传承者的千秋使命？老，才是我们心目中祖神的真实形象！"

　　"可是，德济祠里的盐水女神，不一样是清江流域土家族的祖神吗？她为何总是温婉如水、百媚千娇的少女的形象？为何不将她塑造成一个人老珠黄或者瘪了嘴、缺了牙、白了发、满脸都是菊花瓣的老太婆的形象呢？"

　　"这……也许是盐水女神的生命永远停留在青春韶华时期的缘故罢？小向，你再问下去，我就只有张口结舌、目瞪口呆的份儿了！"陈嗣并起双掌作了一个讨饶的手势，偏偏被向雨鹭的相机咔嚓一响，形成定格。

向望鹤久久地端详着廪君巴务相的那双眼睛。他发觉这双青石雕成的眼睛内，除了有对天宇充溢着希望的仰视，其实还有一种对漫长光阴恒久的等待，有一种对记忆掩饰下难以寻觅的忘却。这种等待，是比寂寞更为深沉的寂寞；这种忘却，是比遥远更为迷茫的遥远！数千年来，作为一个民族始祖的廪君巴务相，他征服过，他开疆拓土，横扫千军，杀人如麻，唯有爱与自由，从来就没有囊括在他征服的大旗之下；他求索过，但于无声处，他听到的不是滚滚惊雷，而是愈来愈厚重与绵长的沉寂！如果说，命运就是一首诗，那么从先祖，到后世子孙，其实每一个人毕生都在寻找着这首诗的诗眼，都在与这首诗拼搏不已、鏖战不休，都会在诗中死去，尔后又在诗中再生。这死死生生的过程中，获取的往往微不足道，而失落的则是分外惨痛……

离开向王庙的殿堂，走向江面之上的平台，面对清江库区一汪平湖，万朵涟漪，向望鹤突然问自己的女儿："雨鹭，什么叫作'老'？你能准确地概括出'老'这个概念的内涵与外延吗？"

向雨鹭没有思想准备，平时喜欢对人提出刁钻古怪问题的她，也不由得有点发怔。

思索片刻，她才调皮地回答："爸，女儿以为，'老'这个概念总是相对的，没有绝对的。譬如说，现年六十一岁的您，比起对岸福利院里住着的八十四岁的汪爷爷，您还年轻得很哩；而汪爷爷与我们今天看到的廪君巴务相也就是向王天子相比，岁不满百，也不能称作'老'哇！"

"好！那我再问，四千多年前的向王天子，假如他现在刚满四千岁的话，与我们脚下的这条清江相比，他是不是根本不能称作'老'呢？你要知道，这条清江以河的形态存在，已经历时七千多万年，它曾是四川盆地的内陆湖沟连东方大海洋的最早通道之一，被地质专家认为是三峡形成之前的长江故道。四千和七千多万，这是差异何等遥远的两个数字概念呀！"

"人，焉能与天地同寿？"向雨鹭不置可否。

"是的，人的生命短促如梦，社稷也并非固若金汤，真正不朽的唯有文化。文化，才是一个民族得以绵延与兴旺的命脉。廪君也罢，盐神也罢，他们均是作为一种文化的存在，才获得了永生！"

登上船舱之后，向望鹤久久地站在舷窗边，透过他的近视镜片，看千山闪退，江水东去，看北岸的双峰镇、德济祠、向王庙渐行渐远，看南岸的福利院绿树掩映，烟雾迷离，并联想到水面深处曾经有过的窄窄的古航道、弯弯的石板路、连环的乱吼滩、宁静的土家屋……联想到数千年间巴人的土船独木舟与牛角号，土家人的大木排、"豌豆角"以及古朴苍劲的纤夫号子……他突然意识到，尽管随着时间的推移，环境的变异，社会文明总是在艰难地改变着人类自身，但代复一代的人生，其实都在走着同样的一条路：生老病死、悲欢离合、善恶爱憎、苦辣酸辛……这一切，真正的源头又在哪里呢？哪里又才是最终通江入海的地方？况且，江河入海，就是最完美、最欣慰的归宿了吗？

向望鹤想：廪君西征，四千多年前，廪君所率的五姓部落，就是在我们今天的这道河谷里由此向西，他们最终真的寻找到了"劳尺罗波朗"，即所谓"落日之下的辉煌"了吗？

（2）

清江沿线巴人遗踪的学术考察活动进入到第八天下午，考察队成员先是乘坐"清江之翼"的游艇逆水行舟抵达浑水河码头，然后分乘着两辆"考斯特"，沿施红公路风尘仆仆地返回施州城。

次日上午，学术座谈会在某四星级宾馆九楼会议室如期举行。来自本省与周边省市的众多专家，就清江流域的文化传承展开了热烈讨论。

向望鹤的发言专题是：永恒，深埋在岁月的废墟。

向望鹤教授撇开文物的实证性问题，主要从人类文化学的角度，阐述了清江流域巴人文化的精神遗存。

向望鹤认为，岁月长河，掩埋了无数我们遥遥不可及的"过去"，而

"现在"对"过去"的考证，仅仅局限于残垣幽洞、断碑荒冢、刀枪剑戟、古道苔痕，借助出土文物来拼嵌我们民族的人文基因图谱，因此，我们所获知的民族文化讯息总是零散的，总是残缺的，或者说不过是九牛一毛、冰山一角，因为"文物"的保留与现身，带有极大的偶然性，而人类历史的根系却延伸得特别悠远、特别广袤。他建议文化工作者们深入鄂西南民间，深入清江子民内在的"心性"，从他们的歌哭叹惋中，生老病死中，悲欢离合中，亲族邻里的日常交往中，全方位了解鄂西南土家人在一代复一代耕云布雨、弹铗而歌的生命历程里所凝结起来的涵纳着天地人神的爱心与人道。所谓非物质文化遗产，就是精神层面上的东西。从古代巴人，到今天的土家族，其泛神崇拜、祖宗情结、傩巫习俗、"竹枝"遗韵，以及轻利重义、厚死薄生、能歌善舞、敢爱敢恨、挑战苦难、蔑视强权、崇尚独立与自由之人格的"心性"，方是这个山地民族文化遗传的宿命，纵使"沧海桑田"，也不会烟消雾散，了然无痕。

（3）

下午，是隆重的总结大会暨闭幕式，施州市与清江沿线的几个县市，均有党政领导人与文化部门的负责同志出席。刚刚从海南参观学习归来的巫南县县长覃君霞，作为主要考察区域的行政领导，应邀向大会致答谢辞。

三十九岁的覃君霞身材高挑秀挺，举止落落大方。她满面春风地走上发言席，一对黑星星似的眼睛环视众人，使整个会场立刻弥散着一种祥瑞、一种温馨。覃君霞并没有带手稿，但全篇祝词优美得如同一篇抒情散文诗，并且利用她玉润珠圆、抑扬顿挫的腔调，加上刚劲有力的手势，将语词表述得节奏分明，富有韵致。

覃君霞说，文化的大发展，大繁荣，离不开对于优秀民族文化传统的合理继承，离不开在继承基础之上的裁汰与创新。浩浩荡荡奔流在鄂西南土地上的八百里清江，是一脉巴人长河，是一脉文化之江。它从源头开始，就明一程、暗一程、缓一程、急一程地逶迤回环，卧龙吞江如捣玉喷珠，穿山裂石如金鼓齐鸣，峡谷盘旋如九曲回肠，乱石崩云如长剑倚天……清江汇入长江，流向大海，这表明清江流域以巴人文化为代表的民族地域文化，正在丰富着五彩缤纷的中华文化、东方文化与全人类的文化。

覃君霞认为，清江，是古代巴人与巴人文化的母亲河，这不仅有大量文献记载、文物佐证，更为巴人子孙千年跋涉与百代传递的人文精神提供了最有强劲说服力的依据。数千年来，一代一代的巴人及其后裔筚路蓝缕，渔猎耕织，在陡峭的山地播种阳春，在迂回的河滩摆渡岁月，在反反复复的迁徙与开垦中，用奋斗的汗水、用苦难的泪水、用牺牲的血水，在武陵大山，在清江流域，发展与壮实了一个民族，他们震天动地的进行曲与顽强攀登的号子声，已经交汇成土家民族的灵魂之音，已经演绎成博大精深的巴文化。廪君西迁、盐神之恋、巴蔓子舍生取义、田颜伊咸平之盟、田世爵东海抗倭、陈连升虎门喋血、向燮堂怒杀洋魔、温朝钟壮士横眉、邓玉麟首义立功、朱和中矢忠矢信、第二次国内革命战争时期鄂西南二十多万人投入革命洪流和两万多土家儿女参加红军……无不体现了巴民族振播于天地四野的自由独立之精神。文化，即人文精神，正是一个民族得以绵延与兴旺的命脉；而清江文化，则集中展示着鄂西南山地农业文明的嵚奇磊落、质朴粗犷，体现了一个古老民族群体精神的劲健坚韧。

覃君霞最后表示，作为清江儿女，非常感谢各路专家关注清江文化，关注鄂西南的开发与进步。她希望巴人祖宗的生命情结在当今世界进一步焕发出青春华彩，其灿烂文化与清江一样，风光无限，万古长流；她希望人们借助重温传统的、民族的、民间的灿烂文化，唤起物化世界里人们的精神回归、灵魂复苏，增强我整个中华民族的凝聚力与向心力，在文化多元化的前提下，让人类共享"太平世界，环球同此凉热"的美好未来！

覃君霞富有穿透力的声音缭绕在整个厅堂，余音绕梁般激荡着人们的心胸。会场里，思潮翻卷得最为厉害的，无疑是头发黑白参半、面部轮廓如同斧劈刀削的向望鹤。他情不自禁地想，人的血缘，真是一种神秘而又奇特的基因，这位在和平开放年代顺利接受过高等教育与职场历练的女县长，尽管其发型、其服饰、其风度，已与四十多年前山里女人的习惯式样不可同日而语，但她的一颦一笑，一举手，一投足，及其标准普通话的顿挫声韵、抒情尾音，并没有从其母体中"脱胎换骨"，她分明活脱脱地又是一个倔强任性、妩媚动人而且才思敏捷的"汪若萌"！

向望鹤的思绪一会儿漂流在江流滚滚的大木排上，颠颠簸簸，大起大落，一对黑星星似的大眼睛忽闪忽闪，抓心抓魂……一会儿悠游在那条再也找不回来的小路上，桂花的香味浓浓淡淡，若有若无，以及古老的石拱桥下白浪翻卷，花瓣无数……一会儿顶着兜头猛雨穿过那片瓦砾狼藉的德济祠，德济祠后面幽邃的洞口如同一张巨兽的大嘴，将雨水淋漓的他与她一股脑儿地吞噬掉……一会儿远远眺望着她背着彩绘的竹背篓，脚步一飘一飘地走下河谷，乘小船渡到对岸，又踏上一条弯弯曲曲的石板路，一晃就消失在崖壁后的丛林里……

恍惚间，他蓦地想起前天下午，在野马河畔那片郁郁葱葱的松树林里，自己跟随着覃天石与樊小米含泪哼唱过的那曲儿歌："星星睡了，月亮睡了，天上的白云不动了。虫儿不叫了，小鸟不飞了，我的宝宝呀你睡着了……"这时，一个出生不久的女婴的形象顽强地浮现在他的意识里，那婴儿哇哇哭啼，泪水盈盈，似乎努力地踢蹬在一只小小的山里人拙朴的摇窝里……

恍惚间，他脑腔里神经质的一声闷响，记忆的屏幕上碎石如雨，血肉横飞，犹如无数鸟儿迸散开来的满天彩羽！一个彩绘的竹背篓，被滚滚气浪掀到太阳的光圈里燃烧起来，尔后又落叶似的飘飘悠悠，无可奈何地堕入到深深的谷底……

掌声潮水般地响起，当向望鹤从经久不息的掌声中回过神来，滚滚流泻的泪水已经使他的金边近视眼镜云遮雾绕，他仅仅感觉到一个模糊的倩影向众人鞠躬后缓缓地离开发言席，回到主席台的后排位置上坐定。

君霞，君霞，你就是我的亲生女儿，你就是我的长女啊……向望鹤的心灵深处，无比愧疚又无限期待地呐喊着。

（4）

　　庄严隆重的闭幕式与情谊醉畅的晚宴后，参与学术考察活动的众人陆续散去，向望鹤与向雨鹭、陆永真并未马上离开施州。向望鹤觉得他对于这座城市和这片土地，还有着许多未了的夙愿需要留下来慢慢处理。

　　当天晚上，向望鹤让女儿雨鹭和陆永真随同孟效良等人去叩访施州城里的高等学府——施州学院，他在宾馆的房间里单独接待了几位要客。客人们是覃天石、樊小米夫妇，还有覃天石夫妇的养女，也就是向望鹤自己的嫡亲长女——覃君霞。

　　覃君霞一进门，便热情地与向望鹤握手打招呼："向教授，您好！我爸我妈多次对我提起您的大名，也拜读过您的不少文章。我早就知道，您的祖籍就在巫南县，您的民族也是土家族，而且，您在我的家乡难留城还有着两年时间的插队生涯。这次学术考察活动，市委宣传部和市文化部门确定邀请名单时，是我第一时间提到您。他们很爽快地采纳了我的建议，按照您著作中的通讯地址发出邀请函。没想到您老人家会不畏舟车劳顿，欣然应邀前来指导，这令我们土生土长的施州人深感荣耀啊！"

　　向望鹤急忙招呼客人坐下，樊小米反客为主为大家烧水泡茶。

　　向望鹤的嘴唇哆嗦了好一阵，才说："君霞，你是小辈，我就不用称呼你的官衔了！……下午听了你的发言，我很高兴，清江流域博大精深的民族文化，还有山区的经济建设与全方位的社会发展，真正是长江后浪推前浪啊！与你们这些年轻人相比，无论是眼光、见识，还是文化底蕴，我这样的老朽惭愧得很，惭愧得很！"

　　覃君霞回答："下午散会后，我专门应约接受了雨鹭妹子和小陆的采访。向教授，要说年轻，有眼光，有见识，有文化，雨鹭妹子她们这些'80后'，更是大有希望哟！当然，这也有赖于向教授这样的老文化专家悉心引导……"

　　覃天石见女儿与客人总是限于客客气气的"工作交流"，忍不住从中插言："君霞，这许多年，你一直忙得脚不沾地，爸妈也寻不上多少时间与你拉拉家常话。今天，叫你到这个房间里来，爸妈有一些非常非常重要的事情想告诉你！"

覃君霞含笑面对一脸庄重的父亲，多少有点不理解："爸，当着人家向教授的面，我与爸妈叙家常？"

"对，就是在他的面前，我们的君霞，要来一个重续血缘、认祖归宗的仪式！"

覃天石的话犹如一声响鼓，覃君霞怔住了。

向望鹤也感到胸腔里重重一震，防不胜防，他想，这弯子也转得太突然了吧？

覃天石抿了一口茶，一字一顿地说："君霞姑娘，你面前的这个向教授，向望鹤，他就是你的亲生父亲！你和白天采访过你的向雨鹭一样，都是向教授的亲生女儿！也就是说，你，雨鹭，是同父异母的姊妹俩！"

咣啷一声，覃君霞闪电般站起身来的同时，她身后的椅子倒下了！

覃君霞瞪大眼睛，吃惊地回望着她旁边俯下身子轻轻扶起椅子的老母亲。

樊小米发现女儿或许有些误会，于是，尽量用平和的口吻告诉她："君霞，我与你爸，只是你的养父和养母，我们一辈子没有生育。你的生身父亲，的的确确就是我们面前的这位向望鹤教授！你也老大不小了，认祖归宗是迟早的事情……"

"妈，我不是在做一个荒唐的梦吧？你们是在对女儿说玩取笑吧？你们怎么会突然不是我的亲生父母了？我的面前，怎么会突然出现一个素昧平生的亲生的父亲？这不可能，这不可能！"

覃君霞颇有些花容失色，举止失措，眼泪先是在眼眶眶里打转转，随着她将头颅紧紧靠在母亲樊小米的怀抱里，那晶亮的泪珠子终于扑簌簌地滚落下来……

樊小米扶着女儿坐下来，紧紧拥住自己数十年间含辛茹苦拉扯大的养女，用尽量平和的口吻，向她诉说着四十多年前的故事——

她说那年头，是她与丈夫做主，促成了武汉下乡知识青年向望鹤与女儿寨的回乡知识青年汪若萌两个人的爱情。但这桩两情相悦的恋爱从一开始，就受到汪若萌的父亲坚决反对，理由是农村人与城市人云泥有别，不可能走到一起，而且，他们的爱，在社会上也备受风吹雨打。她说她知道向望鹤突然离开难留城返回大武汉，从此音讯不通，劳燕分飞，自己也不得不佩服老场长的远见，内心里追悔莫及，但这时已得知汪若萌有孕在身，自己与丈夫不得不对此采取应对措施，遂趁着到野马河电站工地当民工的机会，来了个暗度陈仓，李代桃僵……1972年2月10日，也就是旧历辛卯年的腊月二十六，小君霞出生在电站工地旁一户曾姓人家的木屋子里。从出生的第一天起，她樊小米与丈夫覃天石就成了孩子的亲生父母，而神不知鬼不觉十月怀胎生下孩子的汪若萌，却只能充当孩子的小姑……刚出生四十多天的小君霞，就离开了当时其公开身份是她的小保姆的"小姑"汪若萌，回到养父养母家，凭着吃奶粉、米粥之类一天一天长大；小君霞还只有两个月零六天，"小姑"汪若萌就在电站工地一次哑炮骤响的事故中壮烈牺牲……"小姑"血肉横飞的那一天，尚不会叫妈妈也不会叫小姑的小君霞，却在难留城的养母家里，一张小嘴撕扯着外祖母的空奶头呀呀哭叫……

好多年后，作为孩子养父养母的覃天石夫妇才知道，向望鹤离开难留城后，其实写了许多信，但都被反对这场恋爱的老场长截留了，烧掉了！时间整整过去四十多年，他们终于等候到孩子的亲生父亲回到大山里。如今回想起来，老一代人爱的错位、生离死别，都好像是冥冥中的命运在操纵着。

覃天石插言："君霞，你的养父养母都老了；你的亲生父亲，他也老了。这次与他见面后，我们想了好几天，才下定决心，当着你亲生父亲的面，将真实情况告诉你。不管怎么说，你仍然是咱们'比兹卡'的一个妹伢子，你仍然是咱们清江这条河的女儿！"

向望鹤默默地听着，头颅低垂，满脸都是愧悔与痛苦的表情。

覃君霞紧紧伏在养母樊小米的怀里，哭成了一个泪人儿。

樊小米诉说完这些往事，反复抚摸着君霞的头发，酸楚地笑了笑，说："君霞，其实，我们也舍不得你。但是，血缘、宗亲，你总得弄个明明白白。只有这样，我们的心里才好受，你那死去多年的亲妈妈，她……她总是飘忽着的灵魂，才能得到安慰呀……你千万不能怨恨你的亲爸爸，他，其实在前天下午，我们把他带到野马河的那片墓地里，他才真正弄明白这些情况的！他漂泊在这个世界上几十年，哪里晓得他还有一个亲生骨肉，在这大山里风风火火地忙着呢？"

覃君霞收住泪水，望着慈祥的养父养母说："爸，妈，你们永远是我覃君霞的亲生父母，没有你们，哪里会有我这条可怜兮兮的命呢？其实，这许多年，我也零零碎碎听到过一些议论，我隐约知道埋在野马河电站山崖上的那个小姑，与我的关系非同一般……所以，你们才会经常带着我去她的坟前祭扫，你们叫我给亲亲的小姑焚香化纸，但我知道，小姑并不姓覃，也不姓樊，而是姓汪，她是住在福利院的汪爷爷的亲生女儿。我知道你们对我隐瞒了什么，但我总是不愿意说破。爸，妈，你们对君霞恩比天高呀……但是，对不住了，我覃君霞今天认识的这位生身父亲，他，难道是一位负责任的父亲吗？"

"君霞，是我对不起你，对不起你那死去的妈妈呀……"向望鹤大幅度佝偻着腰身，用拳头拼命捶打着自己的脑门。

覃君霞转身面对向望鹤，哭诉着说："真想不到，我诚心诚意提议邀请的一位大教授、大专家，竟然会是我素昧平生的亲生父亲！教授先生，您知道吗？我周岁前后，高烧咳嗽患肺炎，几欲带着对世界懵懂无知的记忆早早地死去；我四岁时，颈项处患下带状疱疹，疼得我泪水涟涟，连续七天七夜无法入睡；我六岁上小学，放学路上遭遇雷暴雨，差点被狂奔的洪水卷进了山沟沟；我十二岁上中学，在码头上等船时突遇三四只恶狗扑咬，吓得我一跤跌下清江河……在那些关键的时刻，守候着我的，保护着我的，连夜背着我行走六七十里山路去找医生切脉开方的，从洪水咆哮的沟沟里把我拉起来的，突然出现在我面前帮我驱赶恶狗和为我擦拭眼泪的……就是我任劳任怨的养父养母呀！您知道吗？在难留城这片山崖崖，我第一个考上施州城里的重点高中，我第一个参加高考超出本科一类线考上了名牌大学，那时，忙忙碌碌为我筹措学费与生活费的，辛辛苦苦送我到车站与码头赶车赶船的，放假时一直赶到施州城的客运站眼巴巴地迎接着我的，总是我那终年在山区农村挖泥拌土的养父养母呀！您知道吗？39年来，我穿衣吃饭、入学升学、参加工作、结婚生育……与我一同苦着、乐着，并成为我坚强后盾的，总是我在人世上饱经风霜的养父养母呀！教授先生，我的父亲，我的生身父亲啊！这么多的年头，关键时刻，您都躲藏到哪里去了？……"

覃君霞的哭声抓心抓肠，泪水放纵奔流！

向望鹤突然扑通一下跪在覃天石夫妇的面前，他拉着覃天石的衣角眼泪汪汪地说："天石哥，小米姐，君霞她，她永远都是你们的亲女儿！我……我不配做她的父亲啊！"

覃天石一把拉起他，安慰他说："望鹤老弟，这弯子转得太突然，君霞她多说几句，你可不能与孩子一般的见识哟！"

"不，君霞她讲得很有道理。生为人父，却不尽哺育与教养的责任，猪狗不如！我向望鹤这一生一世，欠下你们的太多太多了！我这个所谓的在城市里长大的知识分子，欠下山区劳动人民的，欠下土家族这个民族的，太多太多了！"

（5）

又是一个仲春日子的傍晚，两辆吉普车从施州市区出发，在山区公路上转着"之"字拐，紧贴着峰峦重叠的清江北岸，徐徐驶向山高谷深的野马河电站。

日落时分，吉普车一前一后，相继停放在大坝坝顶一端的停车场上。

从前面一辆车上走下来的，有覃天石与樊小米夫妇，还有覃君霞和她的丈夫傅青峰、女儿傅映雪。

从后面一辆车上走下来的，除了临时雇用的司机小李外，有老教授向望鹤及其女儿向雨鹭、业务助手陆永真。

覃君霞让司机小李就在大坝上休息等候，她与其他七个人一道，迈着庄严的步履通过坝顶，然后踏上那条荒僻小径，向着山崖高处的一片松树林里慢慢走去。

晚风似潮，松林如涛。汪若萌的坟茔，仍然默默地隆起在树荫下与草丛里，隆起在两株水桶般粗细的华山松正面。在人们思绪里，这坟茔隆起的，无疑是一个永远悲伤、永远壮烈的故事。

老老少少一行八人来到墓碑边，对着草色青青的坟茔默哀良久。

尔后，向望鹤与向雨鹭在碑前的石头上点起一对硕大的红蜡烛。

覃天石与樊小米插上两炷青烟缭绕的香签。

覃君霞和傅青峰则用长竹篙小心地挑起白色绸带精心剪扎成的一面灵幡，他们将灵幡稳稳地插在坟茔隆起的制高点。

戴着红领巾的傅映雪眨动着一双天真而惊异的黑眼睛，背靠在墓前的一棵大松树上，静静地看着这一切，好像在思索着什么。

唯有陆永真悄悄地从挂包内取出摄像机，在墓地周边转过来，转过去，开始从不同角度摄录着这一场庄重肃穆的祭奠场面。

香烟袅袅，烛火灼灼，墓碑寂寂，灵幡飘飘。

大摞大摞的冥纸又一次熊熊地燃烧起来，黑色的纸灰在树林的枝杈间蝴蝶般狂舞。

覃君霞手扶着冰凉的墓碑跪在坟前，突然撕心裂肺地叫了一声："妈妈，我亲亲的妈妈呀，女儿来给您上坟啦！"

覃君霞泪如泉涌，她将乌黑的头发触靠在墓碑上，由厉声呼喊，渐渐转为轻轻地啜泣："……我亲亲的妈妈呀，这么多年，我只是叫您小姑、亲亲的小姑……您在九泉之下，该是忍受着何等难以忍受的寂寞啊！妈妈，今天，君霞我，在哺养我长大成人的爸爸妈妈的陪伴下，在丈夫和女儿的陪伴下，我还带着我那个有负于您的不负责任的生身父亲，带着与我同父异母的雨鹭妹妹，来给您赔罪来啦！女儿不孝，好久好久也没来给您上坟了！"

傅映雪走上前，拉着跪伏在墓碑前的妈妈的一只臂膀，奇怪地闪烁着一对黑星星般的眼睛，问："妈妈，您怎么会有两个妈妈呢？姥姥她……不就是您的妈妈吗？"

覃君霞将小映雪搂在怀中，然后让她也跪在自己旁边的草丛里，泪水潸潸地说："是的，妈妈我有两个妈妈，两个爸爸，映雪，你也有两个姥姥和两个姥爷呀！映雪，你要记住，静静地躺在坟墓里的那个人，她也是你的姥姥，她的名字叫汪、若、萌！"

傅映雪细细点数着墓碑上的那排文字，不住地点头，说："妈妈，我看清楚了，这个姥姥的名字是叫汪若萌，她还是知识青年的楷模呢！哟，这个姥姥，怎么会是一个青年呢？"

傅青峰走上前抚摸着女儿的头发，若有所思地说："对，这个姥姥是一个青年，有知识有思想的青年，永远永远的青年！"

向望鹤满面哀容地对向雨鹭说："雨鹭，你不是曾经说过，要上演一曲古今巴人大爱与大憎的烈烈悲歌吗？这坟墓里的逝者，以及今天这祭奠场面上的生者，你应该用心地去写，写出这一代一代人的精魂所在！你的这位若萌妈妈短暂的生命历程，凝聚着清江儿女惊天地泣鬼神的爱与恨！你爸我，则完全是一个伟大生命与崇高灵魂的亵渎者，你应该以拷问灵魂的笔调，对我，进行不顾一切的憎恶与批判才是！"

向雨鹭点点头，很果断地回答说："我会，我当然会！"

（6）

等到一行人走出林子，登上山崖，早已经时薄黄昏，落霞满山。众人看见顶天立地的电网铁塔矗立在峡谷两岸的悬崖高处，形同巨大的螺丝钉，牢牢地搜在一个民族的历史天空。众人看见数十根粗大的电线，琴弦般掠过崖石挤兑间的一脉苍穹，如同在霞彩深处铺设成横跨浩瀚宇宙的一具瑶琴。

天风吹拂，狂掠着那组悠悠荡荡的电线，整个世界都好像在弹奏着一组悲风飒飒、气势磅礴的生命乐曲。这乐曲似乎刚刚拉开序幕，尚在为初生婴儿催眠的摇篮边悠悠回荡，旋律里充溢着一种母爱的温馨；又似乎从旷古的人类起源处传来，掠过天地玄黄，掠过血火相拼，掠过重重苦难与寂寞，掠过无数希望与梦幻，到如今，早已弹奏得地老天荒！

大坝下游，野马般狂奔不羁的野马河，以及野马河下游被当代人梯级开发了的巴人长河——清江，正与峡谷上方那组宇宙的琴弦相互和鸣，永远轰响着和涌动着内蕴深沉的、岳撼山崩的年复一年代复一代的生命进行曲！

清江的滚滚雪浪，一如既往地流向东方，流向海洋，逝者如斯，淘洗着千古风流……

2021 年 1—4 月构思于医院病室
2021 年 6—8 月断续写成于恩施凉月斋

# 创作手记

　　中国鄂西南清江流域的丛林草莽，掩埋着大量古寨荒城。每一座废弃了的村寨与城堡，每一脉古陌幽径与水陆纤痕，均潜藏着古代巴人及其后裔盛衰兴亡与悲欢离合的人文故事。

　　20世纪90年代以来，笔者开始随同考古学者与文学创作者进行田野文化调查，沿先祖开辟的盐道、茶道、药道与漆道爬剔梳理，在长江三峡段以及清江、酉水、娄水与唐崖河的古河道、古渡口打捞陈年往事，登雄关险隘，涉溪峒迷津，抚断墙残垣，抄古碑铭文，从一片一片浑浑噩噩的冷风景中，捕捉到无数早已流逝的文化信息与生命灵光。年复一年，这些所见所闻，渐渐结晶成我的《家事马拉松》《远去的诗魂》《巴人河》《盐水情殇》《巴风雅韵》《千古施州觅逝波》《文化乡土刍议》《人之撒，人之捺》等一系列文学作品与理论成果。2021年间，用小说体例写成的《虎钮城》《难留城》两个文化故事，亦是我试图通过对"城"的发掘，进一步揭示古施州的巴巫之谜、溪峒之秘、土司之奇，探索巴人先祖关于忠勇基因、爱憎本源等方面的文化心性，剖析土家这个山地民族代复一代播种阳春、摆渡岁月与弹铗而歌的人文宿命。

文学创作，需要各种历史的与现实的人文素材，也需要精神信仰方面的理论支撑。2019 年 3 月 4 日下午，习近平总书记在看望参加全国政协十三届二次会议的文化艺术界、社会科学界委员时发表的重要讲话中指出，"正本清源、守正创新，一个国家、一个民族不能没有灵魂，作为精神事业，文化文艺、哲学社会科学当然就是一个灵魂的创作，一是不能没有，一是不能混乱"，强调"要坚守高尚职业道德，多下苦功、多练真功，做到勤业精业。要自觉践行社会主义核心价值观，在市场经济大潮面前自尊自重、自珍自爱，讲品位、讲格调、讲责任，抵制低俗庸俗媚俗。良好职业道德体现在执着坚守上，要有'望尽天涯路'的追求，耐得住'昨夜西风凋碧树'的清冷和'独上高楼'的寂寞，最后达到'蓦然回首，那人却在，灯火阑珊处'的领悟"。正是因为深入学习领会习近平总书记的重要论述和重要讲话，早已跨越"花甲"走近"古稀"的我，方能在湖北省恩施职业技术学院巴文化课题项目的支持下，仍希望为"讲好中国故事，弘扬中国精神"尽绵薄之力。博大精深的"恩施故事"，是中国故事的组成部分之一。

《荒城》一书，串联着《虎钮城》《难留城》两个关于"城"的故事。两个故事的时间跨越了七百余年，但文化信息尚能呼应共鸣，正如两颗珠粒被一根线索相串，包括我 2015 年已出版的长篇小说《盐水情殇》，也是同一线索串起的一枚珠粒。这线索，就是笔者数十年来致力于研究的清江流域"巴文化"。

## 《虎钮城》的基本内容

施州近郊，有一座荒废了七百五十余年的废城，古陌荒阡现已草木幽深。一位旅游开发者置身在废城，向数十名前来考察的文学创作者，讲述了一个极其悲壮的英烈故事。

南宋末年，元蒙军队大举南侵，被宋王朝封为施州五路都督军民行军总管兼镇抚元帅的巴人后裔覃氏，在虎钮山筑城立寨以御强寇，以安社稷。元军与叛军所到之处，生灵涂炭，狼烟滚滚。覃耳毛兄弟等人率部南挡北杀，但终因寡不敌众，覃耳毛负伤避难，覃散毛浪迹富州，施州统制薛忠阵亡。宋景炎元年即元忽必烈至元十三年（1276年）的一个风雪夜，因元人铁骑四面合围，加上内奸开门揖盗，虎钮山横遭血洗与火焚，都统向畟等十七义士舍身跳崖，梯玛彭瞎子与寇首同归于尽，唯有覃慧心等烈女凭自制伞具穿云钻雾而大难不死。后来覃慧心等人雄关复仇，斩杀敌帅蔡邦光，使元统治者不得不改变策略，将征剿变为招抚，从而奠定了武陵地区四百余年的土司制度。

小说取材于真实史事，但通过对覃普诸、覃耳毛、向畟、覃慧心、覃友仁、彭瞎子等人物形象的塑造与细腻刻画，通过戏剧表演插叙巴国末年巴蔓子宁舍头颅不舍城的悲烈壮举，表现了巴人后裔即土家族先民匡扶正义、忠肝义胆的血性与敢爱敢恨、视死如归的气节。穿插展示一重重兵燹灾难与和平人境相对应的场面，发出人类生存理想究竟是什么的诘问，旨在利用古时各民族间的一起兵燹祸患，来佐证太平歌雅韵清声对于人类的无限珍贵。并借助"竹枝词""奠酒歌"等，张扬从巴人到土家民族不断绵延传承的幽渺哀怨的特色民族文化。小说用诗情画意的文学性描写，从一片浑浑噩噩的冷风景中，发掘出了极富有人文气息的一类山之韵、城之魂！


## 《难留城》的基本内容


21世纪初叶某年，首都一所高校的老教授向望鹤应邀赴施州考察，考察之所的难留城林场，恰是他四十多年前下乡插队之所。

故地重游，无数缤纷往事与大量故人影像涌向他的脑海，令他爱深悔亦深。其中，特别让他翻肠绞肚想念的恋人汪若萌，还有老场长汪启润，更是搅动他心池间的一汪逝水。在难留城，他重逢旧友覃天石与樊小米夫妇。从他们的叙说中，惊悉汪若萌当年在修筑水库大坝的工地上，因

"排哑炮"而魂归离恨早过去了将近四十年，现在仅剩下孤坟独冷，不由得疼彻肝肠！向望鹤自与恋人离别后，彼此间写过不少信，但不为他们知晓的是，那些信，均被汪若萌的父亲即老场长截获焚毁，理由是"城里人是龙、是凤"，插队也是"暂时镀金"，而像他和女儿那样的乡下人"一生一世就是默默活着"，不可能与"龙凤"走到一起。女儿离世后，老场长患下失忆症，终日呼唤着女儿的名字在福利院聊度残生。更让向望鹤没想到的是，当年，他与汪若萌偷尝禁果，竟然留下了生命的种子，好在覃天石夫妇假冒其生身父母将其养育与教读成人。如今，向望鹤与汪若萌的女儿，正是巫南县的县长覃君霞！小说最后，覃天石夫妇执意要让向望鹤父女相认，覃君霞方知自己的父母竟是养父养母，而父母经常念叨的牺牲在大坝工地的"小姑"，才是她苦命的生身母亲！

小说还通过对一座荒祠的描写，巧妙插叙数千年前盐神女神关于爱与死的悲剧，串联起古往今来人类呼唤"人人生而平等"的同一愿景，让远古悲剧与现实悲剧相互映衬，强化了悲剧的感人力量。

篇末，覃君霞带着养父母、带着夫君与自己的女儿，也带着素昧平生的生身父亲向望鹤等人到母亲坟头焚香祭母。一抔荒坟前，这位 39 岁的女县长品悟到，年岁尚轻就已逝去的慈母，其爱憎生死的悲剧尤其是母爱的悲剧，正是一种人类文化的悲剧。正像高塔电网那组生命琴弦在风中的演奏一样，人与人之间的隔阂、沟通、理解、幽梦与追求等，交相和鸣，早已弹奏得地老天荒！


总之，茫茫大千世界有了人，就有了城。奔流不息的岁月，掩埋了无数荒城，但更有城源源不断地繁衍滋生。"远芳侵古道，晴翠接荒城"，"道"的历史演变，"城"的历史演变，恰是整个人类历史演变的物化结晶！

邓　斌

2021 年 12 月 12 日写于湖北恩施凉月斋